DANS LA VILLE D'OR ET D'ARGENT

Née à Paris en 1939, Kenizé Mourad est la fille d'une princesse turque et d'un rajah indien. Après des études de sociologie et de psychologie à la Sorbonne, elle devient journaliste au *Nouvel Observateur* en 1970. Grand reporter spécialiste du Moyen Orient et du sous-continent indien, elle couvre entre autres les révolutions iranienne et éthiopienne, ainsi que les guerres du Liban. En 1983, elle quitte le journalisme pour se consacrer à l'écriture et son premier roman, consacré à l'histoire de sa famille, *De la part de la princesse morte*, paraît en 1987. Véritable best-seller international, il est vendu à plusieurs millions d'exemplaires et traduit en 34 langues. Elle publie en 1998 une suite à cette saga familiale, *Le Jardin de Badalpour* et, en 2003, *Le Parfum de notre terre*, un livre consacré au conflit israélo-palestinien. Kenizé Mourad vit entre Paris et Istanbul.

Paru dans Le Livre de Poche :

De la part de la princesse morte

Le Jardin de Badalpour

KENIZÉ MOURAD

Dans la ville d'or et d'argent

ROMAN

ROBERT LAFFONT

ISBN : 978-2-253-16174-5 – 1re publication LGF

À ma tante,
la bégum Wajid Khan.

« La bégum d'Awadh montre plus de sens stratégique et de courage que tous ses généraux réunis. »

The Times, 1858.

« Les leçons de l'insurrection de 1857 sont très claires. Personne n'aime qu'un autre peuple vienne conquérir son territoire, le priver de sa terre ou le forcer à adopter des idées meilleures sous la menace des armes. Les Britanniques découvrirent en 1857 ce que les États-Unis sont en train d'apprendre : rien ne peut plus radicaliser un peuple ou ébranler autant l'islam modéré qu'une intrusion agressive. »

William DALRYMPLE.

Avertissement

Les événements historiques et les héros de ce récit sont bien réels.

Cette épopée s'est déroulée en Awadh, royaume du nord des Indes, équivalant à son apogée à l'Uttar Pradesh actuel, grand comme la moitié de la France.

S'agissant d'un roman et non d'une biographie, nous nous sommes permis quelques libertés, en veillant toutefois à respecter les caractéristiques de la société de l'époque*.

---

* Toutes les citations suivies d'un astérisque sont historiques.

AVANT-PROPOS

En 1856, la Compagnie anglaise des Indes orientales règne sur les Indes.

En moins d'un siècle, cette association de marchands qui, comme les Compagnies française, hollandaise, portugaise, avait obtenu le droit de commercer à partir de petits comptoirs côtiers, va s'immiscer dans les querelles entre souverains indiens qui prennent leur indépendance dans le crépuscule du pouvoir de l'Empire moghol. Elle offre ses bons offices, et ses troupes armées, en échange de droits de commerce illimités et d'énormes rétributions. Et se permet des interventions de plus en plus brutales dans la politique des États qu'elle est censée protéger.

Bientôt elle finit par contrôler directement ou indirectement tous les États des Indes. Entre 1756 et 1856, au nom de la Couronne britannique, la Compagnie en annexe une centaine, soit les deux tiers de la superficie du pays et les trois quarts de sa population. Les États restants – qu'elle juge plus efficace de ne pas annexer mais de laisser à des souverains rendus dociles par nécessité – sont en réalité sous sa domination.

C'est encore, en ces premiers jours de janvier 1856, le cas du royaume d'Awadh [1], le plus riche du nord des Indes.

1. Parfois écrit Oudh.

ROHILKHAND
Meerut
Delhi
Bareilly
Jaipour
Agra
Jodhpour
AWADH
RAJPUTANA
Gwalior
Kalpi
Jhansi
BUNDELKHAND
Mandsaur
BHOPAL
INDE
Indore
Bombay
Poona
Carte : Edigraphie
HYDERABAD
200 km

CHINE
NÉPAL
Teraï
Shahjahanpour
Nanpara
Gumti
Bithauli
Baundi
Butwal
Katmandou
Bahraich
Mahmoudabad
Chinhut
Nawabganj
Lucknow
Rapti
Ghogra
Fayzabad
Gorakhpour
Kanpour
Sultanpour
Gange
Jumna
Allahabad
Bénarès
Jagdishpour
BIHAR
CENTRALE
BENGALE
Calcutta
Golfe
du
Bengale

Chapitre 1

« Il a encore insulté le roi ! »

Malika Kishwar arpente rageusement sa chambre, entourée de ses suivantes affolées. Elle, habituellement si maîtresse d'elle-même, arrive à peine à parler tant l'indignation la suffoque. Comme elle les hait ces « Angrez [1] », qui se comportent ici en maîtres et, jour après jour, humilient son très respecté souverain, son fils bien-aimé. Elle, la première dame du royaume d'Awadh, va leur interdire à ces malotrus… Leur interdire ? De dépit elle a rejeté son étole, dévoilant ses formes imposantes, tandis qu'une petite servante s'empresse de la ramasser. Que peut-elle faire ? Maintes fois elle a tenté de persuader le roi de s'opposer aux exigences croissantes de ses « amis et protecteurs », mais Wajid Ali Shah, pourtant si doux, a fini par s'irriter :

« Je vous prie de ne plus revenir sur ce sujet, ma très honorée mère, la Compagnie cherche tous les prétextes pour confisquer l'État ; nous ne devons pas

1. Angrez : prononciation locale du mot « anglais », répandu par les Français aux Indes.

lui en donner mais, au contraire, nous conduire en alliés loyaux. »

« En alliés loyaux ? Envers ces traîtres ? » avait-elle failli rétorquer, mais le regard du roi l'avait contrainte à se taire. Un regard si triste, si désemparé qu'elle avait compris qu'il serait vain, et surtout cruel, d'insister. Qui plus que son fils souffrait de cette situation dégradante où, depuis des années, le confinait le Résident, représentant de la puissante Compagnie anglaise des Indes orientales et véritable maître d'un royaume dont lui-même n'était plus que le monarque en titre. Une marionnette, en vérité, entre les mains de cette Compagnie qui, depuis un siècle, s'appropriait, par pressions, menaces et promesses mensongères, tous les États souverains, les uns après les autres.

Elle ne comprend pas… Comment a-t-on pu en arriver là ?

La lourde tenture, à l'entrée de la chambre, s'est écartée : un eunuque vêtu d'un shalwar[1] blanc et d'une longue tunique de velours prune annonce l'arrivée de la première et de la deuxième épouse de Sa Majesté. Dans le bruissement de soie de leur traîne elles sont entrées, sourire hautain et démarche majestueuse ; leur teint très clair atteste la pureté de leur lignage. La première épouse a près de trente ans, la deuxième à peine moins, mais leur embonpoint, dû à la vie oisive et à l'excès de sucreries, les a

1. Pantalon bouffant porté aussi bien par les hommes que par les femmes.

prématurément vieillies. Peu leur importe, leur position est assurée : elles ont un fils. Selon les lois du zénana[1], elles devraient se détester – dans ce milieu clos, les luttes pour le pouvoir sont sans merci –, mais elles sont amies, ou du moins le laissent-elles entendre.

Malika Kishwar n'est pas dupe ; elle admire l'habileté de sa première belle-fille. S'attacher sa rivale par une affection empressée et exigeante, sans lui laisser un moment de liberté, lui prêter servantes et eunuques qui rapporteront ses moindres paroles, la persuader que leurs fils ne peuvent se passer l'un de l'autre, bref l'envelopper dans la toile arachnéenne de son indéfectible amour : quel meilleur moyen de l'empêcher de comploter ? Face à Alam Ara, la discrète Raunaq Ara n'est pas de taille. Pourtant, fille du grand vizir[2], elle a longtemps été la favorite de Wajid Ali Shah ; mais, peu à peu, il s'est lassé, comme il se lasse l'une après l'autre de toutes les beautés qui ornent ses palais.

Après s'être inclinée en un respectueux adab[3] devant la reine mère, Alam Ara s'est redressée.

---

1. Harem. En Inde, la séparation entre hommes et femmes, que ce soit chez les musulmans ou les hindous, est appelée « purdah ».

2. Grand vizir : Premier ministre. Vizir : ministre.

3. Forme courtoise de salutation chez les musulmans : on porte la main à son front tout en s'inclinant d'autant plus bas que l'on veut témoigner plus de respect. La « civilisation du Adab » florissait à Lucknow qui était connue comme le centre des manières les plus raffinées de toutes les Indes.

« Que se passe-t-il, Majesté ? Les eunuques m'ont informée que l'Angrez s'est surpassé dans l'insolence et a même menacé Sa Majesté ? Il nous faut réagir ! »

Ses yeux flamboient. Insulter son seigneur et maître c'est l'insulter elle-même, et la première épouse, qui s'enorgueillit de descendre d'une des plus nobles familles de Delhi, ressent cruellement ces constantes humiliations.

Malika Kishwar laisse échapper un sourire ironique : elle connaît la vanité de sa bru mais elle sait aussi que, pour accéder un jour au statut envié de reine mère, jamais elle ne risquera le moindre geste contre les maîtres honnis.

« Allez donc voir mon fils, il est très affecté, vous connaissez sa sensibilité. Entourez-le, tentez de lui faire oublier cette pénible scène en lui manifestant votre respect et votre admiration, c'est la seule chose que vous puissiez faire. »

Et, d'un signe de la main, elle leur a donné congé. Aujourd'hui, elle n'est pas d'humeur à les écouter se plaindre ou échafauder pendant des heures d'impossibles complots. Le danger se précise, elle le sent ; elle doit consulter son astrologue.

⁂

Une servante a indiqué aux deux épouses que le roi se trouvait dans le parikhana, la « maison des fées », au cœur du parc de Kaisarbagh.

Kaisarbagh, ou le « Jardin de l'empereur », est un ensemble de palais bâtis en quadrilatère autour d'un immense parc, mêlant l'exubérance baroque de ses stucs jaune pâle ou turquoise et de ses balcons festonnés à de hautes arches encadrées de pilastres évoquant Versailles, tandis que de multiples petites coupoles de style moghol rappellent que l'on est en Orient. Wajid Ali Shah a voulu ce syncrétisme lorsque, prince héritier, il a fait édifier pour ses multiples femmes, favorites et danseuses cet ensemble majestueux plus grand que les palais du Louvre et des Tuileries réunis.

Située au bout du parc orné de fontaines, de Vénus et de Cupidons de marbre blanc, la « maison des fées » est une école de musique, de danse et de chant, réservée à des jeunes filles recrutées de par le royaume pour leur charme et leur beauté, et qui forment la troupe artistique, le chœur et le corps de ballet de ce souverain épris de musique et de poésie. Lui-même excelle dans l'art de versifier – il est l'auteur d'une centaine de recueils tenus en haute estime par les spécialistes, aussi bien indiens qu'étrangers[1].

Lorsque les deux bégums entrent dans le parikhana, une représentation théâtrale donnée par les « fées » vient de commencer.

Sur la scène, de curieux personnages en crinoline ou en uniforme rouge d'officier britannique pérorent, mimant l'occupant, sous les applaudissements et les rires de quelques dizaines de jeunes femmes

---

1. Notamment Joseph Garcin de Tassy, spécialiste des langues orientales, membre de l'Académie française et professeur d'hindoustani à l'École impériale.

étendues sur d'épais tapis parsemés de coussins de velours.

« Ces indigènes n'ont vraiment aucun sens moral, ils ont d'innombrables femmes et concubines ! déclare d'une voix pointue une grosse dame en crinoline vert pomme.

— Et les pauvres créatures s'en accommodent, quel manque de dignité !

— Que voulez-vous, elles ont une mentalité d'esclave. Moi, si mon époux s'avisait d'en regarder une autre... !

Deux « officiers », en aparté, commentent :

« Ce n'est pas leur manque de sens moral que je critiquerais, mais leur manque de sens pratique. Nous, si nous prenions une maîtresse, aurions-nous la sottise d'en faire état ? Quand nous nous en lassons, nous la quittons. Et, si par malheur elle est enceinte, ce n'est pas notre affaire ! Ici ces imbéciles se croient obligés, parce qu'ils ont couché avec une belle, de lui donner un statut et une pension et de reconnaître tout bâtard comme enfant légitime ! Tu imagines les problèmes d'héritage si nous faisions de même ? »

Une crinoline rose, sur un ton nasillard :

« Figurez-vous, ma chère, qu'une de mes servantes m'a raconté avoir choisi elle-même une seconde épouse pour son mari car, m'a-t-elle dit, elle se faisait vieille et n'avait plus envie de partager sa couche ni de vaquer aux travaux du ménage. La seconde épouse se chargeait de tout cela et en plus s'occupait d'elle avec respect et... reconnaissance.

— Ces musulmans n'ont vraiment aucune moralité !

— Les hindous ne valent guère mieux !

— Musulmans ou hindous, ces gens n'ont d'autres lois que leur paresse et leur sensualité, intervient une crinoline bleue. Quelle chrétienne imaginerait ne pas faire son devoir d'épouse, même si elle n'y prend aucun plaisir. Moi, pendant que mon mari me… eh bien, je fais ma prière.

— Comme nous toutes, ma chère. Seules les catins apprécient ces choses dégoûtantes ! »

Dans le parikhana, l'assistance ne se tient plus de rire. Les quolibets fusent, il faudra un long moment avant que les actrices puissent poursuivre.

Sur le devant de la scène, un uniforme rouge s'est avancé :

« Catins ou pas, ces Indiens ont bien de la chance de trouver chez eux ce que nous sommes obligés d'aller chercher à l'extérieur avec les risques – et les frais ! – que cela comporte.

— Savez-vous, rétorque son voisin, qu'il y a une trentaine d'années, avant que nos jeunes filles anglaises ne débarquent aux Indes pour se marier et n'établissent des règles de bienséance, chaque officier avait à la maison sa “bibi”, sa maîtresse indigène, douce, dévouée, sensuelle… C'était le paradis ! »

Tous deux soupirent en levant les yeux au ciel.

« Ces pauvres Indiens sont peut-être plus à plaindre qu'à blâmer, risque une mince crinoline parme, les uns adorent des dieux à tête de singe ou d'éléphant, les autres suivent un faux prophète et nous traitent de polythéistes car nous croyons à la Sainte Trinité. Heureusement, depuis quelques années nos missionnaires sont de plus en plus nombreux. J'ai ouï dire qu'il commence à y avoir des conversions… »

Des exclamations l'interrompent ; dans l'assistance, les femmes, qui jusqu'alors s'esclaffaient, se récrient, indignées :

« Mensonges ! Ces fourbes d'Angrez font courir ces calomnies pour nous diviser ! Qui donc voudrait devenir l'un de ces cannibales qui se vantent de manger leur Dieu sous la forme d'un morceau de pain ? Un Dieu qu'ils ont crucifié, un Dieu qui…

— Calmez-vous, mesdames ! »

Une voix grave s'est élevée. Subitement, les femmes se sont tues et se tournent vers le divan aux pieds d'or, où est étendu leur maître bien-aimé.

À trente-quatre ans, Wajid Ali Shah est un bel homme au teint clair et à la chevelure de jais. Son embonpoint, signe de richesse et de puissance, accentue la majesté de chacun de ses gestes. Ses mains, petites et fines, semblent ployer sous les lourdes bagues, mais ce sont surtout ses yeux qui retiennent l'attention : d'immenses yeux noirs dont la tristesse n'est pas démentie par la douceur du sourire.

« Il est hélas vrai que certains se convertissent, ou font semblant. Non par conviction – comment pourrait-on croire à ces billevesées ? Les Anglais eux-mêmes, incapables de les expliquer, les qualifient de mystères. D'après moi, ces prétendues conversions sont dues à la misère. Elles ont lieu chez les plus pauvres car les missionnaires leur distribuent de l'argent et prennent en charge l'éducation de leurs enfants.

— Mais ces convertis deviennent objet de mépris pour tout leur entourage ! objecte une femme.

— C'est bien pourquoi je suis persuadé qu'ils se jouent des étrangers et continuent en cachette à pratiquer la religion de leurs ancêtres. »

Et, parcourant l'assistance du regard :

« Pour en revenir au divertissement de cet après-midi, je l'ai trouvé plein d'esprit. À qui le devons-nous ? »

Une jeune femme svelte, aux grands yeux verts contrastant avec sa peau mate, s'est avancée ; gracieusement elle s'est inclinée en portant la main à son front en signe de respect.

« Hazrat Mahal ! Je te savais poète mais j'ignorais que tu possédais également le don acéré de la satire. En cette journée pénible, tu as su me faire rire. Tu mérites vraiment le surnom que je t'ai donné : Iftikhar un Nissa, “la fierté des femmes” ». Et, retirant de son doigt une énorme émeraude : « Tiens, prends ceci, en gage de ma reconnaissance. »

« La fierté des femmes ! Cette moins que rien ! » ricane Alam Ara qui n'a jamais pu souffrir Hazrat Mahal. Autour d'elle on acquiesce, autant pour complaire à la première épouse, maîtresse incontestée du zénana après la reine mère, que par jalousie envers toutes celles que le souverain distingue.

« Pardonnez-moi, Houzour [1], risque-t-elle, mais ne pensez-vous point qu'il soit dangereux de se moquer ainsi des Angrez ? S'ils l'apprenaient…

— S'ils l'apprenaient c'est qu'il y aurait dans ce palais des espions, et cela je ne peux le croire, laisse

1. Votre Majesté, Votre Grâce.

tomber le roi, ironique. Si néanmoins l'écho de nos jeux leur parvenait, je ne serais pas fâché qu'ils se rendent compte que nous nous moquons d'eux autant qu'ils se moquent de nous. Ils ont leurs canons, nous avons le rire pour seule arme et je n'ai pas l'intention de m'en priver ! »

Sur ces mots, Wajid Ali Shah s'est levé et, toujours souriant, a pris congé de ses fées.

⁂

... Il est trop bon, trop doux, et peut-être trop...

Hazrat Mahal tente de chasser les mots qui reviennent, insistants, des mots qui ne peuvent s'appliquer à l'homme qu'elle aime, au souverain qu'elle admire, des mots qui lui ont fait l'effet d'une gifle lorsque, voici quelques jours, elle les a entendus prononcer par le rajah Jai Lal Singh, pourtant le meilleur ami de son époux.

Elle s'était aventurée sur la terrasse nord du zénana, celle qui donne sur les jardins du « Diwan khas », la salle du Conseil des ministres. À l'abri des hauts jalis[1] personne ne pouvait la voir ; elle, en revanche, pouvait observer les allées et venues des dignitaires, ce qui la distrayait de la bavarde compagnie des femmes et des eunuques.

Un homme de haute taille, dont la minceur élégante tranchait parmi les silhouettes replètes des

1. Moucharabiehs, paravents de bois tressé.

hommes de cour, était en grande discussion avec deux autres personnages :

« Dans les circonstances présentes, ce n'est pas de la sagesse ! Plus on leur cède, plus les Anglais se croient autorisés à tout régenter. Sa Majesté devrait les remettre à leur place, hélas elle est trop faible. »

Choquée, Hazrat Mahal s'était penchée et avait reconnu le rajah, un homme réputé pour son franc-parler mais aussi pour son courage et sa loyauté envers le souverain.

Et à la cour ils n'étaient pas légion.

Elle avait eu l'impression de recevoir un coup à l'estomac, elle en tremblait d'indignation ! Faible, le roi ? Lui qui présidait aux destinées de ses millions de sujets, qui les dirigeait et les protégeait ! En hâte, elle avait rejoint ses appartements et renvoyé les servantes, elle aspirait au calme.

Pelotonnée sur son divan, elle continue de trembler, non plus de colère mais de peur. Un sentiment étrange, semblable à celui qu'elle avait ressenti à la mort de son père. Elle n'avait alors que douze ans et, sa mère étant décédée à sa naissance, elle se retrouvait orpheline. Elle avait perdu le seul être qui l'aimait et la protégeait, désormais elle était sans défense.

Comme aujourd'hui... Mais que va-t-elle imaginer ? Aujourd'hui le roi règne, il est jeune, en parfaite santé, elle est l'une de ses épouses, et, surtout, elle a un fils qui est le portrait de son père.

Elle se rappelle les onze coups de canon qui ont accueilli sa naissance, dix ans auparavant. Wajid Ali Shah était alors prince héritier et tout le palais avait paru se réjouir de l'arrivée de ce gros bébé qui n'était pourtant que le quatrième dans l'ordre de succession. Élevée à la position enviée de mère d'un garçon, elle avait reçu le titre de « Nawab Hazrat Mahal [1] », Sa Grâce Exaltée.

Elle, la petite orpheline… Allah lui en est témoin, elle vient de loin…

Aspirant lentement la fumée de son narghilé de cristal, Hazrat Mahal se souvient…

---

1. Mahal : titre attribué à celle qui a donné un fils au roi.

Chapitre 2

Muhammadi, c'était alors son prénom, était née dans une famille de petits artisans de Fayzabad, l'ancienne capitale du royaume d'Awadh, une ville prospère jusqu'à ce qu'en 1798 le roi Asaf ud Daulah choisisse de s'installer à Lucknow. Ce départ avait signé la ruine de milliers d'artisans qui fournissaient en bijoux, riches étoffes et bibelots précieux une cour nombreuse et raffinée. Désespéré, le grand-père de Muhammadi s'était laissé mourir et son père, Mian Amber, avait survécu de divers petits travaux, jusqu'à ce qu'en 1842 on lui offre un poste d'intendant à Lucknow[1].

Toute la famille l'avait suivi mais, quelques mois plus tard, Mian Amber avait été emporté par la tuberculose. Muhammadi, sa plus jeune fille, avait été recueillie par son oncle, réputé le meilleur brodeur de « topis », ces toques de velours ou de soie, à la mode chez les aristocrates. On disait les siennes si parfaites

1. Les origines de Hazrat Mahal sont incertaines. Issue d'une famille pauvre, elle pourrait également être née à Faroukhabad, à deux cent cinquante kilomètres de Lucknow. Son père aurait été gardien d'un mausolée.

qu'elles s'adaptaient exactement à celui auquel elles étaient destinées, et que tout autre, s'il les coiffait, en concevait d'insupportables maux de tête.

Un jour où le brodeur préparait un topi pour le prince héritier, la jeune fille ne put résister et, profitant d'une absence de son oncle, se coiffa de la merveille de soie bleu nuit parsemée d'une constellation de petits diamants. Dans le miroir, elle avait eu un choc : une ravissante princesse la regardait. À regret, elle avait reposé le topi sur la table. Juste à temps : son oncle rentrait, on demandait la coiffe, il fallait la livrer tout de suite.

Le lendemain, la paisible ruelle avait retenti de grands cris :

« Où est donc ce gredin de brodeur ? Qu'on le bastonne ! »

Terrifié, le brodeur s'était enfui par l'arrière-cour tandis que son épouse, tremblante, ouvrait la porte. Devant elle, un grand eunuque noir, accompagné de deux gardes, tenait le topi.

« Où est ton mari ?

— Il est sorti… »

Après avoir fait signe aux gardes de fouiller la maison, l'eunuque avait repris, menaçant :

« Qui a osé porter le topi destiné au prince héritier ?

— Mais personne jamais n'aurait…

— Et comment donc expliques-tu ceci ? » avait grondé l'eunuque en agitant la coiffe à l'intérieur de laquelle était accroché un long cheveu noir, et il avait jeté le topi par terre.

Sur ces entrefaites, les gardes étaient revenus, poussant devant eux Muhammadi, livide.

« Nous n'avons pas trouvé le brodeur mais cette fille se cachait dans la pièce du fond ! »

L'eunuque l'avait considérée attentivement et, radouci, il avait demandé :

« Qui est-elle ?

— Une nièce orpheline que nous avons recueillie, s'était empressée de répondre la femme du brodeur, soulagée de cette diversion.

— Est-elle mariée ?

— Pas encore. »

L'eunuque avait hoché la tête.

« Bon, pour cette fois ton mari s'en tirera car mon prince est indulgent et déteste la violence, mais s'il recommence dis-lui que je viendrai personnellement lui régler son compte et qu'il regrettera le jour où il est né ! »

Quelques jours plus tard, deux femmes s'étaient présentées au domicile du brodeur. Sous leur burqa noire, elles arboraient des gararas [1] de couleurs vives et leurs visages étaient lourdement fardés. L'épouse du brodeur les avait aussitôt reconnues : c'étaient Amman et Imaman, d'anciennes courtisanes qui écumaient la ville et ses environs à la recherche de jolies filles qu'elles formaient aux bonnes manières, à la danse et aux arts divers avant de les proposer aux

1. Pantalon ressemblant à une ample jupe descendant jusqu'à terre et se terminant en traîne.

harems des aristocrates ou, pour les plus douées, au harem royal.

L'affaire avait été vite conclue. D'autant que Muhammadi, bourrelée de remords, avait avoué sa faute et que sa tante, qui ne l'avait jamais aimée, n'avait dorénavant plus aucun scrupule à s'en débarrasser. Par chance, son époux, qui aurait pu s'émouvoir des pleurs de sa nièce, était absent. Étonnée et ravie de la bourse que lui avaient glissée les deux femmes – tant d'argent pour cette maigrichonne ! –, elle avait quand même voulu les mettre en garde contre son mauvais caractère, mais Amman et Imaman ne l'écoutaient plus. Ayant recouvert Muhammadi d'une burqa, elles l'avaient poussée dans le palanquin qui les attendait.

Muhammadi ne pleura pas longtemps. Le monde qu'elle découvrait était fascinant. La vaste maison d'Amman et Imaman se trouvait au centre du Chowq, le grand bazar de la vieille ville, avec ses étals de kebabs et d'appétissantes friandises, ses innombrables artisans, ses fameux bijoutiers, chausseurs, parfumeurs et brodeurs renommés dans toutes les Indes, l'ensemble baignant dans une odeur d'épices et de jasmin. Derrière les balcons ajourés, au-dessus des échoppes, on pouvait apercevoir, vêtues de soies vives, des prostituées qui mâchaient le paan [1] et, l'air indifférent, suivaient du regard les hommes qui hésitaient.

---

1. Cône de feuilles amères fourré d'éclats de noix de bétel et de brins de tabac, que l'on mâche longuement avant de le recracher.

Mais le Chowq était surtout célèbre pour être le quartier des courtisanes, de grandes dames fréquentées par les hommes de la meilleure société. À Lucknow, les courtisanes ont un statut très élevé, bien différent de celui de prostituée. En général, elles ont un riche protecteur et reçoivent chaque soir dans leur salon des aristocrates et des artistes. Tout en buvant et en se restaurant de mets choisis, on écoute de la musique, récite des poèmes et converse jusqu'aux petites heures de l'aube.

Certaines courtisanes sont elles-mêmes poètes, d'autres musiciennes. Et toutes sont des hôtesses au langage et aux manières si raffinées qu'il est courant de leur envoyer les jeunes gens de bonne famille pour parfaire leur éducation.

Mais, avant de parvenir à cette position respectée, il faut travailler dur et se plier à une discipline impitoyable. Celles qui, par manque de dons ou de caractère, échouent à atteindre la perfection requise se trouvent reléguées dans la partie populaire du Chowq, courtisanes de second rang, ou parfois même, ce qui constitue le cauchemar de toutes ces femmes, ravalées au rang de simples prostituées.

La demeure d'Amman et Imaman pouvait accueillir une dizaine de pensionnaires – en recevoir davantage aurait été mettre en péril la qualité d'un enseignement remarquable. Levées dès 5 heures du matin, après leurs ablutions à l'eau froide, les jeunes filles faisaient leurs prières – dans leur éducation, religion et moralité étaient primordiales.

Après un petit déjeuner léger, les leçons commençaient, qui se poursuivaient jusqu'à 2 heures de l'après-midi. Leçons de maintien, de danse et de chant, leçons de musique également, chacune devant savoir jouer d'au moins un instrument, le sitar, le sarangui ou le tabla [1]. L'après-midi, après une collation frugale, venait l'enseignement du persan, langue de la cour et des poètes, et l'on s'essayait à composer. C'était le moment que préférait Muhammadi, celui où elle pouvait laisser libre cours à son imagination et à sa sensibilité, dans les limites des codes de la poésie classique.

Le soir, les pensionnaires avaient quartier libre et en profitaient d'autant que leurs deux « bienfaitrices » étaient souvent parties rendre visite à de potentiels clients. C'était alors la fête, on se maquillait soigneusement, on dansait vêtues de voiles transparents, on mimait des scènes de passion et de jalousie, on évinçait toutes ses rivales, et l'on rendait fou d'amour un beau prince qui vous couvrait de bijoux. Chaque soir, elles ajoutaient un nouvel épisode au rêve, vivant par anticipation l'avenir brillant promis par les deux sœurs à leurs élèves les plus douées. Et chacune se savait la plus douée.

Au début, Muhammadi avait participé à ces jeux, mais s'était vite lassée. Elle préférait s'isoler pour calligraphier ses poèmes ou discuter pendant des heures avec Mumtaz, une jeune fille originaire comme elle des environs de Fayzabad.

Les deux matrones l'avaient découverte lors de leur pérégrination annuelle dans les villages reculés du

---

1. Sitar, sarangui : instruments à cordes. Tabla : paire de petits tambours sur lesquels on frappe avec les doigts.

royaume. Séduites par sa fraîcheur, elles avaient fait miroiter aux parents, d'humbles paysans, la possibilité d'un riche mariage. Quelques pièces d'argent avaient achevé de les convaincre.

Cela faisait deux ans que Mumtaz était arrivée à Lucknow et peu à peu elle avait compris qu'il n'y aurait sans doute jamais pour elle de riche époux, au mieux une succession de riches protecteurs.

Cela n'entamait en rien sa gaieté ; étant de nature heureuse, elle ne voyait jamais le mal. Souvent, Muhammadi avait dû la mettre en garde contre les mesquineries et les médisances des autres pensionnaires. Bien que de deux ans sa cadette, elle était plus perspicace et capable de déjouer les manigances.

Un jour – Muhammadi venait de fêter ses quatorze ans –, Amman et Imaman annoncèrent à leurs pensionnaires une grande nouvelle : le prince héritier avait besoin de nouvelles « fées » pour son parikhana et demain les meilleures d'entre elles seraient présentées au palais. Sans hésiter, elles en avaient désigné trois : Yasmine, Sakina et Muhammadi, et elles étaient sorties, insensibles aux protestations et aux supplications des autres jeunes filles.

Mumtaz et Muhammadi avaient passé la nuit ensemble – peut-être leur dernière nuit – à pleurer, à rêver, à se promettre de ne jamais s'oublier, à se jurer de se revoir, quoi qu'il arrive. En se perdant, elles avaient l'impression de perdre à nouveau leur famille.

« Ne te mets pas dans cet état, je ne serai sans doute pas choisie, chuchotait Muhammadi en baisant les larmes de son amie.

— Ne dis pas de sottises, je sais que tu séduiras le roi, tu es si belle ! Tu arriveras même au sommet, je le sens… mais jure-moi qu'alors tu me feras venir auprès de toi ; parmi tous les courtisans tu auras besoin d'une amie fidèle, et moi… je n'ai que toi. »

Muhammadi avait juré, et elles s'étaient endormies, épuisées, dans les bras l'une de l'autre.

… Le lendemain, le jour de mon arrivée au palais… il y a onze ans… c'était hier…

Hazrat Mahal se souvient de sa peur lorsqu'on l'avait fait entrer, avec ses deux compagnes, dans le grand salon du zénana. Il y avait là une centaine de femmes vêtues comme des princesses qui les dévisageaient et en riant échangeaient des commentaires qu'elle devinait peu amènes.

Debout, elle attendait, les yeux baissés, tandis que le brouhaha et les rires s'amplifiaient, et peu à peu elle sentait la colère monter en elle : jamais elle n'avait supporté d'être humiliée, tant pis si l'on disait qu'elle avait mauvais caractère et ne trouverait jamais de mari ! Son père l'avait élevée ainsi : « Nous sommes pauvres mais d'une ancienne famille, n'oublie jamais cela, et en toutes circonstances garde ta dignité, même si cela doit te coûter cher. Sache que la pire chose est de perdre le respect de soi. » Son père adoré… comme il lui manque, comme elle voudrait être loin d'ici, de ce palais, de ces femmes qu'elle déteste déjà de toutes ses forces !

« Silence mesdames ! Ne voyez-vous pas que vous terrorisez ces jeunes filles ? »

La voix est mélodieuse mais le ton sévère ; surprise, Muhammadi a levé les yeux. Devant elle, un bel homme enveloppé d'un châle de cachemire rebrodé lui sourit. Et elle, bouche bée, oubliant toutes les formules et salutations pourtant maintes fois ressassées, reste là, à le regarder.

Outrées, Amman et Imaman se sont avancées et, de force, lui ont fait courber la nuque.

« Veuillez lui pardonner, Altesse, cette fille est pourtant l'une de nos pensionnaires les plus accomplies, votre présence lui aura fait perdre la tête ! »

Le prince héritier s'est mis à rire. Il a vingt-trois ans et s'il a l'habitude des succès féminins, il sait aussi combien les femmes sont habiles à jouer la comédie de l'amour. Pourtant cette ravissante enfant, si désemparée, si maladroite, à l'évidence ne feint pas et son admiration le flatte. Mais il se reprend vite et, s'adressant aux matrones :

« Vos protégées sont charmantes mais voyons si elles sont douées. Pour l'anniversaire du dieu Krishna j'ai imaginé un nouveau spectacle et j'ai besoin de danseuses non seulement belles mais qui aient un vrai sens du rythme, car le khattak [1] ne souffre pas la médiocrité. »

---

1. L'une des danses les plus populaires de l'Inde du Nord, issue du rapprochement entre les cultures hindoue et musulmane. Très rythmé, le mouvement des pieds et des bras est extrêmement rapide, tandis que le buste reste immobile. Elle a été portée à son plus haut degré de perfection par le roi Wajid Ali Shah.

Il a frappé dans ses mains et aussitôt sur une estrade un petit orchestre de femmes a commencé à jouer.

Comme dans un rêve, Muhammadi regarde Sakina et Yasmine s'avancer sur la piste et gracieusement évoluer au son d'une musique tour à tour sensuelle et enjouée ; elle voudrait les rejoindre mais ses membres sont de plomb et elle reste plantée là, tandis qu'autour d'elle enflent les murmures indignés.

Brusquement, le prince fait signe à l'orchestre de s'arrêter et, d'un ton courroucé :

« N'as-tu pas entendu ? Je t'ai demandé de danser ! »

Les larmes aux yeux, Muhammadi baisse la tête ; depuis des mois elle se prépare à ce moment où sa vie doit se jouer, et voilà qu'elle a tout gâché… « Pourquoi ne danses-tu pas ? s'impatiente le prince.

— Je ne suis pas danseuse ! »

Où a-t-elle trouvé le courage de répondre ainsi ? Par la suite, elle s'est souvent posé la question et elle a fini par admettre que c'était dans les situations les plus désespérées qu'elle trouvait sa force, et sa vérité. Car, en cette minute, elle prend conscience que si, comme ses compagnes, elle a appris à danser, c'est une activité parmi d'autres mais que jamais elle ne s'est imaginée… danseuse. Elle a d'autres rêves.

Perdue pour perdue, elle trouve la force d'ajouter : « Je ne suis pas danseuse, je suis poétesse ! »

Un silence stupéfait accueille sa déclaration, puis des exclamations que d'un geste Wajid Ali Shah fait taire :

« Poétesse, vraiment ! Quelle vanité ! Quel âge as-tu ?

— Quatorze ans, Votre Altesse.

— Quatorze ans ! Tu es d'une insolence peu banale, je ne sais si je dois me fâcher ou rire. »

Amman et Imaman se sont interposées, balbutiantes :

« Veuillez nous pardonner, Houzour, jamais nous n'aurions imaginé… Cette créature est devenue folle, nous allons la punir, la renvoyer, c'est la première fois qu'un tel déshonneur…

— Je veux d'abord la punir moi-même en la laissant publiquement se ridiculiser. Allons, assieds-toi ici et récite-nous un de tes poèmes. Je te préviens, je m'essaie moi aussi à cet art et connais tous les maîtres, tu ne pourras pas me duper ! »

L'impression d'un trou noir au bord duquel elle vacille, elle ne voit plus que des ombres, elle va tomber… elle tombe…

« Non ! »

Son propre cri lui fait reprendre ses esprits, elle ouvre les yeux, autour d'elle les femmes ricanent… Elle ne leur fera pas le plaisir de s'humilier, elle pense à son père qui lui disait que la suprême vertu est le courage ; alors, prenant une profonde inspiration, elle commence à réciter, accompagnée des résonances du sitar. Sa voix, d'abord fragile, s'est peu à peu affermie, tantôt chuchotante tantôt vibrante, au rythme des images qu'elle déploie en une longue fresque. Elle n'est plus dans le harem malveillant, elle est la belle emportée par son amoureux sur un cheval fougueux, elle est les montagnes enneigées et les vallées fleuries traversées au galop, elle est la source où ils se rafraîchissent et le lit de mousse où tout doucement il l'enlace et dépose un baiser sur ses lèvres semblables aux pétales de rose.

Lorsque, une heure plus tard, elle se tait, un profond silence règne. Quelques femmes s'essuient furtivement les yeux tandis que, songeur, le prince la regarde.

Muhammadi comprend qu'elle a gagné, et soudain, toute la tension accumulée se relâchant, elle se met à pleurer.

Chapitre 3

Amman et Imaman sont reparties, laissant les trois jeunes filles au harem princier.

Tandis que Sakina et Yasmine participent quotidiennement aux répétitions dirigées par le prince, Muhammadi qui n'y est pas conviée, se tient à l'écart, de plus en plus inquiète. Personne ne lui adresse la parole. Touchées sur le moment par ses poèmes, les femmes se sont reprises ; elles ne lui pardonnent pas de se vouloir différente et, à voix haute, commentent le caractère volage de Wajid Ali Shah qui, du jour au lendemain, est capable d'oublier celle qui, un instant, a su capter son attention.

Quant à ses anciennes compagnes, elles ne font rien pour la rassurer : « Sa Grâce est passionnée par son nouveau ballet, et si gentille avec toutes les danseuses ! Tu as eu tort de lui tenir tête, il n'aime pas les femmes qui ont mauvais caractère et les plus anciennes ici disent que tu risques de passer ta vie comme chambrière. »

Une semaine s'est écoulée, un soir Wajid Ali Shah l'a fait mander dans ses appartements privés. Entouré de quelques amis, il est adossé à d'épais coussins et fume un splendide hookah damasquiné d'or. Interdite, Muhammadi s'est figée sur le seuil.

« Allons, n'aie pas peur, viens nous réciter quelques-uns de tes poèmes », l'a-t-il encouragée en souriant.

Mise en confiance, elle s'est recueillie quelques instants puis, d'une voix vibrante, a commencé par un poème à la gloire du plus amoureux des hommes, l'empereur Shah Jahan qui, pour sa bien-aimée, avait fait construire le Taj Mahal, cette merveille de marbre blanc. Longuement elle a déployé son talent et son charme, interrompue seulement par les exclamations flatteuses de l'assemblée.

Tard dans la nuit chacun est rentré chez soi, mais Wajid Ali Shah l'a priée de rester. « Si tu le veux », a-t-il murmuré.

Si elle le voulait ! C'est à ce moment-là qu'elle est tombée amoureuse.

Elle se souvient de leurs nuits passées ensemble à réciter des poèmes et à s'aimer jusqu'au matin. Elle s'émerveillait de sa délicatesse, lui de son innocence. Il avait même composé un poème en son honneur qui commençait ainsi :

> « Par quel miracle Amman et Imaman ont-elles pu amener ici cette jeune fille modeste ? De tout son corps s'exhale un parfum de rose, c'est une fée[1]. »

Quelques semaines plus tard elle était enceinte, c'est alors qu'il lui donna le titre d'« Iftikhar un

1. Extrait de l'un des poèmes dédiés à Hazrat Mahal.

Nisa », « la fierté des femmes », car il appréciait son orgueil qui la distinguait des autres, tellement soumises.

Quand, enfin, Allah la bénit en lui accordant un fils, elle se crut à l'abri de toutes les vicissitudes. Ce fut au contraire le début de la guerre, cette guerre larvée des harems, où accidents et poisons sont les armes dont, sans répit, les mères doivent protéger leur progéniture.

Heureusement, elle a son fidèle Mammoo ! Dans cet univers de jalousies et d'intrigues, l'eunuque est son seul protecteur. Car aujourd'hui elle n'a plus les faveurs du roi. Aussi charmant que volage, il est bien trop occupé par de nouvelles beautés ; si elle veut conserver son affection, elle doit le distraire, l'amuser comme cet après-midi, mais certainement pas l'entretenir de ses problèmes.

C'est Wajid Ali Shah lui-même qui lui avait offert Mammoo, ou plus exactement avait accepté qu'elle s'attache ses services. À l'époque, personne ne voulait de l'eunuque, on prétendait qu'il portait malheur : sa maîtresse, l'une des nouvelles favorites, était morte mystérieusement, et Mammoo avait été accusé sinon de complicité du moins de négligence. Wajid Ali Shah aurait dû le renvoyer mais il hésitait ; parmi les serviteurs du zénana, l'homme était certainement le plus habile et excellait à démêler les affaires délicates. Aussi quand Hazrat Mahal qui venait d'accoucher d'un fils était venue prier son époux de lui donner l'eunuque comme intendant, il avait acquiescé, soulagé de cette solution inattendue. Les autres femmes avaient bien essayé de la dissuader, arguant qu'elle était crédule et que l'eunuque n'était pas digne de confiance, elle avait tenu bon. Ce n'était pas seulement par charité – bien sûr Mammoo faisait peine à voir : renvoyé du palais, toutes les portes lui seraient fermées, il finirait à la rue, et Hazrat Mahal qui à douze ans s'était brusquement retrouvée seule comprenait son désespoir. Mais elle était aussi guidée par son intuition : douée d'une capacité de juger au-delà des apparences – ce qui lui valait autant de loyautés que d'indéfectibles haines – elle avait deviné chez l'eunuque une intelligence aiguë et beaucoup d'ambition, et confusément elle avait senti qu'en se l'attachant elle se faisait un allié de poids. Quant à Mammoo, c'était clair : la jeune femme l'avait sauvé, il lui serait désormais dévoué corps et âme.

Hazrat Mahal se félicite chaque jour de sa décision. Pour elle, confinée dans le zénana, l'eunuque est devenu ses yeux et ses oreilles. Il hante les marchés de Lucknow, s'attarde dans les échoppes où il a noué des relations, et le soir rapporte à sa maîtresse les bruits de la ville, ce qu'on dit du souverain, ce qu'on dit des Anglais, si bien qu'elle est plus au fait de l'humeur de la rue que quiconque au harem, à l'exception bien sûr de la Rajmata qui, elle, entretient une armée d'informateurs.

Ces temps-ci, Hazrat Mahal est particulièrement attentive aux rumeurs, elle a l'impression que l'insolence du Résident anglais n'est pas le fruit du hasard, qu'il a reçu des ordres et que quelque chose de grave se trame. Aussi, lorsque l'eunuque apparaît enfin, elle ne peut contenir son impatience.

« Alors, Mammoo Khan, quelles nouvelles ?

— Les gens sont mécontents car les Angrez se montrent de plus en plus grossiers. De jeunes blancs-becs à peine arrivés d'Angleterre et qui commandent de vieux cipayes aguerris se permettent de les traiter de “nègres[1]” ou même de “cochons” ! Quand il leur arrive de s'aventurer dans le Chowq c'est pire : ils sont incapables de distinguer une prostituée d'une grande courtisane, aussi ces dernières leur ferment-elles leur porte. Alors ils font scandale, d'autant que bien souvent ils sont ivres !

— Et que dit-on de Djan-e-Alam[2] ?

— Il est toujours aussi aimé mais on se plaint de ne presque plus le voir. On regrette ses processions hebdomadaires où chacun pouvait mettre sa supplique dans les boîtes en argent accrochées au flanc de son éléphant, on dit que ce sont les Angrez qui le lui interdisent, qu'ils font tout pour l'éloigner de son peuple, mais qu'il est le roi et qu'il ne devrait pas les écouter !

— Facile à dire ! » coupe Hazrat Mahal en haussant les épaules, excédée. Jusqu'à présent, elle s'est obstinément refusé à douter de son époux, considérant cela comme la pire des trahisons, mais ces derniers temps elle doit se rendre à l'évidence : progressivement le roi a tout accepté, désormais ce sont les Anglais qui décident. Elle se remémore les réformes qu'en début de règne le jeune homme avait

1. Les documents de l'époque montrent, en effet, que les termes *niggers* et *negros* (*sic*) étaient couramment employés en anglais pour désigner les Indiens.

2. « L'aimé du monde ». Ainsi était souvent nommé Wajid Ali Shah.

entreprises, réformes de l'armée, de la justice, de l'administration, elle se rappelle son enthousiasme, son désir d'aider son peuple… et comment, peu à peu, il s'était découragé devant les éternelles objections, les obstacles, les mises en garde, et les menaces voilées proférées par le Résident. Le roi sait ce qu'il en coûte de mécontenter la toute-puissante Compagnie des Indes, déjà les deux tiers des États princiers sont annexés.

Alors Wajid Ali Shah s'était réfugié dans ses passions de jeunesse, la musique et la poésie, avec toute la fureur du désespoir. Il passait ses journées et ses nuits à composer, à versifier et à danser. Le zénana n'avait jamais été aussi gai, on y accueillait constamment de nouvelles « fées », et on y montait les spectacles les plus élaborés.

Très vite, le Résident avait crié au scandale et s'était plaint au Gouverneur général[1], Lord Dalhousie, de l'état de « débauche » de cette cour où le souverain, ne songeant qu à ses plaisirs, délaissait toute responsabilité. Le Gouverneur avait menacé, et le roi avait tenté de satisfaire ses demandes, mais quoi qu'il fasse rien ne trouvait grâce aux yeux de la Compagnie. Aussi, pour échapper à cette situation inextricable, pour oublier les constantes humiliations il s'était plongé à nouveau dans le tourbillon des fêtes.

---

1. Dans chaque État non annexé, la compagnie des Indes orientales est représentée par un Résident anglais. Tous les Résidents relèvent de l'autorité du Gouverneur général de la Compagnie, dont le Siège est à Calcutta.

… Il est malheureux, il tente de s'étourdir… Ah, si je pouvais lui parler, l'encourager à résister, l'assurer que son peuple l'aime et le soutiendra… Mais il ne m'écoutera pas, je ne suis que sa quatrième épouse, et même sa mère, la Rajmata, n'a presque plus d'influence sur lui…

Immobile, l'eunuque attend les ordres. Ne pas lui laisser deviner sa détresse, il est son serviteur dévoué, non son confident, elle ne doit pas lui donner trop d'emprise. Elle sait comment certains eunuques prennent un tel ascendant sur leur maîtresse qu'ils finissent par tout contrôler. Et elle connaît l'appétit de pouvoir de Mammoo, « Mammoo Khan[1] » comme elle l'appelle pour satisfaire sa soif de respectabilité. Il se prétend en effet d'ascendance aristocratique et il faut reconnaître qu'il a une certaine allure : petit mais bien proportionné, il se tient très droit et son visage sévère ne s'éclaire que pour elle. Cependant, malgré l'intérêt que lui témoigne Hazrat Mahal, il est toujours resté discret sur son passé et elle soupçonne que, comme beaucoup d'eunuques, il est un enfant illégitime, abandonné ou vendu à sa naissance. Au palais il n'est guère aimé car, dès qu'il se croit moqué ou dédaigné, il se venge ; elle le sait mais peu lui chaut, l'important est qu'il donnerait sa vie pour les protéger, elle et son fils.

Son fils qui lui manque tant depuis qu'à l'âge de sept ans il a dû quitter le zénana pour rejoindre le quartier des hommes. Elle avait bien essayé de retarder ce moment fatidique, arguant de la santé

1. Khan : marque de noblesse.

fragile de l'enfant et du besoin qu'il avait de la présence constante de sa mère. En vain. On le lui avait arraché.

Peu à peu elle s'est fait une raison, ils ne se retrouvent plus que le vendredi, et seulement s'il n'y a pas de cérémonies officielles auxquelles les fils du roi, aussi jeunes soient-ils, sont tenus d'assister.

Cela fait plusieurs jours qu'elle ne l'a pas vu.

« Mammoo Khan, va me chercher le prince Biqis Qadar, ie te prie. »

Quelques minutes plus tard Mammoo réapparaît, rayonnant, suivi d'un frêle garçonnet aux cheveux ondulés, qui se précipite dans les bras de sa mère.

« Amma, nous avons fait un concours de cerfs-volants et c'est moi qui ai gagné ! »

Attendrie par l'enthousiasme de l'enfant, sa mère le félicite cependant que l'eunuque ne peut s'empêcher de commenter : « De tous les fils de Sa Majesté, notre petit roi est le plus doué ! », s'attirant aussitôt un regard noir de sa maîtresse.

« Je t'ai déjà dit de ne pas l'appeler ainsi ! Si jamais quelqu'un t'entendait ! Cherches-tu donc à attirer le malheur ? Tu sais bien qu'il n'est que le quatrième dans l'ordre de succession et qu'il y a très peu de chances qu'il règne un jour !

— Sait-on jamais ? Il est bien plus intelligent que ses aînés, de gros garçons gâtés, le roi finira bien par s'en apercevoir, ou bien peut-être ses frères tomberont-ils malades… »

Hazrat Mahal a frémi.

« Disparais avant que je ne me mette vraiment en colère ! »

Et, tandis que l'eunuque sort en grommelant, elle serre contre elle l'enfant étonné.

« N'aie pas peur mon chéri, quoi qu'il arrive je te protégerai. »

Que peut-il arriver ? Elle ne l'imagine pas, mais elle a l'impression très nette qu'à l'horizon les nuages s'accumulent.

Chapitre 4

Vers la maison des fées toute la ville en habits de fête converge. L'élégant théâtre, orné de balustres blancs et de pavillons surélevés coiffés de dômes, est situé dans le parc de Kaisarbagh. Pour la circonstance on a ouvert les portes monumentales sculptées de sirènes ou de poissons – emblème des rois d'Awadh – qui séparent les palais et leurs jardins du reste de la ville. Caracolant sur des pur-sang à la crinière et à la queue teintes de couleurs vives, des cavaliers côtoient les dignitaires en palanquin à dais de soie cramoisie portés par huit hommes enturbannés, et les taluqdars [1] trônant sur leurs éléphants caparaçonnés de velours brodé d'or. Ce soir a lieu le grand Mela, la fête donnée chaque année par le roi, auquel la ville entière est conviée.

Dès l'entrée du parc, on s'exclame devant les arbres et les arbustes taillés en forme de biches, de paons ou de tigres, et illuminés de milliers de lanternes. De chaque branche, une fiole de parfum

1. Seigneur féodal régional qui contrôle des centaines de villages. Un taluqdar peut parfois recevoir du roi le titre de rajah ou de nawab.

goutte délicatement sur les promeneurs. Lentement, ceux-ci avancent fascinés par les feux d'artifice qui, à partir de petits tertres, jaillissent en gerbes de fleurs, en ruisseaux et en palais, en animaux fantastiques et personnages éphémères de toutes les couleurs. Un monde féerique créé par le souverain, où l'art et le rêve remplacent la réalité, cette réalité à laquelle il n'a pas droit.

Sous des arceaux de fleurs rares décorés de filigranes d'or, d'immenses tables sont dressées, recouvertes de mets délicats nappés de feuilles d'argent plus fines qu'une aile de papillon – l'argent à l'état pur étant censé rafraîchir et améliorer la mémoire et la vue. Awadh s'enorgueillit d'avoir poussé à l'extrême le raffinement de la cuisine moghole. La moindre volaille est nourrie d'ananas, de grenades et de jasmin pour en parfumer la chair, et les jeunes chevreaux sont abreuvés de lait au musc et au safran. La cour emploie des dizaines de cuisiniers, chacun s'évertuant à inventer les plats les plus savoureux, comme autant de chefs-d'œuvre pour lesquels ils seront royalement récompensés. En un siècle, ces maîtres ont fait de Lucknow le centre incontesté de l'art culinaire des Indes du Nord.

La foule se déverse à présent à flots continus ; à sa convoitise gourmande s'offrent une centaine de plats variés, parmi lesquels les galawat kebabs fondant dans la bouche et parfumés d'une touche d'essence de rose, les nargisi kofta, boulettes de chevreau farcies d'œuf, les innombrables currys et byrianis, et surtout la spécialité de la ville, sept pulao[1] différents : le pulao du jardin, celui de la lumière, du coucou, de la perle, et celui du jasmin... Enfin toutes sortes de sorbets et de friandises dont le mutanjan, viande hachée de chevreau cuite dans le sucre, ou le lab-e-mashooq, « lèvres de la bien-aimée », une préparation à base de crème de lait, d'amandes, d'épices, de miel, et de noix de bétel pour donner la couleur rouge. Bétel qui, pour le roi et son entourage proche, est remplacé par de la poussière de rubis, supposée apaiser les nerfs.

On est venu en famille malgré la nuit, car pour rien au monde on ne manquerait cette fête splendide dont chacun a bien conscience que seule Lucknow, la ville des nawabs, peut s'enorgueillir. Lucknow avec ses quatre-vingt-douze palais, ses innombrables jardins fleuris, ses trois cents temples et mosquées, ses cinquante-deux marchés où abondent tapis, tissus brodés et parfums, cette capitale de la musique, de la poésie et de la danse, mais aussi des écoles de théologie, cette ville que l'on surnomme « la mariée des Indes » et que l'on compare à Paris, seule Lucknow est capable d'offrir d'aussi somptueux divertissements.

Ali Mustapha, le graveur sur cuivre, est arrivé avec son voisin, Suba Nanda, le brodeur ; ils se connaissent depuis des années, leurs femmes sont amies et leurs enfants ont grandi ensemble ; pas une fête de Holi, la célébration hindoue des couleurs, où la famille d'Ali Mustapha ne soit invitée à partager les gâteaux de lait

1. Plat à base de riz accompagné de mets très variés.

et de miel, pas un repas d'Eid el Fitr, fête clôturant le jeûne du ramadan, auquel la famille de Suba Nanda ne soit conviée.

Les affrontements entre communautés religieuses, qui agitent parfois d'autres États, sont en effet inconnus à Lucknow où jamais les souverains n'ont fait de discrimination entre leurs sujets. Eux-mêmes, musulmans chiites, ont toujours eu pour politique de nommer, souvent aux postes les plus éminents, des musulmans sunnites et des hindous, qui représentent la majorité de la population. Ils aiment aussi réunir des savants de différentes croyances, pour discuter de problèmes religieux, suivant en cela l'exemple du plus grand souverain des Indes, l'empereur moghol Akbar. Celui-ci au XVIe siècle, dans sa capitale de Delhi, invitait les représentants des divers courants de pensée à débattre devant lui en vue de fonder une religion universelle censée unir tous les hommes. Ce fut la Din-i-Ilahi, idéologie syncrétiste empruntant à l'islam, au bouddhisme, au christianisme et à l'hindouisme. À l'époque où en Espagne, au Portugal et en Italie sévissait l'Inquisition et où les guerres de Religion ensanglantaient la France.

Wajid Ali Shah perpétue cette tradition de tolérance, mais ses goûts esthétiques l'incitent à se consacrer particulièrement au domaine des arts. « Tous les maux viennent de l'ignorance », dit-il souvent. « C'est par la connaissance de la culture de l'autre que les communautés apprennent à s'apprécier et à se respecter. »

Sous son impulsion, Lucknow, centre de la « civilisation d'or et d'argent », la « civilisation Ganga-Jumna », du nom des deux fleuves sacrés qui baignent l'État, a atteint le plus haut degré de raffinement, l'alliance du Gange et de la Jumna symbolisant la fusion des traditions hindoue et musulmane.

Ce soir, le souverain met en scène un drame musical qu'il a écrit lui-même, une variation sur la jeunesse du dieu Krishna et sur ses amours avec les belles gardiennes de vaches.

Devant le palais des fées, une vaste scène est dressée, éclairée par des milliers de bougies scintillant dans les candélabres de cristal. D'un côté l'orchestre, de l'autre les invités de marque, étendus sur d'épais tapis et des coussins de velours. La foule, elle, suivra le spectacle depuis les jardins, et si elle n'arrive pas à tout voir, du moins pourra-t-elle s'enivrer de musique.

Krishna, le dieu bleu, est la divinité la plus aimée des hindous et les péripéties de sa jeunesse leur sont une source inépuisable d'enchantement. Avant sa naissance, une prédiction avait annoncé qu'il tuerait le souverain cruel. Pour échapper à la malédiction, ce dernier, comme plus tard Hérode, avait fait massacrer tous les nouveau-nés. Mais le père de Krishna, le prince Vasudeva, avait réussi à cacher son fils à la campagne où le jeune homme avait grandi et où il travaillait comme vacher. Sa beauté, son intelligence, sa noblesse lui attiraient les faveurs des gopis, les vachères du village, jeunes filles ou femmes mariées.

D'innombrables récits et miniatures le montrent jouant de la flûte et dansant avec les jolies vachères et décrivent ses amours. Mais Krishna n'est pas un quelconque séducteur, c'est un dieu, et s'il satisfait toutes les gopis c'est qu'il est l'amour universel, le Principe divin auquel les âmes individuelles cherchent à s'unir pour obtenir la libération du monde terrestre.

Ceint d'une mousseline blanche, ses cheveux ondulés flottant sur les épaules et tout le corps recouvert d'une poudre bleue faite de turquoise et de perles finement broyées, Wajid Ali Shah est apparu, salué par des murmures admiratifs. Autour de lui ses ravissantes « fées », déguisées en vachères, arborent leurs plus somptueux bijoux.

Pendant des heures, elles vont danser et chanter, mimant la joie, la jalousie, le désespoir, et à nouveau le bonheur, tandis que lui, charmeur, leur récite des poèmes qui les rendent folles d'amour. Wajid Ali Shah les a composés pour la circonstance, dans cette langue urdu qui mêle harmonieusement sanskrit, persan, arabe et turc, et dont l'expression la plus parfaite se trouve à Lucknow. Dans la vie de Krishna, le roi a cependant introduit une variante inspirée des amours de Majnoun et de Layla, le plus célèbre conte arabe : Krishna tombe amoureux de Radha, mais la famille de cette dernière, ignorant la nature divine et princière de celui qui n'est pour elles qu'un vacher, s'oppose à leur relation et enferme Radha. Éperdu de douleur, Krishna, délaissant ses jeux avec les gopis, va danser son désespoir.

Wajid Ali Shah se livre alors à une éblouissante performance de khattak. On a posé par terre une longue étoffe de soie sur laquelle le roi va évoluer. Son agilité est stupéfiante, malgré son embonpoint, il semble voler, ses pieds nus dessinent des figures savantes, et lorsque la musique s'arrête, le public médusé constate que, sur le sol, l'étoffe froissée forme les initiales du souverain : W A S.

Mais tandis que le conte arabe se termine par la mort de Majnoun, incapable de supporter la perte de Layla, le roi, pour plaire au peuple, donnera une issue heureuse au drame : émus par la profondeur de leur amour, les dieux réuniront les deux amants.

Le dernier tableau surpasse tous les autres. Cependant que les feux d'artifice dessinent les eaux argentées d'un torrent, on amène sur la scène un éléphant blanc, l'éléphant royal, caparaçonné de brocarts incrustés de pierres précieuses, les oreilles ornées de perles et les pattes alourdies de bracelets d'or. Pesamment il s'est agenouillé devant son maître, levant sa trompe en un respectueux salam. Alors Wajid Ali Shah-Krishna, accompagné de Radha, a pris place dans le howdah[1] de vermeil et ils sont repartis vers le palais sous les exclamations admiratives et les bénédictions des spectateurs.

Quittant à regret le monde merveilleux dans lequel elle a vécu ces longues heures de fête, la foule s'ébranle lentement. Ali Mustapha et Suba Nanda, les yeux encore écarquillés devant tant de splendeur, se laissent porter par le flot coloré.

« Chaque année c'est plus beau ! finit par déclarer Suba Nanda, notre roi est un magicien.

— Certes ! approuve Ali Mustapha, et surtout il est généreux. Connais-tu un autre souverain qui organiserait de pareilles fêtes pour son peuple ?

---

1. Siège surmonté d'un dôme, fixé sur le dos d'un éléphant, où prennent place un ou plusieurs dignitaires.

— Sûrement pas. Et je suis vraiment étonné de voir comment il a su incarner notre Krishna !

— Ton dieu Krishna, sais-tu qu'il me fait penser à notre Prophète ? Les femmes tombaient aussi toutes amoureuses de lui, mais de même que Krishna n'a vraiment aimé que Radha, de même le Prophète n'a éprouvé de véritable amour, je crois, que pour sa plus jeune femme, Aïcha. »

Et pendant tout le chemin du retour, main dans la main, les deux amis ont continué à deviser.

⁂

« C'est un scandale ! Danser à moitié nu devant la populace, avec ses concubines de surcroît ! Et dépenser des sommes extravagantes pour ces spectacles ridicules au lieu d'accomplir les réformes que depuis des années nous lui demandons ! »

Dans son salon aux boiseries sombres, éclairé de lampes de cuivre, le Résident britannique, le colonel James Outram, confortablement installé dans un profond divan de cuir, reçoit quelques amis. On pourrait se croire dans la lointaine Angleterre, n'étaient les serviteurs à la peau sombre, qui, mains gantées de blanc, silencieusement servent le whisky.

« Dorénavant, tout cela est terminé. Messieurs, j'ai une grande nouvelle à vous annoncer : je reviens de Calcutta où je me suis entretenu avec le Gouverneur général Lord Dalhousie. Il a été décidé que désormais l'État d'Awadh serait administré par la Compagnie des Indes qui aura tout pouvoir et contrôlera les finances. Le roi conservera ses titres, la souveraineté sur sa maison, et nous lui verserons une pension de cent cinquante mille roupies par an. S'il refuse, nous serons obligés d'annexer l'État et le roi sera démis de tous ses droits et privilèges. »

Des exclamations variées accueillent la nouvelle. Même si on l'attendait depuis un certain temps – Lord Dalhousie n'a jamais fait mystère de son désir d'offrir à la Couronne ce nouveau joyau, l'État le plus riche des Indes du Nord – l'on s'étonne du procédé. Annexer alors qu'on est lié avec les souverains d'Awadh par plusieurs traités, qu'ils ont toujours été nos plus fidèles alliés, qu'ils ont même, en des temps difficiles, prêté à la Compagnie des sommes considérables en ayant le bon goût de ne jamais les réclamer… comment justifier cet acte devant l'opinion indienne ?

« Voyons, messieurs, prendre en charge cet État est un devoir moral ! La population indigène nous sera reconnaissante de l'avoir libérée de ce débauché ! s'exclame le colonel Outram, indigné des réticences qu'il n'attendait pas de la part de ses compatriotes. Depuis près de dix ans, nous demandons au roi des réformes et, au lieu d'obtempérer, il continue à chanter et à danser !

— C'est simplement la manière qui risque de poser problème, car sur le fond, Sir, nous sommes tous d'accord, Wajid Ali Shah est totalement inapte à gouverner.

— Disons plutôt que nous avons tout fait pour l'en empêcher ! » intervient le colonel Simpson, un gentleman aux cheveux blancs.

Et, sans s'émouvoir des exclamations réprobatrices :

« Je vis ici depuis vingt-cinq ans, bien plus longtemps que vous tous ! J'ai été le collaborateur du major Bird[1] et du colonel Richmond, Résident d'Awadh pendant les deux premières années de règne de Wajid Ali Shah. Je peux témoigner qu'à peine arrivé au pouvoir, le roi a tenté de réformer l'armée et l'administration, en particulier la justice, mais que le colonel Richmond y a mis son veto. Le roi s'est alors déclaré prêt à suivre nos directives. De fait, en huit mois, son Premier ministre, conseillé par le Résident et le major Bird, avait préparé un plan de réformes très poussé, qui devait être testé sur une partie du territoire. Le roi allait signer lorsque le colonel Richmond a décidé d'obtenir au préalable l'approbation de Lord Dalhousie, Gouverneur général à Calcutta. Tout juste débarqué d'Angleterre, celui-ci n'a même pas regardé le projet : il l'a refusé sous prétexte qu'à moins d'être immédiatement appliquées dans tout l'État d'Awadh, ces réformes ne servaient à rien.

« Ulcéré, le Résident a donné sa démission, car il était désormais clair que, quoi que fasse le roi, Awadh était condamné. Pour des raisons économiques, la Compagnie avait décidé, dès cette époque, de l'annexer, comme le prouve une lettre de Lord Dalhousie que j'ai pu lire en septembre 1848. »

Des protestations accueillent son témoignage.

« Si c'est vrai, pourquoi avoir attendu huit ans ?

1. Major correspond, dans l'armée anglaise, au grade de commandant.

— Encore fallait-il trouver un prétexte ! D'après les traités, nous ne pouvons annexer Awadh qu'en cas de rébellion et, comme s'en plaignait Lord Dalhousie, le roi se montrait « désespérément docile ». Aussi Dalhousie a-t-il envoyé comme nouveau Résident le colonel Sleeman, avec pour mission officielle de juger de la situation, en réalité pour instruire un dossier à charge.

— Effectivement, avec lui le roi n'avait aucune chance, quoi qu'il fasse il avait tort. Sleeman, un puritain, détestait tout ce que Wajid Ali Shah représentait et ne manquait jamais une occasion de le contrer et de l'humilier ! Pour le diminuer aux yeux de son peuple il lui avait même signifié publiquement l'interdiction de porter son titre de Ghazi, « le Conquérant », titre porté par ses ancêtres depuis qu'ils régnaient sur Awadh !

— J'ai travaillé moi-même avec Sleeman ; après quarante ans aux Indes il avait les nerfs malades, confirme un officier, il soupçonnait tout le monde et vivait dans la hantise d'être assassiné. Mais en ce qui concerne le roi, il ne faisait qu'obéir aux ordres de Lord Dalhousie : il lui fallait prouver que Wajid Ali Shah était incapable de régner et que par conséquent la Compagnie des Indes était obligée d'assumer le pouvoir à sa place.

— Un moment, mon cher, intervient vivement Sir James Outram. Le colonel a laissé des milliers de pages incriminant le gouvernement, sur lesquelles j'ai fondé mon rapport à Lord Dalhousie. Vous n'allez pas me dire qu'il a tout inventé !

— Non, mais il n'écoutait que ce qui allait dans le sens de ses préjugés. Toutes les rumeurs, toutes les calomnies, il les prenait pour argent comptant, la Résidence était devenue un véritable bureau des doléances ! Il avait fini par former un État dans l'État qui empiétait de plus en plus sur les prérogatives du roi. Si Wajid Ali Shah protestait, Sleeman criait à la rébellion et rappelait au malheureux souverain que, d'après le traité de 1801, celle-ci était une cause d'annexion.

— Peut-être a-t-il exagéré, admet Sir James en haussant les épaules, mais quoi qu'il en soit, il est indéniable que le peuple sera désormais mieux administré. Au moins apporterons-nous à ces pauvres diables les bienfaits de la justice et de la civilisation.

— Pardon, Sir, qui vous dit qu'ils ne préfèrent pas leur justice et leur civilisation ? » objecte vivement le colonel Simpson.

Des ricanements accueillent ces derniers mots.

« Leur civilisation ? Appelez ça leurs coutumes mais, de grâce, ne nous parlez pas de civilisation !

— Ils sont trop ignorants pour distinguer ce qui est bon pour eux, laisse tomber un officier avec une moue condescendante. Ils ont vécu sous la tyrannie, exploités par la cour et par les grands taluqdars. Nous les libérons et leur ouvrons les portes d'un monde de justice. C'est notre mission de chrétiens que d'apporter à ces malheureux les valeurs qui fondent nos sociétés. »

On l'approuve chaleureusement :

« Le devoir de la Compagnie est de veiller au bien-être des populations des Indes et de les protéger contre des souverains indignes. Notre combat est celui du bien contre le mal, l'annexion d'Awadh est un devoir moral* ! »

Et si, au passage, la Couronne britannique en tire quelques avantages, pourquoi faire la fine bouche ?… Après tout Awadh est un important producteur de coton et de soie dont en Angleterre les usines ont grand besoin, et c'est également le sol idéal pour cultiver l'indigo qui atteint actuellement des prix vertigineux.

Chapitre 5

Au cœur de la nuit, dans le grand salon du zénana, fêté par ses épouses et ses favorites, le roi se détend. Le spectacle a été un immense succès, le peuple était enthousiaste et, autour de lui, le parterre choisi d'aristocrates et d'artistes a accueilli ses poèmes avec ferveur. Ces moments bénis lui font oublier les constantes réprimandes et vexations du Résident. D'ailleurs il ne l'a pas vu depuis quelques jours et a l'impression de mieux respirer.

Tandis que derrière lui deux esclaves balancent de larges éventails en plumes de paon, Wajid Ali Shah goûte aux plats moghols recouverts d'une fine feuille d'or qu'en un défilé ininterrompu, de jeunes servantes lui présentent. L'or est réputé être un tonique cardiaque, mais le but de ces précieux revêtements est surtout de permettre de déceler l'éventuel ajout d'un poison. Assise à côté de son fils, la Rajmata ne touche à aucun de ces mets : personne, pas même elle, n'est censé se restaurer devant le souverain, ce serait un inconcevable manque de respect. D'ailleurs le soir elle se contente de sa boisson favorite, un jus de fruits frais mélangé de poudre de perles fines, excellent pour la santé, lui a assuré son hakim [1].

L'atmosphère est légère, les femmes plaisantent, la nuit est douce.

Soudain, la lourde portière de soie s'écarte, un eunuque annonce que le Premier ministre, Ali Naqvi Khan, souhaite être reçu.

« À cette heure ? Ne peut-il attendre demain ?

— Il insiste, Majesté, il dit que c'est urgent.

— Bien. Laissons à ces dames le temps de se retirer, et tu le feras entrer. »

Pendant que les femmes, déçues, rassemblent leurs effets, le roi fait signe à sa mère :

« Ne partez pas, restez derrière les jalis, je vous prie. »

La Rajmata acquiesce – dans les affaires délicates, son fils la consulte souvent – et, apercevant Hazrat Mahal :

« Viens avec moi, ma fille, j'ai l'impression qu'il s'agit d'une affaire d'importance, tu me donneras ton avis. »

Elle a eu maintes fois l'occasion d'apprécier l'intelligence de la jeune femme et surtout sa droiture qui la tient éloignée des intrigues du harem. C'est l'une des rares personnes en qui la vieille dame ait confiance.

Le Premier ministre est entré, livide. Il se confond en salutations jusqu'à terre mais aucun son ne parvient à franchir ses lèvres.

---

1. Docteur en médecine traditionnelle, à base de plantes.

« Allons, Ali Khan, remets-toi, que se passe-t-il ? »

Avec effort l'homme réussit à articuler :

« Le Résident m'a fait remettre pour vous une lettre… de Lord Dalhousie. »

Wajid Ali Shah sent un désagréable frisson le parcourir, mais il se reprend vite :

« Quel honneur ! Et que dit cette lettre ? »

Ali Naqvi Khan secoue la tête et, les lèvres serrées, tend la missive au roi.

Pendant de longues minutes Wajid Ali Shah la parcourt, ses mains tremblent et, les larmes obscurcissant peu à peu sa vision, rageusement il jette la lettre au loin.

« Comment osent-ils mentir aussi effrontément ? Prétendre que par ma faute le peuple vit dans la misère alors que Lucknow est la ville la plus riche du pays et qu'on surnomme Awadh "le jardin des Indes" tant nos récoltes sont abondantes ! C'est au contraire à cause de nos richesses qu'ils ont décidé de s'emparer de l'État. Avec ceux qui veulent accaparer vos biens tout en se parant des atours de la vertu, quoi qu'on fasse on a toujours tort ! Mais je ne me laisserai pas forcer la main, jamais je ne signerai l'abandon de mon pays et de mon peuple à des étrangers !

— Le Résident m'a chargé de prévenir Votre Majesté qu'en cas de refus de sa part, des bataillons de troupes britanniques, stationnées à une trentaine de miles [1], ont ordre de marcher sur Lucknow…

— Et de nous massacrer tous, j'imagine ! Convoque immédiatement le Conseil : il faut trouver

1. Un mile équivaut à 1,6 kilomètre.

une solution. Et surtout n'oublie pas de faire venir le rajah Jai Lal Singh. »

Une heure plus tard une dizaine de conseillers, mal réveillés, sont rassemblés autour du roi. Indignés, aucun n'a de mots assez durs pour qualifier la traîtrise de ceux qu'en dépit de leur arrogance on considérait la veille encore comme des alliés. Mais personne n'a la moindre idée de la façon de se tirer de cette situation dramatique, sinon tenter de parlementer, promettre que l'on suivra à la lettre toutes les injonctions du Résident et du Gouverneur général, dans la mesure où ils consentent à les énoncer clairement…

« Ne nous berçons pas d'illusions, messieurs, cela ne servira à rien. Sir James m'a déclaré que l'honorable Compagnie des Indes avait trop longtemps patienté et que, quoi que nous fassions, sa décision était définitive. Si le traité n'est pas signé dans les trois jours, le royaume sera annexé de force et Votre Majesté perdra tous ses droits et privilèges. Je crains qu'à moins de mettre nos vies et celles de milliers d'innocents en danger, nous ne soyons obligés d'obtempérer.

— Obtempérer à quoi ? »

Un bel homme d'une quarantaine d'années vient d'entrer. C'est le rajah Jai Lal Singh. Respectueusement, il s'incline devant le souverain.

« Veuillez pardonner mon retard, Majesté, je n'étais pas chez moi, un oncle malade… »

Malgré la gravité de la situation le roi ne peut retenir un sourire. Le rajah est connu pour fréquenter assidûment les soirées des grandes courtisanes du

Chowq qui se disputent sa présence, car il a autant d'esprit que de charme.

Rapidement on le met au courant de la situation et on lui donne à lire la lettre du gouverneur. Il ne fait aucun commentaire – contrairement aux hommes de cour présents, le rajah a une formation de militaire –, calmement il énonce :

« Je ne vois qu'une solution : nous battre. »

Des protestations effarouchées accueillent sa déclaration.

« Nous battre ? Contre l'armée britannique ! Et avec quoi ?

— Nous réunirons les taluqdars. Chacun a sa petite armée et ils détestent les Anglais qui essaient de rogner sur leurs privilèges. Ajouté aux troupes de Votre Majesté – environ soixante-dix mille hommes en incluant les gardes du palais et la police, peu entraînés je vous l'accorde mais qui donneraient leur vie pour leur maître –, cela nous fait une force capable de résister. Sans compter la population ! »

Et, se tournant vers le roi :

« Le peuple vous aime, Majesté, et il est de plus en plus irrité par la grossièreté et la suffisance des Anglais. Il se battra pour vous garder et ne pas tomber sous le joug d'étrangers qui entendent réformer ses coutumes et même ses croyances.

— Que peut faire le peuple contre les canons anglais ? objecte impatiemment le Premier ministre. Quant aux troupes des taluqdars, tout juste bonnes à combattre les brigands, elles seront vite balayées par des forces militaires bien entraînées ! N'écoutez pas le rajah, Majesté, il veut vous entraîner dans une folle aventure où vous allez tout perdre. La seule solution raisonnable est de signer, vous aurez une vie tranquille, de très confortables revenus, et vous garderez titres et honneurs !

— Monsieur, j'ai toujours pensé que vous étiez l'ami des Anglais mais vos propos me prouvent que vous n'en êtes que le valet ! » s'exclame le rajah Jai Lal rouge d'indignation.

Derrière les jalis, la Rajmata laisse échapper un petit rire de contentement.

« Bien dit ! J'ai souvent conseillé à mon fils de se méfier, cet Ali Naqvi est un traître placé par les Angrez pour l'espionner. »

Hazrat Mahal ne répond pas, elle n'a d'yeux que pour le rajah : voilà un homme courageux ! Si le roi pouvait l'écouter plutôt que les serviles courtisans qui l'entourent… Elle se rappelle ce qu'on lui a raconté sur lui : sa famille, hindoue, est d'origine modeste, son père était un petit propriétaire, qui lors d'une chasse sauva la vie du roi, Nasir uddin Hayder, attaqué par une panthère. Le souverain l'anoblit et en fit son homme de confiance. Enfant, Jai Lal jouait avec le prince Wajid Ali Shah. Mais, craignant pour lui l'atmosphère émolliente de la cour, son père lui fit donner une formation militaire. Les deux amis sont cependant restés très proches, le roi sait pouvoir compter totalement sur la loyauté du rajah.

Dans la salle du Conseil le ton monte, et si le souverain, lassé, ne leur avait ordonné de se calmer, Ali Naqvi et Jai Lal en seraient sans doute venus aux mains. Car en cet instant la coupe déborde entre ces deux hommes qui se haïssent depuis toujours. Le premier, vieil aristocrate subtil et corrompu, n'a que mépris pour le militaire de noblesse récente aux manières et au langage trop directs. À tout prendre, la corruption, que ce blanc-bec lui reproche, est quand même plus conviviale, si elle est pratiquée avec élégance, qu'une ennuyeuse et rougeaude honnêteté. Quant à Jai Lal, le Premier ministre symbolise tout ce qu'il déteste, l'hypocrisie et l'aveuglement, les petites compromissions et les grandes lâchetés qui insensiblement ont mené l'insouciante société lucknowi au drame actuel.

« J'ai donné mon avis et n'ai rien à ajouter. Votre Majesté me permettra-t-elle de me retirer ? » susurre le Premier ministre en espérant bien qu'on le retiendra.

Mais le roi en a assez entendu, il a envie de s'entretenir seul avec son ami. D'un geste large il congédie l'ensemble des conseillers.

Puis, se tournant vers le rajah :

« Crois-tu vraiment que nous ayons une chance ?

— Je crois que si nous sommes unis nous pouvons gagner. De toute façon vous ne sauriez accepter de vous laisser voler Awadh par ces bandits ! Il faut se battre, Majesté, il en va de votre honneur, de l'honneur de votre famille qui a façonné ce royaume prospère, édifié cette ville admirable, la perle des Indes du Nord ! Et puis pensez à votre peuple ! Il a confiance en vous, comment pourriez-vous l'abandonner à des étrangers qui n'ont que mépris pour ses valeurs et veulent l'obliger à adopter les leurs ? Prétendument pour son bien ! »

Submergé par l'indignation, le rajah s'est empourpré :

« C'est toujours la même tactique ! Quand un puissant a décidé de vous envahir il vous charge de tous les crimes : soit vous êtes un dictateur cruel, soit vous êtes un incapable. L'opinion – car dans ces pays dits "civilisés" on préfère être épaulé par l'opinion publique – est manipulée par une presse qui décrit avec force détails les vices supposés de l'homme à abattre. Vous savez bien sûr que les journaux anglais vous présentent comme un débauché et un ivrogne, alors que vous n'avez jamais touché un verre de vin, que vous faites scrupuleusement vos cinq prières par jour, et que pas une femme n'entre dans votre couche sans que vous soyez d'abord passés devant le maulvi[1] !

— Je sais tout cela, et aussi combien nous sommes impuissants devant ces calomnies… Mais dis-moi, toi qui es militaire, combien de temps te faudrait-il pour rassembler les taluqdars et préparer nos forces ?

— Environ deux semaines.

— Et je dois donner ma réponse dans trois jours ! Si je refuse, l'armée britannique marchera sur Lucknow, ce sera un bain de sang. Non, mon ami, la résistance est impossible, ce serait sacrifier mon peuple en vain.

---

1. Chez les chiites, le muta, mariage temporaire, est admis et est célébré par un maulvi, personnage religieux. Il permet, si un enfant naît d'une relation, même très courte, qu'il soit reconnu et ait droit aux mêmes avantages que les autres enfants, notamment à l'héritage.

— Vous accepteriez d'abdiquer ?

— Jamais ! Pour prendre le pouvoir ils seront obligés de violer le traité et de me démettre de force. Aux yeux du monde entier ils apparaîtront comme des agresseurs, je suis sûr qu'ils hésiteront…

— Ne vous faites pas d'illusions, Majesté, le monde oublie très vite, un événement chasse l'autre et celui qui a le pouvoir impose sa version de l'Histoire qui, en quelques années, devient la vérité incontestable. »

⁂

En cet après-midi du 1er février 1856, à 4 heures précises, le colonel James Outram, suivi d'un interprète, se présente à l'entrée d'un des plus somptueux palais de Lucknow, le palais de Chaulakhi, où réside la reine mère. Celle-ci a demandé à le voir et il s'empresse de répondre à son invitation : elle a l'oreille de son fils, et il espère bien, à travers elle, arriver à le convaincre. Si le roi pouvait entendre raison et accepter d'abandonner le pouvoir, ce serait mille fois préférable à une annexion qui, comme il l'a répété à Lord Dalhousie, risque de susciter des réactions violentes. Mais le Gouverneur général n'a rien voulu entendre. Après huit ans aux Indes au cours desquels il a annexé successivement les États de Satara, du Pendjab, de Jaipour et Sambalpour, de Jhansi, de Berar, de Tanjore et du Karnataka, il est sur le départ et particulièrement anxieux de couronner son œuvre en offrant l'État d'Awadh à la Couronne britannique. Et ce, par tous les moyens, y compris en reniant le traité qui les lie !

Le colonel compte bien qu'on n'en arrivera pas à cette extrémité : le roi se soucie plus de poésie que de politique et sa mère est une femme de tête qui comprendra vite où est l'intérêt de sa famille.

Sur le seuil du palais une garde de femmes en kurtah [1] et chowridar [2] noirs, barrés d'une cartouchière, lui rend les honneurs. Corpulent et de petite taille, le colonel se sent toujours mal à l'aise devant ces amazones brunes et musclées, plus imposantes que ses propres soldats. Surnommées « les chats noirs », on les dit d'origine abyssinienne, les premières étant venues du temps de Bahu Bégum, une aïeule de Wajid Ali Shah, qui possédait son armée personnelle. Elles sont efficaces et totalement loyales, contrairement aux eunuques toujours en train de comploter. Le seul problème c'est qu'elles se retrouvent souvent enceintes…

À l'intérieur du palais, le Résident est pris en charge par une autre garde féminine, des Turques à la peau laiteuse, qui le précèdent en criant « Purdah karo [3] ! », afin de prévenir les femmes de la présence d'un étranger. Elles lui font traverser un dédale de vestibules bordant de petites cours intérieures ombragées, monter et descendre d'étroits escaliers sans rencontrer âme qui vive, bien que Sir James ait la sensation très nette d'être suivi par des centaines de paires d'yeux.

Enfin ils arrivent au salon d'honneur, le « salon des Miroirs ». Le colonel en a entendu parler mais c'est la première fois qu'il y pénètre. Sur le seuil il s'arrête,

1. Longue tunique.
2. Pantalon d'origine moghole, serré aux mollets et plissé.
3. « Observez le purdah ! »

ébloui : à la lueur de hauts candélabres de cristal, les murs et les plafonds recouverts de mosaïques et de milliers de minuscules miroirs figurant les jardins du paradis scintillent dans une profusion de fleurs et d'oiseaux multicolores.

Au milieu de cette splendeur, assises sur un simple drap blanc, deux formes noires attendent.

Le purdah, bien sûr ! Il avait oublié ; cela va être facile de converser avec des ombres ! Le colonel sent l'irritation le gagner, d'autant que le salon est, comme tous les intérieurs traditionnels, dépourvu du moindre siège et que, malgré les coussins que lui apportent les servantes, il n'arrive pas à s'asseoir confortablement. Quoi encore ? Qu'il retire ses chaussures ? Il n'en est pas question ! C'est la coutume aux Indes, c'est même considéré comme la plus élémentaire politesse, mais il est anglais et ne voit aucune raison de se plier aux mœurs des indigènes.

La Rajmata l'accueille par une longue formule de bienvenue, transmise à l'interprète par la mince silhouette noire assise à côté d'elle. Car il serait malséant qu'un homme entende la voix de la reine mère [1].

Tandis que l'interprète répond aux vœux de bienvenue par une formule fleurie, le colonel Outram s'arme de patience. L'expérience lui a enseigné qu'aux Indes, et surtout à Lucknow, on n'aborde le vif du sujet

1. Contrairement à la coutume, qui veut que les femmes de la famille royale reçoivent un homme derrière une tenture, la Rajmata a préféré pour l'occasion la burqa qui, malgré tout, permet un contact plus direct.

qu'après de longs détours et que vouloir brusquer les choses n'aboutit qu'à les retarder.

Des jeunes filles sont entrées, portant des plateaux d'argent garnis de mets aux couleurs acidulées, qu'il devra refuser sept fois, comme le prescrit l'étiquette. Il n'acceptera qu'un verre de « limonade », ce jus de cédrat et de rose, très sucré. Malgré ses efforts il n'a jamais pu s'y habituer, mais il a maîtrisé l'art d'y tremper les lèvres en paraissant le boire.

Une heure a passé, parsemée de menus propos et de longs silences, quand enfin la Rajmata se décide :

« Est-il exact, monsieur, que l'honorable Compagnie des Indes, que vous représentez, a décidé que le roi mon fils n'était plus apte à régner ?

— C'est exact, Votre Majesté.

— Est-il exact qu'elle a décidé de le démettre de tout pouvoir et d'administrer l'État à sa place ?

— C'est exact.

— Et si le roi refuse, est-il exact que la Compagnie a décidé d'annexer notre État par la force ?

— C'est exact, Majesté, mais j'ose espérer que nous n'en arriverons pas à cette extrémité.

— Et comment donc, monsieur le Résident ?

— C'est très simple. Le roi n'a qu'à abdiquer, et l'honorable Compagnie, dans sa clémence, lui octroiera une généreuse pension de cent cinquante mille roupies et lui permettra de garder ses titres et l'autorité sur sa cour. »

Après un long silence, la voix rauque de la Rajmata s'élève. Négligeant le protocole, elle s'adresse directement au Résident.

« Quels crimes a donc commis mon fils ? Comment a-t-il pu provoquer le courroux du gouvernement britannique pour lequel il n'a que respect et admiration ? Dites-moi, monsieur, ce qu'il doit faire et je vous promets qu'il s'y conformera point par point !

— Je regrette, Majesté, mais ce sont les ordres, je ne peux que les suivre.

— Au moins pouvez-vous transmettre un message au Gouverneur général, Lord Dalhousie, lui dire que le roi ne demande qu'à administrer son État selon ses instructions, s'il veut bien les définir clairement.

— Le roi a déjà fait de telles promesses, la Compagnie a été très patiente, désormais il est trop tard. »

La reine mère se tait un moment, accablée, puis :

« Je vois, monsieur, que mon fils est condamné. Mais si le gouvernement britannique ne le juge pas apte à régner, pourquoi ne pas nommer à sa place son frère, Mirza Sekunder Hashmat, ou son fils ? »

Pris de court, le colonel Outram reste coi. La proposition est sensée, il n'a aucune réponse valable à lui opposer. Sauf que jamais Lord Dalhousie… Il bafouille :

« Je ne vois pas… Quel serait votre avantage ? »

La silhouette sombre se redresse.

« Aucun avantage personnel, monsieur, mais au moins le royaume d'Awadh perdurerait et notre nom ne serait pas déshonoré !

— Je suis désolé, Majesté, la décision de Londres est définitive et irrévocable. Et je suis venu vous demander de convaincre le roi d'y accéder : s'il signe, il vivra dans l'opulence, sans plus de soucis ; s'il refuse, il perdra son royaume et toute sa fortune.

« Nous sommes persuadés qu'en tant que mère vous aurez à cœur d'assurer le bien-être de votre fils et de tous ceux qui dépendent de lui. Vous-même aurez un revenu indépendant car la Compagnie se propose de vous verser une pension de cent mille roupies.

— C'en est trop ! »

À travers le voile noir la voix a percé, stridente :

« Qui vous permet cette insolence ? Vous osez proposer de m'acheter pour que je convainque le roi d'abdiquer et de se déshonorer ! Pour vous, Angrez, rien ne compte donc que l'argent ! Si vous croyez que nous ne voyons pas clair dans votre jeu : depuis longtemps vous convoitez les richesses d'Awadh, et quoi que fasse mon fils il n'avait aucune chance de vous satisfaire ! »

D'un geste sec, la Rajmata signifie à Sir James que l'entrevue est terminée.

Tandis que la garde turque entoure le Résident pour le raccompagner, la mince silhouette noire, assise près de la Rajmata, et qui n'est autre qu'Hazrat Mahal, se penche vers elle.

« Il est blanc de rage, Houzour, il va se venger.

— Voyons, ma fille, ils nous volent notre pays, que peuvent-ils faire de plus ? Je n'ai été que trop patiente ; lorsque ce malotru m'a insultée, je me suis retenue d'ordonner à mes amazones de le fouetter ! Quand je pense qu'il y a cent ans la Rajmata d'Awadh, la bégum Sadr i Jahan, se promenait en palanquin porté par une douzaine de prisonniers britanniques... Hélas ! les temps ont bien changé... »

Chapitre 6

Jour après jour les troupes britanniques progressent vers Awadh. Pour démontrer ses intentions pacifiques, le roi leur a fait parvenir des ravitaillements et a ordonné que ses propres troupes soient désarmées et son artillerie démontée. Il tient à prouver qu'il n'entretient pas la moindre velléité de rébellion et ainsi ôter à la Compagnie des Indes tout prétexte à annexer. Incapable de duplicité, il se refuse à croire qu'elle puisse violer le traité qui la lie depuis cinquante-cinq ans à son fidèle allié et plus généreux donateur.

Son ami, le rajah Jai Lal, a beau lui rappeler que ces dernières années le Gouverneur général a annexé une dizaine d'États sans justification valable et qu'aucun scrupule ne l'empêchera de s'emparer d'Awadh, Wajid Ali Shah ne veut rien entendre.

« Des centaines de taluqdars vous assurent de leur soutien, insiste le rajah, ils peuvent rassembler une armée de cent mille hommes et un millier de pièces d'artillerie ! Et vous savez bien que les cipayes de l'armée britannique, pour la plupart originaires d'Awadh, refuseront de tirer sur leur frères ! Dites un mot, Majesté, le pays est prêt à se battre pour ne pas tomber sous la coupe des Angrez ! »

En vain. Le roi persiste à déclarer qu'il ne veut pas verser le sang de son peuple. Peut-être aussi n'a-t-il guère confiance en la loyauté des taluqdars, et en cela Jai Lal ne peut lui donner tout à fait tort. L'histoire de la région montre que la plupart de ces grands féodaux sont d'abord loyaux à leurs intérêts et, lorsqu'ils se retrouvent en position de faiblesse, n'hésitent pas à changer de camp pour se rallier au plus fort. Mais surtout Wajid Ali Shah n'est ni un guerrier ni même un homme d'action… Jai Lal l'aime et respecte ses qualités humaines mais il sait bien que son ami vit dans un rêve et a toujours fui la confrontation.

Le 4 février, à 8 heures du matin, le colonel Outram accompagné de deux officiers se présente au palais royal où il est accueilli par des gardes désarmés. Un lourd silence règne dans les salons déserts, là où habituellement les courtisans s'affairent, et les rares serviteurs qu'il croise détournent le regard.

Dans la salle du Conseil le souverain l'attend, entouré de ses ministres. À peine le Résident est-il entré qu'il se précipite pour le serrer chaleureusement dans ses bras comme s'il recevait un ami longtemps espéré et non le juge annonciateur du châtiment.

Gêné par ces démonstrations inattendues, Sir James a un peu de mal à se dégager.

« Majesté ! je vous en prie, Majesté ! »

Et, reculant à distance respectueuse :

« Majesté, j'ai à vous transmettre un message de la part de Son Excellence le Gouverneur général Lord Dalhousie, représentant l'honorable Compagnie des Indes orientales. »

De son ton le plus officiel, le colonel Outram annonce au roi que la Compagnie se voit contrainte de rompre le traité de 1801 la liant au royaume d'Awadh, étant donné les multiples manquements du souverain aux obligations énoncées dans ledit traité. La Compagnie demande donc au roi de signer un nouveau traité de sept articles où il reconnaisse que : « Il a de façon constante et publique renié tous ses engagements » et que, par conséquent, il accepte que l'administration exclusive des affaires civiles et militaires d'État d'Awadh soit désormais et pour toujours sous la responsabilité de l'honorable Compagnie, de même que la libre disposition de tous les revenus de l'État. Pour sa part, dans sa grande magnanimité, la Compagnie garantit au roi une pension de cent cinquante mille roupies par an, ainsi que le respect de ses titres et de son autorité sur sa cour.

Si le Résident s'attendait à des protestations, il n'est pas préparé à l'explosion de sanglots et aux gémissements qui accueillent le verdict. En larmes, Wajid Ali Shah rappelle sa fidélité et celle de ses ancêtres à la Compagnie des Indes dont ils ont toujours été les alliés dévoués et qu'ils n'ont jamais hésité à aider dans les passes difficiles. Il ne s'abaissera pas à préciser mais chacun connaît les sommes fabuleuses prêtées et jamais réclamées, le coût de l'entretien d'une armée imposée par la Compagnie, des nombreuses constructions requises pour loger le Résident, sa suite et son administration, ainsi que les multiples et incessantes dépenses nécessaires au confort d'hôtes de plus en plus envahissants.

Dans un geste dramatique, le roi va jusqu'à enlever son turban, symbole de sa souveraineté, et, d'une voix déchirante, s'écrie :

« Je n'ai plus aucun pouvoir, comment mon humble personne pourrait-elle conclure un traité avec la toute-puissante Compagnie ? »

Pendant des heures, le Résident, flegmatique, répétera qu'il ne fait qu'obéir aux ordres et que si le roi ne signe pas son abdication, outre son royaume il perdra tous les avantages concédés. Mais il a sous-estimé le monarque qui, à sa grande surprise, aussi indifférent aux promesses qu'aux menaces, refuse obstinément de céder.

« J'en appellerai au Gouverneur général à Calcutta, j'irai même jusqu'à Londres demander justice à la reine Victoria ! »

Excédé par ce qu'il considère, en bon Britannique, comme une pantomime indigne, Sir James Outram finit par clore l'entretien :

« Votre Majesté a trois jours pour se décider. Si le 7 février à midi, elle n'a pas signé, la Compagnie des Indes orientales prendra le contrôle permanent et exclusif de l'État et Votre Majesté perdra tous ses privilèges. »

Le 7 février 1856, l'annexion de l'État d'Awadh est prononcée officiellement et à Calcutta le Gouverneur général Lord Dalhousie note avec satisfaction :

« Aujourd'hui notre très gracieuse reine a cinq millions de sujets et un million trois cent mille livres de revenus de plus qu'elle n'en avait hier*. »

À Lucknow cependant, les choses se déroulent moins bien que prévu. Persuadés que la population, exploitée et tyrannisée par un gouvernement irresponsable et corrompu, accueillerait avec enthousiasme la nouvelle administration, les Britanniques se trouvent désarçonnés par la résistance passive des Lucknowi. Le roi ayant ordonné à ses sujets d'obéir aux nouvelles autorités en attendant le résultat de sa visite à Calcutta et à Londres, il n'y aura pas de manifestations, mais des pétitions circulent pour demander le maintien de Djan-e-Alam, « l'aimé du monde ».

Sir James dédaigne ces protestations qu'il prétend inspirées par la Cour. Il ne peut, en revanche, ignorer le refus de l'armée et de l'administration de rejoindre son gouvernement. En dépit d'une offre de salaires très élevés les hauts fonctionnaires se dérobent, ainsi que les militaires de l'armée royale tout juste dissoute et que le colonel veut réengager dans les troupes de la Compagnie. À son grand dam, ni les promesses de gages mirifiques ni l'offre d'enrôler les jeunes comme les vieux ne parviennent à convaincre les soldats. Au risque d'être taxés de rebelles, des officiers lui déclarent sans ambages : « Cessez de nous faire des propositions ! Les hommes ont mangé le sel[1] de leur roi

1. Autrefois aliment rare et indispensable à la survie. « Manger le sel » signifie devoir la vie à celui qui vous emploie.

pendant des dizaines d'années, ils ne peuvent maintenant servir ses ennemis ! »

De son côté, conscient que demander justice au Gouverneur général, représentant la Compagnie, serait peine perdue, Wajid Ali Shah a décidé d'aller jusqu'en Angleterre plaider sa cause devant la reine et le Parlement. Il a l'intention de présenter les preuves de ses efforts constants, depuis son avènement, pour suivre les ordres des Résidents successifs, et d'expliquer comment, tout en le pressant de faire des réformes, ceux-ci lui enlevaient systématiquement toute possibilité de les initier ou de les mener à bien. Certains de ses ministres de l'époque pourront en témoigner. Il existe d'ailleurs des quantités de documents prouvant ses dires et la mauvaise foi des responsables de la Compagnie. La reine Victoria ne pourra que constater sa loyauté et les intrigues incessantes de ceux qui se présentent comme des parangons de moralité.

Craignant que ne soient exposées les méthodes discutables de la Compagnie des Indes orientales et que la presse britannique ne découvre que « le coupable n'est pas celui qu'on pense », le colonel Outram, quant à lui, décide de tout faire pour empêcher le roi de partir. Sous des prétextes fallacieux il place en résidence surveillée les ministres qui doivent l'accompagner, le ministre des Finances, le responsable des archives gouvernementales et même le Premier ministre, pourtant proche des Britanniques mais qui critique l'annexion. Le colonel fait également saisir les documents officiels et actes publics pouvant étayer les arguments du roi, de sorte que celui-ci se trouve dépourvu de tout moyen d'aller plaider sa cause.

Malgré cela, contrairement aux calculs du Résident, Wajid Ali Shah ne renonce pas : il ira se jeter aux pieds de la reine, il a toute confiance en son impartialité et veut se faire entendre.

Le colonel Outram est excédé : abandonnant tout semblant d'urbanité, il n'épargne au roi aucune humiliation et ne recule devant aucune mesquinerie pour empêcher son départ. Ne pouvant le retenir de force, il fait arrêter vingt-deux de ses proches choisis pour l'accompagner et va même jusqu'à confisquer l'ensemble de ses attelages…

De ses appartements du palais de Chattar Manzil, où résident les épouses et les parentes du roi, Hazrat Mahal suit ces péripéties dans les moindres détails grâce au précieux réseau de Mammoo qui a ses informateurs aussi bien à la Résidence qu'au palais.

Elle est fière de son roi qui montre tant de détermination dans l'épreuve, mais déplore qu'il n'ait pas suivi les conseils du rajah Jai Lal. Elle-même a bien essayé de lui parler, mais aux premiers mots il a froncé les sourcils et lui, d'ordinaire si patient, lui a suggéré de retourner à ses poèmes.

La jeune femme doute fort que le souverain obtienne gain de cause auprès de la reine Victoria. Comment celle-ci pourrait-elle désavouer la Compagnie qui, en quelques dizaines d'années, a apporté à la Couronne les trois quarts des Indes et de leurs immenses ressources ? Ressources qui ont permis à l'Angleterre de devenir la première puissance industrielle et commerciale au monde.

Ce sont là des questions dont on débat volontiers au zénana.

Avec un sourire Hazrat Mahal se remémore la stupéfaction de dames anglaises, reçues par la Rajmata lors d'une fête officielle. Celles-ci n'avaient à la bouche que toilettes et colifichets, persuadées que c'étaient les seuls sujets accessibles à ces malheureuses femmes cloîtrées, jusqu'au moment où la reine mère, exaspérée, avait commencé à les questionner sur le programme de leur nouveau Premier ministre, questions auxquelles elles avaient été bien incapables de répondre.

Pour ces memsahib [1] convaincues de leur supériorité, la réclusion implique ignorance et soumission. Elles sont loin d'imaginer la complexité d'un harem et combien, si l'on veut dépasser la condition de simple odalisque, il faut garder l'esprit en alerte et se tenir au courant de tout afin d'être capable de mener sa barque à travers les innombrables écueils.

La réclusion est une épreuve de vérité qui détruit les faibles et rend indomptables les plus fortes car, pour parvenir à leurs fins, ces femmes hors du commun doivent déployer des trésors d'intelligence, de subtilité et de ténacité. C'est ainsi que les Orientales, ces « créatures soumises », qu'elles soient enfermées dans un harem, confinées dans leur foyer

1. Littéralement « l'épouse de monsieur », ainsi que les Indiens nomment les femmes blanches.

ou cachées sous leur voile, ont le plus souvent la mainmise sur celui qui s'imagine être leur seigneur et maître.

Insensiblement les pensées d'Hazrat Mahal reviennent vers son époux : pourquoi a-t-il refusé de se battre ? Elle avait réagi violemment lorsqu'elle avait entendu le rajah Jai Lal le taxer de faiblesse mais, à la lueur du drame qu'ils sont en train de vivre, elle doute... Habitué à la vie émolliente de la cour, Wajid Ali Shah est-il encore capable de prendre des décisions difficiles ? Elle se promet de tout faire pour lui insuffler l'énergie dont elle déborde et dont il aura grand besoin lors de sa mission en Angleterre, qui sera certainement semée de mille embûches. Elle est bien décidée à ne pas rester à Calcutta avec les autres Mahals, et compte persuader la Rajmata de l'emmener afin de distraire le roi, le faire rire et versifier avec lui.

Le 13 mars 1856, après six semaines d'une épreuve de force dont personne, même ses amis, ne l'auraient cru capable, Wajid Ali Shah quitte sa ville bien-aimée, salué par une foule en pleurs, hindous et musulmans mêlés, qui vont l'accompagner pendant des miles en le bénissant et le suppliant de revenir vite, de ne pas les abandonner.

Hazrat Mahal n'est pas du voyage.

La veille du départ, la reine mère l'a convoquée.

« Je suis désolée, mon enfant, mais malgré mon insistance mon fils a décidé de ne pas t'emmener. »

La jeune femme a l'impression que la terre se dérobe sous elle.

« Pour quelle raison ? se récrie-t-elle, bouleversée, qu'ai-je fait pour déplaire à Sa Majesté ?

— Rien, il comptait te prendre avec lui, mais tu dois savoir que tu as des ennemies puissantes au zénana. La première épouse, Alam Ara, lui a fait une scène terrible, jurant que si tu étais du voyage elle resterait à Lucknow avec son fils, le prince héritier. Le roi a bien essayé de l'amadouer, mais elle n'a rien voulu entendre et il a dû céder. »

... Il a dû céder ! N'est-il pas le roi ? Personne, pas même Alam Ara, ne peut lui imposer ses volontés. Mais il déteste la confrontation... et pour avoir la paix il m'abandonne...

Elle sent comme un étau l'étouffer, elle a du mal à respirer, ses jambes ne la portent plus, elle...

Lorsqu'elle revient de son évanouissement, la Rajmata à ses côtés lui caresse le front avec une douceur inhabituelle chez cette femme connue pour sa froideur.

« Ne te mets pas dans ces états, mon enfant, mon fils et moi attendons beaucoup de toi : tu seras ici nos yeux et nos oreilles et tu nous transmettras ce qui te semble important. Le roi apprécie ton intelligence et ta loyauté, il sait que tu ne le décevras pas.

— Oh, je voudrais tant lui être utile ! balbutie-t-elle, encore sous le coup de l'émotion, mais je ne vois pas... Comment, à des milliers de miles et surveillés par les Angrez, pourrons-nous communiquer ?

— Tu trouveras les moyens. Le roi te fait confiance. N'oublie pas qu'il t'a surnommée "la fierté des femmes". »

Dans les mois qui suivront, dans les moments les plus désespérés, Hazrat Mahal se répétera souvent cette phrase, tel un précieux talisman.

Chapitre 7

L'annexion d'Awadh scandalise les opinions à travers toutes les Indes.

Le Patriote hindou[1] écrit :

> « Ce qui est vrai du voleur de pommes est vrai du "héros" qui annexe un État. Si dans le premier cas la morale offensée dénonce le coupable, comment ne dénoncerait-elle bien plus énergiquement l'usurpateur ? Awadh est mal gouverné dit-on, annexons Awadh. Hyderabad est opprimé, destituons donc son souverain. Mais si l'on poursuit ce raisonnement, aucun royaume au monde ne sera plus à l'abri de l'agression de son voisin, car les accusations de mauvais gouvernement seront agitées dès qu'un État puissant et sans principes décidera de fouler aux pieds les droits d'un État plus faible mais qui a la malchance de posséder un bien enviable. »

Chacun considère cette annexion comme un vol pur et simple et l'on s'inquiète : capables de spolier leur plus fidèle allié, les Anglais sont capables de n'importe quoi ! Qui sera leur prochaine victime ?

---

1. Publié à Akola, dans l'État de Maharastra.

Mais ces craintes seront vite oubliées ; par une coïncidence extraordinaire, en cette année 1856, les fêtes de Holi, célébration hindoue des couleurs, et la fête de Nowrouz, début de la nouvelle année pour les musulmans chiites, tombent le même jour, le vendredi 21 mars, et à travers tout le pays les festivités vont se succéder.

À Lucknow, en revanche, une atmosphère de deuil pèse sur la ville. Les rues sont silencieuses, les marchés désertés et la plupart des boutiques ont fermé. Voilà huit jours que le roi est parti et personne n'a le cœur à s'amuser. On reste chez soi à se lamenter et à évoquer les jours heureux, on se rend visite entre voisins pour échanger de rares et incertaines nouvelles, mais, surtout, on s'inquiète d'un avenir qui apparaît lourd de menaces.

Dans les palais l'atmosphère est lugubre, la vie s'est comme arrêtée et les femmes errent, désœuvrées. Pour passer le temps autrefois rythmé par les visites du roi, on continue à se faire coiffer et masser pendant des heures avec des huiles parfumées, mais ces rituels autrefois joyeux ont aujourd'hui un goût amer : pour qui se faire belles ? L'idée même en semble absurde, voire coupable. Ces femmes existaient pour « l'aimé », pour un regard de lui, une parole, un sourire… pour qui et pour quoi vivre désormais ?

Hazrat Mahal ne sort plus guère de ses appartements, elle n'a jamais eu de patience pour les commérages et les médisances, elle en a encore moins pour les jérémiades. Et puis, si elle est débarrassée de son ennemie jurée, la première épouse, elle a également perdu sa protectrice, la reine mère, et mesure désormais combien celle-ci lui évitait de problèmes. Les piques et allusions perfides auxquelles elle est en butte depuis le départ du roi – « Ma pauvre chérie, il n'a pas voulu t'emmener… Quelle suprise, toi qu'on pensait si proche de lui… ! » – l'ont plus étonnée que blessée : elle ne se savait pas si jalousée.

Pourtant, en y réfléchissant, elle doit admettre que la réaction des femmes du zénana, très semblable à celle de ses compagnes de jeunesse dans la maison d'Amman et Imaman, n'est que le résultat de sa propre attitude. Jamais désagréable, elle n'entretient pas non plus ces relations légères qui rendent supportable la vie dans une atmosphère confinée, elle préfère rester seule à lire ou à composer des poèmes plutôt que participer à des jeux et bavardages qu'elle juge puérils. Et même si elle demeure toujours polie et d'humeur égale, son indifférence lui attire aigreur et ressentiments. Mais il y a longtemps qu'elle a abandonné l'illusion adolescente de vouloir être aimée de tous, car que signifie d'être apprécié de gens pour lesquels on n'a pas d'estime… ? Évidemment, à vivre ainsi on s'isole, mais excepté les quelques mois de bonheur passés avec le roi son époux avant qu'il ne s'en aille vers d'autres, la solitude est depuis longtemps sa plus précieuse compagne.

Son fils ? Birjis Qadar est la prunelle de ses yeux, elle donnerait mille fois sa vie pour lui, mais depuis qu'il a été pris en main par ses précepteurs, elle ne le voit presque plus.

Abîmée dans ses pensées, Hazrat Mahal n'a pas entendu entrer Mammoo.

« Houzour ? » Discrètement, l'eunuque toussote. « Houzour ? »

En souriant elle le regarde s'avancer, depuis dix ans qu'il est à son service il n'a pas changé si ce n'est un léger embonpoint et des cheveux prématurément blanchis qu'il teint au henné, ce qui leur donne une couleur poil de carotte d'un effet discutable. Étant donné sa susceptibilité, elle se garde bien de commenter.

« Houzour, j'arrive de la grande mosquée, il s'est passé un drame ! Figurez-vous qu'après la prière le frère de Sa Majesté, le prince Mustapha Ali Khan, a pris la parole pour exhorter les fidèles à ne pas obéir aux étrangers. Les gens l'ont acclamé mais à la sortie des gardes l'attendaient et l'ont conduit de force chez le haut-commissaire[1]. La foule a bien essayé de s'interposer mais les gardes l'ont mis en joue et elle n'a rien pu faire d'autre qu'hurler des insultes à l'encontre des Angrez.

— Qu'Allah protège ce pauvre prince ! Un simple d'esprit, irresponsable ! Je me demande bien qui a pu le pousser à faire cette déclaration…

— Le haut-commissaire a déjà ordonné une enquête et il a averti le prince que s'il recommençait il serait exilé. Sir James n'entend prendre aucun risque, il semble qu'il craigne une rébellion. La population est très remontée contre les étrangers, dans la rue on fait semblant de ne pas les voir pour ne pas avoir à les saluer, au bazar les marchands ne leur

1. Dans un État annexé, le Résident devient haut-commissaire.

accordent plus aucun crédit[1] et même les porteurs refusent de se charger de leurs colis. »

À l'idée des Anglais suant et soufflant encombrés de paquets, Hazrat Mahal ne peut retenir un sourire moqueur : bonne leçon ! Mais combien de temps cela pourra-t-il durer ? Elle sait ses compatriotes avant tout réalistes, et les compromissions qu'elle reproche aux riches, comment pourrait-elle en tenir rigueur aux pauvres ? Peut-on cracher dans la main qui vous offre le chapati[2] quotidien ? Les grands principes résistent rarement à la faim… Enfant elle a vu autour d'elle les ravages de la misère et, depuis, elle s'est souvent demandé si dans ces situations extrêmes la morale traditionnelle avait sa place, si même elle avait un sens… Cette morale bafouée quotidiennement par des nantis vertueux qui hurlent au crime dès qu'un de ces affamés trouve le courage de leur « voler » de quoi manger.

Qui en l'espèce est le criminel ? Qui devrait être jugé ?

Le soir tombe, dans le ciel qui rosit des nuées d'étourneaux ont entamé leur ballet et au bord des fontaines les rossignols rivalisent de trilles. Mammoo s'est retiré, Hazrat Mahal s'est fait apporter son écritoire. Depuis son départ elle n'a reçu aucune nouvelle du roi mais chaque jour, scrupuleusement, elle tient pour lui son journal. Comment le lui fera-t-elle

1. Les militaires anglais menaient, en effet, aux Indes une vie d'un luxe que leur solde était loin de leur permettre.

2. Galette de blé, équivalent du pain.

parvenir ? Elle ne le sait pas encore mais l'eunuque a promis de trouver un moyen sûr.

Après l'excitation de se voir confier une mission d'importance, elle s'est prise à douter : ce journal, est-ce vraiment une idée du roi ou une invention de la Rajmata pour la consoler d'être abandonnée et donner un sens à sa présence dans le zénana ? Autrefois si gai, ce zénana est devenu, depuis le départ de celui qui était sa raison d'être, une absurde monstruosité, une prison où s'étiolent les plus belles femmes du royaume. Wajid Ali Shah reviendra-t-il jamais ?

... Et s'il ne revient pas, vais-je rester ici, enterrée vivante ? À vingt-cinq ans, se peut-il que ma vie soit terminée ?...

La gorge étreinte par l'angoisse, elle arpente sa chambre. Elle se refuse à gémir comme toutes ces sottes, prisonnières avant tout de leurs habitudes de luxe et d'indolence, elle n'a jamais suivi les chemins tout tracés, elle déborde d'énergie et d'une ardente envie de vivre. Si le souverain ne revient pas, elle quittera le zénana. Comment ? pour aller où ? Elle n'en a aucune idée, elle sait seulement qu'elle s'en sortira comme elle s'est toujours sortie des situations les plus difficiles.

⁂

Les nouvelles autorités britanniques, qui s'attendaient à la reconnaissance du peuple, ont vite déchanté. Même si elles prétendent que les mécontents ne sont qu'une minorité, elles ont placé leurs espions partout et prennent une série de mesures pour consolider leur pouvoir. Il faut, préconise depuis Calcutta le Gouverneur général, effacer le souvenir de l'ancien régime : « Tant que le peuple n'aura pas oublié son roi, notre autorité sera contestée. »

Pour cela on va détruire, disperser ou confisquer tout ce qui évoque la magnificence de la dynastie.

Et d'abord le superbe zoo que Wajid Ali Shah avait établi au bord de la rivière Gomti et où il aimait à se rendre dans son imposant bateau sculpté en forme de poisson. Sept mille animaux sont ainsi mis aux enchères dont des centaines de lions, d'éléphants, de tigres, les deux mille pur-sang des écuries royales, les milliers de paons, de perroquets et de pigeons voyageurs. Tout trouve preneur auprès des Européens et de leurs « laquais », aucun Indien respectable n'ayant l'indécence de s'approprier les dépouilles de son souverain. D'autant que le produit de la vente doit être versé à la Compagnie des Indes.

En mai, Sir James Outram, souffrant, est remplacé par un nouveau haut-commissaire, Coverley Jackson, un homme aux manières brutales qui ne cache pas son mépris pour les « indigènes ». Dans son zèle réformateur, aucun conseil de prudence ne l'arrête. Il ordonne la destruction d'une partie des monuments de la ville afin de faire place, déclare-t-il, à de larges avenues et à une voie ferrée. Le cœur brisé, les habitants de Lucknow voient abattre palais et maisons seigneuriales, mais aussi le grand bazar de Khas, le plus important marché d'objets de luxe de toutes les Indes du Nord, et même des édifices religieux, notamment un petit temple hindou, lieu révéré de pèlerinage.

Quant à Qadam Rasoul, monument érigé pour abriter une pierre censée porter l'empreinte du pied du prophète Mohammed, il est transformé en réserve de poudre à canon.

Parmi la population ulcérée de ce qu'elle perçoit comme des mesures arbitraires destinées à saccager la beauté de la capitale et à effacer jusqu'au souvenir de sa grandeur, toutes sortes de rumeurs circulent : « Le roi a été fait prisonnier, personne ne sait où il se trouve… Le roi est tombé malade de chagrin, on craint pour sa vie… »

Le 15 mai, la nouvelle de la restauration du souverain et de la fin de l'autorité britannique va faire descendre tout le monde dans la rue. Il s'agit encore d'une fausse nouvelle et le haut-commissaire, furieux de ces défis à l'ordre nouveau, fait arrêter et pendre publiquement les responsables, il n'osera pas aller jusqu'à faire exécuter l'éditeur de l'hebdomadaire *Tilsim* qui lui aussi a publié ces informations mais, pour l'exemple, il le condamne à trois mois de prison.

Coverley Jackson n'hésitera pas non plus à confisquer, au profit de la Compagnie, la précieuse bibliothèque de Wajid Ali Shah, quarante-cinq mille ouvrages et anciens manuscrits d'une valeur inestimable. Les Lucknowi ont beau crier au vol, comme lors de la vente de la ménagerie du roi, il n'en a cure. Chargé d'administrer Awadh, il prend les décisions qu'il juge nécessaires et n'a nullement l'intention de se laisser influencer par les humeurs de la population.

Enfin, le 18 août, Jackson donne le coup de grâce destiné à détruire jusqu'aux fondements de l'ancien régime. Un décret est promulgué ordonnant aux taluqdars de désarmer les six cent vingt-trois forts et les troupes qu'ils entretenaient afin de garder une certaine indépendance vis-à-vis de la capitale. Ce que les souverains d'Awadh toléraient, l'autorité britannique désormais s'y oppose : elle entend centraliser le pouvoir et empêcher toute résistance à la nouvelle réforme agraire.

Sous l'influence du rigorisme puritain et des idées de justice sociale à l'honneur en Angleterre, il a été en effet décidé de déposséder le taluqdar, « ce jouisseur, cet exploiteur », au profit du paysan qui travaille la terre. L'un des moyens employés est d'exiger le paiement des impôts avant la vente de la récolte de mai. Comme la plupart du temps les taluqdars n'ont pas les fonds nécessaires, leurs terres sont confisquées, puis attribuées aux cultivateurs. Ainsi non seulement fait-on « œuvre morale » mais encore décapite-t-on l'opposition – les féodaux ruinés n'ayant plus aucun moyen de tenir tête au nouveau régime – et l'on se gagne la reconnaissance éternelle de millions de pauvres hères qui, en cas de problèmes, soutiendront leurs bienfaiteurs.

⁂

« Nous devons nous battre ! Nous ne pouvons accepter sans réagir de nous laisser dépouiller de nos droits ! »

Dans le confortable mardana[1] du rajah de Taripour, une trentaine de taluqdars sont réunis. L'heure

1. Salle de réception dans les appartements des hommes.

est grave. L'administration, inflexible, a refusé d'accorder des délais de paiement, et malgré tous leurs efforts – joyaux de famille mis en gage, emprunts à prix usuraires – beaucoup de grands propriétaires n'ont pu trouver l'argent nécessaire. Certains ont été jetés en prison, d'autres ont pris la fuite pour échapper à cette indignité, d'autres encore se sont barricadés dans leur fort, bien décidés à résister. Dans le seul district de Fayzabad où ils possédaient huit mille villages, les taluqdars en ont perdu la moitié. Dans le district de Bahraich un tiers leur a été confisqué…

« Savez-vous qu'ils ont voulu mettre le vieux rajah de Kalakankar en prison, mais il était si malade qu'ils ont accepté son fils aîné à sa place ?

— Ils ont aussi incarcéré un pauvre idiot, le fils adoptif du taluqdar de Bhadri, sous prétexte que ce dernier ne pouvait régler toutes ses taxes avant la fin mai ! »

Et chacun de citer un ami, une relation, récemment emprisonné.

« Quelle honte ! Mais enfin que cherchent-ils ?

— C'est simple, ils veulent nous ruiner et nous déshonorer afin de nous enlever toute influence sur nos paysans et demeurer les seuls maîtres.

— À mon avis c'est plus compliqué que cela, intervient un homme à barbe blanche. Les Anglais ne sont pas simplement cupides, ils sont persuadés de détenir la vérité, et que, leur système de valeurs étant universel, ils doivent le propager dans le monde entier. Un sentiment de supériorité qui leur vient de leur ignorance des autres civilisations. Les plus forts se donnent rarement la peine de comprendre ceux qu'ils dominent, ils s'attachent à des détails qu'ils trouvent choquants ou lisibles, et cela les conforte dans leurs préjugés.

— Mais lorsqu'on essaie de leur expliquer, lorsque même on arrive à leur prouver qu'ils se trompent, ils se braquent et mettent fin à toute discussion !

— Évidemment ! Cet aveuglement leur est nécessaire : s'ils ne se croyaient pas supérieurs comment pourraient-ils justifier leur domination ? S'ils comprenaient que leur culture, leur religion, leur système de gouvernement ne sont pas meilleurs que d'autres, ils n'auraient plus aucune raison valable de les imposer. Ils seraient obligés d'admettre que les idéaux dont ils se gargarisent – l'établissement d'un monde meilleur, la défense des opprimés – ne sont que de belles paroles dissimulant leur volonté de s'approprier les ressources de ceux qui ne peuvent se défendre.

— Exactement ce qu'ils ont fait en destituant notre roi et en confisquant nos biens sous prétexte d'immoralité, approuve un énorme taluqdar en lissant sa moustache. Ces Anglais sont le diable !

— Détrompez-vous mon cher, ce ne sont pas seulement les Anglais, ce sont les puissants en général. Ils l'ont toujours fait et continueront à le faire.

— De ce point de vue je trouve les animaux bien supérieurs, remarque un vieux taluqdar : ils tuent pour satisfaire leur besoins vitaux mais ensuite laissent les autres vivre. Les hommes, eux, n'ont aucune limite à leur avidité, ils accumulent des richesses à ne plus savoir qu'en faire, et tant pis pour ceux qu'ils jettent dans la misère !

— Et comme ils se prennent pour de “belles âmes” lorsque d’une main ils s’emparent des ressources du peuple, de l’autre ils lui font la charité !

— En se scandalisant si l’on proteste !

— Et quand les populations se soulèvent, ils leur tirent dessus ! »

L’assemblée s’échauffe, les imprécations fusent, on veut en découdre, on se battra, il ne sera pas dit que les nobles taluqdars d’Awadh…

« Assez mes amis, intervient le rajah de Taripour, il ne sert à rien de nous monter la tête. Nous sommes ici pour décider d’une stratégie. Au moins maintenant sommes-nous tous conscients que les Anglais sont nos ennemis, alors que longtemps nous avons cru en leurs belles paroles. La question demeure : comment nous défendre ?

— Il faut nous barricader dans nos forts et résister !

— Auparavant, nous devrions envoyer une délégation de taluqdars à Calcutta pour expliquer au Gouverneur général que le pays est au bord de la révolte.

— La révolte ? Mais pourquoi les paysans se révolteraient-ils alors qu’on leur donne les terres ? s’étonne un jeune aristocrate récemment rentré de Delhi où il étudiait l’astronomie avec un alim [1] renommé.

— Parce que c’en est fini de la sécurité que nous leur assurions. Quel que soit le résultat de nos récoltes nous leur en donnions un bon pourcentage, ainsi avaient-ils toujours de quoi se nourrir. En outre, nous les aidions s’ils étaient malades ou s’ils avaient

1. Singulier de « uléma ». Savant.

besoin d'argent pour marier leur fille. C'étaient des relations d'allégeance et de confiance établies depuis des siècles, où chacun trouvait son compte. »

On hoche la tête, on approuve ; ici les idées d'égalité propagées en Europe n'ont pas cours, on les juge insensées : comment un paysan illettré peut-il avoir le même pouvoir de décision que son seigneur ? Comment désormais pourra-t-il se défendre contre les fonctionnaires malhonnêtes et se repérer seul dans la jungle de l'administration ? Arrivera-t-il à payer ses impôts alors qu'il n'a jamais appris à prévoir et a toujours vécu au jour le jour ?

« Ils y arriveront d'autant moins que les Britanniques ont entrepris une réévaluation de toutes les terres ! annonce un taluqdar qui rentre de ses domaines avec les dernières nouvelles. Ils ont envoyé des douzaines de leurs fonctionnaires qui ne connaissent rien à nos campagnes et dépendent pour leur information des fonctionnaires locaux. Bien entendu, ces derniers, soit pour se faire bien voir des Anglais soit pour se venger de celui qui a refusé de leur graisser la patte, surestiment les revenus. Selon les districts il semble que les prochains impôts seront de 10 à 50 % supérieurs à ceux de l'an dernier ! »

On se récrie : jamais les paysans ne pourront régler de telles sommes ! Vont-ils tous les mettre en prison ?

« Bénie soit leur avidité, c'est elle qui nous sauvera ! ironise le rajah de Taripour. Dans peu de temps, même ceux de nos fermiers qui avaient cru profiter de la nouvelle situation vont revenir vers nous. Et nous serons alors en bien meilleure position pour négocier avec la Compagnie, ou pour nous battre. Mais il nous faut rapidement nous accorder sur une stratégie. À nouveau je vous demande d'y réfléchir. »

Les discussions reprennent, animées. Pourtant, à la nuit tombée, aucune décision n'a été prise, sinon celle de se réunir à nouveau, la semaine suivante…

Chapitre 8

Sur les ordres du nouveau haut-commissaire, les plus beaux palais de Lucknow sont progressivement saisis par les Britanniques. Et tous les prétextes sont bons. En ce début du mois de septembre 1856 la rumeur selon laquelle Qadir Ali Shah, un maulvi, commandant une troupe de douze mille fidèles, préparerait un soulèvement et qu'une partie de la famille royale serait impliquée, va déclencher une série de confiscations.

À l'aube du 6 septembre, un détachement anglais investit le palais de Moti Mahal et, sous couvert de recherche de documents compromettants, en jette brutalement les habitants dehors, sans égard pour les femmes et les enfants. Les soldats en profitent pour faire main basse sur les bijoux et objets précieux, mais ils se gardent de saccager les lieux, le Résident ayant décidé d'y installer des officiers de la Compagnie.

Quelques semaines plus tard, le 3 octobre, c'est l'imposante forteresse de Macchi Bhavan, sur la rive sud de la rivière Gomti, qui est assaillie par les forces britanniques. L'officier indien en charge, refusant de se rendre, est fait prisonnier tandis que les soldats s'emparent d'armes anciennes et d'armures de grande valeur ainsi que d'une trentaine de canons. La forteresse, qui sert également de résidence à un frère du roi, est convertie en caserne pour les troupes de la Compagnie.

Depuis Chattar Manzil, fastueux palais de cinq étages sur la rivière Gomti, les femmes de la famille royale et les principales épouses suivent ces événements avec d'autant plus d'anxiété que Coverley Jackson vient de leur faire savoir qu'elles doivent se préparer à quitter les lieux : il a besoin du palais pour y loger le 32e régiment d'infanterie.

« Loger un régiment dans la plus belle demeure de Lucknow, cet homme est fou ! Ils vont tout saccager ! Sur les quatre-vingt-douze palais de la ville ne peut-il en trouver un autre, ou veut-il nous chasser afin de nous humilier et entacher plus encore l'honneur de notre souverain ?

— N'ayez crainte, il ne peut prendre Chattar Manzil, décrète d'une voix docte l'une des bégums, ce palais est inclus dans la liste des propriétés que la Compagnie a laissées à la famille royale pour se loger.

— Vous avez encore foi en leur parole ? »

Hazrat Mahal vient de pénétrer dans le salon.

« Nous avons pourtant fait l'expérience de leur duplicité ! Quoi qu'ils aient promis ou même signé ils feront ce qu'ils voudront, nous n'avons aucun moyen de les en empêcher ! »

Les femmes ont bien envie de faire taire cet oiseau de mauvais augure, pourtant elles lui reconnaissent une certaine sagesse et, l'anxiété faisant oublier les ressentiments, elles la pressent de questions : Que faire ? A-t-elle une idée ?

Le brouhaha est interrompu par l'arrivée d'un eunuque noir tenant solennellement entre ses mains un cylindre d'argent ciselé.

« Mesdames ! Une lettre de Sa Majesté. »

Une lettre de Djan-e-Alam ! Les femmes se sont figées. Enfin ! Depuis huit mois qu'il est parti elles n'ont pas reçu le moindre message, elles ont juste appris par la rumeur qu'après six semaines de voyage il avait atteint Calcutta où il s'était arrêté quelque temps pour se reposer des fatigues de la route et préparer son départ pour la lointaine Angleterre.

Avec un mélange d'appréhension et d'espoir elles regardent l'étui qui protège le précieux parchemin. Annonce-t-il le succès de sa mission ?

La première, Hazrat Mahal reprend ses esprits.

« Le messager vient-il directement d'Angleterre ?

— Non, Houzour. Il arrive de Calcutta. »

De Calcutta ! Les femmes se récrient : pourquoi un tel détour ? D'Angleterre, il aurait dû débarquer à Bombay et remonter directement vers Lucknow. Le voyage est déjà assez long, au moins deux mois, s'il n'y a pas de tempêtes. Enfin l'important c'est que la lettre soit là ! Vite, brisons le sceau et voyons ce que nous dit notre roi bien-aimé.

C'est à une cousine du roi, la bégum Shahnaz, la plus âgée d'entre elles, que revient l'honneur de lire à haute voix l'auguste message.

> « À mes épouses et parentes respectées et si chères à mon cœur,
> Depuis le jour fatidique où je vous ai quittées et où j'ai dû abandonner ma ville adorée, pas un jour ne se

passe sans que les larmes ne m'étreignent à la pensée de tout ce que j'ai perdu. Le voyage fut très dur, je suis tombé malade et nous avons été contraints de faire une longue halte à Bénarès où le maharajah m'a accueilli comme un frère. Maintenant que je suis à Calcutta… »

Des exclamations interrompent la lecture :

« Comment, à Calcutta ? Le roi n'est-il pas à Londres ? Ces scélérats l'auraient-ils empêché de partir ? »

Jusqu'à ce que la bégum se fâche :

« Mais enfin, laissez-moi continuer si vous voulez savoir ce qui s'est passé ! »

« Maintenant que je suis à Calcutta je vais mieux, malgré l'humidité détestable. Mais en arrivant j'étais si épuisé que je ne me suis pas senti capable d'affronter la longue traversée des mers. J'ai donc décidé d'envoyer à ma place la Rajmata afin qu'elle plaide ma cause auprès de la reine Victoria. Vous connaissez toutes l'intelligence et la ténacité de la reine ma mère, je suis convaincu que je ne pourrais avoir de meilleur ambassadeur. Mon frère et mon fils aîné l'accompagnent, ainsi que quelques-uns de mes ministres et surtout le major Bird, un soutien inestimable, qui pourra témoigner de ce qui s'est réellement passé. En tout, cent quarante personnes ont embarqué le 18 juin et sont arrivées sans encombre à Southampton le 20 août.

La réception a été enthousiaste, la foule était assemblée pour voir les princes qui avaient revêtu leurs plus riches atours. De son côté la Rajmata a reçu les dames importantes de la ville. Quelques jours plus tard la délégation est partie pour Londres, où cette fois il n'y a pas eu de réception officielle. Mon frère, le général sahab, a fait parvenir à la reine, à son époux le prince Albert et au Premier ministre notre réponse détaillée aux allégations du colonel Sleeman exposées dans le "livre bleu d'Awadh", prétexte à l'annexion. La Rajmata n'a pas encore obtenu d'audience de la reine Victoria, mais on lui a promis que ce serait pour très bientôt. »

... Il n'est même pas allé en Angleterre !

Hazrat Mahal n'écoute plus, elle a l'impression que tout son sang s'est retiré de son corps, elle ressent une grande lassitude.

... Pourquoi, mais pourquoi n'est-il pas allé lui-même plaider sa cause ? Que n'étais-je avec lui, je l'aurais convaincu de partir ; mais entouré de courtisans et de traîtres il s'est laissé influencer et a choisi la facilité. Ne voit-il pas qu'il donne raison à ceux qui lui reprochent de fuir ses responsabilités et d'être incapable de régner ?... Mais je suis sévère... peut-être a-t-il été vraiment malade ? peut-être a-t-on tenté de l'empoisonner pour l'empêcher d'aller révéler à la reine les turpitudes de « l'honorable Compagnie »...

La bégum continue sa lecture :

« Le nouveau gouverneur général, Lord Canning, est très aimable, il a mis à ma disposition un palais où, m'a-t-il assuré, je peux rester autant qu'il me plaira. Mais j'ai l'intention de faire édifier, en souvenir de mon Lucknow adoré, un nouveau palais qui soit la copie de Kaisarbagh, de façon à recréer ici le cadre enchanteur de mon bonheur perdu. Pour passer le temps j'ai entrepris de monter un nouveau spectacle, mais mes fées me manquent, celles de Calcutta ne peuvent se comparer aux beautés de Lucknow !

Et vous, mes chères épouses, me manquez plus que tout.

J'espère que bientôt un sort plus favorable nous réunira.

En pleurant d'être séparé de vous je baise vos belles mains. »

Un sourire amer aux lèvres, Hazrat Mahal songe à ce roi qu'elle a si longtemps admiré.

… *Il ne parle que de lui, de ses regrets, de sa tristesse, pas un mot pour s'inquiéter de notre sort, à nous qui depuis son départ sommes seules face à l'arbitraire de l'occupant !… et pas même une allusion aux messages que je lui envoie. Les reçoit-il ? Mammoo m'assure qu'on les lui fait parvenir régulièrement, mais je crois que Mammoo me ment. Pour me soutenir le moral, pour entretenir l'espoir…*

Ses compagnes, quant à elles, ne se tiennent pas de joie.

« Cette lettre est un signe du ciel, commente la bégum Shahnaz, elle nous indique la voie : nous allons écrire au roi pour lui décrire notre situation et le prier de rappeler au gouverneur général ses promesses. »

Soulagées, les femmes approuvent. Si Djan-e-Alam intervient, elles sont sauvées ! Hazrat Mahal ne partage pas leur confiance mais elle se garde d'émettre le moindre commentaire. On écrit la lettre dans l'enthousiasme et on la remet au messager venu de Calcutta, que l'on gratifie d'une bourse d'or pour l'encourager à faire diligence.

Un mois plus tard, le 12 novembre au petit matin, les habitantes du palais sont réveillées par des vociférations et des cliquetis d'armes. Un bataillon de soldats mené par un officier britannique essaie de pénétrer à Chattar Manzil. Les gardes qui tentent de résister sont rapidement neutralisés et les eunuques bousculés sans ménagement.

« Ordre de Son Excellence le haut-commissaire, clame l'officier, un grand gaillard sanglé dans son uniforme rouge. L'avis d'évacuation a été envoyé voici un mois. Dans sa grande indulgence et par considération pour les dames de l'ex-maison royale, Son Excellence leur a accordé un délai de grâce. Le délai a expiré. Ces dames sont priées de rassembler leurs affaires et de quitter le palais dans l'heure. »

Derrière les lourdes tentures du zénana c'est l'affolement. On entend des cris, des gémissements, des protestations outragées : « Quitter le palais ? C'est impossible ! Et pour aller où ? »

« Vous avez eu un mois pour vous préparer, maintenant vous avez une heure mesdames, pas une minute de plus. »

À l'intérieur du zénana le désordre est à son comble. À peine réveillées les femmes ont l'impression de se débattre en plein cauchemar. Elles ne peuvent croire à leur malheur. C'est vrai, il y a eu cet ultimatum mais elles ne l'ont pas pris au sérieux, persuadées que l'intervention de Wajid Ali Shah allait tout régler. Et maintenant ces monstres... Paniquées, elles courent d'une pièce à l'autre, pleurant, houspillant les eunuques et les servantes : que faire ? qu'emporter ? En hâte on jette dans des sacs de fortune les lourdes parures de rubis, de diamants et d'émeraudes ; mais parmi les dupattas rehaussés de perles, les gararas brodées d'or, les nécessaires de toilette en écaille ou en ivoire, la vaisselle de vermeil, les miroirs d'argent, cette multitude d'objets précieux indispensables, lesquels prendre, lesquels laisser ? Un choix cruel, impossible... ce luxe, ce raffinement, c'est toute leur vie, leur vie qu'en cet instant ces brigands leur demandent d'abandonner !

« Ils peuvent bien me tuer, je ne partirai pas ! » Les yeux rougis de larmes la bégum Akhtar s'est laissée tomber sur un sofa.

Autour d'elle les femmes se sont arrêtées, interdites.

« Tout cela est indigne ! Et si je dois vivre comme une pauvresse je préfère mourir », poursuit la bégum d'une voix tremblante d'émotion.

Certaines approuvent :

« Si nous refusons de sortir ils ne vont quand même pas nous tirer dessus !

— Qui sait ? Ils sont capables de tout ! »

Tandis qu'un temps précieux se perd en vaines discussions, Hazrat Mahal, secondée par Mammoo, a fait ranger ses bijoux, ses plus beaux vêtements ainsi que ses livres et ses manuscrits dans des malles veillées par ses serviteurs. Un eunuque envoyé s'enquérir de leur nouvelle destination rapporte que les épouses royales, leurs enfants et leur suite doivent s'installer dans l'aile sud de Kaisarbagh.

Revenue vers ses compagnes, Hazrat Mahal les presse :

« Il ne reste que dix minutes, je crois que vous devriez vous hâter.

— Si vous voulez obéir aux Angrez, grand bien vous fasse ! Nous, nous avons décidé de rester, lui répond avec hauteur la bégum Shahnaz.

— Voyons, soyez réalistes : ils ne vous le permettront pas !

— Nous ne sommes pas des lâches, nous nous battrons ! »

Excédée, Hazrat Mahal se garde d'insister, elle ne comprend pas cette attitude puérile, après tout leur sort pourrait être pire, les palais de Kaisarbagh sont parmi les plus beaux de Lucknow et leurs parcs les plus vastes et les plus fleuris.

Des palanquins attendent devant le lourd portail du zénana. Dissimulée sous ses voiles, Hazrat Mahal y prend place, accompagnée de son fils Birjis, ravi de l'aventure, et de quelques servantes. Mammoo la suit avec une vingtaine d'hommes robustes chargés de ses malles.

À travers les rideaux légèrement écartés elle regarde, nostalgique, s'éloigner le palais à la coupole d'or où elle a vécu ces douze dernières années, ce lieu où elle fut une favorite comblée et où des fêtes somptueuses avaient accueilli la naissance de son fils, là où elle avait connu un an de bonheur et de gloire, puis onze années de quasi-oubli, sort commun à toutes les belles prisonnières des harems. Encore ne peut-elle se plaindre, son don pour la poésie lui ayant conservé jusqu'à la fin l'attention et l'amitié du souverain.

Arrivée au palais de Kaisarbagh elle va traverser une suite de vestibules, de terrasses et de cours intérieures, explorer une multitude de chambres vides, elle est seule, elle prend tout son temps. Son choix se porte finalement sur une dizaine de pièces spacieuses et claires donnant sur une véranda garnie de bougainvilliers. Mammoo et les servantes vont s'affairer à les rendre aussi confortables que possible, réquisitionnant çà et là coffres, divans, tentures et tapis.

À peine a-t-elle achevé de s'installer qu'en fin d'après-midi arrivent ses malheureuses compagnes, décoiffées et les vêtements en désordre. À travers leurs récits entrecoupés de sanglots et d'imprécations elle comprend qu'à l'heure dite, sans leur faire grâce d'une minute, les soldats les ont saisies et, malgré leurs cris, les ont fait sortir de force devant la population effarée. Puis ils ont jeté pêle-mêle leurs effets dans la rue, volant des bijoux au passage.

Ces violences gratuites infligées aux épouses royales suscitent une telle indignation que le bruit en parvient jusqu'au nouveau gouverneur général à Calcutta.

Lord Canning, déjà assailli de lettres de Wajid Ali Shah dénonçant la vente de ses biens privés, le vol d'une grande partie de ses trésors, l'occupation de ses palais pour y garder des chevaux et des chiens, enfin les menaces de supprimer les pensions allouées aux membres de la famille royale, tente de modérer les ardeurs de Coverley Jackson. En vain. Celui-ci ne veut rien entendre, quand bien même ses mesures injustes et brutales lui attirent la haine de toute la population. Les Lucknowi prêtent de plus en plus l'oreille aux fakirs et aux maulvis, saints hommes hindous et musulmans, qui parcourent le pays en prêchant la révolte.

Désormais, au palais de Kaisarbagh les journées s'écoulent mornes et sans plus d'espoir. Hazrat Mahal a cessé de rédiger ses comptes rendus au roi, elle est maintenant persuadée qu'il ne les reçoit pas ou, s'il les reçoit, qu'il ne les lit pas, trop occupé à recréer dans sa nouvelle demeure les fastes de sa vie d'antan. Insensiblement elle sombre dans la mélancolie, malgré les efforts de Mammoo pour la distraire.

Elle qui aimait tant composer des poèmes n'en a même plus envie. Elle écrivait pour apporter aux autres de la beauté et du rêve, pour transmettre des idées, des sentiments, des parcelles de vie, petits cailloux sur le chemin d'une sérénité qu'elle cherchait et voulait faire partager. Elle n'écrit pas pour exhiber sa peine et répugne au narcissisme maladif qui juge ses miasmes si dignes d'intérêt qu'il veut en faire profiter la terre entière. Quoi de plus banal que le malheur ? Chacun en fait la quotidienne expérience, on « tombe dans le malheur ». Le bonheur, en revanche, est un art, de tous temps livres et écoles de philosophie ont essayé d'en indiquer les divers chemins. C'est dans cette voie qu'elle s'inscrit.

Pourtant les épreuves de sa jeunesse lui ont appris que le malheur peut aussi être un cadeau si on sait le considérer non comme un état mais comme une étape, étape nécessaire pour se comprendre et comprendre le monde, se dépasser et ainsi arriver peu à peu à la sérénité. Pour elle cette transformation passe par l'écriture. Elle voit l'écrivain comme un alchimiste dont toute l'existence est une tentative de changer les ténèbres en lumière, un grand œuvre qui exige d'y consacrer ses nerfs et son sang.

Mais elle n'est pas encore prête à cela, elle a trop besoin d'action, l'écriture est pour elle un temps de réflexion indispensable mais qui ne comble pas sa soif de vivre.

Vivre ? Elle esquisse une moue amère. À quelle vie peut-elle prétendre, enfermée dans ce zénana ! Elle qui enfant rêvait de chevauchées et d'aventures, ivre d'une liberté que son père, peu conformiste, lui autorisait en pensant qu'elle aurait bien le temps de subir sa vie de femme. À la puberté elle avait découvert son triste destin de prisonnière, lorsque se retrouvant orpheline, elle avait été recueillie par un oncle qui ne plaisantait pas avec les traditions. Mais, contrairement à ses compagnes qui n'ont connu qu'une existence confinée entre de hauts murs, le goût acide de la liberté s'est imprimé en elle et lui interdit de se résigner. Ah, que n'a-t-elle le caractère insouciant de son amie Mumtaz pour qui tout était prétexte à rire !

Mumtaz… cela fait douze ans qu'elles ne se sont pas vues…

… Je lui avais pourtant juré que rien ne nous séparerait, que dès que je serais installée je l'enverrais chercher… Elle a dû attendre, s'inquiéter, sans doute m'en vouloir et se désespérer… et moi toute à ma nouvelle vie, à mon amour pour le roi, puis pour mon fils, occupée à déjouer les intrigues et à me faire une place

incontestée, je l'ai oubliée ! Parce que dans ce monde si différent je n'avais pas besoin d'elle… sans penser qu'elle, peut-être, avait besoin de moi…

Hazrat Mahal s'est levée, elle ressent le besoin impérieux de revoir son amie.

À son appel l'eunuque est accouru.

« Mammoo Khan ! Il faut que tu me trouves un palanquin modeste porté par deux hommes que tu feras attendre devant l'entrée des serviteurs. Je veux aussi que tu empruntes une burqa à l'une des esclaves. Sois discret, on ne doit pas soupçonner que c'est pour moi.

— Mais, Houzour, il y a des dizaines de palanquins au palais ! Quant à la burqa vous n'allez quand même pas porter cette affreuse tente noire dont seules les femmes du peuple s'affublent !

— Mammoo ! » Elle a haussé le sourcil. « T'ai-je demandé ton avis ? Allons, hâte-toi ! »

Chapitre 9

À travers les rideaux du palanquin, Hazrat Mahal a du mal à reconnaître sa ville. On lui avait bien parlé de destructions mais elle n'avait jamais imaginé que ce pût être à ce point ! Le réseau de petites rues qui de Kaisarbagh menait au centre de Lucknow est éventré et, sous le soleil brûlant, des ouvriers faméliques travaillent à édifier ce qui paraît devoir être une large avenue. Çà et là d'anciennes demeures ont été rasées, le palais d'Ahmed Ali khan, celui du général Anees-ud-din et le club de Qahwa Khana près de la Résidence, et même... le grand bazar de Khas où adolescente elle achetait ses rubans. Elle n'en croit pas ses yeux. Pourquoi ce saccage ?

« Pour moderniser la ville, explique Mammoo, sarcastique. Ainsi en ont décidé nos nouveaux maîtres ! »

Tandis que le palanquin s'éloigne du bruit et de la poussière soulevée par les travaux et se dirige vers le Chowq, Hazrat Mahal a l'impression étrange de s'enfoncer dans un univers de grisaille et de silence. Autrefois on pouvait difficilement se frayer un chemin tant étaient nombreux les somptueux attelages, les sukpal, divans à baldaquin surmonté d'un dôme doré pour les nobles dames, les finases, chaises à porteurs richement décorées, les palanquins, les chevaux harnachés d'argent et, tout autour, une foule joyeuse et colorée qui se pressait devant les étals débordant de marchandises.

Aujourd'hui il semble que la peste ait ravagé la ville, la plupart des magasins ont fermé, et dans les rues ne circulent plus que quelques chaises à porteurs en bambou. Aussi, malgré son apparence modeste, le palanquin d'Hazrat Mahal attire-t-il l'attention et des nuées de mendiants l'entourent que Mammoo tente d'écarter en distribuant quelques piécettes. Parmi ces malheureux, Hazrat Mahal, interdite, croit distinguer des soldats en guenilles.

« Ce sont en effet des soldats de l'ancienne armée du roi, dissoute par les Anglais, confirme Mammoo. Sur les soixante-dix mille que le Résident lui autorisait, en les contrôlant de près, le gouvernement actuel en a repris quinze mille qui, pour nourrir leur famille, ont été contraints d'accepter. Mais la majorité a refusé de servir l'ennemi de leur ancien maître. Sans doute espéraient-ils trouver à s'employer chez les grands taluqdars mais ces derniers, ruinés par la réforme agraire, n'ont plus les moyens de les engager. Aussi la plupart se retrouvent-ils dans la misère. Pour ces hommes fiers c'est une déchéance intolérable, ils n'attendent que l'occasion de se venger. »

Le palanquin s'engage dans la rue principale du Chowq, le centre des commerces de luxe et des maisons des courtisanes. Hazrat Mahal n'en croit pas ses yeux, toutes les portes sont closes et les balcons autrefois fleuris, où de jeunes beautés s'éventaient languissantes, sont déserts et envahis de mauvaises herbes. Là où s'égrenaient rires, chansons et poèmes règne un silence de mort. Enfin, au bout de la rue, le palanquin s'est arrêté devant une demeure imposante, celle d'Amman et Imaman.

Il faudra attendre plusieurs minutes avant que la lourde porte ne s'entrouvre sur une vieille femme enveloppée d'un châle noir.

« Qu'est-ce que c'est ? interroge-t-elle, suspicieuse.

— C'est bien la maison des dames Ammam et Imaman ? s'enquiert Mammoo décontenancé par cette apparition inattendue. Habitent-elles toujours là ?

— Qu'est-ce que vous leur voulez ?

— Oh la vieille ! Attention à qui tu parles ! Va immédiatement les prévenir que ma maîtresse, la très noble et respectée bégum Hazrat Mahal, épouse de notre roi Wajid Ali Shah, est venue leur rendre visite. »

Un bon quart d'heure s'est écoulé avant que l'on entende des pas précipités, des exclamations, et que soudain les deux battants de la porte s'ouvrent pour laisser entrer le palanquin.

« Muhammadi ! Allah soit loué ! Quelle surprise ! »

Écartant les rideaux, deux fortes femmes aux cheveux blancs se pressent pour aider Hazrat Mahal à descendre. Celle-ci marque un instant d'hésitation, ces vieilles sont-elles vraiment Amman et Imaman ? Elle se souvient de femmes majestueuses aux cheveux cuivrés, aux lèvres peintes, aux yeux ombrés de khôl, toujours vêtues de riches étoffes, des femmes qui sans être belles en imposaient. Comment ont-elles pu changer à ce point ? Car ce ne sont pas seulement les rides, c'est tout un air de laisser-aller comme si leur apparence, autrefois si soignée, n'avait plus d'importance.

Un laisser-aller qu'elle retrouve à l'intérieur de la maison au fur et à mesure qu'elle y pénètre. La poussière recouvre les meubles, les grands lustres de cristal et les cuivres sont ternis, les tapis n'ont pas dû être nettoyés depuis des mois et sur les vastes sofas les soieries sont froissées, parfois déchirées. On dirait une demeure abandonnée.

Deux servantes accourues en hâte époussettent, regonflent les coussins, étendent un drap blanc sur le tapis, tandis qu'une troisième apporte des sorbets. Les deux sœurs se confondent en excuses :

« Nous n'avons même pas de douceurs à t'offrir ! Ah, si nous avions su que tu venais ! Mais depuis des mois nous n'avons plus de visiteurs et avons dû renvoyer toutes nos pensionnaires.

— Mais… pourquoi ?

— Si tu savais ! C'est un désastre ! Depuis que le gouvernement a confisqué les villages des taluqdars et qu'il a relevé les impôts, nos clients, la fine fleur de l'aristocratie d'Awadh, sont ruinés. Et même s'il leur reste quelques biens, ils sont tellement inquiets qu'ils n'ont plus le cœur à s'amuser. Toutes les maisons respectables du Chowq ont fermé, il ne reste que quelques établissements de seconde classe pour les militaires angrez ou pour les nouveaux riches qui ont fait fortune en rachetant pour rien les terres distribuées aux paysans.

— Les paysans vendent leurs terres au lieu de les cultiver ?

— On voit bien que tu ne sais pas ce qui se passe dans ce pays ! rétorque Amman d'un ton amer. J'héberge ici une petite cousine arrivée de la campagne avec ses enfants. Elle va tout t'expliquer. »

Froissée par ce manque d'égards auquel elle n'est plus habituée, Hazrat Mahal s'est tue cependant que Mammoo et Imaman font assaut d'amabilités pour détendre l'atmosphère.

... *Elle me traite comme lorsque j'avais treize ans et que j'étais l'une de ses pensionnaires !... mais est-ce que je préfère que l'on se moque et médise dans mon dos, comme on le fait à la cour... en fait je n'ai plus l'habitude que l'on me parle avec franchise. Elle a raison, je suis trop coupée du monde... Un monde qui est en train de changer rapidement...*

Rassérénée, c'est avec un grand sourire qu'elle accueille la parente d'Amman, Nouran, une paysanne des environs de Sitapour, à quelque cinquante miles de Lucknow. Elle a rejoint la ville à pied avec ses cinq jeunes enfants. Bien que n'ayant pas trente ans elle en paraît cinquante tant les pénibles travaux de la terre et la rudesse du climat ont fini par l'épuiser.

« Notre village appartenait au rajah de Salimpour, raconte-t-elle dans un dialecte imagé que Hazrat Mahal doit se concentrer pour suivre. Depuis toujours nous avons travaillé ses terres et, selon la tradition, il nous versait le quart des récoltes. C'est lui aussi qui nous fournissait, bien sûr, les semences, l'eau, les outils, la charrette pour le transport du blé ou de la canne à sucre, et qui réglait toutes les taxes. Si la saison était bonne nous avions de quoi vivre et même un petit surplus, si elle était mauvaise, le rajah nous aidait jusqu'à la prochaine récolte, on n'a jamais souffert de la faim. C'était un bon maître. Son armée nous protégeait des brigands et des maraudeurs et sa présence empêchait les fonctionnaires de nous chercher noise. Il était comme un père et nous lui étions tout dévoués, il pouvait nous demander ce qu'il voulait : réparer le fort, nettoyer les fossés... S'il était parfois dur, il était toujours juste et on le respectait. Jusqu'à ce que les Angrez viennent tout bouleverser !

— Ils vous ont quand même donné les terres ! » objecte Hazrat Mahal.

La paysanne se met à pleurer :

« Ah, le ciel nous a bien punis ! J'avais pourtant dit à mon mari qu'on ne devait pas prendre les terres appartenant au maître. Il m'a battue en criant que je n'étais qu'une femme ignorante et stupide, que les Angrez nous offraient la chance d'être propriétaires, de disposer de toute la récolte et de devenir riches. Comme tous les autres paysans il a suivi le conseil du village qui après de multiples palabres avait décidé d'accepter. On n'a pas revu notre rajah. Heureusement, car je crois que je serais morte de honte.

— Alors, que s'est-il passé ?

— On a d'abord dû s'endetter auprès de l'usurier du village, à quinze pour cent d'intérêt par mois, pour acheter les semences, payer l'eau puis la location de la charrette pour le transport de la canne. La récolte n'a pas été très bonne, mais surtout les nouveaux impôts évalués par les Angrez étaient bien plus élevés que ceux de l'année précédente ! Cela représentait la moitié de nos gains. En comptant le remboursement de notre emprunt il ne nous restait rien pour vivre. Le conseil du village a demandé un délai au gouvernement jusqu'à la prochaine récolte, six mois plus tard. La réponse est venue immédiatement : "Ou vous payez ou nous saisissons vos terres." On a cru à une simple menace, car dans l'État d'Awadh, jamais de mémoire de paysan on n'avait vu de terre confisquée pour dette ! Ni le roi ni aucun taluqdar n'aurait imaginé nous retirer notre instrument de travail sous prétexte que nous devions de l'argent. Au pire on nous demandait d'envoyer nos enfants aider à divers travaux ! »

Du coin de son dupatta, Nouran s'essuie les yeux et d'une voix brisée poursuit :

« Lorsqu'on a vu arriver les acheteurs, de gros marchands et des usuriers des alentours, on a compris que le gouvernement angrez ne plaisantait pas. En hâte, une délégation d'anciens est partie pour la capitale plaider la cause du village. Sur la route ils ont rencontré d'autres délégations des villages alentour confrontés au même problème. Arrivés à Lucknow ils ont eu beau supplier, expliquer qu'on condamnait des dizaines de milliers de familles à mourir de faim, les autorités n'ont rien voulu entendre. Il paraît que dans leur pays ça se passe comme ça : celui qui a des dettes se voit confisquer ses biens, et jeter en prison…

— Ça ne tient pas debout, commente Imaman. Comment un homme enfermé peut-il payer ses dettes ? Ces Angrez ont vraiment des coutumes bizarres.

— Bizarres ? Criminelles, oui ! se récrie Nouran rouge d'indignation. Si vous n'étiez pas là, mes bienfaitrices, mes enfants et moi serions morts de faim, comme meurent actuellement des dizaines de milliers de paysans chassés de leurs terres. »

Se tournant alors vers Hazrat Mahal, elle reprend :

« Houzour, est-ce que notre roi va revenir ? Je vous en supplie, dites-lui que son peuple l'attend, qu'il a besoin de lui ! »

Émue, Hazrat Mahal serre la femme dans ses bras.

« Je le ferai, je te le promets, mais tu sais bien que les Anglais le retiennent à Calcutta…

— Plus pour longtemps ! intervient Amman, les gens sont excédés, partout on ne parle que de les chasser. Ils doivent quitter les Indes cette année, c'est la prophétie qui le dit.

— Quelle prophétie ?

— La prophétie de Plassey, voyons ! Elle prédit que les Angrez seront forcés de quitter les Indes cent ans après la victoire, à Plassey, des troupes de la Compagnie sur celles du souverain du Bengale. Cette victoire, point de départ de leur domination, a eu lieu le 23 juin 1757. Et nous sommes en janvier 1857… »

Hazrat Mahal hoche la tête. En bonne musulmane elle ne croit ni aux prophéties ni aux miracles dont est friand le peuple. Mais elle se garde bien de faire part de ses doutes à Nouran qui n'a que cet espoir auquel se raccrocher.

« Tout le monde ici a des problèmes. » Imaman pousse un gros soupir. « Les paysans et les grands propriétaires, mais aussi les commerçants et les artisans. Maintenant qu'il n'y a plus de clients, les centaines de magasins de luxe et les ateliers qui fabriquaient toutes ces merveilles ont dû fermer. L'autre jour en passant dans la rue j'ai aperçu des artisans auprès desquels je me fournissais autrefois, en train de mendier. J'ai fait semblant de ne pas les voir pour ne pas les humilier et j'ai envoyé ma servante leur faire l'aumône de quelques roupies. Mais cela m'a crevé le cœur. Où va-t-on si même le petit peuple qui créait la richesse de notre ville n'a plus de travail et meurt de faim ?

— N'y a-t-il pas de distributions de blé et des soupes populaires comme autrefois, en temps de famine ? s'étonne Hazrat Mahal.

— Elles étaient financées par le roi ou par les taluqdars. Aujourd'hui les riches ce sont ces marchands usuriers qui font leur fortune sur la ruine des autres. Ils n'ont pitié de personne. »

Chacun se tait, plongé dans de mornes pensées. Soudain, Hazrat Mahal se souvient du but premier de sa visite.

« Et Mumtaz ? Qu'est-elle devenue ?

— Mumtaz ? Elle n'est restée ici que quelques mois après ton départ, explique Amman. Elle était gentille mais n'avait pas les qualités requises pour devenir une grande courtisane. Cependant nous avons toujours veillé à ce que nos filles, même si elles n'atteignent pas de hautes positions, soient bien placées. Jamais nous ne les abandonnons, jamais nous ne les laissons tomber dans la prostitution. Cela nous a souvent causé de l'embarras mais c'est notre fierté !

— Alors, où est-elle ?

— Nous l'avons mariée à un petit taluqdar des environs. Comme c'était une fille de la campagne, nous pensions qu'elle se retrouverait dans son élément. Mais aux dernières nouvelles, cela fait déjà trois ans, nous avons appris qu'elle était partie.

— Partie ? Pour aller où ? s'alarme Hazrat Mahal.

— Comme elle n'avait pas d'enfant, elle était devenue le souffre-douleur de sa belle-mère, et reléguée au niveau d'une servante. Elle aurait fini par s'enfuir et réussi, paraît-il, à rejoindre Lucknow. Je pensais d'ailleurs qu'elle était allée te demander de l'aide. »

… De l'aide… pauvre Mumtaz, elle était trop timide et trop fière pour aller quémander auprès de celle qui depuis des années l'avait oubliée…

« Comment peut-on la retrouver ?

— Je l'ai fait rechercher dans tout le Chowq, dans les maisons de seconde catégorie. Personne ne l'a vue, du moins c'est ce que l'on m'a dit. »

Hazrat Mahal frémit.

… Elle est peut-être morte et c'est de ma faute… j'avais promis de l'aider, je l'ai oubliée…

Sur le chemin du retour, plongée dans ses pensées, la jeune femme ne répond pas à Mammoo qui, de son mieux, s'efforce de la distraire ; elle se remémore les longues soirées passées avec Mumtaz à échanger des confidences et à imaginer l'avenir, elle entend à nouveau le rire cristallin de son amie et revoit ses yeux couleur de miel, et de toutes ses forces elle se prend à supplier Allah de l'aider à la retrouver.

Un roulement de tambour la tire de ses réflexions. À travers le rideau elle entrevoit une longue procession précédée de musiciens enturbannés de rouge. Au milieu, monté sur un éléphant, un homme maigre, aux longs cheveux et à la barbe noire, se tient assis très droit dans son howdah. Elle a juste le temps de noter le nez aquilin et les yeux perçants sous les sourcils broussailleux avant de se rejeter instinctivement en arrière, le souffle court : malgré les rideaux qui la dissimulent elle a l'impression très nette que l'homme l'a regardée.

« Mammoo, sais-tu qui est cet homme ?

— Bien sûr, tout le monde ici le connaît. C'est Ahmadullah Shah, le maulvi de Fayzabad. On ne sait pas d'où il vient, toutes sortes d'histoires circulent sur son compte : selon certains il est de Madras et apparenté à l'ex-souverain Tipu Sultan, selon d'autres il serait natif d'une bonne famille originaire de l'autre rive du fleuve Indus et aurait visité l'Angleterre. En tout cas la rumeur lui attribue des pouvoirs surnaturels, et ses disciples se comptent par milliers. Farouche ennemi des Anglais, il appelle les hindous et les musulmans au jihad pour les chasser du pays.

— Et on le laisse faire ?

— Oh, presque chaque jour apparaît un nouveau "prophète" qui exhorte le peuple à se soulever… La plupart sont arrêtés et exécutés. La semaine dernière encore un fakir hindou est arrivé, il est resté ici quelques jours et aurait rencontré des cipayes, mais lorsque la police s'en est inquiétée il était déjà reparti vers le nord. Pour Ahmadullah Shah le gouvernement hésite : il est révéré comme un saint par les foules et ils craignent que son arrestation ne suscite des troubles.

Mais combien de temps encore pourront-ils tolérer ses discours enflammés ? »

… *Quelle puissance dans son regard…*

Hazrat Mahal en est complètement retournée, elle a l'intuition qu'un jour elle reverra cet homme et que leurs destins seront liés…

Chapitre 10

Ce matin, Mammoo est arrivé chez sa maîtresse très excité : toute la ville ne parle que de la rumeur de Dum Dum !

Dans le dépôt de munitions de cette garnison, proche de Calcutta, on aurait entreposé de nouvelles cartouches scellées à la graisse de porc, interdite aux musulmans, et à la graisse de vache, animal sacré des hindous. Or les cartouches devant êtres décapsulées avec les dents, leur utilisation sacrilège ravalerait les hindous au statut d'intouchables et souillerait à jamais les musulmans.

« C'est un manœuvre de la cartoucherie qui a révélé le pot aux roses, raconte Mammoo. À un cipaye de caste brahmine qui refusait de lui passer sa cruche d'eau il a lancé, sarcastique : “Ne sois pas si fier, d'ici peu vous aurez tous perdu votre caste car les Anglais ont mis de la graisse impure dans les nouvelles cartouches !”

— Quelles nouvelles cartouches ? s'enquiert Hazrat Mahal, qui sait tout juste distinguer un fusil d'un revolver.

— Celles des fusils Lee Enfield dont l'armée doit bientôt être équipée. Ils sont plus précis que les vieux

Brown Bess, et surtout leur portée est de huit cents mètres au lieu de deux cents. Mais, équipés de telles cartouches, jamais les cipayes n'accepteront ! La nouvelle a fait le tour des garnisons et tous s'inquiètent, surtout les hindous de haute caste, brahmines et rajput, qui forment l'écrasante majorité de l'armée du Bengale. Cela fait d'ailleurs longtemps qu'ils soupçonnent les Anglais de vouloir les convertir.

— Ridicule ! Ce ne sont pas quelques missionnaires…

— Détrompez-vous, Houzour, les missionnaires arrivent de plus en plus nombreux, et par ailleurs certains officiers ne se privent pas de faire du prosélytisme. »

Hazrat Mahal hoche la tête, sceptique :

« Cette histoire de cartouches est étrange, les Anglais sont en général trop habiles pour heurter les sentiments religieux de leurs troupes. »

Pourtant la population n'a plus confiance. Elle est encore sous le choc de la circulaire d'un certain M. Edmond, adressée voici peu aux responsables de la Compagnie, qui recommandait, puisque les Indes sont sous domination chrétienne, de convertir tous les Indiens à la « vraie Foi ». La lettre étant postée de Calcutta l'on murmurait qu'elle venait du bureau du gouverneur – ce que celui-ci niait catégoriquement. Sans parvenir à convaincre.

Quelques jours plus tard une nouvelle rumeur était venue confirmer les « projets diaboliques des étrangers » : de la poudre d'os de cochon et de vache aurait été ajoutée à la farine distribuée aux soldats.

Hors d'eux, les cipayes avaient jeté des cargaisons entières de farine dans le fleuve.

« En dépit des protestations de leurs officiers qui jurent que ce ne sont là que calomnies, les hommes sont survoltés », rapporte Mammoo. « Il paraît même que de mystérieux envoyés sont arrivés à Lucknow et que chaque nuit ils organisent des réunions secrètes dans les casernes. »

… Des réunions secrètes ? Une conspiration contre les occupants, enfin ?

« Dès ce soir tu iras suivre l'une de ces réunions, ordonne la jeune femme à l'eunuque, et tu me rapporteras mot pour mot ce qui s'y est dit. Mais surtout ne te fais pas connaître ! »

⁂

Il fait nuit, un croissant de lune éclaire faiblement le camp tandis que le long des murs de la caserne glissent des ombres silencieuses. Une à une elles rejoignent le groupe de soldats assis autour d'un feu qui sirotent leur verre de thé et fument le chillum[1]. Contrastant avec les réunions habituellement bruyantes et joyeuses, ce soir chacun se tait, plongé dans ses pensées.

Soudain un craquement de branche, un homme lève la tête : « Attention ! le voilà ! » chuchote-t-il.

Une haute silhouette s'est approchée, vêtue de l'uniforme des cipayes, mais se distinguant par l'insigne du 19e régiment d'infanterie, stationné à

1. Petit hookah de terre cuite.

Berhampour, à quelque cinq cents miles à l'est de Lucknow. La main sur le cœur, les hommes se saluent, on s'empresse autour du voyageur, une couverture pour l'asseoir, un breuvage bien chaud et quelques chapatis auxquels il fait honneur car, admet-il, il n'a rien mangé depuis la veille.

« Je suis parti de Berhampour depuis deux semaines et j'ai déjà visité une demi-douzaine de bases militaires, mais je ne me déplace que de nuit, car même si les Anglais ne se doutent pas de ma mission, s'ils m'attrapent ils m'exécuteront comme déserteur. »

Et, scrutant ses interlocuteurs :

« Avant de vous exposer l'objet de ma visite, je vous demande de me donner votre parole que tout ce qui est dit ici restera secret. »

Pendant plus de deux heures l'homme évoquera le mécontentement des soldats et des populations de tout le nord du pays devant la conduite d'étrangers qui se comportent en maîtres, détrônent les souverains et maltraitent une population qu'ils méprisent.

« Même nous, cipayes, fer de lance de leur armée, qui avons conquis pour eux d'immenses territoires sans lesquels ils ne seraient toujours qu'une petite compagnie de marchands, ils nous traitent comme leurs esclaves ! Quelles que soient nos actions héroïques, quelles que soient nos victoires, jamais nous ne pouvons accéder au statut d'officier alors qu'un jeunot tout juste arrivé d'Angleterre est immédiatement promu au commandement. Parce qu'il est blanc, et que nous ne sommes pour eux que des indigènes, des nègres ! C'est la première fois de notre histoire que nous sommes traités en inférieurs, chez nous ! »

Autour du messager les hommes approuvent, ils en ont gros sur le cœur : tous de haute caste ou de famille honorable, ils ont l'habitude d'être respectés et supportent d'autant moins la grossièreté et la morgue des nouveaux officiers.

« Et maintenant pour mieux nous contrôler ils essaient de nous convertir », ajoute le messager.

Depuis une vingtaine d'années, en effet, des responsables politiques ou militaires tentent d'amener les populations à la foi protestante et dénigrent ouvertement leurs pratiques religieuses. Sous divers prétextes des centaines de temples hindous, de mosquées, de madrassas [1] et de sanctuaires soufis ont été fermés, voire détruits.

« Près de mon village ils ont même confisqué des terres appartenant à la mosquée pour y édifier une église ! » gronde un cipaye.

« Le plus grave c'est qu'ils essaient d'empoisonner l'esprit de nos enfants, continue le messager. Figurez-vous qu'ils avaient commencé secrètement à enseigner la Bible aux élèves du grand collège laïque de Delhi, jusqu'à ce que, à l'occasion de la retentissante conversion d'un professeur, les familles s'en aperçoivent et en retirent très vite leur progéniture. Mais dans d'autres écoles gouvernementales ils continuent. »

---

1. Écoles coraniques.

Les hommes serrent les poings. Ces atteintes à leur religion sont des atteintes à leur honneur, ils ne peuvent les tolérer.

« Tant que nous combattions les États voisins, nous n'avions pas de problèmes, remarque un vieux cipaye, car depuis toujours les principautés se font la guerre. Mais aujourd'hui c'est notre propre État qui est annexé et nous nous retrouvons au service des occupants. C'est comme si nous avions trahi les nôtres, comme si nous nous étions trahis nous-mêmes. Quand nous rentrons au village nous sentons une réprobation muette, d'autant qu'avec les nouvelles réformes la situation s'est dégradée, les prix du blé et du maïs ont presque doublé et la famine menace.

— Il nous faut réagir, mais comment ? »

D'un geste le messager impose le silence.

« Vous le saurez très bientôt. Notre Comité de défense de la religion hindoue et de la religion musulmane a établi ses antennes dans toute la moitié nord du pays. Les infidèles veulent diriger nos consciences afin de dominer nos conduites. Nous ne nous laisserons pas faire. Vous êtes l'avant-garde, parlez à vos camarades : bientôt tous les cipayes se soulèveront pour chasser les étrangers. Mais attention ! Ne vous découvrez pas avant que ne soit donné le signal de la révolte générale : notre succès dépend de l'effet de surprise. D'ici peu vous recevrez un signe qui vous avertira de vous tenir prêts et… »

Sa phrase est interrompue par un éternuement. Aussitôt des cipayes se précipitent et, de derrière le rideau d'arbres, extirpent un petit homme qui se débat comme un diable.

« Un espion ! Il a tout entendu ! Il faut le tuer ! crient les soldats en le poussant vers le messager tandis que, terrifié, l'homme tente de protester.

— Je n'espionnais pas, je suis le serviteur d'une personne importante.

— Tu n'espionnais pas ! alors que faisais-tu là à nous écouter ?

— Je me promenais, j'ai entendu discuter et… »

Une retentissante paire de claques l'interrompt.

« Si tu tiens à la vie répond immédiatement : qui est ton maître ?

— Mon… ma maîtresse… ? Une des épouses de notre roi, balbutie Mammoo.

— Son nom ? »

L'eunuque hésite, mais sa vie est en jeu, tant pis pour sa promesse !

« La bégum Hazrat Mahal, la quatrième épouse. »

Autour de l'eunuque, les hommes grondent.

« Il ment ! Ce sont les Anglais qui l'ont envoyé ! »

Mammoo est livide, comment prouver sa bonne foi ? Il ne voit qu'une solution :

« Envoyez donc un homme au palais pour vérifier mes dires ! »

Il n'ose imaginer la fureur de sa maîtresse qui lui a ordonné le secret, mais il n'a pas le choix : ces hommes n'hésiteraient pas à le torturer à mort.

Le messager est perplexe :

« Pourquoi une épouse du souverain s'intéresserait-elle à nos réunions ?

— Ma maîtresse s'intéresse à tout ce qui peut nuire aux usurpateurs et nous ramener notre roi bien-aimé, déclare Mammoo retrouvant un peu de sa superbe.

Chaque semaine, elle écrit à Sa Majesté pour lui rendre compte de ce qui se passe ici. »

Il omet de préciser que les lettres ne reçoivent pas de réponse, que, sans doute, elles n'arrivent pas. Il faut que les conspirateurs croient que la bégum a l'oreille du roi, qu'elle peut être une alliée importante, et lui par conséquent un atout à ménager.

« Cette bégum… Hazrat Mahal, a-t-elle un fils ? questionne le messager, pensif.

— Oui, le prince Birjis Qadar, il n'a que onze ans mais il est étonnamment mûr pour son âge.

— Bien, nous allons t'envoyer au palais avec deux soldats pour vérifier tout ça. Sache que si tu tentes de fuir ils t'abattront immédiatement. En revanche, si tu as dit vrai je te confie ce pli que tu remettras à ta maîtresse. »

⁂

Au grand étonnement de Mammoo, Hazrat Mahal ne s'est pas fâchée. Étendue sur son divan elle lit et relit la lettre que lui a adressée le messager de Berhampour, un sourire de triomphe aux lèvres. Ce qu'elle espérait depuis un an est en train de prendre forme, elle ne peut contenir son excitation :

« Regarde, Mammoo, qu'en penses-tu ? » demande-t-elle en tendant la lettre à l'eunuque.

> « Houzour,
> De grands événements se préparent. Tenez-vous prête.
> Nous comptons sur les proches de Sa Majesté.
> Des cipayes fidèles à leur roi. »

« Qu'en dis-tu ? Que dois-je faire ?

— Rien, sinon attendre.

— Attendre, toujours attendre ! »

Hazrat Mahal lève les yeux au ciel, exaspérée.

« Nous les femmes nous passons notre vie à attendre, iusqu'à ce que… nous n'ayons plus rien à attendre. Mais cette fois-ci c'est différent, ne le vois-tu pas ? Le peuple est prêt à se battre contre les Angrez. Certes leur armement est supérieur au nôtre mais nous les chasserons ! Il n'y a pas d'exemple au monde qu'un occupant ait pu rester dans un pays qui ne veut pas de lui. Quelle que soit sa puissance ! »

La jeune femme s'est levée et arpente nerveusement la chambre.

« D'après le messager, exceptés les Sikhs[1] toute l'armée, de Calcutta à Delhi, serait prête à se rebeller, environ cent vingt mille cipayes ! Crois-tu que le roi soit derriere le complot ?

— Il doit en être informé, mais tant qu'il n'aura pas reçu de réponse de la reine Victoria je pense qu'il ne bougera pas. S'il lui est possible d'obtenir satisfaction par la négociation, pourquoi se battrait-il ? C'est ce qu'il avait répondu, voici quelques mois, au rajah Jai Lal lorsque celui-ci lui avait offert l'appui des taluqdars pour résister à l'annexion.

— Je me demande si le rajah est au courant, murmure Hazrat Mahal, songeuse.

1. Le Pendjab, patrie des Sikhs, a été annexé par les Anglais après les guerres de 1846 et 1849. Vaincus, les Sikhs, par ailleurs ennemis jurés des Moghols, se rangeront sous la bannière britannique lors de la révolte des cipayes.

— Sans doute. C'est un militaire de formation et il a toujours eu des contacts avec les cipayes. Je ne serais pas étonné qu'il soit même directement impliqué.

— Essaie de le savoir. Et de Londres, quelles nouvelles ?

— L'opinion est avec nous car la presse, informée par le major Bird, a exposé les mensonges et les trahisons de la Compagnie. Les débats à la chambre des Lords ont été très vifs. Lord Hastings a même demandé le rappel du Résident : "Nos difficultés découlent entièrement de notre attitude, a-t-il déclaré. Si l'annexion d'Awadh est confirmée, les souverains indiens, constatant qu'ils ne peuvent avoir confiance en notre parole, d'amis deviendront nos ennemis*." Sentant le vent tourner, la direction de la Compagnie des Indes a finalement reçu le prince héritier et le frère du roi, avec tous les honneurs. Elle leur a proposé d'énormes compensations mais a refusé de discuter de l'annexion d'Awadh, prétendant avoir agi sur les ordres du gouvernement.

— Sans doute un mensonge de plus ! La seule à pouvoir résoudre le problème est la reine Victoria. Cela fait six mois que la Rajmata est à Londres, pourquoi n'a-t-elle pas encore obtenu d'audience ?

— On lui fait des promesses, mais de semaine en semaine l'audience est remise, sous divers prétextes : la reine n'est pas à Londres, ou bien elle est fatiguée, ou elle est débordée de travail. En fait cette affaire doit l'embarrasser : il lui est difficile de désavouer la Compagnie des Indes qui a apporté tant de richesses à la Couronne mais elle ne peut pas non plus cautionner une injustice. Je pense que n'ayant pas encore décidé de la conduite à tenir, elle fait traîner. »

⁂

Quelques semaines plus tard de mystérieux chapatis font leur apparition dans le nord et le centre des Indes. Ces petites galettes plates – le pain traditionnel – arrivent par six, déposées la nuit chez le gardien du village, avec pour injonction de les distribuer aux six villages voisins qui, à leur tour, devront cuire six galettes et les distribuer aux six villages les plus proches, et ainsi de suite. Si bien qu'en moins de trois semaines le plus petit hameau a reçu ces chapatis dont chacun se demande ce qu'ils signifient exactement mais dont tous se doutent qu'ils sont le signal de grands événements.

Prévenue, l'administration britannique a cherché à découvrir l'origine et le sens du phénomène. En vain. Les spéculations vont bon train : de la simple plaisanterie à un éventuel complot, sans oublier la possibilité que les chapatis soient un talisman populaire contre le choléra qui sévit alors.

Sur ordre de sa maîtresse, Mammoo parcourt la ville à la recherche d'éclaircissements, sans résultat. En désespoir de cause, il s'est aventuré dans le Chowq, jusqu'à la maison d'Ammam et Imaman. Autrefois c'était l'endroit le mieux informé de Lucknow, peut-être aujourd'hui encore y trouvera-t-il quelque information…

Les deux matrones sont absentes et Mammoo se prépare à repartir lorsqu'il est apostrophé par Nouran, la jeune femme qu'elles ont recueillie.

« Moi je sais quelque chose sur ces chapatis mais je ne le dirai qu'à ta maîtresse.

— Comment une paysanne comme toi peut-elle savoir ce que tout le monde en ville ignore ? Tu cherches simplement à t'introduire au palais, rétorque Mammoo exaspéré.

— Comme tu voudras, mais la bégum va être mécontente, ricane la femme.

— D'où tiens-tu tes prétendues informations ?

— Je te répète que je ne le dirai qu'à la bégum.

— Bien, je t'emmène, mais si tu m'as trompé sache que tu seras fouettée. Es-tu toujours décidée ? »

Pour toute réponse Nouran a haussé les épaules et, se levant, a prestement enfilé sa burqa.

Il est tard dans l'après-midi, le salon est plongé dans la pénombre. Hazrat Mahal a renvoyé tous ses serviteurs, même Mammoo qui est sorti en grommelant qu'elle avait bien tort de faire confiance à cette paysanne.

Regardant par-dessus son épaule comme si elle avait peur d'être surprise, la femme murmure dans un souffle :

« Houzour, tenez-vous prête, la distribution de chapatis annonce la grande révolte.

— Quelle révolte ? et comment le sais-tu ? »

D'instinct, Hazrat Mahal a elle aussi baissé la voix.

« Ma grand-mère est originaire de Madras et elle me racontait souvent l'histoire de la mutinerie de

Vellore qui eut lieu lorsqu'elle était enfant. Elle me disait que tout avait commencé par une mystérieuse distribution de chapatis et, comme aujourd'hui, personne ne savait ce que cela signifiait, sinon que des choses importantes allaient se passer.

— Et que s'est-il passé ?

— Les officiers anglais voulaient obliger leurs cipayes à abandonner leurs signes religieux, peut-être voulaient-ils déjà les convertir... Ne pouvant se révolter ouvertement, les hommes se sont organisés secrètement et une nuit ils ont massacré tous les officiers et une partie des soldats pendant leur sommeil. »

Hazrat Mahal réprime un frisson.

... *Actuellement les distributions de chapatis couvrent le tiers des Indes, serait-ce que des révoltes se préparent non seulement dans l'État d'Awadh mais au Bengale, au Bihar, dans la région de Delhi, dans tout le nord du pays ?...*

À cette pensée elle a peur, elle qui pourtant depuis des années n'a qu'un désir : se débarrasser des occupants. Devant l'imminence d'une insurrection généralisée, elle perd de sa belle assurance.

... *Contre l'armée britannique, la plus puissante armée d'Asie, nos compatriotes sont-ils de taille ?...*

Le bon sens de la paysanne la fait redescendre sur terre.

« De toute façon c'est une affaire d'hommes. S'ils décident de se battre nous n'y pourrons rien. Mais je voulais vous prévenir, car l'autre jour vous m'avez traitée avec bonté, et j'ai pensé que peut-être vous voudriez protéger votre fils et quitter Lucknow pour un endroit plus calme. »

Hazrat Mahal s'est raidie. Déserter ? La suggestion la pique au vif.

« N'oublie pas que mon fils est prince et que je suis l'épouse du souverain exilé. Il n'est pas question d'abandonner notre peuple. Notre place est ici. »

Chapitre 11

Les semaines suivantes apportent leur lot de nouvelles inquiétantes ou exaltantes. Le 17 février le maulvi Ahmadullah Shah est arrêté dans la ville voisine de Fayzabad, alors qu'il exhorte la foule à se rebeller contre les étrangers.

« Votre maulvi ne s'est pas laissé faire, tout le monde ne parle que de son courage, rapporte Mammoo à sa maîtresse.

— Mon maulvi ?

— Oui, celui que nous avons croisé au retour de notre visite au Chowq, et dont vous m'avez dit qu'à travers les épais rideaux du palanquin il vous avait transpercée du regard. »

En effet, ce regard Hazrat Mahal n'est pas près de l'oublier.

« Que s'est-il passé ?

— Les Anglais hésitaient à l'arrêter tant il est populaire. L'officier lui a d'abord demandé de déposer ses armes ainsi que celles de ses disciples, qu'elles leur seraient rendues quand ils quitteraient la ville. Il a répondu avec hauteur qu'il quitterait la ville quand il le désirerait et il a tourné le dos à l'officier. Ses hommes devenant menaçants, les Anglais ont préféré abandonner le terrain, mais le lendemain soir ils sont revenus en force. Le maulvi et ses disciples se sont battus vaillamment, mais il a finalement été blessé et fait prisonnier.

— Quelle sottise ! Ils en font un martyr, un symbole de ralliement bien plus important que s'il était resté libre ! Les Blancs croient tout pouvoir régler par la force, ils n'essaient pas de comprendre le point de vue de l'autre, encore moins de discuter. Résultat : ils se font unanimement détester. Un jour ils le paieront : les peuples opprimés ne leur feront pas de cadeau ! »

Quelques jours plus tard, on apprend qu'à Berhampour, au nord de Calcutta, le 19e régiment d'infanterie s'est révolté et a refusé d'utiliser les nouvelles cartouches. Mi-mars le mouvement a gagné le dépôt d'armes d'Ambala où des détachements de quarante et un régiments sont rassemblés pour apprendre le maniement du nouveau fusil. Enfin le 29 mars, à Barrackpore, un cipaye de caste brahmine, Mangal Pande, tire sur un officier britannique et en blesse un autre avec son sabre, tout en appelant ses compagnons à se soulever pour défendre leur religion. Finalement maîtrisé, il sera pendu quelques jours plus tard, de même que le sergent indien qui a refusé de l'arrêter.

Dans la société britannique la stupéfaction est immense : depuis près d'un siècle c'est la première fois qu'un des « fidèles cipayes » ose s'attaquer à ses supérieurs. Pour expliquer cet « acte inouï » on fait remarquer que Mangal Pande était sous l'effet de la drogue, mais ce qu'on n'arrive pas à comprendre c'est pourquoi aucun des vingt autres cipayes présents n'est intervenu pour défendre ses officiers.

Sur ces entrefaites le Gouverneur général, Lord Canning, décide que cette affaire de cartouches a assez duré, que toutes les assurances nécessaires ont été données et que transiger plus longtemps serait faire preuve de faiblesse. À peine l'ordre définitif est-il connu que de mystérieux incendies éclatent dans la plupart des bâtiments gouvernementaux et dans des bungalows d'officiers de la garnison d'Ambala, mais tous les efforts pour découvrir les coupables se heurtent au mutisme des soldats.

Les nouvelles du soulèvement se propagent rapidement et à Lucknow les cipayes commencent à s'agiter. Le geste inconsidéré du docteur Wells, médecin du 48e régiment, buvant un médicament de l'infirmerie à même la bouteille, est pris comme une provocation : les hommes vont refuser unanimement de se faire soigner de peur d'être souillés et de devenir des hors-caste. Quelques jours plus tard le bungalow du docteur Wells est incendié. Chacun sait que les responsables sont les soldats du 48e mais on ne pourra jamais le prouver.

C'est dans cette ambiance survoltée qu'à la fin du mois de mars le nouveau haut-commissaire arrive à Lucknow. Sir Henry Lawrence vient du Pendjab où, avec diplomatie et grâce à une politique de réformes éclairées, il a rétabli la paix et s'est acquis la confiance des populations au point qu'on l'a surnommé « le roi du Pendjab ».

Grand et maigre, un long visage encadré d'une barbe grise, cet homme de devoir, méprisant toute compromission, ressemble à un prophète de l'Ancien Testament. Né à Ceylan, quatrième fils d'un officier britannique, il connaît bien les Indiens et il les apprécie. Aussi Lord Canning a-t-il jugé qu'il serait le plus capable de redresser une situation gravement compromise par la brutalité et les maladresses de Coverley Jackson.

À peine arrivé, Lawrence écrit au Gouverneur général :

> « Je remarque les regards de haine lorsque je me promène, le mécontentement de la population est profond. J'ai immédiatement fait savoir que ma mission était de redresser les torts faits depuis un an. Pour tenter de calmer les esprits j'ai interdit de détruire quoi que ce soit sans m'en référer, notamment les bâtiments religieux. Demain, je donne un durbar [1] en l'honneur des taluqdars qui ont été traités très durement : certains ont perdu la moitié de leurs villages, d'autres ont tout perdu*. »

Multipliant réceptions et entrevues privées. Sir Henry parvient à se concilier en partie la noblesse. S'adressant à elle en hindustani [2] et lui témoignant des

1. Réception officielle.

2. Langue parlée dans les Indes du Nord, mélange d'hindi (comportant plus de vocabulaire sanskrit) et d'urdu (plus de persan, d'arabe et de turc).

égards auxquels, depuis l'annexion, elle n'est plus habituée, il lui promet de plaider pour la restitution de ses terres. Il reçoit également les représentants de commerçants et d'artisans prévenus que le nouveau haut-commissaire est un homme ouvert, avec lequel on peut parler. Mais il n'a ni le temps ni les moyens de se pencher sur le nouveau système d'impôts qui, supposé favorable aux paysans, en réalité les étouffe. Il doit s'atteler à un problème plus urgent : le mécontentement qui, de jour en jour, s'aggrave parmi les cipayes.

Cet après-midi, pour la première fois, une délégation a demandé à le voir et il a convié les quelques officiers présents à suivre la conversation, depuis le salon voisin.

Ils sont une demi-douzaine de vieux cipayes, impeccablement sanglés dans leur tunique rouge, de ces soldats dévoués que, depuis trente ans qu'il sert aux Indes, Lawrence connaît bien et dont il a eu maintes fois l'occasion d'apprécier le courage et la fidélité.

« Allons mes amis, entrez ! »

D'un geste, il encourage le petit groupe intimidé qui se presse devant la porte : « Entrez donc ! »

Un par un, les soldats pénètrent dans le fumoir. Claquant des talons, ils saluent le Résident et, figés, restent au garde-à-vous. Enfoncé dans son fauteuil de cuir, Sir Henry leur fait signe de s'asseoir. C'est contraire aux usages mais à ces vétérans qui, sûrement en dépit des plus jeunes, ont pris la difficile décision de venir le voir, il entend témoigner des égards.

Comme il s'y attendait ils refusent – jamais de mémoire de cipaye on n'imaginerait enfreindre ainsi l'ordre hiérarchique – mais le geste les a touchés.

« Merci de votre bonté, Sahib, déclare celui qui semble le chef – la bonne soixantaine, visage couturé de cicatrices, mais droit comme un I. Vous êtes comme notre père, nous vous devons le respect, jamais nous ne nous assiérons devant vous !

— Fort bien, mes braves. Alors, qu'est-ce qui vous amène ?

— Des choses graves, Excellence. Depuis le début de l'année, surtout depuis les mutineries de Berhampour et de Barrackpore, nos régiments sont en effervescence et, malgré les efforts des plus anciens d'entre nous, il est impossible de les calmer. Nous avons tenté de parler à nos officiers mais ils disent n'avoir pas le temps d'écouter nos récriminations. Alors nous avons pensé que peut-être vous, qui avez une réputation d'homme sage et compréhensif…

— S'agit-il d'une question d'argent ? Sept roupies par mois, la même paie depuis cinquante ans alors que le prix des céréales a doublé, je reconnais que c'est peu ! J'en ai d'ailleurs parlé au Gouverneur général qui a promis d'y réfléchir.

— Nous vous en sommes très reconnaissants, Sahib, mais ce n'est pas tellement cela, ce n'est pas non plus l'absence de promotion, quoiqu'il soit pénible pour un vieux soldat de se faire insulter par un jeune officier tout droit arrivé d'Angleterre et qui… » Le cipaye hésite. « Enfin, qui ne connaît pas très bien les usages du pays. »

Sir Henry hoche la tête.

... Des blancs-becs qui ne connaissent rien et donnent des ordres à tort et à travers ! C'est une honte et j'ai prévenu la haute hiérarchie que si l'on n'y prenait garde nous courrions droit au désastre...

Il s'abstient de tout commentaire, mais son silence encourage un autre vieux cipaye :

« C'était tellement différent autrefois ! Les sahibs étaient proches de leurs soldats, ils nous emmenaient chasser avec eux, et quand ils faisaient venir des danseuses pour donner un spectacle au régiment, nous aussi étions conviés. Il y avait même un officier que nous appelions "le lutteur" car il avait l'habitude de rejoindre ses hommes dans l'arène ! Nous aimions les sahibs car ils nous traitaient comme leurs enfants. Maintenant ils nous méprisent, jamais ils ne se mêlent à nous, et quand ils sont mécontents ils nous couvrent d'injures... Souvent même, parce qu'ils ne comprennent pas ce que nous essayons de leur dire, ils nous font passer en cour martiale pour insolence, alors que nous avons simplement tenté de nous expliquer ! »

Autour de lui les autres cipayes acquiescent, mais leur porte-parole les interrompt avec impatience :

« Ce n'est pas pour nous plaindre que nous sommes venus vous voir, Sahib, pour vous nous pouvons tout sacrifier, sauf... »

Sa voix s'étrangle, les larmes lui montent aux yeux.

Ému, Sir Henry s'est levé et l'a pris par l'épaule.

« Allons, parle, mon ami. »

Hoquetant, le vieux cipaye murmure :

« Nous pouvons tout accepter mais... nous ne pouvons pas renoncer à notre religion.

— Et qui vous demande de renoncer à votre religion ? »

Alors ils se sont tous mis à parler à la fois : les nouvelles cartouches scellées à la graisse de porc ou de vache, la farine mélangée à la poudre d'os d'animaux interdits. Sir Henry a beau leur répéter que ce sont des calomnies lancées pour susciter des troubles, il n'arrive pas à les convaincre. Même si les cartouches ne sont pas souillées de graisses impures, finissent par concéder les cipayes, tout le monde désormais croit qu'elles le sont : « Si nous les utilisions notre famille et tout notre village nous rejetteraient par crainte, à notre contact, de devenir eux aussi des intouchables. Dans le doute, nous serions à jamais des pestiférés, condamnés à vivre seuls.

— Ou à devenir des chrétiens », suggère l'un d'eux.

Pour Sir Henry c'en est trop.

« Devenir chrétien est-ce donc un si grand malheur ? » s'exclame-t-il, outragé. Puis, prenant conscience que par ces paroles il confirme leurs craintes, il s'empresse d'ajouter : « Jamais nous ne convertissons par la force ou la ruse, c'est à chacun de choisir en toute liberté ! »

À peine a-t-il lâché ces mots que lui reviennent en tête l'Inquisition, les persécutions des Indiens d'Amérique, les guerres de Religion en Europe… Heureusement, il n'y a aucune chance que de simples cipayes en aient jamais entendu parler.

« Mais alors, objecte un homme, pourquoi enseigner le christianisme dans des écoles d'État, et pourquoi transformer le sanctuaire de Qadam Rasoul, abritant l'empreinte du pied du Prophète, en dépôt d'armes ?

— Des erreurs ont été commises, concède Sir Henry, et je suis ici pour y remédier. Je vous donne ma parole qu'à l'avenir aucun bâtiment, surtout religieux, ne sera démoli sans mon autorisation. Quant aux nouvelles cartouches j'ai une bonne nouvelle à vous annoncer. Pour tenir compte des craintes des cipayes et de leurs familles, le Gouverneur général a ordonné que les cartouches ne soient plus décapsulées avec les dents mais à la main. Ainsi il n'y aura plus de problème. Voilà, mes braves ! conclut-il. J'espère qu'à présent vous êtes rassurés. Et n'hésitez pas à revenir me voir si besoin est, je serai toujours là pour vous. »

Se confondant en remerciements et en salutations, les cipayes ont pris congé. L'amabilité de Sir Henry leur a fait chaud au cœur – c'est pour des chefs comme lui qu'ils sont prêts à donner leur vie. Mais pour autant ils ne sont pas plus rassurés qu'à leur arrivée.

« S'ils ont changé les règles pour les cartouches, c'est bien qu'elles contiennent de la graisse impure, observe l'un d'eux, sinon pourquoi l'auraient-ils fait ?

— C'est vrai ! De toute façon toucher de la graisse interdite avec la main nous souille et nous fait perdre notre caste tout autant. »

Que faire ? Vont-ils, malgré eux, être acculés à la révolte ?

« Quelle insolence ! Comment osent-ils critiquer leurs supérieurs !

— J'admire votre patience, Sir Henry ! Moi, je les aurais fait fouetter ! »

Les quelques officiers qui, depuis le salon voisin, ont écouté la conversation ont du mal à dissimuler leur irritation contre le Résident qui, face à des subalternes, aurait dû au moins prendre leur parti.

Lentement, Sir Henry s'est rassis, il allume son cigare et, se calant confortablement, il les fixe de son regard froid.

« Je les ai laissés parler, messieurs, parce qu ils ne disaient que la vérité. Depuis vingt ans j'ai eu l'occasion de constater combien les relations se sont dégradées entre officiers et soldats, et en général entre nous, Britanniques, et la population. Si vous voulez que les gens vous respectent, agissez de façon respectable au lieu de vous mettre en colère et de vous laisser aller à les insulter. Croyez-vous qu'après notre victoire militaire au Pendjab c'est par le fouet et les injures que je suis parvenu à gagner la fidélité des populations ? C'est en les écoutant, en tentant de comprendre leurs problèmes et d'y apporter une réponse efficace et juste. »

Et, se retournant pour saisir un document :

« Je voudrais vous lire ce que j'ai écrit hier au Gouverneur général, Lord Canning, qui me demandait comment apaiser le mécontentement qui se répand dans les garnisons :

> « Au-delà du problème des cartouches, tant que nous refuserons d'admettre que les indigènes, et en particulier les soldats indigènes, ont les mêmes sentiments, les mêmes ambitions, la même perception de

leurs capacités que nous-mêmes, nous ne serons jamais en sécurité. »

« Est-ce vraiment, messieurs, trop vous demander que de vous mettre un instant à la place des Indiens ? Ce sont des êtres sentimentaux dont on peut tout obtenir si l'on est courtois et si on les traite comme des êtres humains, au lieu de les écraser de notre supériorité d'Occidentaux !

— Voyons, Sir Henry, comment discuter avec des individus aussi butés ? Cette histoire de cartouches est de la pure propagande !

— Pas sûr ! D'après mes informations des fabricants locaux auraient effectivement remplacé la graisse de mouton par des graisses de porc et de bœuf, beaucoup moins chères. Aucune intention de désacraliser, juste une histoire de gros sous ! Mais les cipayes sont d'autant plus méfiants que beaucoup d'officiers font du zèle et essaient de convertir leurs hommes.

— Et pourquoi pas ? La conversion des Indiens à la Vérité non seulement les sortirait de la misère et du vice mais leur enseignerait les bénéfices d'une société bien réglée !

— Disons plutôt, comme Charles Grant, un ancien directeur de la Compagnie des Indes, que "convertir les Indiens élèvera leur moralité mais aussi servira le projet initial de notre venue aux Indes, l'extension de notre commerce*". Au moins avait-il le mérite de la franchise ! Quant à la moralité, j'ai bien peur que pour les Indiens nous ne soyons guère des modèles, avec nos habitudes de jurer et de boire, d'emprunter de l'argent que nous ne rendons pas et surtout de ne pas respecter nos traités, comme cela a été le cas ici même, lorsque nous avons annexé Awadh.

« Je crains, messieurs, qu'en continuant ainsi nous ne risquions de perdre les Indes. »

Chapitre 12

Aujourd'hui le zénana est en ébullition. On vient d'apprendre l'arrivée en grande pompe de Nana Sahib, fils adoptif et héritier du « Peishwa », l'ex-souverain de la confédération des États mahrattes, le seigneur des Indes occidentales. Vaincu par les Anglais en 1818, le vieux souverain avait été exilé à Bithour, à quelques miles de Kanpour [1], où il était mort voici quelques années.

Que vient faire ici son fils ? Excepté en des circonstances exceptionnelles – cérémonies religieuses majeures ou grands durbars –, il est rare que les princes se déplacent.

Parti aux nouvelles, un eunuque en revient avec les toutes dernières informations :

« Nana Sahib a fait savoir à l'administration britannique qu'il venait faire du tourisme. »

La nouvelle est accueillie par un accès d'hilarité : du tourisme ! elle est bien bonne ! seuls les Angrez font du tourisme ! Se rendent-ils compte que Nana Sahib se moque d'eux ?

1. Kanpour se trouve à cinquante miles de Lucknow.

« Auparavant il a visité divers États du nord du pays, notamment Jhansi où il a rencontré son amie d'enfance, la rani Lakshmi Baï [1], précise l'eunuque.

— Des visites de courtoisie sans doute ! » persifle Hazrat Mahal haussant un sourcil sarcastique.

Elle se rappelle l'imposant personnage entrevu lors d'un mushaïra [2] donné par le roi son époux. Grand et fort, le visage rond et le teint clair, Nana Sahib était apparu, son turban plat, drapé à la façon mahratte, ruisselant de perles et de diamants et les oreilles ornées de lourds pendentifs d'émeraude. Il promenait sur l'assistance un regard suffisant et elle avait deviné un être vaniteux et manquant d'assurance. Ce qu'elle avait appris par la suite avait confirmé cette première impression.

À la mort du Peishwa, la Compagnie des Indes avait refusé de reconnaître ce fils adoptif auquel elle contestait et le titre et l'énorme pension versée au père. Depuis des années Nana Sahib essayait d'infléchir cette position par des cajoleries et des cadeaux – il se disait le meilleur ami des Anglais –, sans résultat. Finalement, il avait envoyé Azimullah Khan, son homme de confiance, à Londres plaider sa cause auprès de la reine Victoria. En vain. Ce dernier n'avait même pas été reçu…

« À la vérité, la rani de Jhansi a les mêmes raisons que le Nana de détester les Anglais, commente une bégum. Ils ont refusé de reconnaître son fils adoptif, pourtant désigné par le rajah comme son héritier, et

1. Terme mahratti pour « dame ».
2. Soirée où l'on improvise et récite des poèmes.

sur ce, arguant que l'État était en déshérence, ils l'ont annexé ! Lakshmi Baï a paru se résigner, mais j'ai entendu dire qu'elle n'attendait que l'occasion de se venger.

— Et ici, qui donc le Nana va-t-il rencontrer ? s'enquiert une jeune femme.

— Demain il doit rendre visite au Résident, précise l'eunuque, mais aujourd'hui, il a été reçu par ses pairs, notamment par le rajah Jai Lal et ses frères qui s'occupent d'organiser son séjour. »

Au nom de Jai Lal, Hazrat Mahal a sursauté. C'est bien ce qu'elle soupçonnait, cette visite touristique dans les États récemment annexés est une prise de contact, peut-être même l'amorce d'un plan d'action.

Nonchalamment, comme si la conversation ne l'intéressait plus, elle s'est levée pour rejoindre ses appartements, mais à Mammoo qui la suit elle ordonne à voix basse :

« Va te mêler à la suite de Nana Sahib comme si tu étais un serviteur du rajah Jai Lal. Ouvre grand tes yeux et tes oreilles et rapporte-moi les moindres détails. »

Dans la lumière dorée de cette fin d'après-midi d'avril les visiteurs se pressent sous la vaste véranda du khoti [1] où Nana Sahib termine sa sieste. À celui qu'ils considèrent comme le légitime successeur des grands souverains mahrattes, ils viennent présenter leurs respects dans une atmosphère qui semblerait

1. Grande demeure.

bon enfant n'étaient les dizaines de gardes aux aguets derrière les grilles du parc.

Non sans difficultés, Mammoo est parvenu à se faufiler au milieu d'un groupe de pâtissiers venus livrer laddous, burfis, gajar halva [1] et autres douceurs dont le Nana est friand. Une fois dans la place, il a vite repéré le rajah Jai Lal en grande conversation avec un homme mince, au teint olivâtre, vêtu d'une élégante tunique de soie blanche brodée d'argent. Insensiblement, il s'est rapproché sans que les deux hommes, absorbés dans leur discussion, le remarquent.

« Et pourquoi, mon cher Azimullah, êtes-vous allé vous promener dans les tranchées devant Sébastopol plutôt que de rentrer directement de Londres ?

— Je voulais vérifier de mes yeux ce que l'on racontait à Istanbul : la déconfiture de l'armée britannique devant la ville tenue par les Russes, leurs attaques infructueuses, le découragement jusque dans l'état-major, la désorganisation et l'indiscipline dans les rangs... À ma grande surprise j'ai constaté la faiblesse de ces Anglais qu'ici nous croyons invincibles, leur incapacité à affronter les Russes. Ah, ces Russes ! quels guerriers ! capables de tout endurer ! J'ai quitté Sébastopol avec la conviction que nous aussi, si nous savons nous organiser...

— Chut ! on pourrait nous entendre. »

Et, baissant la voix :

---

1. Laddous et burfis : confiseries faites de crème de lait et sirop de sucre et parfumées de différentes épices. Gajar halva : confiserie à la carotte.

« Est-il vrai que vous ayez rencontré des agents du tsar ?

— L'un d'eux m'a contacté dès mon retour à Istanbul. Ils suivent de près la situation aux Indes et rêvent d'en déloger les Anglais. Leur messager m'a assuré que si nous arrivions à fomenter une révolte dans le pays et surtout à prendre Delhi ils seraient prêts à nous fournir une importante aide matérielle et nous aideraient à chasser les Britanniques. Nous continuons à correspondre à travers le Cachemire grâce aux petits marchands ambulants d'amandes et de fruits qui convoient nos messages.

— De notre côté, depuis l'annexion d'Awadh nous ne sommes pas restés inactifs, nous ne manquons pas une occasion de rappeler la prophétie de Plassey selon laquelle les Britanniques doivent quitter les Indes, cent ans après leur victoire, c'est-à-dire en juin de cette année. Vous savez combien nos compatriotes sont superstitieux : les prophéties sont des signes du ciel qu'ils n'auraient garde de négliger. Quant à l'affaire des cartouches, vraie ou fausse, elle est inespérée et nous l'exploitons au maximum ! Le peuple exaspéré est prêt à se soulever mais, hélas, beaucoup de nos grands taluqdars croient encore pouvoir négocier, ils ne veulent surtout pas prendre de risques.

— Excepté ceux qui n'ont plus rien à perdre ! À Jhansi, la rani, qui fut élevée à la cour du Peishwa avec Nana Sahib qu'elle appelle "grand frère", est prête à nous suivre. De même que les princes de Nagpour, de Satara, de Karnataka, de Tanjore et autres États annexés ces dernières années. Mon maître entretient avec eux une correspondance suivie ; si certains hésitent encore, je suis persuadé qu'ils nous rejoindront lorsque la révolte se déclenchera et qu'ils en constateront l'étendue.

— Et la date fixée est toujours... ? »

Leurs paroles se perdent en un chuchotement que malgré tous ses efforts Mammoo ne peut saisir. Mais il en a assez entendu, il doit au plus vite informer sa maîtresse.

⁂

Hazrat Mahal a écouté avec attention le récit de l'eunuque. Comme elle le soupçonnait, l'insubordination des cipayes de Berhampour et de Barrackpore ne sont pas des incidents isolés, une révolte générale se prépare. Et, à Lucknow, le rajah Jai Lal Singh en est l'un des principaux instigateurs. Mais cet Azimullah, un bien étrange personnage, peut-on lui faire confiance ?

« Que sais-tu de cet homme, hormis le fait qu'il soit le conseiller favori du Nana ?

— Il se fait appeler Azimullah Khan et s'enorgueillit d'être un "pathan", de l'ethnie guerrière de la région nord-ouest, cet Afghanistan que malgré tous leurs efforts les Britanniques n'ont jamais pu vaincre. En 1842, après quatre ans de combats, ils ont même dû se retirer, leur armée ayant été taillée en pièces : sur douze mille hommes, à peine quelques dizaines sont revenus. Courageux et rusés, les Afghans sont d'une endurance exceptionnelle, personne ne les a jamais soumis et ce n'est pas demain que quiconque y parviendra !

— Mais cet Azimullah ?

— D'après les informations que j'ai pu recueillir il serait arrivé à Kanpour tout petit avec sa mère, lors de la grande famine de 1837. Employés comme domestiques par le fondateur de la Mission pour la propagation de l'Évangile, puis par son successeur, l'enfant a finalement été envoyé à l'école, car il est d'une intelligence rare. Là on lui apprend l'anglais et le français, mais on essaie aussi, avec insistance, de le convertir au christianisme. Il est également en butte à des avances sexuelles répétées et sa reconnaissance envers ses bienfaiteurs va bientôt se transformer en haine. Comme il est charmant et très capable il trouve un poste chez des Européens, notamment chez le brigadier Ashburnham, jusqu'à ce qu'en 1850 il soit renvoyé pour vol. Accusation dont il se défend, en vain. Humilié publiquement il en conçoit envers la société anglaise une terrible rancune.

« C'est alors qu'il entre au service de Nana Sahib auquel il a autrefois enseigné l'anglais, il devient son confident et principal conseiller. On dit que le prince ne prend aucune décision sans lui demander son avis. C'est en quelque sorte son éminence grise.

« Depuis l'échec de sa mission à Londres il semble qu'il se soit persuadé, et ait persuadé Nana Sahib, qu'il n'arriverait jamais à se faire rendre justice mais qu'en revanche il est possible, si les princes s'unissent, de vaincre les Anglais par les armes.

— Puisse Allah l'entendre ! » soupire Hazrat Mahal. Puis, avec un petit rire : « En revanche, cet

Azimullah ne détesterait pas les Anglaises. J'ai ouï dire qu'à Londres il était le chouchou de ces dames.

— Il aurait rencontré en effet un grand succès dans la haute société. Il se faisait passer pour un prince, et comme il est beau et a des manières parfaites, les femmes lui tombaient littéralement dans les bras. Il en a conçu un réel mépris des Occidentales qui à son avis n'ont aucune des qualités de retenue et de modestie des femmes d'ici. Sous ses apparences mondaines, Azimullah aurait une morale assez rigide et il semble que son séjour en Europe l'a convaincu de la corruption de ces sociétés qui se présentent comme des modèles de vertu et, au lieu de l'éblouir, a renforcé sa haine.

— Je m'étonnais aussi que Nana Sahib, bien connu pour être un viveur, un être faible et indécis, ait l'audace de conspirer. Finalement, cet Azimullah m'est très sympathique », conclut Hazrat Mahal en donnant congé à l'eunuque, perplexe.

⁂

20 avril 1857

Sir Henry Lawrence
Résident, Lucknow

à Sir Hugh Wheeler
Résident, Kanpour

Mon cher Wheeler,
J'ai reçu hier votre ami, le prince Nana Sahib, accompagné de son frère et de son secrétaire, un certain Azimullah. Je dois dire qu'ils m'ont fait fort mauvaise

impression, se comportant avec une morgue à la limite de l'insolence. En outre, je ne suis pas arrivé à comprendre le motif de leur voyage à Lucknow, le tourisme me paraissant une piètre excuse. Ils devaient venir dîner chez moi ce soir mais ont décommandé au dernier moment, prétextant une affaire urgente les rappelant à Kanpour.

Vu les problèmes actuels je ne saurais trop vous conseiller de vous méfier et de ne point accorder votre confiance à ce personnage*.

En espérant que votre famille et vous-même vous portez au mieux, je vous adresse mes pensées confraternelles.

Lawrence

Sir Hugh Wheeler

à Sir Henry Lawrence
25 avril 1857

Mon cher Lawrence,

Merci de votre sollicitude. Je sais que le prince est parfois déroutant, mais je puis vous assurer qu'il est le meilleur ami des Anglais. En maintes occasions il nous l'a prouvé. Récemment encore il a proposé de mettre une partie de ses hommes à notre disposition, en cas de troubles, et il a même offert d'héberger ma famille dans l'une de ses résidences.

De toute façon ici tout est calme et j'ai pleine confiance en la loyauté de mes cipayes.

Croyez en mon très cordial souvenir.

Wheeler

⁂

En ce brûlant après-midi du samedi 2 mai, un escadron du 7e régiment d'infanterie est rassemblé sur le terrain de manœuvres du camp de Muryion, la ville de garnison de Lucknow. L'atmosphère est tendue : les officiers britanniques viennent d'annoncer que l'on va se former au maniement des fusils Lee Enfield et utiliser les nouvelles cartouches, ainsi que l'a ordonné le Gouverneur général, Lord Canning.

Sanglé dans son uniforme impeccable, le major Carnegie toise ses hommes. Avec agacement il note les tuniques froissées, parfois déchirées à l'emmanchure – il faut dire qu'elles sont si étroites que si un homme laisse tomber sa baïonnette il a du mal à se baisser pour la ramasser ; mais n'est-ce pas justement la fonction de l'uniforme : être une carapace qui force à se tenir droit ? Les Indiens sont d'un naturel indolent et distrait, pendant des décennies on a toléré leurs fantaisies sous prétexte de respecter leur culture… Heureusement, on a redressé la barre et désormais on tente de leur inculquer les vraies valeurs.

Devant ses hommes au garde-à-vous, il ordonne d'une voix puissante :

« À mon commandement, chargez les fusils ! »

Dans la troupe un léger frémissement, des regards furtifs sont échangés, personne ne bouge.

Interloqué, le major hurle à nouveau son ordre, les cipayes baissent la tête, immobiles.

Devant cette indiscipline caractérisée le major s'étouffe d'indignation : ces soldats ont-ils perdu la tête ? Ne savent-ils pas ce qu'il en coûte de désobéir à un officier ?

Mais plus il menace plus le silence s'alourdit, hostile.

Finalement un cipaye s'avance et déclare que le 7e régiment, comme les régiments d'autres garnisons, refuse de renier sa religion en utilisant les cartouches impures.

Ravalant sa colère le major Carnegie tente, une fois de plus, d'expliquer que les cartouches sont les mêmes qu'auparavant, que cette histoire de graisse impure est une fausse rumeur répandue par des fauteurs de troubles… Peine perdue. Les hommes n'ont plus confiance en la parole de leurs officiers. La rupture des traités, la destitution de leur roi et l'annexion de leur pays les ont persuadés que les Anglais sont capables du pire.

Cramoisi et à bout d'arguments le major finit par les renvoyer dans leurs quartiers, non sans les avoir prévenus que le châtiment serait exemplaire.

Toute la nuit, réunis sous leurs tentes, les cipayes vont discuter. Plutôt que de risquer la pendaison pour refus d'obéissance, certains préconisent de se mutiner et de tuer les officiers.

« Impossible ! objectent d'autres, les émissaires nous ont fait jurer d'attendre les ordres, toutes les garnisons doivent se soulever ensemble, c'est l'effet de surprise qui nous permettra de vaincre les Angrez !

— Nous n'avons plus le choix ! Allons-nous attendre de nous faire exécuter ? »

Le ton monte, arguments et invectives sont échangés, on entre, on sort, on passe d'une tente à l'autre pour recueillir les différents avis et tenter de dégager une position commune.

Profitant de la confusion, un vieux cipaye a quitté le camp et, empruntant des chemins de traverse, il se hâte dans la nuit. Après une bonne heure de marche il arrive enfin, tout essoufflé, devant les hautes grilles de la Résidence.

Dans la nuit claire, la demeure se dresse, imposante, une douzaine de gardes armés en surveillent l'entrée. L'homme a beau expliquer qu'il a pour le « Sahib » des nouvelles urgentes, qu'il doit le voir immédiatement, que c'est une question de vie ou de mort, les gardes ne veulent rien entendre : il est plus de minuit, le haut-commissaire dort, il n'est pas question de le réveiller. Que le cipaye revienne demain.

« Demain tous les officiers anglais seront massacrés et ce sera de votre faute ! » s'écrie le vieil homme désespéré, mais il se rend bien compte qu'on le prend pour un fou, aussi, profitant d'une seconde d'inattention, il se saisit du fusil d'un des gardes et tire en l'air. Aussitôt il est maîtrisé et jeté à terre. Mais, à l'intérieur de la Résidence, des lumières se sont allumées. Alerté par le bruit, l'aide de camp du colonel Lawrence envoie son ordonnance s'enquérir de ce qui se passe.

Sans ménagement le vieux cipaye est poussé vers la demeure et tandis que, fulminant, il tente de remettre un peu d'ordre dans sa tenue, Sir Henry, réveillé par le vacarme, apparaît en robe de chambre.

« Qu'y a-t-il donc, mon brave ? s'exclame-t-il, surpris.

— Il y a Sahib que ces imbéciles de gardes ont tellement peur de vous déranger qu'ils préféreraient vous voir mort ! » explose l'homme, et sans reprendre son souffle il relate les discussions enfiévrées des cipayes, leur détermination absolue de ne pas toucher aux cartouches impures, leur crainte d'être pendus pour indiscipline et leur décision de prendre les devants en tuant tous leurs officiers.

À peine a-t-il achevé son récit qu'un messager à cheval apporte, essoufflé, les dernières nouvelles : les cipayes viennent de s'emparer du dépôt d'armes !

Sir Henry a pâli : il avait parié sur la fidélité de ses soldats, il s'est trompé. Il n'y a plus de temps à perdre.

En moins d'une heure, toutes les forces britanniques stationnées à Lucknow, l'infanterie, la cavalerie, l'artillerie, sont mobilisées. Dans la nuit, silencieusement, elles s'approchent du camp et entourent les casernes, et lorsque les cipayes, alertés par des craquements de branches, sortent de leurs tentes, ils se retrouvent face aux canons britanniques.

Le clair de lune baigne d'une lumière irréelle les deux groupes de soldats qui s'observent, hier alliés, aujourd'hui ennemis. Personne ne bouge, conscient qu'au moindre mouvement tout peut basculer.

Monté sur son cheval alezan, Sir Henry Lawrence s'est avancé.

« Soldats, écoutez-moi ! Certains ici essaient de vous tromper et de vous entraîner vers la catastrophe. Moi, votre commandant, je vous donne ma parole qu'aucune graisse impure n'est employée dans la fabrication des nouvelles cartouches. Croyez-moi, mes braves, depuis trente ans que je suis aux Indes j'ai appris à connaître votre civilisation et vos croyances et je les respecte. De même que j'ai toujours apprécié votre courage et votre dévouement. Jamais je ne vous trompersai ! Soldats, je compte sur votre loyauté, mais sachez que ceux qui trahiront… »

Un coup de feu tiré malencontreusement depuis les rangs anglais interrompt son discours. Chez les cipayes c'est la panique ; tandis qu'un petit nombre d'entre eux restent sur place, figés de stupeur, la plupart s'enfuient et, profitant de l'obscurité, tentent de se cacher dans les fourrés environnants. Ils sont vite rattrapés et menottés : leur fuite n'est-elle pas la preuve de leur culpabilité ? Pendant des heures ils seront interrogés et fouettés afin de leur soutirer les détails du complot et les noms des instigateurs. Pas un ne parlera.

Dans son bureau Sir Henry fait les cent pas, à la main une lettre qu'un de ses espions vient de lui apporter, envoyée par le 7ᵉ régiment d'infanterie d'Awadh au 48ᵉ : les soldats y déclarent avoir décidé de donner leur vie pour sauvegarder leur foi et espérer que le 48ᵉ régiment les rejoindra.

Que faire ? La veille Lawrence a ordonné de désarmer tous les cipayes, certains vieux fidèles pleuraient, protestant de leur fidélité. Cela lui a serré le cœur, mais il est bien obligé de faire respecter l'autorité britannique, même si, dans ce cas précis, il peut comprendre ces hommes. Autrefois, les assurances de leurs officiers auraient suffi à les rassurer ; aujourd'hui une longue suite d'erreurs et d'injustices leur a fait perdre toute confiance.

De place en place l'insubordination gagne. À Meerut, la plus importante garnison du nord de l'Inde, quatre-vingt-cinq cipayes ayant refusé d'utiliser les cartouches sont passés en cour martiale : ils sont dégradés et condamnés à dix ans de travaux forcés. Et s'il n'y avait que les soldats ! Sir Henry sait bien que le mécontentement a gagné toute la population, que ce soient les dizaines de milliers d'artisans ou d'anciens employés du roi qui se retrouvent sans emploi, les paysans soumis à de trop lourds impôts, ou les seigneurs féodaux dont on a démoli les forts et confisqué une grande partie des terres.

Pourtant quelles qu'aient été les erreurs et la politique à courte vue de ses prédécesseurs, il ne peut la désavouer, il est acculé à la poursuivre, aussi dangereuse et injuste soit-elle. Sa loyauté envers l'Angleterre passe avant tout, avant même sa conscience.

Suivant la vieille tactique britannique de « diviser pour mieux régner », Sir Henry décide donc de convier tous les aristocrates, notables et gradés de l'armée d'Awadh pour un grand durbar à la Résidence.

Le 12 mai, devant un parterre de rajahs, de taluqdars, d'officiers britanniques et de sous-officiers indiens – ces derniers ayant pour la première fois le droit de s'asseoir avec les Anglais –, le haut-commissaire prononce un long discours sur les bienfaits du pouvoir britannique et sur sa parfaite neutralité en matière de religion.

« Soyez assurés que jamais nous n'interférerons avec vos coutumes ou vos croyances, nous les respectons. Contrairement à l'empereur moghol, Aurang Zeb, qui dénigrait la religion hindoue et forçait les conversions à l'islam, contrairement aussi à Shivaji, le grand héros hindou qui exécrait l'islam et a passé des milliers de musulmans au fil de l'épée. »

Impassibles, ses invités hochent poliment la tête.

Puis vient le moment de distribuer les médailles aux soldats méritants qui ont aidé à maîtriser les rebelles. Des héros pour les Anglais, des traîtres pour leurs camarades.

Enfin, des rafraîchissements et toutes sortes de douceurs seront servis par des serviteurs impavides. Au grand étonnement des Indiens, les officiers anglais, oubliant leur habituelle arrogance qui leur interdit de se mêler aux indigènes, vont rejoindre leurs groupes pour plaisanter et discuter familièrement des derniers événements. S'ils pensent ainsi se gagner la sympathie des cipayes, ils se trompent : de cette amabilité toute nouvelle ceux-ci tireront la conclusion que les Anglais ont peur et tentent de les amadouer.

Quant au discours de Sir Henry sur la bienveillance des chrétiens envers les autres religions, opposée à l'intolérance des hindous et des musulmans, il a fait sourire. Il est en effet de notoriété publique que les empereurs moghols, même le très pieux Aurang Zeb, avaient des généraux hindous à la tête de leurs troupes. Et pour ce qui est de Shivaji, l'illustre héros des hindous, il fut d'abord au service d'un État musulman et, lors de sa guerre contre l'empereur moghol, maintenait des musulmans à des postes cruciaux au sein de son armée. D'ailleurs en cas de défaite la population donnait toujours asile aux vaincus, quelle que soit leur croyance.

Dans l'État d'Awadh lui-même, la religion n'a jamais entraîné la moindre discrimination. Des souverains comme Safdarjung et Asaf ud Daulah offraient aux prêtres hindous des terres pour y bâtir leurs temples, et souvent les finançaient. Quelques années avant son expulsion, Wajid Ali Shah lui-même avait alloué à des religieuses irlandaises un superbe terrain au centre de Lucknow, pour y construire une école chrétienne qui, nommée Loretto Convent, allait plus tard accueillir les filles des meilleures familles hindoues et musulmanes.

« C'est avec l'arrivée des Anglais qu'a commencé cette politique de discrimination qui attribue aux seuls chrétiens les postes importants ! » rappelle un rajah.

Tous acquiescent, bien conscients que les Britanniques cherchent à les monter les uns contre les autres dans le but de les affaiblir.

Chapitre 13

Ce matin du 10 mai, Mammoo Khan arrive au zénana porteur d'une incroyable nouvelle : la garnison de Meerut s'est révoltée ! Après avoir abattu un colonel, les mutins sont allés délivrer leurs camarades emprisonnés pour avoir refusé d'utiliser les nouvelles cartouches, et ont libéré tous les autres captifs, puis ils se sont répandus dans les rues en brûlant les maisons des Européens et en tuant tous ceux qu'ils rencontraient.

« Les memsahib et les enfants aussi ? » s'enquièrent les femmes, horrifiées.

Tandis que Mammoo hésite, Hazrat Mahal tente une explication :

« C'est sans doute le fait des criminels libérés en même temps que les soldats. Jamais nos cipayes ne s'attaqueraient à des femmes et des enfants sans défense ! Mais dis-moi, combien des nôtres ont été tués ?

— C'est cela le plus étonnant ! Les Anglais ont été si surpris qu'ils n'ont pas réagi tout de suite. Les insurgés en ont profité pour fuir. Ils ont galopé vers Delhi, pendant quarante miles, jusqu'au palais de Sa Majesté l'empereur Bahadour Shah Zafar. Là, ils ont massacré les gardes anglais qui tentaient de s'interposer et exigé que l'on réveille le souverain. Lorsque celui-ci est apparu, s'enquérant de ce que signifiait ce tumulte, ils l'ont ovationné, proclamé empereur des Indes et chef de la rébellion, et l'ont porté en triomphe.

— Sans lui demander son avis ? »

Les exclamations fusent, incrédules. Le vieillard de quatre-vingt-deux ans qui porte le titre honorifique de « roi de Delhi » est le petit-fils du dernier grand empereur moghol. Mais il ne règne plus que sur son palais, le splendide Fort Rouge et ses dépendances, quelque trente kilomètres carrés bordant la rivière Jumna, au centre de la vieille ville.

Déjà avant l'arrivée des Anglais, les empereurs moghols qui, pendant deux siècles et demi, avaient dominé les Indes, ne détenaient plus qu'un pouvoir nominal. En 1739, Delhi et le palais avaient été pillés par le souverain persan Nader Shah, qui s'était emparé du trône du Paon, merveille incrustée de saphirs, de rubis, d'émeraudes et de perles [1], ainsi que du fameux diamant, le koh-i-noor. Dix ans plus tard l'envahisseur afghan, Ahmad Shah Durani, achevait de dépouiller la capitale et laissait l'empire très affaibli. À partir de là, seigneurs musulmans et hindous prenaient une indépendance de fait. En 1788 un nouvel envahisseur afghan, Ghulam Kadir, avait fait crever les yeux de l'empereur régnant, Shah Alam, qui refusait de lui révéler la cachette du trésor.

1. Le trône du Paon peut aujourd'hui être admiré au palais du Golestan, à Téhéran.

Profitant alors de la vacance du pouvoir les Mahrattes allaient occuper Delhi. Pendant quinze ans l'anarchie régna, jusqu'à ce que, en 1803, les Anglais entrent en scène et rétablissent l'ordre – à leur profit. Depuis ils maintenaient le représentant des Moghols dans sa splendeur, mais en restreignant son pouvoir qui désormais ne dépassait plus les murs de la citadelle.

Depuis quelque temps pourtant, la famille impériale était très remontée contre les Britanniques. Elle avait en effet appris que Lord Dalhousie, jugeant que le Grand Moghol ne représentait plus rien, avait décidé, par mesure d'économie, d'interrompre cette « comédie ». À sa mort son héritier ne serait pas reconnu empereur et les privilèges de la famille impériale seraient abolis. Au palais l'inquiétude le dispute à la fureur, certains princes ont même pris contact avec les rajahs et les nawabs dépossédés. Si bien que, lorsque le 11 mai les cipayes arrivent, non seulement ils sont accueillis à bras ouverts mais sans doute leur venue a-t-elle été préparée. Car tous savent, les fils de l'empereur comme les courtisans, qu'à la mort de Bahadour Shah Zafar c'en sera fini de la maison de Timour[1].

L'annonce de Mammoo Khan a jeté la stupéfaction dans le zénana.

« On disait que l'empereur ne s'occupait que de poésie et de ses milliers de pigeons qui, chaque fois qu'il sort, volent en rangs serrés au-dessus de sa tête pour le protéger des ardeurs du soleil. On racontait

1. Les Grands Moghols s'enorgueillissent d'être descendants de Timour Lang, ou Tamerlan.

que c'était un sage qui se tenait éloigné de toute politique. Est-il possible qu'il soit derrière cette conspiration ?

— Sans doute pas, mais on ne lui a pas laissé le choix : pour légitimer leur mouvement et pouvoir l'étendre à tout le pays les cipayes ont besoin de lui donner un fondement historique. En portant au pouvoir Bahadour Shah Zafar ils renouent symboliquement avec le prestigieux Empire moghol, considéré par les hindous et les musulmans comme la plus brillante période de leur histoire, et effacent deux siècles de colonisation britannique. Le peuple ne s'y est pas trompé, qui à Delhi a ovationné l'empereur lorsqu'il est apparu sur son éléphant et a proclamé le swaraj, l'indépendance [1].

« "Ô vous, fils de l'Hindoustan, si vous le voulez nous pouvons détruire notre ennemi, a-t-il déclaré. Nous libérerons notre religion et notre pays plus chers à nos cœurs que la vie même. Hindous et musulmans soulevez-vous ! De tous les dons de Dieu le plus précieux est le swaraj. Le démon oppresseur vous l'a volé par le mensonge et la ruse, va-t-il le garder pour toujours ?*"

« Son discours a été accueilli par une foule en délire. C'était comme si l'humiliante occupation étrangère n'avait jamais existé, comme si d'un seul coup les Indes retrouvaient leur âme, et les Indiens leur identité et leur fierté. »

---

1. C'est la première fois que ce mot est utilisé en Inde. Il sera repris soixante ans plus tard, par Gandhi.

Les femmes restent interdites, elles n'osent y croire, est-il possible que les Anglais, maîtres tout-puissants, inamovibles...

Hazrat Mahal en tremble d'excitation.

« Tu veux dire que les Angrez ont été battus par nos troupes ? demande-t-elle d'une voix étranglée, que ce n'est pas une simple mutinerie qui, comme les autres, sera écrasée demain ?

— Je ne crois pas, Houzour, j'ai entendu le rajah Jai Lal dire... »

Mammoo hésite, tant ce qu'il va énoncer lui semble énorme.

« Il a dit... que c'était le début de la guerre de libération !

— Allah soit loué ! Après tous ces malheurs, notre pays va être enfin débarrassé de ces scélérats ! » s'écrie une vieille bégum.

Peu à peu on commence à mesurer l'importance de la nouvelle. Tout à la fois excitées et affolées les femmes s'embrassent, se congratulent, certaines rient, d'autres pleurent, les exclamations fusent et mille questions auxquelles l'eunuque, désorienté, n'arrive pas à répondre.

Hazrat Mahal parvient enfin à rétablir un peu de silence.

« Et à Delhi, dis-moi, comment les Anglais ont-ils réagi ?

— Bizarrement les troupes britanniques y sont très réduites, et les cipayes, certainement prévenus à l'avance, ont immédiatement fait la liaison avec ceux de Meerut. Pendant vingt-quatre heures s'est déroulée une véritable chasse aux Européens ;

certains ont été tués, mais la majorité, dont les femmes et les enfants, a été emprisonnée. Jusqu'à ce que… des officiers britanniques fassent exploser le dépôt de munitions, entraînant la mort de dizaines de cipayes. En représailles, les rebelles ont exécuté tous les prisonniers. »

Des murmures consternés accueillent ses paroles :

« Tuer leurs femmes et leurs enfants… Jamais les Angrez ne nous le pardonneront !

— C'est semble-t-il ce que veulent les chefs de la rébellion, rétorque l'eunuque. J'ai surpris ce matin une discussion entre le rajah Jai Lal et le rajah de Mahmoudabad. Ils soupçonnent que ce massacre ait été décidé afin d'empêcher tout retour en arrière. Désormais les cipayes de Delhi n'ont plus le choix, ils doivent se battre ; s'ils se rendent, ils savent qu'ils seront pendus.

— Et à Lucknow, que font les nôtres ? s'impatiente Hazrat Mahal. Vont-ils enfin prendre les armes, rétablir le pouvoir légitime et nous ramener notre roi ? Ou bien nos beaux parleurs de rajahs et de nawabs continuent-ils à tergiverser ? J'avais pourtant l'impression que le rajah Jai Lal était un homme d'action…

— C'est exact, il est différent des autres taluqdars et il est adoré par les soldats, mais il faut bien qu'il attende la date. »

Devant l'expression étonnée de sa maîtresse, Mammoo s'explique :

« Une date a été fixée pour un soulèvement général qui prendrait les Anglais par surprise, mais maintenant tout est remis en question. En traversant la ville j'ai vu des gens complètement exaltés, les derniers événements ont balayé leurs peurs, ils sont prêts à tout. »

Dans le zénana l'enthousiasme fait progressivement place à l'anxiété.

« Mais alors… n'importe quoi peut arriver ?

— Notre situation est déjà difficile, s'il y a des émeutes en ville les Anglais risquent de s'en prendre à nous…

— Rappelez-vous comment ils ont mis à sac le palais de Moti Mahal en recherchant les preuves d'une prétendue conspiration ! »

Exaspérée par la pusillanimité de ses compagnes, Hazrat Mahal s'est levée en faisant signe à l'eunuque de la suivre.

« Cours me chercher une burqa, lui souffle-t-elle, et cette fois-ci pas besoin de phaéton, nous irons à pied. »

C'est une ombre muette qui suit Mammoo dans les étroites allées du vieux bazar. Depuis longtemps la foule n'a été aussi dense, il semble que tout Lucknow se soit donné rendez-vous dans ce centre bruissant des dernières rumeurs. Au coin d'une rue un fakir à demi-nu, le trident de Shiva – dieu de la destruction – peint sur le front, harangue les badauds :

« La prophétie, rappelez-vous la prophétie ! Cette année, les Angrez qui depuis cent ans nous oppriment seront annihilés ! Tous unis, nous les écraserons comme de la vermine ! »

Un peu plus loin, un maulvi à la longue barbe noire lance des imprécations contre ces monstres de chrétiens qui lors de cérémonies macabres « boivent le sang de leur Dieu, et veulent nous forcer à faire de même » !

L'assistance en frissonne d'horreur : « Angrez mardabad[1] ! » clame-t-elle à gorge déployée tandis que des policiers indiens, assis à quelques mètres, détournent la tête.

Devant les échoppes remplies de victuailles que personne aujourd'hui ne songe à acheter, des groupes agglutinés discutent avec passion :

« Il paraît qu'en Perse la population s'est soulevée et que les troupes anglaises ont essuyé d'énormes pertes. En Chine également il y a eu des manifestations et les Britanniques, craignant une révolte générale, ont demandé des renforts à la garnison de Singapour qui a refusé car ils s'attendent, eux aussi, à des troubles.

— Ce sont les Russes qui financent en sous-main. Ils ont constaté la faiblesse de l'armée britannique lors de la guerre de Crimée, et ils se sont juré de les chasser de la région.

— À Londres la reine ne sait plus que faire. Il semble que les événements lui aient causé un tel choc qu'elle s'est enfermée dans son palais et refuse de recevoir ses ministres ! »

... *Quelle sottise*, pense Hazrat Mahal, *la reine Victoria est un roc !* Mais elle n'ose intervenir car elle sait que son vocabulaire et ses intonations – le beau parler de la cour – la trahiraient.

C'est Mammoo qui s'en charge :

---

1. « Mort aux Anglais ! »

« Et d'où tenez-vous donc ces extraordinaires informations ? »

Son ton déplaît. D'où sort-il celui-là ? Ces nouvelles le chagrinent peut-être ? L'animosité est palpable, pour la foule surexcitée le moindre doute, la plus légère contradiction sont considérés comme une trahison. Heureusement, l'attention est détournée par un groupe de jeunes gens qui remonte la rue en agitant des drapeaux noirs. Hazrat Mahal tire Mammoo par la manche et tous deux en profitent pour s'éclipser.

Sur le chemin du retour ils remarqueront des magasins fermés et sur leur porte le mot « traître » écrit en lettres rouges. Aux questions de Mammoo, on répondra que ce sont les magasins de commerçants qui, malgré les consignes, continuaient à faire crédit aux Européens. Çà et là sur les murs s'étalent des inscriptions vengeresses, les rues bourdonnent d'une animation fiévreuse mais il n'y a pas un uniforme britannique à l'horizon, comme si au lieu d'arrêter les fauteurs de troubles les autorités avaient décidé de les ignorer pour ne pas attiser les tensions.

« Jamais je n'aurais imaginé que le peuple soit à ce point en colère ! »

À peine rentrée au palais, Hazrat Mahal, avec un soupir de soulagement, s'est débarrassée de sa burqa.

« Mammoo, apporte-moi mon écritoire, je vais rédiger une lettre pour le rajah Jai Lal que tu vas lui porter immédiatement. »

Elle suffoque d'indignation, que font donc ces pleutres de taluqdars ? Elle a bien envie de leur faire savoir ce qu'elle pense de leur passivité… Mais cela ne servirait à rien. Comme dit le proverbe, « il faut choisir entre cueillir les pommes ou battre le jardinier ».

Et, se saisissant de son plus beau calame[1], elle commence :

« Au très honorable Rajah Jai Lal Singh
de la part de la Bégum Hazrat Mahal,
épouse de Sa Majesté le roi Wajid Ali Shah

Houzour,
J'ai eu, cet après-midi, l'occasion de constater la fièvre qui a saisi le peuple de Lucknow à l'annonce des derniers événements. Ils ne rêvent que de se battre pour chasser les Anglais et faire revenir leur roi. Ils sont prêts à donner leur vie mais ils attendent des directives, un chef, et ils ne comprennent pas le silence des rajahs.
J'ajoute qu'étant en communication régulière avec Sa Majesté j'ai perçu certaines interrogations quant à la fidélité des amis sur lesquels il a toujours compté. Je sais que vous aurez à cœur de ne pas le décevoir. »

Certes, elle a un peu enjolivé mais elle espère, par cette dernière phrase, piquer le rajah au vif. C'est un homme d'honneur, il ne pourra supporter que son ami doute de lui.

1. Roseau taillé ou plume d'oie.

Elle cachette le pli, et le tendant à Mammoo :
« Fais au plus vite et rapporte-moi la réponse. »

Contrairement aux palais de la plupart des taluqdars surveillés par des dizaines d'hommes armés, la demeure du rajah Jai Lal n'est gardée que par deux vigiles. Le premier inscrit les nom et qualité du visiteur que le second va transmettre au secrétaire du rajah. À ceux qui lui reprochent son manque de prudence le rajah répond que ses rares ennemis ne sont plus de ce monde, et si on lui fait remarquer que ce personnel réduit ne convient pas à son rang, il rétorque qu'il est avant tout un soldat et qu'il aime la vie simple. Ce genre d'attitude est unique dans la haute société de Lucknow où la sophistication extrême est la règle et où le raffinement le plus décadent tient lieu de vertu.

Si l'on accepte les lubies de cet original c'est bien parce qu'il était l'ami et le confident du roi, et le serait encore. Il laisse en effet entendre qu'au nez et à la barbe des Anglais ils continuent à communiquer.

Mammoo Khan ne fera pas longtemps antichambre. Le secrétaire l'apprécie comme l'eunuque le plus astucieux du palais, il a eu plusieurs fois affaire à lui et n'a eu qu'à se féliciter de l'exactitude de ses informations. Aussi aujourd'hui est-il tout prêt à l'aider. Sa Seigneurie a demandé à n'être pas dérangée, mais si l'affaire est urgente elle va voir ce qu'elle peut faire.

Quelques minutes plus tard, Mammoo est introduit dans une vaste pièce ouvrant par de larges arcades sur une véranda déserte. Le rajah est penché au-dessus de cartes d'état-major déployées sur une table.

« Que me veut donc le palais qui ne puisse attendre ? - lance-t-il d'un ton courroucé, tout en continuant à regarder et à annoter ses cartes.

— Ce n'est pas le palais, votre honneur, c'est la plus importante bégum du palais, la seule à qui le roi fasse confiance, répond Mammoo sans se démonter. Je vous apporte une lettre de sa part. »

Le rajah a levé la tête, du regard il jauge l'eunuque qui lui tend la missive. D'un coup d'œil il la parcourt et éclate de rire.

« Ta maîtresse ne manque pas d'audace, elle me met au défi ! D'ailleurs j'ai déjà entendu parler d'elle – ce serait, m'a-t-on dit, une tête politique. Pour une femme c'est assez rare pour qu'on s'en souvienne. On m'a aussi dit qu'elle avait un fils ?

— Oh oui, s'empresse Mammoo, un garçon brillant, une vraie graine de roi !

— Quel âge a-t-il ?

— Onze ans.

— Onze ans ? » Le rajah laisse échapper un juron. « Que peut-on faire d'un enfant de onze ans ! »

Mais Mammoo n'est pas prêt à lâcher ce qu'on vient de lui laisser entrevoir. Posément, il articule :

« La mère est au moins aussi intelligente que le fils et elle est prête à tout pour libérer son pays. »

Le rajah se mord les lèvres : ce diable d'eunuque lit dans ses pensées, il ne se serait pas cru si transparent. Il a hâte de clore la conversation.

« Bien. En tout cas dis à ta maîtresse que je la remercie de sa lettre. »

Et, voyant que l'eunuque attend, immobile, il ajoute presque malgré lui :

« Dis-lui aussi qu'en temps voulu je me souviendrai d'elle. »

Chapitre 14

Après les journées de tension qui ont suivi la prise de Delhi et l'intronisation de Bahadour Shah Zafar, Lucknow semble avoir retrouvé son calme. En apparence la vie continue, inchangée. Les Anglais se font un point d'honneur à ne rien modifier de leurs habitudes, ils continuent à sortir à cheval ou en calèche, mais désormais armés de revolvers chargés. Non que la population manifeste une hostilité ouverte, mais sous la docilité habituelle affleurent souvent un murmure insolent, un regard haineux.

En ce mois de mai où la température monte de jour en jour, les nerfs sont à vif.

À la Résidence, Sir Henry Lawrence a réuni les principaux responsables civils et militaires. Il vient d'obtenir les pleins pouvoirs du Gouverneur général et veut discuter des mesures à prendre pour renforcer la sécurité de la vaste demeure du Résident et de la vingtaine de bâtiments adjacents disséminés sur ce terrain d'une trentaine d'acres. En cas de danger, il faut pouvoir y accueillir la communauté anglaise, environ quinze cents personnes, pour moitié des femmes et des enfants, et leurs quelque sept cents domestiques indigènes. Il entend également faire creuser un fossé et élever un mur tout autour, sur un périmètre d'un mile et demi.

« Et les maisons voisines ? objecte un major, nous sommes au centre d'un quartier très populeux, il serait facile en montant sur les terrasses de nous tirer dessus.

— Faites évacuer les maisons mais ne les détruisez qu'en cas d'absolue nécessité. Et surtout que l'on ne touche à aucun édifice religieux !

— Même s'ils donnent directement sur l'enceinte de la Résidence ? Mais alors, à quoi sert le mur ? »

Sir Henry hausse ses maigres épaules.

« Voulez-vous que nous nous mettions à dos toute la population ? Ne trouvez-vous pas que nous avons déjà été assez maladroits comme cela ? Essayons de ne pas susciter davantage de haine. Des groupes de cipayes sont venus me voir hier pour m'assurer de leur fidélité, je ne veux rien faire qui nous les aliène. Nous pourrions avoir besoin d'eux.

— Parce que vous auriez l'intention de prendre des indigènes dans l'enceinte de la Résidence ?

— Pour qu'ils aient tout loisir de nous égorger ? »

Les deux capitaines regardent Sir Henry comme s'il avait perdu la raison.

« Vous ne comprenez rien à ces hommes ! s'interpose le vieux colonel Simpson. Moi qui vis à leurs côtés depuis longtemps je peux vous assurer que les anciens ne nous trahiront jamais ! »

Calmement Sir Henry tire sur son cigare et, fixant ses officiers :

« Vous savez certainement, messieurs, que nous n'avons ici qu'un bataillon d'infanterie européen, six cents soldats, alors que les cipayes sont plus de vingt mille pour la seule région d'Awadh. Si la situation s'envenime croyez-vous que nous puissions nous en sortir seuls ?

— Calcutta enverra des renforts.

— Alourdis par le matériel, ils mettront plus d'un mois pour arriver. D'ici là…

— Bon, admettons qu'une poignée de vieux cipayes reste fidèle, concède un officier, mais tous les autres qui se réunissent chaque nuit pour comploter et n'attendent que l'occasion de se rebeller, allons-nous enfin les désarmer ?

— En ai-je donné l'ordre ?

— Non, mais j'imagine que cela ne saurait tarder.

— Eh bien une fois de plus vous vous trompez. »

Le ton de Sir Henry est glacial. Ces jeunes coqs ignorants et vaniteux qu'on envoie ici depuis une quinzaine d'années sont en train de ruiner le travail de générations de militaires qui s'étaient fait respecter des Indiens, et souvent aimer.

« Si nous désarmons les cipayes de Lucknow, cela prouvera que nous avons peur, ce qui risque d'entraîner un soulèvement général des garnisons alentour. Je pense qu'il faut au contraire leur montrer que nous avons confiance en leur loyauté. C'est pourquoi j'ai décidé que dorénavant je dormirai parmi eux dans mon mess du camp de Muryion. »

Et, avec un sourire narquois :

« Vous pouvez m'y rejoindre si le cœur vous en dit ! »

La semaine suivante voit le centre de Lucknow transformé en un immense chantier. Des centaines de manœuvres s'affairent pour fortifier les bâtiments de la Résidence, creuser des fossés et construire un mur d'enceinte percé de meurtrières derrière lesquelles sont placés les canons. Pendant des jours, des chars à bœufs vont faire le va-et-vient, transportant armes et munitions ainsi que toutes sortes de provisions, farine, sucre, thé, charbon et fourrage pour les animaux, de quoi tenir un très long siège. Il n'est plus question d'ignorer la gravité de la situation : depuis la chute de Delhi, d'autres garnisons se sont soulevées le long du Gange et la rébellion se rapproche dangereusement de Lucknow.

Infatigable, Sir Henry surveille les moindres détails, ne s'accordant que deux à trois heures de sommeil par nuit. Il est partout à la fois et a toujours un mot d'humour, un sourire d'encouragement pour les simples soldats qui le vénèrent.

De son côté, le major Carnegie a constitué des équipes pour faire évacuer les maisons proches de la Résidence. Des familles entières vont se retrouver à la rue, sans savoir où aller, sans même avoir eu le temps de déménager leurs biens les plus précieux – qui ne seront pas perdus pour tout le monde, les soldats se servant au passage. En dépit des instructions du haut-commissaire, de nombreuses maisons seront dynamitées, le major Carnegie craignant qu'elles ne soient investies par les « terroristes », ces Indiens qui ont la folle prétention, sans parler de l'ingratitude, de vouloir se débarrasser de la bienveillante tutelle britannique.

L'une des demeures rasées se trouve être le palais du frère de Wajid Ali Shah, parti à Londres avec la Rajmata pour plaider la cause du roi détrôné. Les princesses et leurs dames de compagnie sont brutalement jetées dehors – l'une aura même le bras cassé – et se retrouvent à la rue sans avoir rien pu emporter. Par dérision les soldats leur lancent par les fenêtres marmites et divers ustensiles de cuisine cependant qu'ils font main basse sur les bijoux et les objets précieux, avant de tout faire sauter.

Elles trouveront refuge dans un palais de Kaisarbagh, désormais dernier havre des femmes de la famille royale. *Jusqu'à quand ?* s'interroge anxieusement Hazrat Mahal qui, avec les autres épouses, recueille les malheureuses et les aide à s'installer.

... On nous chasse de demeure en demeure ; les Anglais confisquent et détruisent tout selon leur bon plaisir. Si nous ne réagissons pas très vite, si les taluqdars continuent à tergiverser, il n'y aura bientôt plus rien à sauver...

Le dimanche 24 mai est le jour de l'Eid el Fitr, la fête des sucreries qui marque la fin du ramadan. Craignant des incidents violents, Sir Henry Lawrence a ordonné aux soldats et à la police britanniques de ne pas se montrer.

À la sortie des mosquées, les fidèles se répandent en manifestations silencieuses à travers toute la ville. Pendant des heures les hommes marchent, le visage fermé : c'est le moment de se compter, de montrer sa détermination et sa force. Le soir aucune des festivités habituelles n'a lieu, pas d'illuminations spectaculaires ni d'orchestres assourdissants, pas de distributions de friandises de toutes les couleurs, pas de spectacles de singes savants ni de charmeurs de serpents, ce soir personne n'a le cœur à se réjouir. Sous le calme, on pressent que des affrontements se préparent. On n'attend plus que le signal.

Le 25 mai, toutes les femmes britanniques et leurs enfants doivent avoir quitté les bungalows et s'être installés dans l'enceinte de la Résidence. Ainsi en a décidé Sir Henry et, malgré les protestations et la résistance des incrédules scandalisées de devoir abandonner leur confortable demeure en raison d'un hypothétique danger, il restera de marbre et enverra même ses officiers vérifier que toutes les maisons sont vides de leurs occupants.

Le transfert s'est échelonné sur une petite semaine ; les unes après les autres les familles arrivent et tant bien que mal s'installent, souvent à sept ou huit personnes par chambre, car, malgré les aménagements, la place manque. Faute de lits en nombre suffisant on dispose à terre des matelas et, parfois, au milieu de la pièce une table pour les repas. On se rassemble par affinités et bien sûr, par classes sociales, les épouses d'officiers disposant des logements les plus confortables. Quoi qu'il arrive il faut respecter la hiérarchie, c'est la seule façon de maintenir l'ordre. Quant aux domestiques ils sont entassés à l'extérieur, sous les vérandas.

En ville, la population enrage : on laisse les Angrez renforcer leurs défenses, faire de la Résidence une place forte inexpugnable et on reste les bras croisés ! Que font les chefs ? Vont-ils enfin donner le signal de l'attaque ?

Le samedi 30 mai dans l'après-midi, un cipaye du 13e régiment d'infanterie, décoré peu auparavant pour avoir permis l'arrestation d'un espion, se faufile jusqu'au bungalow du capitaine Wilson, doucement il gratte à la porte :

« C'est pour ce soir, Sahab ! Le 71e d'infanterie a donné l'ordre de soulèvement pour 9 heures. »

Pourtant prévenu, Lawrence refuse d'agir. Depuis quelques nuits il dort dans la garnison au milieu des cipayes afin de leur prouver sa confiance. Il ne va pas tout gâcher sur la foi d'une rumeur. Alors qu'il dîne avec son état-major le canon tonne neuf coups. Du côté des baraquements aucun bruit.

« Vos amis sont en retard !* », remarque-t-il ironiquement en se tournant vers Wilson.

À peine a-t-il prononcé ces mots qu'une fusillade déchire le silence, suivie d'autres coups de feu tandis que des lueurs rougeâtres montent dans le ciel. Les convives se lèvent précipitamment, Sir Henry ordonne qu'on prépare les chevaux. Tandis qu'on les selle en hâte, un messager arrive hors d'haleine.

« Les régiments d'infanterie se sont soulevés ! Ils mettent le feu aux bungalows, détruisent et pillent tout ce qu'ils trouvent. Des officiers qui tentaient de les raisonner ont été tués, les autres se sont enfuis. Le 7e régiment de cavalerie a bien essayé de s'interposer mais, lorsqu'un rebelle a galopé vers eux en les appelant à la solidarité et à la défense de leur foi, la majorité a tourné casaque et s'est jointe à la mutinerie. »

Sir Henry fronce les sourcils.

« Lorsqu'ils en auront fini avec la garnison ils voudront entrer dans la ville. Nous devons les en empêcher à tout prix. »

Et, se tournant vers ses officiers :

« Bloquez la route avec le 32e régiment de Sa Majesté, quatre canons et la compagnie d'artillerie européenne. Je vous y rejoins. »

Puis, faisant signe au major Carnegie :

« Major, nous risquons d'avoir un soulèvement en ville. Ils vont essayer de faire la jonction avec les mutins. Vous qui êtes ici depuis dix ans, pensez-vous que nous puissions faire confiance à la police ?

— Je pense, Sir, que nous ne pouvons faire entière confiance à aucun de ces damnés nègres ! Mais la police est encore relativement sûre. De toute façon avons-nous le choix ?

— En ce cas, nous posterons quelques Britanniques pour doubler les officiers indigènes. Une douzaine, nous ne pouvons disposer de plus. Le poste est dangereux, ils doivent le savoir. Je vous conseille de prendre des volontaires.

— À vos ordres, Sir ! »

Le major Carnegie s'éloigne en secouant la tête. Donner le choix aux soldats ! A-t-on jamais vu une chose pareille ? Quel drôle d'officier que ce Lawrence ! Pourtant on dit qu'au Pendjab il est arrivé à redresser une situation catastrophique, simplement en faisant preuve de considération et de respect envers les indigènes. Le major Carnegie n'en croit rien : s'il suffisait de témoigner du respect à son ennemi pour éviter la guerre et arriver à un accord ! ricane-t-il intérieurement… Et puis, s'il n'y avait plus de guerre que feraient les hommes ? Ils périraient d'ennui et finiraient par s'entre-tuer ! « Mon Dieu, marmonne-t-il dans ses moustaches, préservez-nous de ces dangereux pacifistes ! »

Toute la nuit les cipayes ont brûlé et pillé, se vengeant avec délectation de ces étrangers qui ont détruit leurs maisons et leurs palais. Et lorsque le commandant anglais a ordonné qu'on dirige les canons contre les insurgés, les artilleurs indiens, dans un sursaut de solidarité, ont changé de camp et rejoint la rébellion. Appelés à la rescousse, les artilleurs britanniques vont canonner toute la nuit sans relâche. Quand, au petit matin, Sir Lawrence et ses troupes reprennent le camp de Muryion, il n'en subsiste que des ruines calcinées jonchées de cadavres. La majorité des rebelles a fui en direction de Delhi, après avoir essayé, en vain, de faire la jonction avec les habitants de Lucknow.

En ville la police, aidée de quelques cipayes restés fidèles aux Britanniques, a réussi à mater le soulèvement populaire. Hormis les nombreux morts ils ont fait une quarantaine de prisonniers qui, condamnés par une cour martiale, seront pendus en place publique, devant une foule hostile tenue en respect par les canons.

Les jours suivants plusieurs hauts personnages, soupçonnés d'avoir incité la population à la révolte, sont arrêtés. Parmi eux le frère aîné du roi Wajid Ali Shah ainsi que Shuruf ud Daulah, son ancien grand vizir et deux princes de la famille royale de Delhi qui avaient rejoint Lucknow quelques semaines auparavant pour participer à l'organisation de la rébellion.

L'atmosphère est houleuse et Sir Henry Lawrence juge qu'il est temps d'installer son quartier général dans la Résidence où sont déjà rassemblés les civils. Il ne doute plus qu'une véritable guerre se prépare. Mais avant de se retirer, il envoie le capitaine Birch et une division de Sikhs s'emparer du trésor royal gardé à Kaisarbagh : il faut priver les Indiens des moyens de financer leur combat.

Malgré l'opposition des gardes et les cris des femmes, le 17 juin le trésor est saisi ; pendant des heures des charrettes croulant sous le poids de coffres emplis d'or et de pierres précieuses vont parcourir le mile séparant Kaisarbagh de la Résidence.

> « Ces joyaux étaient impressionnants, écrit le capitaine Birch. Il y avait de magnifiques perles et des émeraudes aussi grosses qu'un œuf, des bijoux somptueux et des tonnes d'or. Nous avons enterré tout cela dans le principal bâtiment de la Résidence*. »

Au zénana le vol du trésor a provoqué un véritable choc. On savait le commandement anglais capable de cruauté et de traîtrise mais pas d'actes de brigandage. « Ils ont pris tous les bijoux de cérémonie, se lamentent les femmes, même la couronne royale sacrée portée de père en fils le jour de l'intronisation. Et maintenant ils emprisonnent nos princes, oseront-ils les tuer ?

Elles sont interrompues par les cris d'une petite servante accourue les joues rouges d'émotion.

« Houzour ! Houzour ! Venez voir, vite ! Il se passe des choses dehors !... »

Saisissant leurs traînes, les bégums se hâtent vers les jalis en croisillons de bois qui leur permettent de voir sans être vues.

Le spectacle qu'elles découvrent les laisse interdites : dans la rue des hommes vocifèrent en agitant de grandes poupées habillées de l'uniforme rouge des Britanniques. Avec des bâtons ils les frappent au grand amusement des badauds, puis, sous les applaudissements, d'un coup de sabre ils leur tranchent la tête et la brandissent tel un trophée, salués par les clameurs triomphantes de la foule.

Les jours suivants les processions se succèdent, de plus en plus vengeresses. Ce ne sont plus seulement les soldats mais des poupées représentant des femmes et des enfants qui sont battues et décapitées aux cris de « Angrez mardabad ! ». Sur les murs, en lettres rouges, s'étalent des proclamations en urdu, en hindi et en persan, ordonnant de « tuer les étrangers méprisés des dieux et haïs des vrais fils de la terre ». « Ceux qui restent passifs sont nés des cochons des Européens et des corbeaux charognards ! » peut-on également lire.

... Pourquoi font-ils cela sous nos fenêtres ? se demande Hazrat Mahal songeuse. Veulent-ils impliquer le palais ? lui signaler la résolution du peuple, en comptant que nous la transmettrons au roi ?... Il est évident qu'ils attendent un signe, et ne le recevant pas des taluqdars ils l'espèrent du souverain, mais...

celui-ci est bien trop occupé… à ses plaisirs… Non, une fois de plus je suis injuste, le malheureux roi est captif, son courrier est surveillé, il n'a aucun moyen d'agir. Plutôt que de se faire « le sang noir » il a sans doute raison de profiter de ce que la vie veut bien lui laisser…

Mais elle a beau se raisonner, elle n'arrive pas à comprendre l'attitude de ce souverain qu'elle a admiré, de cet époux qu'elle a aimé, elle lui en veut comme s'il l'avait trompée alors qu'au fond elle sait bien que c'est elle qui a choisi de s'aveugler pour pouvoir continuer à rêver.

Chapitre 15

Comme si la mutinerie de Lucknow avait lancé le signal, telle une traînée de poudre la rébellion s'étend, non seulement dans l'État d'Awadh mais dans tout le nord des Indes. Jour après jour, les garnisons se soulèvent, partout l'on brûle et détruit les biens des Britanniques et de ceux qui les représentent, on ouvre les prisons, on pille les trésors, les cipayes estimant que ce n'est là que la juste compensation à des années de solde misérable.

Les Européens qui n'ont pu fuir sont tués au cours des affrontements, ou exécutés. Des meurtres de sang-froid décidés par des assemblées de cipayes. Cette cruauté, ils l'ont subie durant des décennies de la part de leurs maîtres, aujourd'hui ils la retournent contre eux. Toute leur vie ils ont dû supporter les injures, les coups, le fouet, ils ont vu leurs camarades attachés à des bouches de canon exploser en mille lambeaux de chair, désormais ils répondent par la même violence, aussi impitoyables.

Pourtant, souvent l'humanité prévaut, quelques cipayes protègent la fuite de familles, et même de certains de leurs officiers. Mais il n'y a pas de retour en arrière possible, ils sont dorénavant dans des camps différents.

Le 12 juin, la police d'Awadh, au début hésitante, rejoint la rébellion. Partout les affrontements, soutenus de plus en plus par la population, dépassent la simple mutinerie. Les rebelles s'affirment clairement en guerre contre les « colonisateurs qui ont volé notre pays et nous ont humiliés », et parfois même revendiquent leur lutte comme « le combat des Noirs contre l'homme blanc ».

Au zénana, l'annonce de la mutinerie de Kanpour, le 4 juin, a été accueillie avec enthousiasme. On savait bien que Nana Sahib n'était pas venu ici pour faire du tourisme mais pour mettre au point, avec les autres rajahs, un plan de bataille ! Bientôt ce sera au tour de Lucknow de se soulever. Le peuple est prêt, il n'attend que le signal des chefs dont partout l'on murmure les noms, le rajah Jai Lal Singh et son ami, le rajah de Mahmoudabad. On évoque également le maulvi Ahmadullah Shah, tout juste libéré de prison, dont les disciples, hindous et musulmans, vouent une haine indéfectible à l'occupant qui a osé s'attaquer à leur religion.

Mais c'est lorsque les eunuques annoncent la rébellion de l'État de Jhansi, menée par la rani, que l'exaltation atteint son comble. Les femmes ont toutes entendu parler de Lakshmi Baï dont le père, un original, avait fait une cavalière hors pair, rompue au maniement des armes, et elles l'admirent. Hazrat Mahal, en particulier, ressent pour la jeune souveraine une sympathie instinctive. Elles ont à peu près le même âge et si leurs origines sont très différentes

– l'une est fille de ministre, l'autre d'un petit artisan –, toutes deux sont belles, intelligentes, courageuses et surtout ambitieuses. Que ce soit pour elles-mêmes ou pour leurs fils elles sont bien décidées à forcer le destin.

Les insurrections se succèdent, Bénarès, Jaunpour, Allahabad, Sultanpour, Gonda, tout le nord des Indes s'embrase ! Mais la joie est de courte durée car bientôt une nouvelle vient affliger le palais : le roi Wajid Ali Shah, soupçonné d'être derrière la rébellion, a été emprisonné à Fort William, près de Calcutta.

... Comme si le peuple avait besoin qu'on le pousse à se révolter ! s'indigne Hazrat Mahal, tandis que ses compagnes se lamentent. *Les étrangers s'emparent de notre pays et de nos richesses, ils prennent le pouvoir en exilant un souverain aimé de tous, accablent les gens d'impôts, ruinent les artisans, confisquent les terres, s'attaquent mime à notre religion, et ils s'étonnent que le peuple se rebelle ! Ils cherchent un coupable sans vouloir admettre qu'ils sont les seuls responsables de cette situation.*

Mais cela les Blancs ne peuvent le comprendre tant ils sont bouffis de supériorité. Leur arrive-t-il de se mettre à la place de l'autre pour imaginer ses souffrances et ses possibles réactions ? Jamais ! Tant qu'ils sont les plus forts ils continuent à écraser et à tuer en invoquant la nécessité de préserver l'ordre et les valeurs de la civilisation... Quelle civilisation ? Une civilisation de marchands dont la valeur suprême est l'or, dissimulé sous les voiles de la morale...

Elle est tirée de ses réflexions par les imprécations des femmes qui maintenant maudissent cette insurrection que jusqu'alors elles célébraient :

« Que pouvons-nous faire pour aider notre Djan-e-Alam ? gémissent-elles.

— Nous pourrions entamer une grève de la faim pour obliger les Angrez à le délivrer, suggère une plantureuse bégum.

— Vous, en tout cas, le pourriez, ricane une petite maigre, sous le regard courroucé des aînées.

— Cela ne servirait à rien, les Britanniques seraient trop contents de nous laisser mourir. Autant de dépenses en moins pour eux ! » tranche Hazrat Mahal, ironique.

Tout l'après-midi, les femmes vont discuter, échafaudant les plans les plus saugrenus. Hazrat Mahal, soucieuse, a fini par se retirer dans ses appartements ; pour l'heure, ses doutes et ses griefs envers son époux sont oubliés, elle ne se souvient plus que de son charme et de sa bonté. Aujourd'hui qu'il est dans la peine, elle fera tout pour lui venir en aide. Il doit bien y avoir un moyen : trouver un espion qui lui transmette un message, acheter les gardes, détourner l'attention par une manœuvre de diversion…

« Mammoo Khan, déclare-t-elle à son homme de confiance qui se tient immobile sur le seuil de la chambre, je veux voir le rajah Jai Lal.

— Voir le rajah ? »

L'eunuque ne peut réprimer un sursaut. Il a l'habitude des fantaisies de sa maîtresse, mais jamais elle n'a exprimé un souhait aussi déraisonnable.

« Le voir où ? comment ?

— Tu trouveras bien un moyen, tu es si habile, susurre-t-elle de sa voix la plus enjôleuse. Évidemment personne ne doit le savoir. Il est impossible de le faire entrer dans les appartements, mais peut-être dans le jardin ?

— Houzour, vous savez bien qu'aucun homme n'a le droit de pénétrer dans les jardins du zénana !

— Mais une femme… en burqa ?

— Voyons, Houzour, jamais le rajah n'acceptera, objecte Mammoo, tremblant à la seule idée de devoir transmettre une telle proposition à l'imposant militaire.

— Pour sauver son maître emprisonné, peut-être torturé, ne peut-il accepter ce désagrément ? Je compte sur toi pour le persuader. Nous pourrions nous rencontrer dans un coin tranquille, au moment de la sieste. Par cette chaleur personne n'aurait l'idée de sortir. Va Mammoo, tu sers ta maîtresse et ton roi, nous saurons nous en souvenir. »

Et sur ce « nous » de majesté par lequel elle s'inclut pour la première fois dans la sphère de la souveraineté, la jeune femme congédie l'eunuque, interdit.

Par une porte dissimulée sous un épais rideau de jasmin, deux ombres se faufilent. Suivant un eunuque du palais, reconnaissable à son kurtah couleur prune, une grande et forte femme revêtue d'une burqa noire trébuche et laisse échapper une cascade de jurons sonores interrompus par les « chut ! » effrayés de l'eunuque. À peine ont-ils atteint un recoin sombre garni d'un petit banc de marbre que la burqa vole et qu'apparaît le rajah transpirant et furieux.

« Quel imbécile je suis de me prêter à cette comédie ! Je te préviens que si l'affaire n'est point d'importance les oreilles t'en chaufferont ! »

Un rire cristallin lui répond.

« L'affaire est importante, Rajah sahab, n'ayez crainte ! »

Interloqué le rajah cherche à percer les taillis du regard, en vain... Pourtant ce léger frémissement derrière ce haut massif de roses et de jacarandas...

Une femme d'allure élancée est apparue. Vêtue d'une longue garara de brocart retenue par une ceinture ornée de topazes et de perles, elle a rabattu sur son kurtah de voile un dupatta brodé d'or qui dissimule sa poitrine, sa chevelure et le bas de son visage. À mesure qu'elle s'approche le rajah se rend compte qu'elle lui a paru beaucoup plus grande qu'elle n'est, tant sa silhouette est fine et son maintien altier.

Sans aucune des timidités et des minauderies coutumières aux femmes du palais elle prend place sur le banc de marbre et d'un geste fait signe au rajah de s'asseoir. Un rapide coup d'œil lui confirme qu'il n'y a que ce banc unique, or la règle interdit... Un regard moqueur le rappelle à la réalité. Quelle règle ? Ne sont-ils pas déjà en train d'enfreindre la plus sacrée, la loi du purdah ?

Embarrassé, il prend place à l'autre extrémité du banc, maudissant sa gaucherie face aux grands yeux verts de plus en plus moqueurs. Pourquoi a-t-il accepté ce rendez-vous absurde ? Il a horreur de ces afféteries propres à la cour ! S'il n'avait été l'ami du roi, il n'y aurait jamais mis les pieds. Il préfère de loin les soldats à tous ces aristocrates dégénérés, et les spirituelles courtisanes du Chowq aux beautés évanescentes du palais. Non qu'il ait jamais approché ces dernières – il n'a fait que les entrevoir lors des spectacles donnés par le souverain –, mais ces languides créatures confinées dans un monde d'artifices lui paraissent plus des poupées que des femmes.

« Si j'ai voulu vous rencontrer personnellement, Rajah sahab, c'est qu'il y a urgence. Le roi est en danger de mort. Vous et moi le connaissons suffisamment pour savoir qu'il ne supportera pas la captivité dans cet horrible Fort William. Il faut le libérer. Vous êtes un homme d'action mais surtout son plus fidèle ami. Avez-vous un plan ? »

La voix est grave, un peu voilée, envoûtante, se surprend à penser le rajah, en essayant de deviner, à travers l'étoffe légère, les traits de son interlocutrice.

« Eh bien, Rajah sahab ? »

De charmeuse la voix s'est faite impatiente.

« Je n'ai pas vraiment eu le temps d'y penser, articule le rajah en recouvrant ses esprits, nous avons tant à faire actuellement pour coordonner notre action… »

Il s'interrompt brusquement, se mord les lèvres. Qu'est-il en train de révéler à cette femme qu'il ne connaît pas… A-t-il perdu la tête… ?

Les yeux verts brillent d'excitation.

« Allah soit loué ! Les rajahs se décideraient enfin à agir ? »

Dans son enthousiasme la jeune femme a laissé glisser son voile, découvrant un nez aquilin et un menton volontaire contrastant avec des lèvres voluptueuses.

Un sacré tempérament, pense Jai Lal, tout en notant, amusé, que la bégum ne se hâte guère de remettre de l'ordre dans sa toilette.

« Et quand donc comptez-vous lancer l'opération ? Le palais peut-il aider ? demande-t-elle, vibrante.

— Aider ? En quoi le zénana pourrait-il aider ? fulmine le rajah mortifié de s'être si facilement découvert. Je vous en prie, oubliez ce que je viens de dire. Le meilleur service que vous puissiez rendre à notre pays et à notre roi c'est de vous taire. »

Quel grossier personnage ! Ulcérée, Hazrat Mahal s'est raidie, ramenant son dupatta autour d'elle :

« Je n'ai pas de leçon à recevoir de vous, monsieur qui semblez si mal connaître les femmes de ce pays. Ignorez-vous donc qu'au cours des siècles elles ont maintes fois combattu ? Certaines ont même régné et conduit des armées, à la place d'un père ou d'un époux captif ou décédé. Razia, sultane qui…

— Chut ! Houzour ! »

De grands gestes de Mammoo la forcent à baisser la voix. Son indignation lui a fait oublier leur situation périlleuse : si on les surprenait, le châtiment serait sans doute la mort, pour tous les deux.

Tandis que l'eunuque va inspecter les allées adjacentes, le rajah tente de réparer sa maladresse. Il ne veut pas fâcher la jeune femme : elle est intelligente, passionnée, elle pourrait un jour être utile et – pourquoi le nier ? – elle l'intrigue.

« Je me suis mal exprimé, Houzour, veuillez excuser un militaire inapte aux subtilités de la cour. Je vous en prie revenons au sujet de notre entrevue : la libération du roi. Vous-même auriez-vous un plan ? »

Hazrat Mahal hésite. Elle a bien envie de planter là ce malotru, mais elle se retient : de tous les proches de Wajid Ali Shah, le rajah est certainement le plus capable, elle a besoin de lui. Mais il doit comprendre que lui aussi a besoin d'elle !

« Jusqu'à son emprisonnement, j'ai entretenu une correspondance régulière avec Sa Majesté, déclare-t-elle, je le tiens au courant de ce qui se passe ici, du mécontentement croissant du peuple et de l'attente de son retour. Maintenant qu'il est en captivité cela va être plus difficile mais je suis sûre que quelques pièces d'or sauront attendrir les gardiens. »

Un mensonge pour la bonne cause, mais dont le rajah n'est pas dupe, lui-même laissant courir le bruit qu'il est en contact avec Wajid Ali Shah. Il connaît assez son ami pour savoir qu'il oublie vite ceux dont il est séparé – pourquoi écrirait-il à une bégum que manifestement il n'aimait pas assez pour l'emmener dans son exil ?

Hazrat Mahal devine ses doutes, ce sont aussi ceux de son entourage, mais depuis longtemps elle a trouvé la parade.

« Le jour de son départ le roi m'a demandé si je voulais bien rester ici pour être ses yeux et ses oreilles. Il me disait n'avoir confiance en aucune autre de ses femmes ; j'étais, insistait-il, la seule capable d'accomplir cette mission. Comment aurais-je pu refuser ? Nous nous sommes quittés en pleurant. Il me manque cruellement mais je me console en sachant que je lui suis utile.

— Votre dévouement vous honore », commente le rajah avec une conviction où Hazrat Mahal croit percevoir une pointe d'ironie.

Imperturbable, elle continue :

« Voici mon plan : à l'intérieur de Fort William il doit y avoir, comme dans tous les forts, un dépôt de munitions. Il faut arriver à le faire sauter et, profitant de l'affolement, avec l'aide de nos hommes dans la place, libérer le roi.

— Mais il est impossible de pénétrer dans Fort William, c'est la prison la mieux gardée de toutes les Indes !

— Mon eunuque, Mammoo, connaît un ancien cipaye de l'armée du Bengale qui a servi des années chez le Gouverneur général à Calcutta. Celui-ci affirme qu'il existe un passage secret entre la Résidence du gouverneur et le fort. Il suffirait de faire entrer dans la Résidence l'un de nos hommes, sous un déguisement quelconque. Sur place, des gardes que nous aurions achetés lui indiqueraient le passage souterrain vers le fort et le dépôt de munitions. Dans la confusion créée par l'explosion du dépôt on pourrait faire échapper le roi qui aurait bien sûr été prévenu à l'avance. Nous avons besoin d'une demi-douzaine de complices sur place, ce qui ne devrait pas être difficile à trouver, vu le ressentiment envers les Anglais… et la grosse récompense à la clé.

— Pourquoi si peu d'hommes ? Pour protéger la fuite du roi il en faut beaucoup plus !

— Il ne s'agit pas de se battre mais de faire échapper le roi dans les quelques minutes qui suivront l'explosion, quand tout le monde sera occupé à contenir le feu ! Moins il y aura de gens au courant, moins il y aura de risques d'indiscrétion.

— Je reconnais que c'est bien vu. Est-ce au zénana qu'on apprend ces choses ? » Le ton est léger mais le regard admiratif. « Il subsiste cependant un problème de taille : le roi libéré, où ira-t-il ? Évidemment pas dans son palais de Calcutta, ni dans son palais de Lucknow. Les Anglais le remettraient immédiatement en prison. »

C'est une question que, tout occupée de son plan, Hazrat Mahal n'a pas envisagée.

Sans y croire, elle risque :

« Il pourrait rejoindre les cipayes et prendre la tête de la révolte. »

Devant le silence du rajah, elle ajoute :

« Il y a longtemps qu'il ne s'occupe plus de questions militaires mais vous pourriez être son conseiller…

— Je ne demanderais pas mieux… s'il le souhaite. »

Ils se regardent. Nul besoin d'en dire plus. Tous deux connaissent assez le roi pour savoir que jamais il n'acceptera une entreprise aussi périlleuse. Wajid Ali Shah est un poète, un ami fidèle, un mari affectueux et, en temps de paix, un souverain bienveillant et généreux. Mais il ne faut pas lui demander d'être un guerrier.

Devant le désarroi de la jeune femme, Jai Lal est pris de pitié.

… L'aime-t-elle encore tant, lui qui l'a abandonnée ?…

Il a soudain envie de la réconforter :

« Ayez confiance, Houzour, nous libérerons le pays et nous réinstallerons le roi, avec les pleins pouvoirs ! »

Et, comme elle se tait, il conclut avec un sourire :

« Peut-être même aurons-nous besoin de l'aide de certaines personnes du zénana dont, je l'avoue, j'avais jusqu'à présent sous-estimé les capacités. »

Chapitre 16

17 juin : télégramme de Sir Henry Lawrence
au Gouverneur général Lord Canning,
à Calcutta

« Les nouvelles d'Awadh sont terrifiantes. En moins de quinze jours les forces britanniques ont été balayées et notre administration s'est totalement effondrée, sauf à Lucknow où nous attendons. Nos espions nous rapportent d'importantes concentrations de rebelles à vingt miles au nord de la ville.

« J'ai envoyé des troupes soutenir Kanpour où le général Wheeler est assiégé, mais en route les soldats ont tué leurs officiers et rejoint les mutins. Wheeler me supplie de lui envoyer de nouveaux renforts ; la mort dans l'âme j'ai dû refuser car ici une attaque ne saurait tarder, et nous ne sommes que quelques centaines de combattants.

« Je vous en prie, dépêchez au plus vite des forces secourir Kanpour, ils ne pourront pas tenir longtemps*. »

En effet, la situation à Kanpour est alarmante.

Dès le début des événements, en mai, Sir Hugh Wheeler avait compris qu'il ne s'agissait pas d'une mutinerie mais d'un complot délibéré pour renverser le pouvoir britannique. En prévision d'une attaque il avait fait fortifier deux bâtiments de brique au centre de la garnison, creuser autour une tranchée et élever un mur de terre de trois mètres, le tout défendu par dix canons. Défense quasi symbolique qu'Azimullah, l'homme de confiance du Nana, avait ironiquement surnommée « le fort du désespoir* ». Kanpour, pourtant l'une des plus importantes garnisons des Indes, ne comptait, étrangement, que trois cents soldats européens pour trois mille cipayes. Mais Sir Hugh n'était pas particulièrement inquiet, convaincu que, comme cela avait été le cas à Meerut et à Sitapour, les mutins, après avoir brûlé et pillé les bungalows, rejoindraient Delhi.

Entré à seize ans dans un régiment de cipayes, Sir Hugh sert depuis cinquante-deux ans aux Indes. Petit, l'œil vif, c'est un de ces anciens officiers qui parle l'hindoustani et admire la culture du pays. Il a même épousé une métisse irlando-indienne dont il a eu six enfants. Il aime ses hommes qui en retour lui vouent un attachement sans limites. Mais il est bien conscient du profond mécontentement suscité par la politique anglaise de ces dernières années et plusieurs fois il a alerté les autorités – sans résultat. Maintenant il sait que le moment est venu de payer. Pourtant il garde confiance : jamais ses cipayes ne s'en prendront à lui ni à son entourage.

Le 21 mai, informé que le 2e régiment de cavalerie va se soulever dans la nuit, le général Wheeler fait rentrer femmes et enfants dans le camp retranché et ordonne d'y convoyer également le trésor. Mais les cipayes chargés de le garder protestent de leur indéfectible loyauté et refusent de s'en dessaisir. L'atmosphère est électrique : s'il insiste, Wheeler peut provoquer un affrontement, mais est-il possible de laisser huit cent mille roupies d'or à la portée des mutins ? C'est le fidèle Nana Sahib qui va lui offrir la solution en proposant d'envoyer deux canons et trois cents de ses guerriers mahrattes en renfort pour surveiller le trésor. Sir Hugh hésite, mais, se rappelant les nombreuses occasions où le Nana lui a rendu service et comment, encore récemment, il a offert de mettre à sa disposition quinze cents hommes pour aider à reconquérir Delhi, il se laisse convaincre.

C'est Azimullah qui a servi d'intermédiaire.

« Imaginez-vous qu'ils ont accepté ! »

Revenu chez Nana Sahib, Azimullah ne peut plus contenir son rire :

« Je ne comprendrai jamais ces Anglais ! Ils vous dépouillent de vos titres et de votre héritage et ils avalent toutes vos protestations d'amitié, trouvant naturel que vous ne pensiez qu'à leur rendre service ! Ne réalisent-ils pas qu'après ce qu'ils vous ont fait vous les détestez ?

— Mais… je ne les déteste pas !

— Parce que vous êtes trop bon et trop noble, Altesse. Mais ce n'est pas seulement vous qu'ils ont dépouillé, ce sont les taluqdars et le pays tout entier qu'ils ont ruinés en proscrivant par la force notre artisanat afin de nous obliger à acheter, très cher, les produits de leur industrie. Et en plus ils nous écrasent de leur mépris !

— Personnellement j'ai toujours eu d'agréables relations avec eux.

— À condition que soient respectées les distances entre nous, les Noirs, et eux, les Blancs ! Avez-vous déjà oublié la réaction outragée de l'ancien Résident qui se disait votre meilleur ami, lorsque vous avez osé lui demander la main de sa fille ? Il vous a tourné le dos et ne vous a plus jamais adressé la parole. »

Nana Sahib est devenu cramoisi, il lance à Azimullah un regard venimeux : comment ose-t-il lui rappeler cette humiliation ? On dirait qu'il se plaît à raviver la blessure, à attiser la haine.

L'annonce de la révolte de la cavalerie était une fausse alerte et la plupart des officiers sont retournés dormir parmi leurs hommes pour leur témoigner leur confiance.

De son côté, Nana Sahib, en vrai Mahratte, joue sur les deux tableaux. Le 1er juin, accompagné de son frère, Bala Rao, un grand escogriffe sujet à des accès de rage incontrôlés et qui déteste la terre entière, il rencontre secrètement sur un bateau les chefs de la cavalerie cipaye et leur laisse entendre qu'il soutient la rébellion. Et, lorsque Sir Hugh, averti de cette rencontre, lui fait part de son étonnement, il lui explique qu'il a tenté de calmer les cipayes et de les remettre sur le droit chemin.

Cependant, la nouvelle du soulèvement de la garnison de Lucknow et de la progression des troupes anglaises vers Delhi a dissipé l'illusion que le conflit pouvait être évité. La cavalerie s'agite de plus en plus, le courage et la diplomatie des officiers envers leurs hommes ne peuvent éloigner indéfiniment le danger.

Dans la nuit du 4 juin, des coups de feu éclatent. Quelques minutes plus tard un messager vient annoncer que les troupes du Nana, en liaison avec la cavalerie, se sont emparées du trésor.

C'est pour Wheeler le premier signe de la trahison de son ami.

La cavalerie est rapidement rejointe par le premier régiment d'infanterie, malgré les objurgations de leurs officiers dont les cipayes se moquent mais auxquels ils ne feront aucun mal. Comme à Meerut et à Delhi, la première initiative des rebelles est d'ouvrir les portes des prisons. Commence alors une nuit de pillages et d'incendies, ponctuée de cris de victoire que les Européens retranchés dans le fort écoutent, effrayés.

Au petit matin, les officiers indiens du 53e et du 56e annoncent à Wheeler que leurs hommes ne sont plus sûrs. Aux anciens qu'il connaît depuis longtemps le général demande alors de demeurer auprès de lui.

« Impossible, Sahab, répond tristement un vieux cipaye, les Européens et les indigènes ne peuvent plus rester ensemble. Nous nous sommes battus pour vous, nous avons versé notre sang pour vous et en retour vos canons ont déchiqueté nos frères. Vous devriez partir au plus vite, Sahab, avec tous les vôtres. Vous avez été notre père et notre mère, nous protégerons votre fuite mais nous ne pouvons plus vous suivre. »

Pendant ce temps au palais de Bithour, à dix miles de Kanpour, les cipayes sont arrivés et réclament à grands cris de voir Nana Sahib.

Réveillé par Azimullah, celui-ci n'arrive pas à se décider. Les choses ne se déroulent pas comme prévu : on avait planifié une révolte générale qui devait prendre les Anglais par surprise et les forcer à se retirer. Mais l'impatience des soldats a fait échouer le projet et le haut commandement anglais à Calcutta a déjà commencé à envoyer des renforts. S'il rejoint cette rébellion, qui risque fort d'être écrasée, il perdra tout, peut-être même la vie. Par contre, s'il paraît soutenir les Anglais…

Mais les cipayes ne lui laissent pas le choix : ils ont besoin d'un chef légitime. Ou Nana Sahib prend la tête du mouvement et ils le reconnaissent comme souverain, ou ils le tuent.

« Comment pouvez-vous imaginer que je soutienne les Anglais ? s'écrie le Nana, la main sur le cœur, sous le regard ironique d'Azimullah. Enterrons le trésor en lieu sûr, et rejoignons Delhi et Bahadour Shah Zafar, notre empereur ! »

Ovationné par les troupes, le Nana se retire dans ses appartements. Mais Azimullah ne l'entend pas de cette oreille. Comment chasser les occupants si, au lieu de les écraser quand ils sont faibles, on leur laisse le champ libre et la possibilité de se renforcer ? Pendant des heures il va s'employer à persuader son maître de livrer bataille à Kanpour afin d'y établir son autorité :

« À Delhi vous ne serez qu'un parmi des dizaines de princes. Vous n'aurez aucun pouvoir. Tandis qu'ici vous êtes le souverain absolu, les hommes vous révèrent. »

La vanité l'emportant sur la peur, le Nana finit par se laisser convaincre.

Il faudra plus de temps encore pour persuader les cipayes qui n'ont aucune envie de se battre contre leurs officiers. Mais la crainte d'une terrible vengeance des Blancs et l'appât d'une distribution de pièces d'or finissent par avoir raison de leurs hésitations. Ainsi que la promesse qu'une fois Kanpour libérée on rejoindra Delhi, la glorieuse capitale des Grands Moghols, d'où doit partir le mouvement de reconquête de toutes les Indes.

Le 6 juin, à l'aube, le général Wheeler, persuadé que les cipayes sont en route pour Delhi, reçoit un message inattendu : c'est une lettre, fort courtoise, de Nana Sahib l'informant qu'à 10 heures du matin ses troupes vont donner l'assaut. Un dernier scrupule envers son ami et aussi la morale chevaleresque qui interdit d'attaquer par surprise semblent avoir dicté ce geste que le prince s'est bien gardé de révéler à ses partenaires. Il permettra à Wheeler de rappeler tous ses officiers à l'intérieur du retranchement, ainsi que la population anglo-indienne. En tout, un millier de personnes dont la moitié sont des femmes et des enfants.

Le siège va durer trois semaines durant lequel le retranchement est lourdement bombardé. Les Anglais répondent du mieux qu'ils peuvent mais ils doivent économiser les munitions. Chaque jour voit de nouvelles victimes. La chaleur est abominable et l'on manque d'eau. On risque sa vie pour aller jusqu'à l'unique puits et le camp est si mal protégé par un mur de pisé que certains assiégés sont tués à l'intérieur même de leur chambre. Partout des blessés gémissent, tourmentés par des centaines de mouches, l'odeur des cadavres est insoutenable.

Au bout d'une semaine Wheeler, conscient qu'ils ne pourront tenir longtemps, envoie un message au Nana, lui demandant de les laisser partir pour Calcutta. Malgré sa trahison il a encore une certaine confiance en celui qui fut un ami.

De l'avis du Nana ce serait la meilleure solution mais il n'est pas le seul à décider, il doit consulter les officiers rebelles, son frère Bala Rao surnommé « le cruel » et son secrétaire, Azimullah. Pour une fois celui-ci va perdre son légendaire sang-froid :

« Épargner les Anglais alors que partout ils massacrent nos femmes et nos enfants, vous n'y pensez pas ! Le sang des Blancs aurait-il plus de valeur que le nôtre ? Un enfant blond vaudrait-il dix, cent de nos enfants ? » s'étrangle-t-il de rage.

Des grondements approbateurs accueillent ses propos. Depuis quelques temps en effet de nombreux réfugiés arrivent des villages autour de Bénarès et d'Allahabad où la révolte a été écrasée dans le sang. Terrorisés, ils racontent leurs maisons et leurs champs brûlés, les viols, les mutilations, et les milliers de paysans – des adolescents aux vieillards – pendus aux arbres tout au long de la route par les troupes du major[1] Renaud et du colonel Neill qui avancent vers Kanpour, détruisant tout sur leur passage.

---

1. Major correspond, dans l'armée anglaise, au grade de commandant.

Une férocité justifiée aux yeux des Anglais par les meurtres de civils à Delhi et à Meerut : des hommes et des femmes blanches tués... par des indigènes ! Car c'est cela le scandale : des esclaves qui osent lever la main sur leurs maîtres, c'est cela le crime suprême : l'abolition d'une hiérarchie naturelle où chacun se tient à sa juste place. Sacrilège inacceptable car il remet en question l'ordre d'un monde où l'homme blanc est d'évidence, de toute éternité, supérieur aux peuples noirs ou foncés, surtout s'ils ne sont pas chrétiens.

Pendant plusieurs jours les combats se poursuivent. Contre les assauts des cipayes la petite garnison oppose une résistance désespérée. Le 23 juin, jour anniversaire de la bataille de Plassey, elle parvient à repousser une attaque particulièrement rude, mais lorsqu'un obus détruit le bâtiment où médicaments et nourriture sont entreposés, Sir Hugh Wheeler se résigne à envoyer un nouveau message au Nana.

Ce dernier va s'enfermer avec son frère, son conseiller Azimullah et son principal général, Tantia Tope, pour discuter de ce qu'il convient de faire. Après un long conciliabule ils décident d'envoyer une otage anglo-indienne, Mme Jacobi, porter une lettre signée de Nana Sahib et cérémonieusement adressée :

> « Aux sujets de Sa Très Gracieuse Majesté, la reine Victoria.
>
> « Tous ceux qui n'ont pas trempé dans des crimes contre les Indiens et qui sont prêts à rendre les armes auront un sauf-conduit jusqu'à la ville d'Allahabad. »

Sir Wheeler hésite : peut-il faire confiance à celui qui les a si habilement trompés ? Mais sur l'insistance de ses officiers qui lui remontrent qu'ils n'ont plus que trois jours de vivres et que les femmes et les enfants vont tous mourir, il cède.

Les détails pratiques seront discutés, en terrain neutre, entre deux officiers anglais, pâles et décharnés, et les représentants du Nana, le général mahratte Tantia Tope, un homme massif au teint foncé toujours coiffé d'un turban blanc et réputé brillant stratège, et l'élégant Azimullah Khan. Nana Sahib s'engage à mettre à la disposition des Anglais une flottille de bateaux et des rameurs qui les transportent en toute sécurité jusqu'à Allahabad, ville stratégique au confluent du Gange et de la Jumna. En échange ils doivent abandonner canons, fusils et munitions. Après de longues tractations, on leur permettra de garder leurs revolvers.

Le 26 juin, l'armistice est déclaré. Pris d'une tardive compassion, Nana Sahib a fait envoyer seize éléphants, quatre-vingts palanquins et des chars à bœufs pour convoyer les femmes, les enfants et les blessés jusqu'au rivage où de grosses barques les attendent.

Le 27 au matin, tout le monde se tasse tant bien que mal dans les embarcations surchargées, sous les regards ironiques des soldats qui les ont escortés. Malgré la chaleur accablante, des notables, assis à l'ombre d'un petit temple hindou surplombant l'embarcadère de Satichaura Ghat, surveillent les opérations. On reconnaît Azimullah Khan, Tantia Tope et le frère du Nana, mais le prince lui-même est absent.

À 9 heures, Sir Hugh Wheeler, dans la barque de tête, donne le signal du départ. Mais, à peine son embarcation a-t-elle commencé à avancer que, sur un geste de Tantia Tope, tous les rameurs sautent à l'eau, après avoir jeté des braises sur les toits de chaume des barques qui aussitôt s'enflamment. Au même moment sur la rive, des centaines de cipayes surgis des fourrés commencent à tirer tandis que, de la rive opposée, deux canons bombardent la fragile flottille. C'est la panique. Tandis que certains répondent aux coups de feu pour essayer de gagner quelques minutes, la plupart des réfugiés, terrifiés, se jettent à l'eau avec femmes, enfants et blessés, essayant désespérément de fuir, mais ils sont vite rejoints par la cavalerie mahratte qui achève à coups de sabre ceux qui ont échappé aux balles.

Des centaines de cadavres flottent dans les eaux rougies du Gange. Tous les hommes ont été tués sauf quatre, parvenus à s'échapper, qui plus tard raconteront l'horreur.

Serrant leurs enfants contre elles, les femmes hurlent, terrorisées, implorant la pitié des soldats hésitants, lorsque enfin arrive du palais l'ordre d'arrêter le massacre.

Les survivants, environ deux cents femmes et enfants, vont être parqués dans une petite maison appelée Bibighar car elle fut construite pour la « bibi », la maîtresse d'un officier anglais. Inhabitée depuis longtemps la demeure est vétuste, et les prisonnières devront dormir à même le sol de terre battue. Pour toute nourriture elles recevront deux fois par jour du blé et du dhal, ces lentilles qui sont l'ordinaire des Indiens pauvres.

Pourquoi le Nana les a-t-il épargnés ? Par pitié envers les femmes et les enfants de ceux qui, dans une autre vie, furent ses amis, ou par simple calcul ? En cas de revers, ces otages pourraient en effet servir de précieuse monnaie d'échange.

Mais, aux yeux de ceux qui se pressent autour du baraquement et se gaussent, ces femmes déchues sont surtout un objet de revanche. Pour ces Indiens qui, toute leur vie, ont trimé pour des memsahib qui ne les voyaient même pas, le spectacle de leur humiliation est une jouissance. Car l'insupportable chez les Angrez ce n'est pas le travail, pas plus dur que chez les bégums, c'est que chez eux on n'existe pas. Au lieu de faire partie de la maisonnée, d'être houspillé mais aussi protégé comme un enfant, on n'est qu'une ombre, un instrument dont on se sert, jamais un être humain auquel on accorde un regard.

Des relations qui jour après jour déshumanisent, c'est cela qui nourrit la rancœur. Et c'est pourquoi aujourd'hui les femmes se moquent haut et fort et se délectent à regarder les memsahib, à genoux, tenter maladroitement de moudre le blé, s'écorcher les mains sur la pierre pour obtenir un peu de farine et laver leur robe déchirée, seul vêtement qui reste à ces « ladies » autrefois habillées de soie et de dentelles, des haillons dont leurs servantes ne voudraient pas !

Car la gardienne en chef de Bibighar ne les épargne guère.

Celle que l'on surnomme « la bégum », à cause de son teint clair et de ses manières autoritaires, est une ancienne prostituée, totalement dévouée au secrétaire du Nana. Comme lui, elle déteste les femmes angrez, surtout les bienveillantes, celles qui dans leur affectation de simplicité gardent toujours de la hauteur, celles dont la charité est une façon si nette de marquer les distances qu'elle en devient insultante. Aussi cherche-t-elle par tous les moyens à les humilier. Lorsque Nana Sahib, prévenu que l'état de santé des prisonnières se dégrade dangereusement, leur envoie un médecin et leur accorde une heure de promenade quotidienne, elle choisit de les faire marcher dans les rues les plus peuplées où elles sont la proie de quolibets. Ou bien elle les fait passer à travers le grand bazar parmi les étals remplis de victuailles et si, pris de pitié devant le regard affamé d'un enfant, un marchand se risque à lui tendre un fruit, aussitôt elle le houspille : « N'as-tu pas honte ? Donne plutôt à nos enfants à nous qui meurent de faim ! »

Dans la prison de Bibighar, la faiblesse et la dysenterie font des ravages mais, envers et contre tout, les femmes gardent espoir : par les indiscrétions d'une servante elles ont appris que le régiment du major Renaud a quitté Allahabad et se dirige vers Kanpour pour les délivrer.

De son côté Nana Sahib a réuni son conseil.

« Le peuple à la face jaune et à l'esprit étroit a été vaincu mais il tente de revenir. Nous allons l'anéantir* ! »

D'après ses espions, les troupes britanniques ne comptent que quelques centaines d'hommes car, si elles ont laissé sur leur passage les villes et les villages exsangues, elles ont aussi subi de lourdes pertes, soit au combat, soit par suite d'insolations et de fièvres.

Le 9 juillet, l'armée rebelle dirigée par Tantia Tope et le frère du Nana est envoyée arrêter l'armée britannique. Beaucoup plus nombreuse, elle devrait l'emporter facilement. Mais l'arrivée inattendue des renforts du général Havelock, qui prennent les Indiens à revers, déjoue toutes les prévisions. Après deux jours de combats acharnés, les troupes de Nana Sahib sont mises en déroute.

Lorsque, le 13 juillet, la nouvelle de la défaite atteint Kanpour, le conseil de guerre décide à l'unanimité de défendre la ville.

Mais que faire des prisonnières ?

La plupart des conseillers du prince, notamment son frère, Tantia Tope et Azimullah, sont d'avis de les éliminer : « Elles ont vu tout ce qui s'est passé ici, elles peuvent témoigner contre nous. » Nana Sahib, lui, s'y oppose fermement et, pour convaincre ses compagnons, il fait valoir que les Anglais donneront tout pour récupérer leurs femmes et leurs enfants, et que si les choses tournent mal ces otages sont la seule chance de sauver leurs têtes.

Le conseil de guerre se sépare sans avoir pris de décision.

Chapitre 17

De tous les districts d'Awadh des groupes de rebelles rejoignent la ville de Nawabganj, à vingt miles de Lucknow. Ce sont en majorité des cipayes venant des garnisons révoltées mais aussi quelques taluqdars qui, à la tête de leurs troupes, ont décidé de combattre l'occupant. Qu'ont-ils à perdre ? Les nouvelles lois anglaises les ont dépossédés de leurs terres, et surtout de leur statut en détruisant le complexe système de loyauté qui, depuis des siècles, les liait à leurs paysans. Ils n'ont plus qu'un but : chasser ces bandits qui, sous couvert de grands principes moraux, leur ont volé leur pays et les ont déshonorés.

Rassemblés à Nawabganj en cette fin de mois de juin, ils vont se retrouver à plus de sept mille hommes, dont un régiment de cavalerie et deux régiments de la police militaire. À leur tête, le rajah de Mahmoudabad et le rajah Jai Lal Singh. Les deux hommes s'estiment et sont amis depuis longtemps. En revanche, ils ont vu arriver avec une certaine inquiétude un personnage étrange, le maulvi Ahmadullah Shah. Celui-ci vient de sortir de la prison où l'avaient enfermé les Anglais, à la suite de discours incendiaires. Plus d'un millier de disciples le suivent, comme magnétisés. Il n'est pas question, étant donné les circonstances, de se priver d'un tel apport de forces, mais il faudra le surveiller de près.

Le 28 juin, un messager dépêché de Kanpour annonce que la ville est finalement tombée aux mains de Nana Sahib. Désormais, on n'a plus à craindre d'être pris à revers par les Anglais, on peut lancer l'attaque sur Lucknow.

Le 29, huit cents hommes sous le commandement du maulvi sont dépêchés en avant-garde vers le village de Chinhut, à sept miles de la capitale, tandis que Jai Lal et Mahmoudabad mettent au point la stratégie finale.

À Lucknow, Sir Henry Lawrence, prévenu par ses espions, hésite. Faut-il envoyer ses troupes anéantir ce premier groupe de rebelles afin de dissuader un ennemi encore inorganisé ? Cela permettrait du même coup de tester la loyauté des cipayes restés à ses côtés, mais c'est aussi risquer de perdre une partie des maigres forces destinées à protéger la Résidence et les civils qui s'y sont réfugiés. Finalement, sur l'insistance de ses officiers qui se refusent à passer dans l'Histoire pour des couards, le 30 à l'aube, à la tête de sept cents hommes, il se met en route pour Chinhut.

Mais ces vingt-quatre heures d'atermoiements lui seront fatales car elles ont donné aux Indiens le temps de se regrouper.

En cette matinée du 30 juin, la chaleur est étouffante. Les troupes de Lawrence avancent lentement sur un terrain sablonneux, retardées par le lourd canon Howitzer tiré par un éléphant. Afin de gagner du temps on ne s'est pas arrêté pour se restaurer et, les porteurs d'eau indigènes ayant mystérieusement disparu, on n'a même plus de quoi boire. Pourtant Sir Henry ne s'inquiète pas, il connaît l'endurance et le courage de ses hommes qui, serrant les dents, continuent d'avancer sous un soleil implacable.

À peine arrivée en vue de Chinhut, l'avant-garde de la cavalerie est accueillie par des tirs nourris et avant qu'on ait pu mettre l'Howitzer en position, les canons indiens dissimulés derrière un épais rideau de manguiers arraisonnent les troupes anglaises. Le duel d'artillerie va durer plusieurs heures, lorsque enfin, côté indien, les canons finissent par se taire. Dans les rangs britanniques, on crie victoire, l'ennemi bat en retraite ! Jusqu'à ce que l'on aperçoive, descendant les flancs de la colline, des régiments qui avancent en une manœuvre d'encerclement. Ils se rapprochent en ordre parfait, ils sont des milliers. C'est le moment choisi par les artilleurs indiens et la plupart des cipayes pour abandonner leur poste, pousser les canons dans les fossés et rejoindre leurs compatriotes, laissant les artilleurs anglais isolés et à court de munitions, leurs réserves s'étant volatilisées comme par enchantement. Encerclés de toutes parts, les Britanniques se battent avec fureur, par dizaines ils tombent sous les balles, la situation est totalement désespérée lorsque enfin Sir Henry se résout à faire sonner la retraite.

Une retraite qui, vu l'état d'épuisement des soldats, se serait transformée en sanglante déroute, si Lawrence n'avait eu une idée de génie : sur un pont étroit il poste des hommes munis de lance-flammes, qui tiennent à distance les Indiens et permettent au reste de ses troupes de regagner la Résidence où les combattants ensanglantés sont accueillis dans la panique. Les pertes ont été sévères : trois cents morts et des dizaines de blessés. Mais, surtout, le choc psychologique est immense : c'est la première fois qu'une armée anglaise est battue par des indigènes !

Tandis que le camp panse ses plaies et que Sir Henry Lawrence fait colmater à la hâte les dernières brèches en tentant de rassurer les femmes et les enfants affolés, les cipayes victorieux sont reçus en héros. Avec force détails, ils racontent leurs faits d'armes et la fuite de ces Angrez que jusqu'alors on avait crus invincibles.

Pour parachever leur victoire quelques centaines d'enthousiastes se sont rués sur la Résidence, armés de leurs seuls fusils. Repoussés par une canonnade nourrie, ils doivent se replier, laissant sur le terrain de nombreux morts. Ils tournent alors leur colère vers les « collaborateurs », les policiers restés fidèles à l'occupant mais surtout les banyas et les mahajans, commerçants et usuriers, profiteurs du nouveau régime. La chasse aux traîtres est ouverte. Soutenus par la population en colère, les soldats pillent et brûlent tout ce qui appartient aux Anglais ou à leurs alliés et, à travers les rues, poursuivent les supposés coupables, résolument sourds aux admonestations de leurs officiers qui tentent de garder le contrôle. Avec une frénésie vengeresse on incendie les bungalows anglais mais également la prison, la cour de justice, le bureau des impôts, celui du télégraphe, la gare, abolissant tout ce qui rappelle les occupants. D'heure en heure la situation empire car, des villages alentour, arrivent des paysans avides de prendre part à la fête de la victoire mais aussi de se venger. Le chaos est total.

⁂

« Il nous faut prendre des mesures au plus vite sinon la ville va sombrer dans l'anarchie et nous ne pourrons plus rien contrôler. »

Le rajah Jai Lal a réuni les chefs militaires et les taluqdars qui ont participé à la bataille de Chinhut. Tous sont conscients du danger, mais après des heures de discussion ils ne sont toujours pas arrivés à s'accorder sur une solution.

« Nous n'allons quand même pas tirer sur les soldats pour les forcer à obéir ! Cela déclencherait une guerre civile ! proteste l'un des rajahs.

— À mon avis il vaut mieux laisser faire, dans deux ou trois jours ils seront épuisés et le calme reviendra de lui-même », renchérit doctement son voisin.

Pour le rajah Jai Lal, c'en est trop.

« Laisser mettre la ville à sac ? Ne vous y trompez pas, ce ne sont plus nos cipayes qui mènent la danse, ce sont les criminels libérés des prisons qui rançonnent et tuent des femmes et des enfants ! Si c'étaient vos demeures et vos familles qui étaient attaquées, continueriez-vous à discuter, assis confortablement dans vos fauteuils ? Non bien sûr, vous trouveriez immédiatement un moyen d'arrêter le carnage ! Mais comme ce sont "les autres", un peuple avec lequel vous ne vous sentez rien de commun, des pauvres qui ont l'habitude du malheur, vous prenez tout votre temps pour palabrer, discuter des principes à respecter, de l'objectivité nécessaire et des conséquences indésirables qu'une décision trop hâtive pourrait entraîner ! »

Et, pointant du doigt l'assemblée interdite :

« Si les assassins aveuglés par la colère et la haine sont coupables, vous, messieurs, dans vos luxueuses tours d'ivoire, l'êtes encore davantage ! Comment pouvez-vous encore trouver le sommeil quand, par indifférence et lâcheté, vous laissez massacrer tous ces innocents ?

— Vous qui parlez si bien, quelle solution proposez-vous ? »

Le jeune rajah de Salimpour n'a jamais eu de grande sympathie pour Jai Lal, ce nouvel aristocrate dont le franc-parler est une insulte aux manières délicates dont s'enorgueillit la société de Lucknow.

« Il nous faut d'urgence rétablir une autorité incontestable, qui s'impose à tous.

— Et comment ? Notre souverain est prisonnier à des centaines de miles d'ici, et nous avons aboli le pouvoir britannique qui l'avait remplacé. Alors, une assemblée de taluqdars ? »

Jai Lal hausse les épaules.

« Vous savez très bien que jamais les taluqdars ne parviendraient à s'entendre ! La seule autorité incontestable serait un membre de la famille royale, comme me l'ont confirmé mes discussions ces derniers jours avec les représentants des cipayes. La cavalerie est en faveur du frère du roi, le prince Suleyman Qadr, mais l'infanterie, qui est dix fois plus nombreuse et en majorité hindoue, insiste pour que le trône revienne à un fils de Wajid Ali Shah. Les aînés sont à Calcutta avec leur père, mais deux sont encore ici.

— Quel âge ont-ils ?

— Le premier a seize ans, le second onze.

— Des enfants !

— Aucune importance, ils ne seront qu'un symbole. Les décisions seront prises par les délégués des taluqdars et de l'armée.

— Vous oubliez les bégums ! intervient malicieusement le vieux rajah de Tilpour, certaines sont de fortes femmes. Et comme officiellement la mère d'un jeune roi est régente jusqu'à sa majorité, si celle-ci se mêle de vouloir gouverner nous risquons d'avoir des problèmes.

— Nous saurons leur faire entendre raison, coupe Jai Lal, l'urgence actuelle c'est de trouver le meilleur candidat. En tant que chef de l'armée, je propose qu'avec un délégué des taluqdars nous allions dès demain rencontrer les bégums. »

⁂

C'est Mammoo Khan qui a été chargé d'annoncer la visite au zénana. Contacté par le rajah Jai Lal, il a bien tenté d'insinuer qu'il était superflu de consulter les autres épouses, que le fils de Hazrat Mahal, le prince Birjis Qadar, était de loin le meilleur choix, mais il s'est fait vertement rabrouer.

« Qui es-tu pour te permettre de te mêler des affaires de l'État ? C'est à l'armée et aux taluqdars de décider, non aux eunuques ! »

Au regard de haine que lui lance Mammoo, le rajah Jai Lal comprend qu'il est allé trop loin, mais au moins a-t-il été clair : ce Mammoo et ses semblables doivent comprendre que les temps ont changé et que le règne des intrigues de palais qui, trop souvent, tenaient lieu de politique, est révolu.

Dans le grand salon bleu du palais de Kaisarbagh, là où, en des temps plus heureux, le roi aimait à s'entretenir avec ses épouses, des esclaves ont suspendu une lourde tenture derrière laquelle une assemblée de nobles bégums attend avec impatience les visiteurs. Les quelques informations communiquées par Mammoo ont piqué au vif leur curiosité : les rajahs Jai Lal Singh et Mahmoudabad ont demandé à les rencontrer pour parler de l'avenir de la révolte. L'avenir de la révolte ? Elles ne comprennent pas, la guerre est une affaire d'hommes, qu'est-ce qu'elles, femmes, ont à voir dans tout cela ? Seule Hazrat Mahal se doute de leur dessein, mais elle se garde bien d'en parler. D'ailleurs Mammoo, d'ordinaire prolixe, affirme ne rien savoir. Elle le soupçonne de mentir, mais il est depuis la veille d'une humeur si exécrable qu'elle préfère ne pas insister.

On entend des bruits de pas dans le vestibule. Accompagnés par les gardes turcs, les deux rajahs sont apparus. Le contraste est frappant entre le rude militaire aux traits burinés et son compagnon au teint clair, tout en délicatesse. Mais lorsqu'il s'agit d'affaires importantes, ils ne pourraient mieux se compléter.

Après les multiples salutations et compliments d'usage, le rajah de Mahmoudabad, choisissant avec soin ses termes, expose l'objet de leur visite. Mais, à peine a-t-il commencé, que fusent des exclamations scandalisées :

« Notre bien-aimé souverain est toujours vivant, comment osez-vous songer à le remplacer !

— Ce serait une trahison inexcusable !

— Jamais nous n'accepterons une telle vilenie ! »

Derrière la tenture les femmes s'insurgent, choquées. Malgré les vicissitudes elles ont maintenu vivante l'image glorieuse de Wajid Ali Shah et, à l'extérieur, leur loyauté inébranlable nourrit la conviction que celui-ci reviendra. Cette fidélité au roi est pour elles une cause sacrée… Leur statut n'est-il pas inextricablement lié au sien ? Si on l'en dépouille que deviennent-elles ? Épouses d'un monarque exilé par ses ennemis mais surtout renié par ses proches, elles ne seraient plus que les ombres d'une ombre, et vite oubliées.

Calmement, le rajah de Mahmoudabad laisse passer l'avalanche d'indignation, jusqu'à ce que les bégums soient de nouveau prêtes à l'écouter.

Il évoque l'indiscipline qui gagne les rangs des cipayes et la difficulté de les contrôler. La victoire leur est montée à la tête, explique-t-il, la seule autorité qu'ils soient prêts à reconnaître désormais c'est le Grand Moghol à Delhi ou bien son représentant à Lucknow. Ce dernier étant actuellement prisonnier, ils veulent qu'un de ses fils le remplace, jusqu'à son retour.

« Donc si Djan-e-Alam revient, il retrouvera son trône ? interrogent les femmes, soupçonneuses.

— Je le jure sur mon honneur ! rétorque le rajah Jai Lal, que ces protestations de loyauté impatientent. En revanche, je peux vous assurer que si le trône reste vacant, si les soldats n'ont pas un souverain qui leur parle et les encourage à se battre, un arbitre indiscutable qui sache les châtier mais aussi les récompenser, bref un recours suprême en qui ils aient une totale confiance, la plupart abandonneront la cause et retourneront chez eux. Ce qui laissera la porte grande ouverte à la Compagnie pour se réinstaller et se venger. Et, en ce cas, je ne donne pas cher de nos vies à tous ! »

À ces mots les femmes frémissent, elles savent qu'il ne s'agit pas là d'une menace en l'air.

Cependant la bégum Shanaz, la doyenne, n'est pas totalement convaincue.

« Je ne comprends pas, Rajah sahab, les soldats eux-mêmes vous ont choisi pour chef, et ils ne vous obéiraient pas ?

— Vous connaissez aussi bien que moi la mentalité de notre peuple, Houzour. Ils sont par nature indisciplinés ; en revanche, ils se sacrifieront sans la moindre hésitation pour leur Dieu ou pour leur roi qu'ils révèrent comme l'incarnation de Dieu sur terre.

— Considérez en outre, honorables bégums, qu'avec le rétablissement d'un roi, la cour retrouvera sa place et vous-mêmes votre rang, alors qu'actuellement ces palais ne sont que désolation. »

Ce dernier argument habilement avancé par le rajah de Mahmoudabad va faire pencher la balance.

Retrouver un peu de la vie d'autrefois, aucune n'osait plus l'espérer. Mais l'enthousiasme retombe considérablement lorsque le rajah Jai Lal rappelle que les temps à venir ne seront pas des temps de fête mais de guerre, une guerre sans merci contre l'occupant.

« C'est pourquoi je vous demande de vous consulter très sérieusement avant de désigner le roi. En gardant à l'esprit que, les deux princes étant encore très jeunes, c'est leur mère qui exercera la régence. C'est un honneur certes, mais surtout une tâche ardue et, dans les circonstances actuelles, particulièrement dangereuse : la moindre erreur peut être fatale. Bien sûr nous serons là pour conseiller la régente et orienter ses décisions, mais la responsabilité finale reposera sur ses épaules et celles de son fils.

« Et maintenant, honorées bégums, permettez-nous de nous retirer pour vous laisser le temps de délibérer. Mais n'oubliez pas, le temps presse, nous reviendrons ce soir. »

⁂

Mon fils, roi ?

L'ambition caressée en secret depuis onze ans pourrait-elle se réaliser ? Hazrat Mahal frissonne sans bien savoir si c'est d'excitation ou de crainte. Tout est si différent de ce qu'elle avait imaginé. Au lieu de la gloire et des honneurs, ce qu'on leur offre aujourd'hui c'est un affrontement sans merci, peut-être fatal. Le rêve pourrait se muer en cauchemar…

Des images lui reviennent de la petite fille pauvre mais insouciante pour qui l'horizon du bonheur était la rouge garara de la jeune mariée et de nombreux fils qui auraient tous les jours de quoi manger. Elle a soudain la nostalgie de ces joies simples, du mouton dont on se régalait pour la fête de l'Eid el Kebir, et qui semblait d'autant plus succulent qu'on ne pouvait s'offrir de viande qu'une fois l'an, et des vêtements neufs offerts le jour de l'Eid el Fitr, dans lesquels on se pavanait et qu'on voulait garder même pour dormir. À ces souvenirs, elle sent l'émotion la gagner en même temps que l'étonnement : elle, si fière du chemin parcouru, comment peut-elle éprouver pour ce passé banal de si vifs regrets ?

Autour d'elle les femmes discutent. Les arguments des rajahs ont eu raison de leurs hésitations et à présent elles s'emploient à convaincre la jolie Khas Mahal de la chance et de l'honneur qui lui sont dévolus. Car pour elles il n'y a aucun doute, s'il faut désigner un successeur au malheureux Wajid Ali Shah ce ne peut être que son fils aîné, même si… Même si Naus-herwan Qadar est un adolescent instable que son propre père avait jugé inapte à régner. Dans les circonstances actuelles il ne sera qu'un symbole, les décisions seront prises par la régente, conseillée par l'assemblée des taluqdars. Pourtant, à leur grande surprise, la mère du prince résiste. Elle, toujours douce au point qu'on l'imaginait passive et malléable, refuse obstinément une responsabilité qu'elle se sent incapable d'assumer. Elle n'est pas une femme de pouvoir, elle n'a jamais vécu que pour l'amour de son mari et de son fils et, alors qu'elle pleure toujours l'époux retenu captif, on lui demanderait de mettre en danger ce qui lui reste de plus précieux, son

Nausherwan adoré ? Plus ses compagnes insistent, plus elle leur oppose un silence buté.

Ulcérées, les bégums, changeant de tactique, décident de lui faire honte : ce fils qu'elle dit aimer, est-elle égoïste au point de lui dénier cette chance inespérée d'accéder au trône ? Le risque ? Il est infime. Les temps sont troublés certes, mais ville après ville tout le pays se soulève contre l'occupant. Les Britanniques sont peu nombreux, sans leurs cipayes ils ne pourront tenir longtemps, et lorsque enfin ils quitteront Awadh, toute la gloire de la victoire reviendra au jeune roi. Étourdie par ces arguments auxquels elle ne sait rien opposer, la pauvre Khas Mahal finit par céder.

Chapitre 18

Le soleil couchant baigne de ses reflets pourprés le grand salon du zénana où les deux rajahs sont revenus s'enquérir du verdict. Pour les faire patienter, des servantes leur servent des sorbets de mangue et de cédrat, élaborés selon une recette exclusive du palais, tandis que d'autres les éventent avec d'amples pankas [1].

Enfin, derrière le rideau une voix autoritaire se fait entendre. C'est la bégum Shanaz qui, en tant qu'aînée, a le privilège d'annoncer la décision.

« Voici, Rajahs saheban [2], le résultat de notre consultation : à l'unanimité nous avons choisi pour futur roi le prince Nausherwan Qadar, fils de la bégum Khas Mahal. »

À la déception qu'il ressent, Jai Lal s'aperçoit qu'il a toujours espéré que l'élue serait la bégum Hazrat Mahal, cette femme qui l'a tant impressionné par son énergie et son intelligence. Mais les dés sont jetés, il ne peut intervenir. En revanche, il veut des assurances :

---

1. Éventail à long manche fait de plumes de paon.
2. Saheban : messieurs, pluriel de sahab.

« Nous vous remercions, Altesses. Maintenant, si vous le permettez, nous voudrions nous entretenir directement avec la future régente, déclare-t-il.

— Elle est très émue, laissez-lui un peu de temps, s'interpose la bégum Nashid, qui tente de réconforter Khas Mahal en larmes.

— Pardonnez-nous, honorables bégums, mais nous n'avons plus le loisir de ces délicatesses. La guerre est à nos portes et pour combattre nous devons au plus vite rétablir l'ordre dans les rangs des cipayes. »

Surpris, le rajah de Mahmoudabad lance un coup d'œil à Jai Lal : pourquoi tant de rudesse ? On n'en est pas à quelques heures près, est-ce une mise à l'épreuve ?

La réponse lui sera vite donnée. De derrière le rideau s'élève une petite voix tremblante :

« Je suis prête, je ferai de mon mieux, je suivrai tous vos conseils, Rajahs saheban. Mais il faut que vous m'assuriez, sur l'honneur, que la vie de mon fils ne sera pas mise en danger. »

Devançant la réaction exaspérée de son ami, Mahmoudabad explique une nouvelle fois, patiemment :

« Vous devez comprendre, Houzour, qu'en temps de guerre toutes les vies sont en danger, celle de votre fils comme la vôtre ou les nôtres. Nous comptons bien chasser les Britanniques, mais si le sort nous est contraire nous pouvons seulement vous promettre que nous ferons l'impossible pour vous protéger. »

Un long silence, puis la petite voix reprend, cette fois plus ferme :

« En ce cas je dois refuser. Ma vie est sans importance mais je ne me reconnais pas le droit de faire courir un tel risque au prince.

— Moi je suis prête à accepter ! »

La phrase a sonné, claire, au milieu d'un silence stupéfait.

« Et mon fils le prince Birjis Qadar est prêt, lui aussi, à servir son pays. »

Autour d'Hazrat Mahal s'élèvent des murmures désapprobateurs : qu'est-ce qu'elle raconte ? Comment un enfant pourrait-il comprendre ?

« Il est jeune mais j'ai veillé à ce qu'il soit éduqué dans la conscience de ses devoirs envers son peuple, et non, comme d'autres princes, avec la seule idée des droits et privilèges attachés à sa naissance. »

Passant outre les protestations indignées de ses compagnes, elle continue d'un ton vibrant :

« Comme vous, Rajahs saheban, je suis convaincue que la seule solution est de nous battre. Nous avons trop longtemps baissé la tête en espérant que notre bonne conduite convaincrait nos maîtres. Mais l'expérience nous a prouvé que plaider et expliquer sont inutiles, ceux qui détiennent le pouvoir n'entendent que ce qu'il leur plaît d'entendre. Aucune concession, aucune négociation ne nous rendra notre pays. Les Britanniques invoquent la morale et jurent qu'ils n'ambitionnent que de rétablir la justice mise à mal par un incapable, nous savons bien qu'ils se moquent de la justice et ne veulent que s'approprier nos richesses. Ils resteront tant que le combat du peuple tout entier ne les obligera pas à partir.

« Avec vos conseils, Rajahs saheban, ce combat, mon fils et moi-même sommes prêts à le mener. »

⁂

Sous une torrentielle pluie de mousson, deux régiments de cipayes en grande tenue se tiennent au garde-à-vous devant l'élégant Baraderi [1] de marbre blanc, au centre du parc de Kaisarbagh. À l'intérieur, taluqdars et officiers sont rassemblés dans l'attente de la venue du prince héritier. Contrairement à la tradition qui veut que le roi soit couronné dans le Lal Baraderi de grès rouge, au centre de la ville, il a été jugé plus prudent de ne pas s'éloigner du palais.

Le rajah Jai Lal a eu le plus grand mal à persuader les militaires que, dans ces circonstances difficiles, le choix d'un si jeune enfant était approprié. Il a fallu deux longues journées de négociations pour arriver à un accord : Birjis Qadar devra suivre les directives du Grand Moghol de Delhi, autorité suprême des Indes du Nord, le Premier ministre sera choisi avec l'assentiment de l'armée, et les officiers devront être agréés par les soldats qui, pour leur part, recevront double paie. Enfin, les cipayes pourront châtier comme ils l'entendent les collaborateurs des Britanniques.

Ainsi les militaires rebelles, à Lucknow comme à Delhi et dans toutes les villes insurgées, exigent, outre des avantages financiers, un droit de regard sur les décisions politiques.

---

1. Monument utilisé pour les cérémonies, caractérisé par douze arches ouvertes sur l'extérieur.

Parmi les notables qui attendent le prince et sa mère, on remarque l'absence d'un des principaux vainqueurs de Chinhut, le maulvi Ahmadullah Shah. Officiellement, celui-ci n'a pu se déplacer, immobilisé par une blessure reçue pendant la bataille, mais tout le monde sait qu'il n'entend pas prêter allégeance au jeune roi, encore moins à sa mère. Qu'est-ce qu'une femme peut entendre à la politique, et surtout à la guerre ? À ses partisans – qui se sont empressés de répercuter ses propos – il a rappelé la cuisante défaite d'Aïcha, la plus jeune épouse du prophète Mohammed, qui avait dirigé l'armée lors de la « bataille du chameau », et il a cité le mot d'un alim célèbre : « Un pays dirigé par une femme court à sa perte. »

Profitant d'une accalmie, le cortège royal est parvenu à quitter les palais de Kaisarbagh pour rejoindre le Baraderi. Contrastant avec les splendeurs d'antan, il n'est constitué que d'une centaine de gardes et de quelques phaétons transportant le prince et sa mère ainsi que des dames et eunuques de leur suite. Disparus les orchestres aux uniformes chamarrés, les jongleurs et les danseurs, disparus surtout les éléphants caparaçonnés de brocarts et les superbes pur-sang aux selles incrustées de pierres précieuses, principales attractions des cérémonies au temps de Wajid Ali Shah, mais depuis son exil confisqués – volés, disent les Indiens – par le haut-commissaire, au profit de la Couronne britannique.

Pourtant la foule, qui des deux côtés se masse pour voir passer le cortège, n'en est pas moins enthousiaste et, lorsque le jeune garçon pose le pied à terre suivi de sa mère, la bégum enveloppée de voiles, d'un bout à l'autre de l'immense terre-plein les acclamations et les applaudissements crépitent, assourdissants.

À l'intérieur du Baraderi tout illuminé la noble assistance attend en silence, curieuse et surtout sceptique à l'égard de cet enfant de onze ans qu'on lui propose comme roi. Mais l'allure majestueuse de Birjis Qadar et l'assurance avec laquelle il s'assied sur le masnad[1], remplaçant le trône, lui aussi « confisqué », impressionnent favorablement.

« Ô toi, Père de la victoire, soutien de la religion, Grandeur d'Alexandre, Roi juste, César de notre époque, Sultan de l'univers ! » Avec emphase le grand alim énumère tous les titres dont s'enorgueillissent depuis des générations les souverains d'Awadh, puis, la couronne royale ayant elle aussi disparu, il se saisit du mandil, un turban torsadé d'or orné au centre d'une perle noire surmontée d'une aigrette, et solennellement le pose sur les cheveux ondulés du jeune garçon.

Et lorsque, petite silhouette frêle, Birjis Qadar se lève et, d'une voix claire, prononce le serment devant Dieu de protéger et de servir son peuple et son pays de toutes ses forces, les plus endurcis ressentent un frisson d'émotion.

À peine s'est-il tu que retentissent les traditionnels vingt et un coups de canon annonçant au peuple qu'un nouveau roi leur est donné. Alors commence le lent défilé des grands taluqdars et des officiers venus

1. Large siège surélevé, garni de coussins de brocart, où l'on se tient jambes croisées.

prêter allégeance à leur souverain. Tour à tour ils s'inclinent jusqu'à terre, et il agrée chacun d'un mot, d'une légère inclinaison de tête. De toute sa personne se dégagent une noblesse et un calme impressionnants chez un être aussi jeune.

Debout à ses côtés, légèrement en retrait, se tient sa mère, tête haute et regard acéré. Parmi ces taluqdars qui aujourd'hui se prosternent elle sait que la plupart tourneront casaque à la première occasion. La loyauté et la fidélité ne sont pas les qualités premières de ces familles princières où les changements d'alliances, suivant l'intérêt du moment, sont une pratique ancienne et acceptée. Pour les contrer elle a un plan.

Le défilé a pris fin. Imposant le silence d'un geste, le rajah de Mahmoudabad prend la parole :

« Étant donné l'extrême jeunesse de notre roi, sa mère, la très noble bégum Hazrat Mahal, est, selon la coutume, nommée régente jusqu'à la majorité de son fils. Elle sera conseillée par moi-même, en tant que porte-parole des taluqdars, par le rajah Jai Lal Singh, représentant l'armée et, bien sûr, par ses ministres. Je vous demande de lui prêter allégeance.

— Permettez, Rajah sahab ! »

La bégum s'est avancée tandis que, surpris par cette intervention peu protocolaire, le rajah s'efface.

Majestueuse dans sa garara de brocart, Hazrat Mahal, désormais reine mère, parcourt l'assistance d'un regard impérieux, elle prend son temps, ce qu'elle va leur dire requiert toute leur attention.

« Altesses, Saheban, la situation dramatique de notre pays nous a persuadés, mon fils et moi, d'accepter la lourde responsabilité du pouvoir. En ces temps troublés cela implique de mettre notre vie en jeu. Nous avons décidé de prendre ce risque car nous sommes conscients que le combat pour l'indépendance a besoin d'un symbole incontestable autour duquel s'unir, et que ce ne peut être que le fils de notre bien-aimé souverain, Wajid Ali Shah.

« Mais si nous nous engageons, nous vous demandons à vous aussi de vous engager. Si je n'ai pas cette assurance, si je dois craindre que les revers ne vous fassent abandonner la lutte, je ne risquerai pas la vie de mon fils unique. Aussi, je demande à chacun d'entre vous de venir prêter serment, soit sur le saint Coran, soit sur cette jarre contenant l'eau sacrée du Gange, de combattre fidèlement et sans répit jusqu'à ce que nous ayons chassé les Britanniques. »

Quelle femme !

Abasourdi le rajah Jai Lal la contemple, jamais il ne se serait attendu à un tel discours, lui qui pensait la connaître !

N'importe quelle autre eût été trop heureuse de devenir régente pour songer à poser ses conditions. Mais elle a raison, elle connaît la versatilité des taluqdars.

Cependant, autour de lui les murmures enflent : « Comment ose-t-elle nous parler ainsi ? Pour qui se prend-elle ? Après tout ce n'est qu'une ancienne danseuse, elle n'a rien à exiger. Si elle n'est pas contente nous nous passerons d'elle ! »

Jai Lal sent le danger ; si l'on n'intervient pas immédiatement, la situation risque de dégénérer. Or, sans l'autorité d'un roi il sera impossible de contenir l'armée et d'unir les taluqdars, les Anglais auront tôt fait de reprendre le pouvoir et leur vengeance sera terrible !

Un regard échangé avec le rajah de Mahmoudabad, celui-ci va tenter de calmer les esprits :

« Nous devrions être offensés par vos paroles, Houzour, déclare-t-il d'un ton sévère, mais nous comprenons qu'elles sont dictées par l'amour maternel et la crainte du danger auquel vous exposez votre fils. Nos mères auraient sans doute agi de même. Aussi je pense exprimer le sentiment général en ne vous en tenant pas rigueur. La générosité des taluqdars ne sera pas prise en défaut : si la seule façon de rassurer votre faiblesse est d'accéder à votre surprenante requête, je pense que nous pouvons vous accorder cette faveur. »

Et, sans laisser à la bégum le loisir de réagir, il s'approche du Coran et lève la main pour prêter serment, suivi immédiatement par Jai Lal qui se dirige vers la jarre contenant l'eau du Gange, puis, après quelques hésitations, par tous les rajahs et nawabs qui, les uns après les autres, viennent prêter serment sur leur symbole sacré.

À cent lieues de se douter du drame tout juste évité, les centaines de soldats rassemblés sur l'esplanade crient leur enthousiasme et réclament avec impatience de voir leur roi. Et lorsque celui-ci, suivi par sa mère, sort enfin du hall de cérémonie, une immense clameur l'accueille qui comme une onde se répercute d'un bout à l'autre du parc.

« Krishna ! Tu es notre Krishna ! »

Riant, pleurant, les hommes se bousculent pour voir, approcher, toucher leur jeune souverain, celui en qui ils mettent tout leur espoir, le confondant dans une même adoration avec Krishna, l'enfant-dieu qui dans l'hindouisme personnifie l'amour infini. Emportés par l'exaltation, certains s'enhardissent jusqu'à l'embrasser, et si le rajah Jai Lal n'y mettait rapidement bon ordre en distribuant çà et là quelques coups de badine, Birjis Qadar risquerait de périr étouffé. À grand-peine des officiers lui fraient un chemin jusqu'au phaéton où l'attend sa mère et, sous les bénédictions de la foule en liesse, le cortège, accompagné par une multitude d'admirateurs, rejoint tant bien que mal les palais de Kaisarbagh.

Toute la nuit, à la lueur des lampions multicolores, le peuple va donner libre cours à sa joie. Au son des tablas et des lagaras [1], les hommes dansent et chantent pour célébrer l'avènement de leur nouveau roi, cependant que, dissimulées derrière les jalis, les femmes énumèrent les qualités du jeune garçon et s'émerveillent de ce que, pour la première fois à Lucknow, le pouvoir dépende d'une femme.

Non loin de là, à l'intérieur de la Résidence plongée dans la pénombre, l'atmosphère est tout autre. Dans chaque foyer ce ne sont que gémissements et sanglots, tandis que, dehors, les soldats font les cent pas, tête basse.

Dans le bâtiment principal, éclairé par quelques bougies, un lit a été dressé autour duquel les officiers

1. Instruments à percussion.

et leurs épouses rassemblés lisent la Bible et récitent la prière des morts. Sur le drap immaculé gît le grand corps maigre de celui qu'ils ont tant aimé et respecté, celui qui dans les pires circonstances leur redonnait courage par son inaltérable sourire, celui à qui ils s'étaient confiés comme à un père.

Un boulet de canon, entré dans sa chambre alors qu'il se reposait, a tué Sir Henry Lawrence. Malgré ses souffrances il a pris le temps, avant de mourir, de nommer le major Banks haut-commissaire et, à la tête des combattants, le colonel Inglis auquel il laisse des instructions pour la poursuite du siège. Il a aussi tenu à dicter son épitaphe, simple comme il l'était lui-même :

« Ci-gît Henry Lawrence, qui tenta de faire son devoir.
Que Dieu l'ait en sa miséricorde. »

Chapitre 19

Sur le bâtiment principal de la Résidence, le drapeau britannique flotte comme un défi. De frustration, les cipayes le prennent régulièrement pour cible, car depuis le couronnement du roi Birjis Qadar, ils ont reçu l'ordre de cesser leurs attaques désordonnées et d'attendre les instructions. Une décision prise par le rajah Jai Lal en accord avec la régente, lorsque, dès leur première entrevue, il lui avait parlé des morts inutiles de ces soldats qui, n'écoutant que leur courage, montaient avec leur seul fusil à l'assaut des canons. Une conférence a été convoquée afin de définir une stratégie.

En cet après-midi du 7 juillet, les représentants des taluqdars et des rajahs, le haut commandement militaire ainsi que le gouvernement au grand complet, sont réunis dans le palais de Chaulakhi, à proximité des palais de Kaisarbagh, où la Rajmata a choisi de s'installer avec son fils.

On attend la nouvelle régente avec scepticisme et un certain agacement, le rajah Jai Lal ayant fait savoir que celle-ci tenait à participer à chacune des décisions concernant la lutte contre l'occupant et l'administration du pays. Mais il a jugé préférable de ne pas rapporter ses paroles exactes : « Si ces honorables saheban s'imaginent que je serai une marionnette se contentant d'enregistrer leurs décisions, ils se trompent, lui avait-elle déclaré. Depuis longtemps j'observe la gestion du royaume, j'en ai constaté les nombreuses erreurs, et non du seul fait des Britanniques ! Nos propres conseillers font trop souvent passer leurs intérêts avant ceux du pays. Désormais c'est terminé. La situation est grave, je n'aurai aucune indulgence. »

À 16 heures précises, la Rajmata est entrée, précédée de ses gardes turques dans leur uniforme vert foncé. Somptueusement vêtue d'une garara tissée d'or et rehaussée de perles, elle avance lentement, non plus enveloppée de ses voiles, comme au jour du couronnement où elle s'était montrée au peuple rassemblé, mais le visage découvert, une légère gaze dissimulant ses cheveux ramenés en torsade. Elle entend ainsi signifier que ce n'est pas la femme qui préside ces séances de travail mais la régente, chef du gouvernement, et que le purdah n'a donc pas lieu d'être.

Les hommes réunis ne s'y trompent pas qui, au début choqués mais surtout troublés par sa beauté, n'osent lever les yeux sur elle. Pourtant à ses questions précises sur tel ou tel point de l'ordre du jour, il faut bien qu'ils répondent, et peu à peu ils vont se ressaisir.

Hazrat Mahal sourit en elle-même, satisfaite. Elle aime à répéter le mot de Zeynab, la petite fille du Prophète qui refusait de se voiler : « Si Dieu m'a donné la beauté, arguait-elle, ce n'est pas pour que je la cache. » Et, malicieusement, elle se plaît à ajouter que si la beauté des femmes perturbe tant les hommes, ils n'ont qu'à ne pas les regarder !

Le rajah Jai Lal est le premier à faire son rapport :

« La majorité des cipayes ayant rejoint Delhi, nous avons sous nos ordres vingt régiments, environ quinze mille hommes, annonce-t-il. C'est insuffisant si Calcutta envoie des renforts, ce qui ne saurait tarder. D'autant que notre armement est très inférieur à celui des Britanniques : nos soldats sont équipés de fusils Brown Bess peu précis et d'une portée de deux cents mètres face aux Lee Enfield qui tirent à huit cents mètres. En outre nous ne possédons que de vieux canons bien moins puissants que leurs Howitzer. Enfin nous risquons assez vite de manquer de munitions, les Anglais ayant pris soin de faire exploser le dépôt avant de se barricader dans la Résidence. »

Des commentaires inquiets accueillent ses paroles, la victoire de Chinhut a donné un tel sentiment d'invincibilité qu'on en a oublié certaines réalités.

Surmontant le brouhaha, la voix grave de la régente se fait entendre :

« Pourquoi ne pas réintégrer les milliers de soldats et les officiers de l'ex-armée royale qui, renvoyés par les Anglais, se trouvent sans emploi ? Cela nous ferait une trentaine de régiments de plus ! Quant aux munitions, ne peut-on établir rapidement une fabrique et engager suffisamment d'hommes pour produire les quantités nécessaires ?

— Le problème, Houzour, c'est que nous n'avons pas d'argent, objecte le rajah Bal Kishan, ministre des Finances. Comme Votre Majesté en a été témoin, le capitaine Birch a fait transporter de force le trésor de l'État depuis Kaisarbagh jusqu'à la Résidence, nous privant ainsi des moyens de financer notre action.

— Mais, que je sache, il reste le trésor privé de Sa Majesté ?

— J'ignore où il se trouve. Sa Majesté l'a lui-même scellé et il en a confié la garde à deux de ses hommes de confiance. Je doute qu'ils acceptent…

— Qu'on les fasse venir immédiatement.

— Nous allons essayer de les trouver, Houzour.

— Je suis persuadée, Rajah sahab, que si vous essayez, vous réussirez », coupe Hazrat Mahal glaciale.

Et, sans paraître entendre les murmures des dignitaires choqués d'être traités avec si peu d'égards, elle se tourne vers le gouverneur de Lucknow, venu lui exposer la situation en ville.

« C'est une catastrophe, Houzour ! Tous les bazars sont déserts car, à la suite des déprédations des soldats ces derniers jours, les commerçants ont fermé boutique. On ne trouve plus de céréales, sauf au marché noir à des prix inaccessibles, si bien qu'une partie de la population, affamée, est prête à se révolter. »

Hazrat Mahal ne peut réprimer un mouvement de colère :

« Convoquez les responsables des marchands, gouverneur sahib, et qu'on leur achète leurs céréales, au prix habituel, bien entendu. Puis vous ferez organiser, au nom du roi mon fils, une distribution de blé et de lentilles pour les nécessiteux. Mais surtout faites proclamer partout, à Lucknow et dans les villes alentour, que nous n'aurons aucune pitié : ceux qui affament le peuple seront pendus ! »

Et, fustigeant du regard les réticents qui dans l'assemblée s'étonnent de mesures si extrêmes :

« Souvenez-vous que nous sommes en guerre, messieurs ! Si nous n'imposons pas une stricte discipline, nos ennemis auront facilement le dessus. Et alors ce ne sont pas quelques commerçants malhonnêtes qui seront pendus, mais nous tous, ici présents. »

Devant le silence et les regards alarmés qui accueillent ce dernier propos, elle comprend que cette fois elle a marqué un point.

Entre-temps Hisam ud Daulah et Miftah ud Daulah, les deux gardiens du trésor, sont arrivés. Informés de ce que l'on attend d'eux, ils hésitent : sans un ordre de Sa Majesté elle-même, comment pourraient-ils trahir sa confiance ? Le Premier ministre a beau leur expliquer que cet or est indispensable pour financer la guerre contre l'occupant, que livrer le trésor est leur devoir de patriotes, ils s'obstinent : ils ont juré fidélité à Wajid Ali Shah, non au gouvernement d'Awadh.

« Mais comment voulez-vous que Sa Majesté, prisonnière à Fort William, puisse vous donner cet ordre ? » s'énerve Jai Lal qui étranglerait avec plaisir ces serviteurs trop loyaux.

Discrètement Hazrat Mahal a glissé un billet à l'une de ses gardes turques qui aussitôt s'éclipse.

La discussion dure depuis plus d'une demi-heure, chacun essayant, en vain, d'influencer les deux hommes, lorsque le chef du protocole apparaît et, d'une voix de stentor, annonce :

« Le roi ! »

Très droit, Birjis Qadar s'est avancé au milieu des courtisans qui respectueusement s'inclinent ; prenant place auprès de sa mère, d'une voix assurée il s'adresse aux deux gardiens :

« On m'informe de votre loyauté envers mon vénéré père, et je vous en sais gré. Mais ne m'avez-vous pas, voici quelques jours, juré fidélité ? Tant que Sa Majesté ne pourra reprendre le trône d'Awadh, je suis le roi et vous me devez obéissance. Je sais que mon père aurait sans hésiter mis son trésor au service de la lutte pour l'indépendance, lui qui toute sa vie a souffert de la tyrannie britannique. Je vous demande donc, en son nom, de me livrer le trésor pour qu'il serve cette noble cause. »

Impressionnés par son regard clair et ses paroles qui leur semblent soudain relever de l'évidence, les deux hommes se confondent en protestations de dévouement : que Sa Majesté leur pardonne, ils ne sont que de pauvres serviteurs ignorants, le trésor sera livré cet après-midi même au palais. Et ils se retirent à reculons, multipliant les salutations jusqu'à terre.

Maintenant que le financement est momentanément assuré, il faut définir une stratégie. C'est à nouveau au rajah Jai Lal d'intervenir :

« J'ai étudié soigneusement la configuration des lieux, déclare-t-il en se tournant vers ses pairs. Nous devons placer les canons au plus près de l'enceinte de la Résidence, vu leur courte portée. L'inconvénient est que cela les rend plus vulnérables et comme nous en avons très peu il nous faut à tout prix les protéger. Je propose donc une tactique de canons mobiles :

nous les dissimulerons derrière un coin de mur, ou en bas d'une pente et, grâce à un système de plate-forme et de poulies actionnées par nos hommes, nous les sortirons juste pour tirer, puis nous les replacerons immédiatement dans leur cache avant que l'ennemi n'ait eu le temps de réagir. »

Tout le monde approuve ce plan ingénieux qui protège les canons, sinon les hommes qui les transportent.

« N'avons-nous pas nous aussi un Howitzer que les Anglais ont abandonné lors de leur déroute à Chinhut ? interroge un officier.

— Effectivement nous en avons un. Il y a également quatre grosses pièces d'artillerie capturées le même jour par les seigneurs d'Ilaqa et de Purwa. J'ai essayé de les convaincre de les mettre à notre disposition, je leur ai même offert de l'argent, mais ces canons pris aux Anglais leur sont une marque de prestige, ils ne s'en servent pas mais refusent de s'en défaire.

— Ils n'ont donc pas rejoint notre lutte ? interroge Hazrat Mahal.

— Non, Houzour.

— Ils ont tort. Nous leur enverrons un firman, signé du roi, leur enjoignant de prendre part au combat contre l'occupant, avec leurs hommes et leurs canons. S'ils refusent nous les déclarerons alliés des Britanniques… avec toutes les conséquences que le peuple saura en tirer. »

L'assistance s'est figée, interdite. Même Jai Lal, qui pourtant connaît l'esprit de décision de la nouvelle régente, en reste coi.

En moins d'une semaine les principales orientations politiques et militaires sont arrêtées. À l'étonnement général, Hazrat Mahal se révèle une remarquable organisatrice. Chaque matin, elle préside un conseil réunissant le nouveau grand vizir, Sharuf ud Daulah, et tous les ministres, qui l'entretiennent des affaires civiles ; chaque après-midi, le rajah Jai Lal vient lui faire part de ce qui concerne les affaires militaires. Porte-parole des cipayes, il fait le lien entre leur quartier général et le palais de Chaulakhi. En réalité, même si le Premier ministre est formellement son supérieur hiérarchique, c'est sur Jai Lal que reposent les principales responsabilités, car outre son rôle de chef de l'armée, il a été nommé président du Conseil de l'État. Ce Conseil, établi par les rebelles et composé de six militaires et de quatre civils, hindous et musulmans à part égale, doit donner son accord à chaque décision, un partage du pouvoir qui irrite au plus haut point la régente.

Mais pour le moment chacun convient que l'urgence est de rétablir l'ordre et d'assurer au peuple la sécurité et le minimum nécessaire à sa subsistance. Sous la signature de Birjis Qadar des édits, affichés simultanément en hindi et en urdu annoncent l'abolition des taxes sur les produits de consommation courante et réaffirment que les pilleurs et les trafiquants seront punis de mort.

Contrairement à ce que veulent croire les Britanniques qui, incapables de comprendre la profondeur de la révolte, qualifient le soulèvement de « mutinerie » et les insurgés de « brigands », c'est un véritable pouvoir qui s'installe, imposant ses lois et ses sanctions, renouant avec les anciennes structures et abolissant tout ce qui représente le régime colonial haï.

L'une des premières mesures prises par le gouvernement est le rétablissement des droits des taluqdars, à la fois maîtres et protecteurs : leurs villages leur sont restitués, et les paysans retrouvent les terres confisquées par l'administrateur anglais sous prétexte qu'ils ne pouvaient s'acquitter de l'impôt. Dans les campagnes régnent à nouveau l'ordre ancestral et une justice reconnue de tous.

L'année de la rébellion voit également le retour des sciences traditionnelles, médecine indigène et astrologie que les Anglais avaient écartées pour répandre la science et les techniques occidentales. Des hakims soignent à nouveau blessés et malades au moyen de potions élaborées selon un savoir ancien, et les pandits [1], par leurs prévisions fondées sur la lecture des astres, encouragent les rebelles. On assiste à une véritable insurrection des cultures soumises, les anciens savoirs disqualifiés reprennent droit de cité et revivent, en réaction à la violence britannique qui, se gaussant des habitudes et croyances des Indiens, leur avait imposé son appareil intellectuel et culturel pour justifier la supériorité de l'Occident et donc sa domination.

Dans les palais de Kaisarbagh aussi l'atmosphère a changé. Seules y résident désormais les épouses de Wajid Ali Shah et ses parentes qui, rassérénées par l'optimisme ambiant, sont revenues à leurs

1. Érudits chez les hindous.

interminables parties de dés et d'échecs, à leurs soins de beauté variés, et surtout à leur occupation favorite, les commérages. Abandonnant le zénana, ses intrigues et ses jalousies, Hazrat Mahal s'est installée dans le palais de Chaulakhi, résidence traditionnelle des reines mères. Ce somptueux palais est surtout renommé pour le parfum délicieux que dégagent ses murs. On raconte que le rajah qui le construisit, prenant en pitié un marchand de parfums en difficulté, lui acheta tout son stock et ordonna qu'il soit mélangé au mortier préparé pour la construction.

C'est dans le fameux salon aux miroirs que, chaque après-midi, Hazrat Mahal reçoit le rajah Jai Lal venu lui rendre compte de la situation militaire, ce salon où, voici un peu plus d'un an, s'était tenue l'entrevue dramatique entre la Rajmata, Malika Kishwar, et Sir James Outram, le Résident…

… Tout a changé si vite… Ai-je moi aussi tellement changé ? On me regarde différemment, avec plus de déférence bien sûr mais avec crainte également… même Mammoo ne s'exprime plus aussi ouvertement qu'autrefois… Seul Jai Lal a gardé son franc-parler et ne se prive pas de me critiquer. Cela me fâche, mais en même temps je lui en sais gré, le pouvoir isole tellement, lui au moins ne me cache pas les difficiles réalités…

Mais tout autant que de l'entretenir des vrais problèmes, ce que la jeune femme apprécie chez le rajah c'est qu'il la traite en être humain et non comme une souveraine toute-puissante. Au cours de leurs entrevues quotidiennes s'est développée une confiance mutuelle. Avec lui elle se sent libre d'exprimer ses doutes, ses inquiétudes, elle ose le questionner sur ce qu'elle ignore ou ne comprend pas, elle sait que jamais il n'essaiera d'en tirer parti contre elle. Contrairement à la plupart des courtisans qui ont accepté de mauvais gré cette femme « venue de rien » et qui, perfidement, guettent ses maladresses et ses erreurs, Jai Lal a compris que, comme lui, la Rajmata est résolue à se battre pour l'indépendance et que ni promesses ni menaces ne l'en détourneront. Son rejet de l'occupant ne répond pas à une envie de le remplacer afin de profiter des avantages qu'apporte le pouvoir, c'est une rage contre l'injustice qui écrase et humilie. D'où tient-elle sa conviction et son courage, qualités rares dans la haute société lucknowi qui aurait plutôt tendance à les tourner en dérision ? Serait-ce justement parce qu'elle est « venue de rien » et que, contrairement à nombre de parvenus, elle n'a pas oublié la souffrance de ceux qui se sentent méprisés ? Venue de rien, comme lui dont le père, petit propriétaire, fut anobli pour avoir lors d'une chasse sauvé la vie du roi ?

Ensemble ils parlent de tout, un seul sujet est tabou : Mammoo Khan.

À la surprise générale Hazrat Mahal a tenu à nommer l'eunuque chef du Diwan khana, la maison royale, avec rang de ministre de la Cour. Formellement cela ne lui donne pas autorité sur les autres ministres mais, du fait de sa constante proximité avec la régente, cela lui permet un contrôle de tout et de tous, excédant de loin son titre et ses capacités. Et il ne se prive pas d'en profiter, jouissant insolemment de son nouveau statut. Après avoir été longtemps méprisé, il prend sa revanche. Il ne se sent jamais aussi grand que lorsqu'il écrase et, les rares fois où il rend un service, il le fait payer très cher. Sa soif de richesses et de puissance est inextinguible et il poursuit de sa vindicte tous ceux qu'il soupçonne de se moquer de sa condition d'eunuque ou de sa petite taille. Le scandale de cet ancien serviteur qui se permet de bousculer les fiers taluqdars est tel que les ennemis de la régente ne se privent pas d'insinuer que si elle le favorise ainsi c'est que ce prétendu eunuque serait en réalité son amant, qu'il serait même le père de Birjis Qadar.

Lorsque Jai Lal a voulu mettre en garde la Rajmata contre le fait d'élever Mammoo à de si hautes fonctions, quand il a évoqué la fureur des grands féodaux de se voir rudoyer et insulter par un ancien esclave, elle l'a sèchement remis à sa place.

« Cessez de le critiquer. Il me sert fidèlement depuis onze ans, personne ne m'a jamais été aussi dévoué.

— Ne vous faites pas d'illusions, Houzour, ce genre d'homme n'est dévoué qu'à lui-même. Lorsque ses intérêts différeront des vôtres, il n'hésitera pas à vous trahir. »

Hazrat Mahal a blêmi.

« Si vous voulez que nous restions en bons termes, je vous prie de ne plus évoquer ce sujet. »

De rage, Jai Lal est tenté de lui ouvrir les yeux en lui rapportant ce que l'on raconte d'eux, mais c'est impossible, jamais il ne se permettrait de l'insulter ainsi. Il serre les poings et lance :

« Je pensais que vous m'appréciiez pour ma franchise. Si vous avez besoin d'un courtisan qui fasse écho à chacun de vos propos et approuve vos fantaisies, vous devriez chercher ailleurs. »

Et, la saluant très bas, il est sorti.

Pendant quelques jours le rajah n'a pas reparu, il se contente d'envoyer son aide de camp informer la régente des affaires courantes. Mais, très vite, Hazrat Mahal doit s'avouer que leurs conversations lui manquent, et surtout qu'elle a besoin de ses conseils : elle a d'importantes décisions à prendre et doute de la clairvoyance de ses ministres. Faisant taire son orgueil, elle va se résoudre à prier le rajah de revenir auprès d'elle.

Il faut en effet préparer l'assaut contre la Résidence.

Jusqu'à présent les cipayes et les troupes des taluqdars s'en sont tenus à un constant harcèlement. Jour et nuit ils tirent au mousquet ou au canon à partir des terrasses des maisons voisines. Une guerre des nerfs qui ne laisse pas un instant de répit aux assiégés et à la longue les épuise, moralement et physiquement. Mais les rebelles commencent à se lasser de ces escarmouches qui ne mènent à rien, ils veulent en terminer avec ces Angrez qui les narguent et insistent pour qu'enfin soit lancée la grande offensive.

⁂

Dans le bureau du haut-commissaire, la seule pièce qui ne soit pas encore envahie des matelas et des malles des réfugiés, cinq hommes sont assis autour du colonel Inglis, le successeur de Lawrence pour les affaires militaires.

« Il faut avouer que ces Indiens sont de bons stratèges, commente un officier. Ils ont placé leurs petits canons tout autour de nos positions mais à si courte distance, que nos obus passent au-dessus sans pouvoir les atteindre. Quant à tirer au fusil sur leurs artilleurs c'est presque impossible : ils se dissimulent derrière des palissades qu'ils déplacent avec une rapidité diabolique, ou se cachent dans des tranchées profondes creusées juste derrière leurs canons !

— Bons stratèges, évidemment ! C'est nous qui les avons formés !

— Reconnaissez, mon cher, que ces tactiques et ces ruses ne sont pas enseignées dans nos écoles militaires !

— Allons, messieurs ! Je ne vous ai pas réunis pour que vous disputiez des mérites ou démérites de nos adversaires », intervient le colonel, un petit homme carré aux cheveux gris.

Et, tirant nerveusement sur sa pipe :

« J'ai appris par nos espions qu'une attaque massive se prépare pour les prochains jours. Combien avons-nous d'hommes disponibles ?

— Environ douze cents, Sir, dont cinq cents indigènes.

— Et combien de blessés à l'hôpital ?

— Une soixantaine, mais ils ne sont pas en sécurité. Hier un obus est tombé, par chance personne n'a été touché. »

Le colonel fronce les sourcils.

« Vous allez emmener nos otages, les trois princes et le jeune rajah de Tulsipour, à l'hôpital et les y garder. Et faites-le savoir bien haut. Les mutins ont leurs espions chez nous, vous verrez que dès demain ils arrêteront de bombarder dans cette direction.

— Avons-nous des nouvelles des renforts envoyés par Calcutta ? s'inquiète un officier.

— Nous les attendons d'un jour à l'autre », le rassure le colonel.

Il estime inutile de démoraliser ses hommes en leur révélant que les renforts ne sont pas près de les rejoindre. Un messager arrivé la veille l'a informé que le général Havelock, après avoir réduit Allahabad le 14 juillet et s'être mis en route pour Lucknow, avait dû se détourner vers Kanpour afin de prêter main-forte au major Renaud attaqué par les hommes de Tantia Tope. Inutile également de préciser que la progression à travers la campagne se fait très lentement, la majorité des paysans ayant rejoint la rébellion, que les villages sont transformés en places fortes et que les routes sont truffées de pièges. Combien de temps pourront-ils résister ? Depuis le début du siège ils ont perdu des dizaines d'hommes ; quant aux blessés, malgré l'habileté du chirurgien et le dévouement des infirmières bénévoles, la plupart finissent par mourir de septicémie ou de gangrène. Mais c'est surtout l'inquiétude qui mine le moral. Les provisions ne permettront pas de tenir indéfiniment, on a déjà réduit les rations à une soupe de lentilles et trois chapatis par jour, et les enfants n'arrêtent pas de réclamer. Pourtant il n'est pas question de se rendre, le sort tragique de la garnison de Kanpour confirme que l'ennemi n'aura aucune pitié.

Grâce au ciel, ils disposent de suffisamment de munitions, plus en tout cas que n'en ont les Indiens qui les arrosent de projectiles, alors que les Britanniques ont ordre de ne tirer qu'à bon escient. Mais auront-ils la force de soutenir l'assaut massif qui se prépare ? Même s'ils ont l'avantage d'une position surélevée, arriveront-ils à repousser l'attaque d'ennemis, dix fois, vingt fois plus nombreux ?

Le colonel Inglis n'en a pas fermé l'œil de la nuit, passant en revue toutes les possibilités. Il sait que si des secours ne leur parviennent pas rapidement ils sont perdus... À moins qu'en face la belle union des taluqdars, des cipayes et du peuple ne se fissure. Hélas, pour le moment tous ses efforts pour aviver les divisions ont été vains. Le commissaire de la ville de Bareilly vient même de lui retourner les cinquante mille roupies envoyées pour payer des provocateurs capables de susciter des dissensions entre hindous et musulmans. En dépit des fortes sommes offertes, il n'a pu acheter la moindre complicité.

La plaisanterie d'un de ses compagnons tire soudain le colonel de ses réflexions moroses :

« Avez-vous entendu la rumeur selon laquelle le superintendant de la Cour, l'eunuque Mammoo, serait l'amant de la régente, et sans doute le père du petit roi ?

— Un eunuque, comment serait-ce possible ?

— Il arrive, dit-on, que la castration ne soit pas complète, ou que le bourreau ait pitié. On a déjà vu de prétendus eunuques procréer. En tout cas cela expliquerait le singulier attachement de la bégum pour son serviteur et son incroyable élévation au poste de chef de la maison royale.

— Mais alors Birjis Qadar ne serait qu'un bâtard, sans aucun droit au trône ? s'exclame le colonel. Comprenez-vous, messieurs, ce que cela signifie ? »

Et, devant l'air perplexe de ses officiers :

« C'est une occasion inespérée de semer la division dans le camp ennemi. Déjà la cavalerie avait mal accepté l'intronisation d'un si jeune enfant. Si on accrédite le bruit qu'il n'est pas le fils de Wajid Ali Shah, lui et sa mère perdent toute légitimité. Les taluqdars, les rajahs et les cipayes vont s'entre-déchirer sur le nom d'un nouveau candidat et, pendant ce temps-là, ils ne penseront pas à monter des opérations contre nous.

— Mais si c'était une calomnie ?

— Aucune importance ! Il faut en faire courir le bruit, déconsidérer la régente, faire douter de ce Birjis, fils de roi ou fils d'esclave ! Les fausses rumeurs ont toujours été l'une des plus puissantes armes de guerre, souvent plus efficaces que les canons. Envoyez immédiatement nos espions en ville et qu'ils s'emploient à insinuer le doute dans les esprits. »

Chapitre 20

Le 20 juillet à 9 heures du matin une énorme explosion fait sursauter le major Banks en train de prendre son thé. Du côté de la batterie ouest un nuage de poussière s'élève : une mine vient d'exploser.

Aussitôt les clairons sonnent l'alarme. Menés par leurs officiers, les artilleurs se précipitent à leurs postes et l'infanterie se met en position derrière les tranchées. De la ville avance vers eux une marée humaine au milieu de laquelle se détachent les drapeaux d'Awadh et les fanions des rajahs. Aux cris de « Har Har Mahadev ! », célébrant Shiva, le dieu hindou de la destruction, et de « Allah wa Akbar », des milliers de cipayes montent à l'assaut.

La mine, placée à la faveur de la nuit près de la batterie du redan – la plus importante batterie de canons anglaise –, vient d'exploser et doit leur avoir ouvert dans le rempart une brèche assez large pour s'y engouffrer et investir le terre-plein de la Résidence. À peine a-t-elle éclaté que, à travers l'épaisse fumée, l'infanterie indienne progresse, cependant que l'artillerie envoie des obus incendiaires pour mettre le feu aux bâtiments de la Résidence. Mais tandis qu'ils s'approchent, les soldats sont accueillis par une canonnade nourrie combinée à des tirs de fusil. L'emplacement de la mine a été mal calculé et les batteries anglaises intactes crachent leur feu meurtrier.

Galvanisés par leurs chefs qui clament à tue-tête « Djaloh Bahadour ![1] », les vagues d'insurgés continuent d'avancer sous les rafales. Par centaines ils tombent, mais une partie arrive à rejoindre les palissades et, se plaquant contre elles, là où ni boulets ni balles ne peuvent les atteindre, ils reprennent leur souffle, puis se relancent à l'attaque ; surgissant de partout ils tentent de franchir les remparts, on se bat au sabre et à la baïonnette, un corps à corps sans merci, on glisse dans le sang, le sol est recouvert de cadavres.

Du côté de la porte Bailey[2] c'est le maulvi Ahmadullah Shah qui mène l'assaut. Il a trouvé un moyen ingénieux de se protéger des tirs ennemis : ses soldats avancent dissimulés derrière des balles de coton ; ils atteignent le pied des remparts avant que les Anglais n'aient remarqué le subterfuge. Là, encouragées par le maulvi brandissant le drapeau vert de l'islam, ses troupes se séparent en deux groupes qui, malgré la mitraille, continuent d'avancer jusqu'à s'emparer d'une batterie ennemie. Paniqués, les artilleurs britanniques appellent des renforts, une furieuse bataille s'ensuit. Les Indiens semblent avoir le dessus, quand soudain, au lieu de pousser leur avantage, ils commencent à refluer sous les yeux stupéfaits des Britanniques.

1. « Allons mes braves ! »
2. Du nom d'un ancien Résident de Lucknow.

On apprendra plus tard qu'à ce moment crucial ils s'étaient trouvés à court de munitions. Le maulvi ne pardonnera jamais à l'état-major cette négligence qu'il soupçonne d'avoir été délibérée. Désormais, dans la lutte contre l'occupant, il fera cavalier seul.

La bataille durera sept heures. Des deux côtés on s'affronte avec le même acharnement. Enfin vers 4 heures de l'après-midi, ordre est donné aux cipayes de se retirer. Ils laissent sur le terrain des centaines de morts et de blessés qu'ils viendront rechercher dans la nuit, avec l'assentiment tacite des Anglais qui craignent la contagion des corps pourrissants dans la fournaise de l'été.

Les Britanniques ont, quant à eux, perdu une vingtaine d'hommes – hormis les soldats indigènes dont les pertes ne sont pas décomptées. Mais ils ont surtout perdu leur haut-commissaire, le major Banks, emporté par un boulet de canon. Tout le commandement est désormais entre les mains du colonel Inglis.

Tard dans la soirée, encore tout couvert de poussière, le rajah Jai Lal est arrivé au palais de Chaulakhi où la régente Hazrat Mahal l'a fait mander. Il la trouve dans un état de grande agitation. À peine a-t-il le temps de la saluer qu'elle l'interpelle :

« Que s'est-il passé, Rajah sahab ? Comment une armée de huit mille Indiens a-t-elle pu être repoussée par quelques centaines de Britanniques ? Cet assaut avait pourtant été préparé depuis des semaines, nous y avons lancé nos meilleures troupes ! Pourquoi cette honteuse défaite ?

— Ce n'est pas faute de courage, Houzour, nos hommes se sont battus comme des lions. Ils ont tenu tête pendant des heures face à une puissance de feu bien supérieure à la nôtre. Pas un n'a tenté de s'enfuir. Le nombre de morts et de blessés atteste leur vaillance et leur dévouement. Plutôt que critiqués, ils méritent d'être félicités.

— Mais alors pourquoi avons-nous perdu ? insiste Hazrat Mahal, prise de court et un peu confuse.

— À cause de l'infériorité de notre armement, nos fusils aussi bien que nos canons ont une trop courte portée de tir. Nous avons également un problème au niveau du commandement : nos officiers ne respectent pas la discipline, en dépit de nos instructions ils lancent des attaques frontales estimant que seul importe le courage et qu'il faut être un pleutre pour se soucier de tactique ! Enfin nous n'avons pas de bons stratèges, jamais la Compagnie n'a laissé un Indien dépasser le grade de sous-officier ni commander d'unité plus importante qu'une compagnie. Aucun subedar[1] n'a été formé à la conduite d'opérations militaires, pas plus qu'il n'a appris à s'occuper de logistique. Moi, tout ce que je sais, je l'ai glané dans des livres décrivant le déroulement des grandes batailles de ce siècle.

— Cependant, pour cette attaque, vous aviez bien mis au point une stratégie ? insiste la jeune femme.

— Oui et j'avais cru avoir convaincu les officiers. Sitôt la mine explosée une avant-garde devait aller vérifier que la brèche était suffisante pour s'y

1. Sous-officier indien.

engouffrer, ensuite, les tirs de barrage de l'artillerie faisant diversion, l'infanterie devait en profiter pour avancer sur les ailes. Au lieu de cela, dès que la mine a éclaté, les soldats entraînés par leurs officiers se sont précipités et, lorsque le rideau de fumée s'est dissipé, ils se sont trouvés face à un ennemi bien protégé derrière des fortifications intactes, qui leur tirait dessus. Cela a tourné au massacre. Un massacre inutile, dû à l'indiscipline et à l'enthousiasme. En réalité nos cipayes sont trop courageux, pour eux la vie ne compte guère.

— Contrairement aux Européens pour qui elle compte tellement qu'ils font de la mort, aboutissement pourtant inéluctable, une véritable tragédie ! laisse tomber Hazrat Mahal dédaigneuse. Je parle évidemment des morts britanniques, leurs morts indiens ils ne les voient même pas. »

Le rajah a demandé la permission de se retirer, la journée a été rude et il veut encore faire un tour des casernes pour rasséréner ses soldats.

Restée seule, Hazrat Mahal arpente de long en large ses appartements. Malgré l'heure tardive, elle sent qu'elle n'arrivera pas à trouver le sommeil, elle pense à tous ces jeunes soldats partis ce matin pleins d'ardeur… et ce soir morts… pour rien ?

Non, Jai Lal a tort. Ces hommes ne meurent pas pour rien, ils meurent pour gagner leur liberté, leur dignité. En participant au combat ils ne sont plus de pauvres hères écrasés par le quotidien, pour la première fois ils trouvent un sens à leur existence misérable. Peu leur importe de perdre la vie, pour l'éternité ils seront des héros.

Cette indifférence à la mort est la force mais aussi la faiblesse de notre armée, car les soldats négligent toute prudence. Contrairement aux Anglais, ils se battent moins pour gagner que pour se sublimer et accéder à la gloire.

Le lendemain matin, Hazrat Mahal envoie quérir le rajah. Elle a passé la nuit à réfléchir aux causes de la défaite et à se demander comment y remédier. Elle veut en discuter avec lui.

Le messager est revenu bredouille : le rajah n'est pas chez lui.

Devant l'étonnement de sa maîtresse, Mammoo qui, comme chaque matin, vient lui apporter les dernières nouvelles, se fait un plaisir de préciser :

« Il a passé la nuit au Chowq, chez les courtisanes. » Et, devant l'expression stupéfaite d'Hazrat Mahal, il ajoute, perfide :

« En dépit de la gravité de la situation il semble ne pas pouvoir s'en passer. »

C'est l'occasion rêvée de se venger. L'eunuque vit très mal la place prise par le rajah auprès de sa maîtresse, lui qui pendant dix ans a été son seul confident, qui l'a soutenue et encouragée dans les pires moments. La rage au cœur il a vu ce nouveau venu gagner peu à peu la confiance de la régente qui désormais le consulte en tout. Comme elle le consultait lui, Mammoo, au temps béni où, enfermée dans le zénana, il était son seul lien avec le monde extérieur.

Mais c'est surtout lorsqu'elle accueille le rajah avec ce sourire heureux, que jamais elle n'a eu pour lui, qu'il sent la jalousie lui tordre les entrailles. Il l'avait pourtant crue différente de ces écervelées qui jugent un homme à sa prestance. Se pourrait-il qu'elle éprouve une inclination pour ce rustre parce qu'il est grand et bien bâti ? qu'elle le trouve intelligent alors qu'il n'est qu'un beau parleur ?

… Je ne laisserai pas faire, je l'empêcherai d'oublier qu'elle est épouse et mère de roi, la puissante régente que tous doivent respecter…

Mieux que personne il connaît la jeune femme, mieux que personne il peut la conseiller et la protéger. Il fera tout pour cela, se jure-t-il, c'est son devoir, et d'un haussement d'épaules il écarte la petite voix qui lui souffle que c'est surtout son propre intérêt qu'il défend.

… Comment peut-il ? Moi qui croyais…

Restée seule, Hazrat Mahal se mord les lèvres de fureur, des larmes de dépit lui montent aux yeux, comment a-t-elle pu être aussi sotte ? Cet homme qu'elle admirait au point de lui demander son avis sur toutes les affaires du royaume, cet homme dont elle respectait l'intégrité, n'est donc qu'un vulgaire jouisseur qui, à peine sorti de chez elle, va se vautrer chez les courtisanes ! Ah, il s'est bien moqué d'elle ! Comme il a dû rire de son innocence !

Elle va lui dire…

Elle s'est arrêtée net.

Que peut-elle lui dire ? Elle n'a aucun droit sur lui, aucun droit de commenter sa vie privée, il n'y a entre eux que des relations de travail…

… Et pourtant… Ai-je imaginé la lueur dans ses yeux lorsque j'apparais ? Ai-je rêvé la douceur de sa

voix lorsqu'il me sent inquiète ? Tout cela ne serait-il que la comédie d'un séducteur, ou pire, d'un arriviste ?

À 5 heures, toujours ponctuel, le rajah s'est présenté chez la régente pour leur entretien quotidien. Hazrat Mahal a longuement hésité à le recevoir, si elle s'écoutait elle romprait sur-le-champ leurs relations. Mais tout le monde se demanderait pourquoi, lui le premier. Et sur la vraie raison elle ne peut que garder le silence. En outre, elle a plus que jamais besoin de ses conseils : il lui faut trouver de l'argent pour aider les familles des soldats tombés au champ de bataille. S'ils n'ont l'assurance qu'on ne laissera pas leurs enfants mourir de faim, beaucoup de cipayes risquent de rentrer au village. Au moment où l'on a le plus besoin d'eux. La nouvelle que des régiments britanniques ont quitté Allahabad et marchent sur Lucknow vient en effet d'être confirmée.

L'entrevue sera brève. Avec une raideur inhabituelle, Hazrat Mahal s'enquiert des possibilités de financement, et le rajah suggère de reprendre la levée des impôts sur les domaines des taluqdars, interrompue par la guerre. Il est décidé également à publier un édit permettant aux cipayes de piller les traîtres mais leur interdisant, sous peine des châtiments les plus sévères, de s'en prendre aux biens d'une population qu'ils sont censés protéger.

Jamais Hazrat Mahal ne s'est montrée aussi distante, jamais elle n'a signifié aussi clairement au rajah qu'elle est la souveraine. Blessé par cette attitude qu'il met sur le compte de la défaite de la veille et qu'il trouve injuste, Jai Lal se retranche derrière un discours purement professionnel, et c'est avec froideur qu'ils se quittent, mécontents l'un de l'autre.

Mais ils n'auront pas le temps de s'appesantir, des affaires urgentes les réclament.

Après un rude combat le général Havelock a mis en déroute l'armée de Nana Sahib. Précédées de l'avant-garde du major Renaud, qui a juré d'« exterminer tous ces nègres », ses troupes ont ensuite rejoint Kanpour, incendiant sur leur passage les villages et les champs. Dans la ville désertée par l'armée du Nana, elles ont passé par les armes une partie de la population, mais ne se sont pas attardées. Laissant sur place le redoutable colonel Neill, un religieux fanatique qui se croit destiné au plus glorieux avenir, elles se sont immédiatement remises en route pour Lucknow, pressées de secourir leurs compatriotes assiégés dans la Résidence.

Chaque jour des messagers arrivent à Lucknow porteurs des dernières nouvelles. Bientôt, ce sont des centaines de rescapés qui, plus morts que vifs, affluent vers la capitale. Leurs récits sont effrayants : le colonel Neill et ses hommes ne se contentent pas de massacrer la population de Kanpour et des villages environnants, n'épargnant ni femmes ni enfants, mais après les avoir torturés ils les souillent afin de leur interdire tout repos après la mort.

« Je les ai vus coudre des musulmans dans des peaux de porc et malgré leurs hurlements et leurs supplications les obliger à en avaler la graisse, raconte un vieux paysan. Quant aux hindous ils les cousaient également, mais dans des peaux de vache, et introduisaient de force dans leur gorge des morceaux de l'animal sacré. Je n'oublierai jamais les cris déchirants de ces hommes habituellement si stoïques devant les souffrances et la mort. Souillés, ils se savaient damnés à jamais. Les Anglais riaient et les insultaient puis, quand ils étaient fatigués de leurs cris, ils fermaient les sacs et les laissaient mourir étouffés. Enfin ils les faisaient inhumer contrairement aux principes de leur religion, incinérant les musulmans et enterrant les hindous.

— Les monstres ! » Hazrat Mahal en frissonne d'horreur. « Comment peuvent-ils être aussi cruels ? Ne leur suffit-il pas de tuer l'ennemi ? Faut-il le châtier au-delà de la mort en lui interdisant la vie éternelle, la seule qui lui importe ?

— C'est peut-être à cause des femmes et des enfants emprisonnés à Bibighar », hasarde un cipaye récemment arrivé de Kanpour.

Les yeux rivés au sol, il poursuit d'une voix à peine audible :

« J'ai eu la chance de pouvoir me cacher mais mes camarades ont été forcés de suivre les ordres. Le général Tantia Tope menaçait de les pendre haut et court, s'ils refusaient.

— S'ils refusaient quoi ? s'inquiète Hazrat Mahal.

— S'ils refusaient de tuer les prisonniers…

— Tuer des femmes et des enfants sans défense !

— Hélas… Ils ont été contraints de tirer par les portes et par les fenêtres, ils tremblaient et pleuraient et, pour les épargner, ont finalement visé le plafond. À l'intérieur, les prisonnières hurlaient. Après la première volée de balles, les cipayes ont déclaré qu'ils préféraient mourir que de continuer. Le général

Tantia Tope les a fait mettre aux fers, je ne sais pas ce qu'il est advenu d'eux. Alors, la virago qu'on nomme “la bégum”, folle de rage, a envoyé chercher son amant, un garde du corps du Nana, qui est arrivé avec quatre compagnons, des bouchers armés de sabres. Ils sont entrés dans la maison et aussitôt on a entendu des cris et des supplications à vous briser le cœur. Je me suis enfui, je ne pouvais en supporter plus. Il semble que pendant une demi-heure, méthodiquement, ces hommes aient procédé à leur horrible tâche. Par la suite l'un d'eux s'est vanté que les femmes se traînaient à ses pieds en le suppliant d'épargner leurs enfants, mais qu'il n'avait montré aucune pitié. Ils ont fait près de deux cents victimes. Certaines agonisaient encore, toute la nuit on les a entendues gémir.

« Le lendemain matin Tantia Tope a envoyé des cipayes débarrasser les corps, ils en ont rempli le puits asséché de la cour.

« Deux jours plus tard, lorsque à leur arrivée le général Havelock et ses troupes ont découvert le carnage, ils sont devenus comme fous et ont commencé à se venger sur la population. Mais les responsables étaient déjà loin, ce sont les innocents qui, comme toujours, ont payé. Surtout lorsque, Havelock parti, le colonel Neill a pris les commandes. Tous les hommes ont été arrêtés, interrogés, et pour la plupart condamnés à être pendus. Mais auparavant, sous la menace du fouet, ils devaient lécher le sang répandu sur le sol de Bibighar, ce qui les condamnaît à la damnation éternelle, tout comme ceux qui avaient été cousus dans des peaux de porcs ou de vaches. »

Un silence de mort accueille le récit. Chacun est frappé de stupeur, personne n'a le cœur à faire le moindre commentaire. De longues minutes s'écoulent avant qu'enfin Hazrat Mahal ne déclare d'une voix blanche :

« Jamais les Anglais ne nous pardonneront ce crime. Prions que le sang versé par Nana Sahib ne retombe pas sur nous et nos enfants ! »

Chapitre 21

« En avant, mes braves ! Il faut sauver les nôtres ! »

Le général Havelock et sa petite troupe progressent à marches forcées à travers la plaine, tendus vers un seul but : secourir la Résidence de Lucknow avant qu'elle ne tombe aux mains des rebelles et que les assiégés ne soient tous massacrés, comme à Kanpour. Havelock a confiance, persuadé que Dieu est avec lui.

Petit, les cheveux blancs, ce fils d'un entrepreneur ruiné s'est engagé très jeune aux Indes et son courage lui a valu des dizaines de médailles dont il ne se départit jamais et qui forment comme une armure sur sa poitrine. Baptiste convaincu, il se bat avec le nom du Christ aux lèvres et, lors des pauses, enseigne à ses hommes la Bible et des cantiques religieux, déplorant que le gouvernement n'ait pas envoyé assez de missionnaires pour convertir les cipayes à la « vraie religion ».

Maintenant que le général et sa petite armée sont parvenus à traverser le Gange et ne se trouvent plus qu'à cinquante miles de la capitale d'Awadh, ils se heurtent à la résistance farouche, non seulement des cipayes mais aussi des paysans qui ont transformé chaque hameau en forteresse. À l'abri des murs de pisé ou derrière d'épais rideaux d'arbres, ceux-ci tiennent en respect les soldats britanniques, tandis que les femmes et les enfants assurent le ravitaillement en munitions. Ils sont des milliers à se battre et leur courage et leur ténacité, même lorsque la situation est désespérée, témoignent d'une inébranlable détermination : « Chassons les Angrez ! » est devenu le cri de ralliement de tout le peuple.

Mais Havelock continue d'avancer, « avec l'aide de Dieu qui soutient la cause de la justice et de l'humanité », tout en brûlant les villages et en exterminant les habitants – sans y voir la moindre contradiction. Car si le nom de Neill est devenu synonyme de terreur, le pieux Havelock n'est pas en reste. À l'un de ses officiers qui lui demande ses instructions, il répond : « Mon cher, vous pouvez pendre autant d'hommes que vous le voulez* », et il recommande l'exécution des prisonniers en les attachant à la gueule des canons.

Décrivant deux jeunes cipayes tués ainsi, un de ses officiers, le major North, déplore :

« C'étaient deux garçons dans la fleur de l'âge, grands, musclés, tout en finesse, ils semblaient d'antiques statues de bronze. En une seconde il ne resta d'eux que des lambeaux de chair dispersés dans les airs*. »

Cependant, au fil des jours, Sir Henry Havelock constate qu'il n'a pas affaire à une simple « mutinerie », comme l'assurent dédaigneusement ses collègues, mais au soulèvement de toute une population. Les Anglais ont un armement supérieur mais les

Indiens ont pour eux le nombre : des deux côtés les morts s'accumulent.

Le 5 août, les forces britanniques ne sont plus qu'à vingt miles de Lucknow, sur leur route le village de Bashiratganj résiste. Devant la puissance de feu des Howitzer et de l'artillerie lourde, l'infanterie indienne, au centre, commence à reculer tandis que, sur les ailes, les artilleurs défendent leur position. Mais bientôt, par une manœuvre rapide, des troupes indiennes vont prendre à revers les Britanniques qui, avant d'avoir pu comprendre ce qui leur arrivait, se retrouvent encerclés. Ils parviendront à se dégager à grand-peine, laissant sur place une centaine de morts.

Havelock se rend enfin compte que, s'il continue ainsi, lui et son millier de soldats seront tués jusqu'au dernier avant même d'avoir atteint la capitale. Il a bien télégraphié à Calcutta pour demander des renforts d'urgence mais le Gouverneur général, Lord Canning, soucieux de ne pas dégarnir ses défenses, envoie l'aide au compte-gouttes. Et le convoi militaire progresse très lentement. Havelock sait que tous ses télégrammes n'y peuvent rien changer : compte tenu des dangers et de la chaleur insupportable, il faudra aux renforts quatre à cinq semaines pour arriver.

Dans un message au commandant en chef, il écrit :

> « Mes officiers, en qui j'ai entière confiance, sont tous d'avis que l'avance sur Lucknow, avec les forces que nous avons, est vouée à l'échec. Affronter l'ennemi en l'état serait aller au-devant d'une totale annihilation des nôtres*. »

La mort dans l'âme, il décide de retarder le sauvetage de ses compatriotes et de retraverser le Gange pour rentrer à Kanpour attendre le convoi.

Lorsque la nouvelle du retrait britannique parvient à Lucknow, c'est l'explosion de joie : dans les rues pavoisées les hommes dansent au son des tablas pour célébrer ce que l'on considère comme une victoire. Excepté les assiégés à l'intérieur de la Résidence, il n'y a plus un seul Anglais dans tout l'État d'Awadh, et l'on compte que bientôt il n'y en aura plus un seul dans toutes les Indes !

Plus un Britannique aux Indes, est-ce possible… ?

Penchée sur les cartes d'état-major, Hazrat Mahal écoute attentivement les explications du rajah Jai Lal. En ce mois d'août 1857, la rébellion a été rejointe par les deux tiers de l'armée du Bengale, soit quatre-vingt mille cipayes, et des dizaines de milliers de volontaires, dont les troupes de nombreux taluqdars. Alors que les régiments britanniques, après l'humiliante défaite de Chinhut, sont assiégés à Lucknow et Agra, et se trouvent bloqués devant Delhi.

« L'insurrection s'est également propagée dans plusieurs États du Centre, explique Jai Lal, non que les princes, toujours prudents, aient pris position, mais de nombreux régiments de cipayes, soutenus par la population, se sont révoltés. À Gwalior, Indore, Banda, Nowgong, Mhow, Sagar, Sehore et bien sûr à Jhansi. Dans l'État de Bhopal, la bégum doit faire face aux nationalistes qui contestent sa politique d'alliance avec les Britanniques et se sont emparés de vastes territoires. De même dans le Bundelkhand et dans le

Rajputana. Dans le Maharastra, la ville de Poona, au sud de Bombay, s'est soulevée et l'on peut espérer une révolte générale des principautés mahrattes au nom de Nana Sahib, l'héritier du Peishwa.

— Et que font les Anglais ?

— Ils se sont finalement remis de leur surprise ! Londres a détourné vers les Indes les troupes qui faisaient route vers la Chine, et, avec les armées de Bombay et de Madras ainsi qu'avec les Sikhs restés loyaux à la Compagnie, ils progressent vers le centre. Nos forces doivent agir vite : si la révolte populaire arrive à s'étendre à l'ouest et dans le Sud, de grands souverains comme le nizam[1] d'Hyderabad et les maharadjahs de Gwalior et d'Indore comprendront qu'ils ont intérêt à la rejoindre. Alors les autres princes suivront et ce sera la fin de la domination britannique ! »

Hazrat Mahal n'ose y croire… Le courage et la détermination populaire peuvent-ils vraiment tout faire basculer ? Les grands princes prendront-ils le risque d'affronter les Anglais ? Elle se souvient qu'elle-même, longtemps, ne s'est battue que pour convaincre le pouvoir britannique de revenir sur sa décision et de réinstaurer son époux sur le trône d'Awadh. Son horizon et celui de son entourage se bornait à demander justice à un maître inamovible. Mais jour après jour, massacre après massacre, elle a pris conscience qu'il ne s'agissait plus de demander ni de concéder, le conflit s'est radicalisé à l'extrême, désormais il a atteint un point de non-retour.

---

1. Titre princier.

Pourtant beaucoup de souverains hésitent encore, partagés entre leur méfiance envers les Britanniques capables de violer leurs propres traités, et la peur des débordements d'une population qui, lorsqu'elle secoue sa séculaire léthargie, peut devenir incontrôlable.

« Je vais écrire à la bégum de Bhopal, déclare Hazrat Mahal, et essayer de la convaincre qu'il est de son intérêt de rejoindre le mouvement de libération.

— Le roi devrait également envoyer une lettre au nizam de Hyderabad. Le mécontentement a gagné une partie de ses troupes qui refuse d'aider les ennemis du Grand Moghol. Si, outre les Mahrattes, les États de Bhopal et d'Hyderabad rejoignent notre combat, la victoire est acquise. »

En tant que chef de l'armée rendant compte à la régente, le rajah l'informe et analyse la situation militaire, mais il reste désormais sur son quant-à-soi, s'abstenant de donner ou de solliciter une réaction personnelle, évitant même de rencontrer le regard de la jeune femme. Que ne donnerait-elle pour retrouver leurs relations d'autrefois, les discussions passionnées sur le déroulement des opérations, sur l'administration de l'État, et tous les précieux conseils qu'il lui prodiguait ! Mais ce qui lui manque le plus, elle doit l'admettre, c'est la chaleur de sa voix, l'admiration et la sollicitude dont il l'entourait, comme un velours protecteur contre les jalousies et les médisances…

… Qu'est-ce que j'imagine ? Quelle admiration ? Quelle sollicitude ? Les mêmes que celles qu'il porte aux courtisanes du Chwoq qu'il continue, paraît-il, à

voir régulièrement... Je ne vais quand même pas regretter l'affection d'un homme qui s'est moqué de moi en me laissant croire...

Elle s'est laissé abuser car elle se sentait seule, désemparée au milieu d'une cour hostile. Elle sait pourtant que le pouvoir est toujours solitaire et que l'important c'est d'être respectée.

Hazrat Mahal s'est redressée et, d'un signe de tête majestueux, a donné congé au rajah.

⁂

« Longue vie à Nana Sahib ! Gloire au Peishwa ! »

En ces premiers jours d'août la population de Lucknow accueille avec enthousiasme l'ancien exilé de Bithour, le nouveau chef des Mahrattes. Après un combat malheureux, Nana Sahib a dû abandonner Kanpour aux Britanniques et, suivi de quelque deux mille soldats, il vient se joindre à la lutte aux côtés de la bégum.

Hazrat Mahal a envoyé le rajah Jai Lal l'accueillir avec éléphants, cavaliers et lanciers, tous honneurs dus à son rang, mais, malgré l'insistance de son conseiller, elle refuse obstinément de le recevoir. Il faudra tout le pouvoir de persuasion du rajah de Mahmoudabad pour la convaincre que, quoi qu'elle puisse reprocher au Nana, l'union des chefs de l'insurrection passe avant toute autre considération.

Cet après-midi, la salle du trône du palais de Chaulaki bruisse de courtisans accourus pour apercevoir le

Nana, mais surtout curieux d'un prévisible affrontement.

Assise à côté de son fils, la régente regarde au loin, ignorant ostensiblement l'illustre visiteur paré de perles et de diamants, qui salue le jeune roi et fait déployer devant lui de somptueuses soies de Bénarès. Elle a accepté de le recevoir, non de lui parler. Le personnage falot et vaniteux qu'elle a toujours méprisé lui fait maintenant horreur. Du coin de l'œil elle observe la silhouette corpulente qui se dandine et pérore et, soudain, s'y superposent des visages hurlant de terreur, des membres coupés, des flots de sang… N'y tenant plus, brusquement elle interrompt le prince :

« Expliquez-nous plutôt, Rajah sahab, ce qui s'est passé à Bibighar ! »

La phrase a claqué comme un coup de fouet, les conversations se sont arrêtées net. Stupéfaite par la violence du ton l'assistance attend.

« Mais Houzour, je ne comprends pas…, balbutie le Nana, blêmissant sous l'insulte.

— Moi non plus je ne comprends pas comment vous avez permis le massacre de femmes et d'enfants innocents, un crime qui déshonore notre cause ! »

Nana Sahib hésite… Va-t-il, au risque de passer pour un fantoche, avouer qu'on a outrepassé ses ordres ? Ou va-t-il endosser la responsabilité d'un acte qu'au fond de lui-même il réprouve ? Il se remémore la violente altercation qui l'avait opposé à son conseiller, lequel prétendait que la décision avait été prise par la gardienne de Bibighar. Il n'en avait rien cru, persuadé qu'Azimullah l'avait compromis à dessein, pour qu'il lui soit impossible, si la chance tournait, d'abandonner la lutte et de se réconcilier avec les Anglais.

Azimullah qui en ce moment même s'avance, le visage contracté, et oubliant sa coutumière courtoisie, apostrophe la bégum :

« Nous n'avons fait que répondre aux atrocités des Britanniques ! Nos milliers de femmes et enfants violés et torturés, ce n'est rien peut-être ? Et les centaines de villages incendiés, les routes jonchées de cadavres, les hommes souillés dans le dessein pervers de leur interdire tout repos après la mort ? Y aurait-il deux poids, deux mesures, certains méritant la pitié, les autres pas ? Avons-nous à ce point intégré le mépris des Blancs que nous considérions que nos morts valent moins que les leurs ? »

Interdite, l'assistance retient son souffle.

« Lorsqu'ils osent insinuer qu'une mère indienne souffre moins de la perte de son enfant qu'une mère européenne, reprend-il d'une voix vibrante, sont-ils aveugles aux sacrifices de nos femmes qui se privent de tout pour nourrir leurs enfants, parfois jusqu'à se laisser mourir de faim ? Mais la réalité ne les intéresse que si elle conforte leurs préjugés !

— Le double standard des Britanniques me révolte autant que vous, Khan sahab, mais ce n'est pas parce que nos ennemis se comportent en barbares que nous devons les imiter, répond la Rajmata en s'efforçant de garder son calme. Nous les combattons pour leur hypocrisie et leur cruauté, allons-nous nous abaisser à employer les mêmes moyens ?

— Nous sommes en guerre, Houzour, si nous voulons gagner je ne crois pas que nous puissions nous payer le luxe de considérations morales. Le peuple, qui est le premier à souffrir, ne le comprendrait pas.

— J'ai une plus haute idée de notre peuple, Khan sahab, je crois au contraire qu'il répugne à la barbarie. La preuve en est que, malgré vos menaces, vous n'avez pu trouver un seul cipaye pour tuer les prisonnières sans défense de Bibighar ! Pour moi, la force d'une nation dépend avant tout de sa force morale. »

Et, fixant les courtisans assemblés du regard magnétique de ses yeux verts :

« Si nous, ses maîtres, nous montrons sans scrupule, capables de tout pour satisfaire nos intérêts, pourquoi le peuple accepterait-il les sacrifices que nous lui demandons en vue du “bien commun” ? Ce peuple, éloigné des intrigues et des jeux de pouvoir et que l'on croit, pour cela, simple à manœuvrer, a un jugement plus perspicace que beaucoup de nos beaux esprits. Il ne respecte ses dirigeants que si ceux-ci ont une conduite respectable. Si nous contournons les lois que nous avons édictées, comment voulez-vous qu'il nous fasse confiance ? Un jour il se révoltera et alors aucun discours, aucune promesse ne pourra apaiser sa colère. »

L'aristocratie présente écoute, déconcertée, ces paroles insolites, elle qui a toujours professé que le scepticisme était la marque des esprits supérieurs et la morale bonne pour les sots.

Réprimant avec peine son mépris, la Rajmata s'est retournée vers Nana Sahib :

« Ce crime, Rajah sahab, nous fait courir un risque supplémentaire. De la part des Anglais bien sûr, qui en prendront prétexte pour justifier tous leurs excès. Mais ce sont également nos combattants qui me préoccupent : comment exiger qu'ils se comportent en soldats et non en bêtes sauvages si l'exemple de la cruauté leur vient d'en haut ?

« Quand les tabous sont brisés on ne sait jamais où la violence s'arrête. Nous-mêmes pourrions en être les prochaines victimes. »

Chapitre 22

« Si je vous ai convoqués aujourd'hui, messieurs, c'est pour mettre au point le prochain assaut contre la Résidence. Et d'abord pour tirer les leçons de notre échec et décider d'une nouvelle tactique. »

Dans la salle du Conseil, les principaux ministres et les chefs de l'armée sont rassemblés. Il y a là le grand vizir Sharuf ud Daulah, le responsable du trésor, le ministre de la cour Mammoo Khan, le rajah de Mahmoudabad, représentant les taluqdars, et le rajah Jai Lal Singh, porte-parole des cipayes. Seul le maulvi Ahmadullah Shah continue à ignorer ce gouvernement dirigé par une femme.

« La Résidence est entourée de profondes tranchées, larges de dix-huit pieds [1] et défendues par des canons Howitzer, explique Jai Lal, et le bâtiment principal, d'où partent une bonne partie des tirs, est surélevé d'une dizaine de mètres par rapport à l'entrée du camp. Nos soldats se font massacrer par des pluies d'obus avant même d'avoir atteint les remparts. L'unique Howitzer que nous possédions, capturé à Chinhut, est inutilisable faute de munitions

1. Cinq à six mètres.

adéquates. Il faudrait pouvoir s'approcher sans que l'ennemi s'en aperçoive.

— Impossible, ils sont une trentaine à guetter jour et nuit et se relaient toutes les quatre heures, ils ne laisseraient pas passer une souris.

— Et des taupes ? »

Devant les murmures réprobateurs d'une assemblée peu encline à plaisanter, le rajah s'explique :

« Je pense que notre seule chance est de creuser des tunnels jusque sous la Résidence, de placer des mines qu'on fera sauter sous les batteries, et de s'engouffrer dans les brèches. C'est difficile car le travail est long, pénible et doit se faire silencieusement pour n'être pas repéré, c'est dangereux à cause des éboulements, et c'est risqué car si nous calculons mal et que nos mines ne détruisent pas leur artillerie ils peuvent nous cueillir un à un au sortir de la brèche. Par contre, si elles explosent, profitant de l'effet de surprise nous pouvons parvenir à investir le camp.

— Théoriquement c'est possible, mais c'est irréaliste. Il y a trop d'aléas, cela ne marchera jamais, déclare Mammoo Khan en haussant les épaules.

— Alors proposez autre chose ! »

Les deux hommes s'affrontent du regard. Le rajah a du mal à cacher son mépris pour le courtisan qui, en retour, le déteste et ne manque pas une occasion de lui nuire auprès de sa maîtresse.

« Moi je trouve l'idée intéressante, intervient le rajah de Mahmoudabad. De toute façon quel autre choix avons-nous ? Nos hommes sont prêts à mourir mais à quoi sert de continuer à les envoyer armés de vieux mousquets contre des canons ? L'alternative est de poursuivre notre guerre d'usure, en tirant sur les positions ennemies les plus proches et en faisant le plus de victimes possible. Cela démoralise les assiégés et les épuise car ils sont obligés d'être constamment sur le qui-vive, mais tant qu'ils auront des munitions et un minimum de nourriture ils ne céderont pas.

— Nous savons par nos espions sur place qu'ils en ont suffisamment pour tenir encore plusieurs semaines, précise le grand vizir.

— Il n'est pas question d'attendre des semaines ! s'interpose Hazrat Mahal. Calcutta ne va pas tarder à envoyer des renforts, surtout après ce qui s'est passé à Kanpour. C'est maintenant qu'il nous faut vaincre ! Puisqu'une attaque frontale semble vouée à l'échec, je suis d'avis d'essayer la guerre des tunnels préconisée par le rajah. Qu'en pense l'honorable assemblée ? »

Après une courte discussion, la suggestion est finalement acceptée, personne n'en ayant de meilleure, et on décide de confier le travail à des volontaires parsis, une très ancienne tribu, à la fois remarquables tireurs à l'arc et experts en fabrication et pose de mines.

Les jours suivants, des dizaines d'hommes à demi nus vont s'affairer à creuser des galeries à vingt pieds sous terre. Un labeur épuisant dans la poussière qui brûle les yeux et par une chaleur étouffante, encore accentuée par la flamme des torches éclairant les ténèbres. Le rajah Jai Lal a fait quérir les architectes du palais pour calculer l'emplacement des mines de sorte qu'elles se trouvent juste en dessous des canons anglais. Elles seront entreposées dans des chambres souterraines, sur le côté des galeries. Au moment de l'attaque il suffira d'allumer les mèches, les chambres et les batteries au-dessus exploseront.

⁂

Ce matin, Mme Jackson et Mme Ward sont arrivées chez le colonel Inglis dans un tel état d'excitation qu'elles n'ont même pas pris le temps de se coiffer ! Haletantes, elles expliquent avoir été tenues éveillées toute la nuit par des coups sourds et des vibrations si fortes que leurs lits en étaient ébranlés. Cela fait quelques jours déjà que d'autres habitants de la Résidence ont alerté le responsable de la garnison. Après concertation avec ses officiers il a fallu se rendre à l'évidence : devant l'échec de leurs attaques, les Indiens ont changé de tactique, ils vont désormais tenter de s'introduire dans le camp en faisant exploser des mines.

Pour parer à ce nouveau danger, ordre a été donné aux résidents de signaler tout bruit souterrain suspect et de se regrouper dans les endroits qui leur semblent les plus sûrs. Mais surtout – la meilleure défense étant l'attaque – on va réserver à ces bougres une surprise. Par un extraordinaire hasard, ou plutôt, comme s'en persuadent les assiégés, par la volonté de Dieu soutien des vrais croyants, le 32e régiment de l'armée royale qui défend la Résidence recrute ses soldats chez les mineurs de Cornouailles, pour qui les travaux souterrains n'ont pas de secrets. Sur ordre du colonel Inglis ils doivent repérer la progression des galeries ennemies et creuser au-dessus des ouvertures et des contre-tunnels pour, le moment venu, prendre les assaillants à revers.

Tandis que les militaires, aidés par tous les hommes valides, se préparent à affronter ce nouveau danger, chez les femmes et les enfants l'anxiété est à son comble : les « diables noirs » peuvent surgir à tout moment ! De sous un fauteuil, une table, un lit…

Grâce à un messager anglo-indien qui réussit à se faufiler entre les lignes sans attirer l'attention, le colonel Inglis fait parvenir une lettre désespérée au général Havelock, à Kanpour :

> « Hâtez-vous je vous en prie, nous ne pourrons pas tenir longtemps. Il y a ici cinq cents femmes et enfants ainsi que cent vingt blessés et malades, et seulement trois cent cinquante soldats européens et trois cents cipayes valides. Nous sommes tous harassés de fatigue, car l'ennemi nous canonne sans nous laisser un instant de répit. En outre nos provisions diminuent, nous n'avons plus que pour deux ou trois semaines de réserves*. »

Militaire intègre, le colonel n'est pourtant pas sans savoir que la situation des assiégés est très contrastée et que, si beaucoup survivent à grand-peine, d'autres ne manquent de rien. La Résidence étant composée de bungalows individuels où les familles se sont regroupées par affinités, chaque maisonnée vit comme elle l'entend, ou comme elle le peut. Certains notables disposent de leur stock personnel de vivres et mangent à leur faim. Avec de l'argent on peut se procurer bien des choses et notamment acheter aux enchères les biens des défunts : les provisions, le tabac, les vêtements ont beau atteindre des prix astronomiques, ceux qui ont les moyens de payer parviennent à s'aménager une vie décente. Chez le commissaire aux finances, Martin Gubbins, par exemple, on sert un verre de sherry et deux verres de champagne au dîner et on se fait un point d'honneur de prendre chaque jour le thé avec petits gâteaux à 5 heures, même si le canon tonne. Cependant que l'ordinaire de la garnison se réduit à quelques chapatis et une purée de lentilles et que des enfants meurent de dénutrition.

En plein drame, alors qu'à tout instant la mort peut frapper, dans ce microcosme de la société victorienne, les inégalités et les barrières sociales perdurent. Les dames gardent leurs distances vis-à-vis des femmes ordinaires et, dès qu'il sera de nouveau possible de se déplacer à l'intérieur du camp, malgré la chaleur, la vermine, les mauvaises odeurs et les nuées de mouches, l'on se rendra visite en respectant l'étiquette qui prévalait dans la garnison en temps de paix.

Même s'il désapprouve cette persistance, en plein drame, des inégalités et des préjugés, le colonel Inglis sait les hiérarchies bien trop enracinées pour se mêler d'intervenir. Il ne va quand même pas ajouter une guerre civile à la guerre !

⁂

L'opération Sawan ou « Saison des pluies », baptisée ainsi par la bégum Hazrat Mahal, a été fixée au 18 août. C'est la deuxième action d'envergure depuis le début du siège, et cette fois-ci, grâce à l'explosion des mines, les Indiens comptent bien l'emporter. Toute la nuit les travailleurs parsis ont creusé pour terminer le travail. Ils ont même, pour faire diversion, foré bruyamment vers la face nord de l'enceinte tout en posant les mines dans une autre galerie, côté sud.

À l'aube du 18 août, le capitaine Orr, son second, le lieutenant Macham, et deux sentinelles se tiennent sur le toit de la Maison Johanna d'où ils surveillent le camp ennemi, lorsqu'une explosion pulvérise le bâtiment. On ne retrouvera d'eux que des membres épars. Quelques minutes plus tard, une autre mine explose, faisant un énorme trou dans les remparts sud, puis une autre encore plus près des habitations. À peine les débris sont-ils retombés que les cipayes se pressent dans les tunnels pour rejoindre les brèches ouvrant l'accès au camp. Mais les batteries n'ont pas été atteintes et, intactes, crachent un tir nourri sur les hommes qui émergent dans l'enceinte de la Résidence. S'ensuit une véritable cohue. Des deux côtés on tire à l'aveuglette, cependant qu'à l'intérieur des tunnels les cipayes se regroupent pour faire face aux Anglais qui surgissent par les brèches.

Pendant des heures, ils vont s'affronter à l'arme blanche dans les galeries obscures, la chaleur est insupportable, la poussière étouffante, on trébuche sur les blessés et sur les morts, mais les hommes continuent à se battre avec fureur.

Pendant ce temps Jai Lal et Mahmoudabad, chacun à la tête de plusieurs régiments, lancent l'assaut contre les fortifications de la Résidence. Ils comptent profiter de la confusion pour investir le camp. Malgré les tirs de l'artillerie ennemie ils avancent, par dizaines les soldats tombent mais, derrière eux, leurs camarades continuent d'avancer, dents serrées, résolus à mourir plutôt que de reculer.

Les combats font rage lorsque soudain le ciel s'obscurcit et disparaît le soleil éclatant de cette mi-journée d'été. En quelques minutes la terre est plongée dans les ténèbres. Devant cette manifestation de la colère des dieux, les cipayes, frappés de stupeur, se sont immobilisés. Et tout à coup c'est la panique : les hommes refluent dans le plus grand désordre, malgré les exhortations de leurs officiers ils courent, ils ne cessent de courir jusqu'à ce qu'ils aient rejoint la ville et l'abri de la garnison. Là ils se mettent à prier, suppliant Vishnou de les protéger et Shiva le destructeur de leur épargner son courroux.

Dans le palais de Chaulakhi, Hazrat Mahal attend le résultat de l'assaut que cette fois elle espère décisif. Régulièrement des messagers viennent lui apporter les dernières nouvelles : les mines ont bien explosé, les cipayes ont dû investir le camp, les régiments menés par les rajahs Jai Lal et Mahmoudabad se battent comme des lions, ils sont en train d'enfoncer les défenses ennemies…

… Jai Lal… toujours le premier devant ses troupes… ses hommes l'adorent, il ne leur demande rien qu'il ne fasse lui-même, contrairement à tant d'officiers qui restent à l'arrière sous prétexte de tout contrôler. Pourvu qu'il ne soit pas blessé, pourvu qu'il ne…

Elle n'ose imaginer qu'il disparaisse. Sa mort serait une perte incommensurable… pour la cause. Tandis que l'obscurité soudainement envahit la pièce, elle se tourne et se retourne sur son siège, oppressée : n'est-ce que la crainte de perdre son meilleur lieutenant ? En cet instant où il risque la mort, elle est bien forcée de s'avouer qu'elle tient à ce diable d'homme, à ce goujat qui, au sortir de chez elle, va retrouver des courtisanes.

... *Pourquoi les femmes préfèrent-elles aux hommes doux et attentionnés les aventuriers qui les font souffrir ? Est-ce l'homme qui les séduit ou les larges horizons qu'il leur fait entrevoir ? Est-ce l'homme qu'elles aiment ou le rêve qu'il porte ?...*

Elle est interrompue dans ses réflexions par l'arrivée d'un messager.

« Houzour, les combats ont cessé ! Nous étions pourtant en train de l'emporter lorsque soudain le soleil a disparu et les soldats, effrayés, se sont enfuis !

— Enfuis ? » Hazrat Mahal n'en croit pas ses oreilles. « Et le rajah Jai Lal ne les en a pas empêchés ?

— Il a bien essayé mais n'a pu endiguer la panique. Les trois quarts des soldats sont hindous, que peut-on contre les superstitions de ces gens ?

— Tais-toi ! La prochaine fois que j'entends ce genre de médisances je te fais couper la langue ! Sors et envoie-moi Mammoo Khan ! »

Ce n'est pas Mammoo, c'est le rajah Jai Lal qui se présente quelques minutes plus tard. Elle hésite à reconnaître le fier militaire en cet homme fourbu, à l'uniforme lacéré et taché de sang.

« Vous êtes blessé ! »

Elle n'a pu retenir son cri, mais aussitôt il la rassure :

« Je n'ai rien, c'est le sang de nos blessés, nous en avons des centaines… »

Mortifiée de lui avoir montré son inquiétude, Hazrat Mahal s'est ressaisie et, retrouvant le ton de la régente, elle s'enquiert de ce qui s'est passé.

À mesure que le rajah raconte le déroulement des événements, elle sent sa colère monter. Brusquement elle l'interrompt :

« Hier les mines étaient mal placées, aujourd'hui c'est la faute du soleil qui s'est éclipsé, demain qu'est-ce que ce sera ?

— Il n'y aura pas de demain si on ne nous fournit pas des munitions décentes, rétorque sèchement le rajah. Figurez-vous que moi aussi j'en ai assez de voir mes hommes tués sans pouvoir se défendre !

— Comment ?

— Il y a un problème avec les munitions que nous fabriquons. Nos soldats tiraient mais leurs balles s'écrasaient sur nos ennemis sans les blesser, à peine des égratignures. Dès demain j'irai contrôler l'arsenal.

— L'arsenal établi par Mir Wajid Ali, l'ami de Mammoo Khan ?

— Exactement ! Je vais également activer mes espions car il semble qu'on nous trahisse. Les Anglais savent par avance où et quand nous allons attaquer, ils déplacent leurs batteries en conséquence, de sorte que nos mines explosent à côté. Enfin on me dit que certains commerçants fournissent des vivres aux assiégés. »

Hazrat Mahal a un haut-le-corps, mais c'est d'une voix assurée qu'elle déclare :

« Je vous en prie, trouvez ces traîtres, Rajah sahab, je vous donne ma parole que leur châtiment ôtera à quiconque l'envie de suivre leur exemple. »

Le rajah s'est incliné et, sans un mot, s'est retiré.

Tristement la jeune femme le regarde s'éloigner. Elle aurait souhaité prolonger la conversation, évoquer l'avenir comme ils le faisaient autrefois. Il ne lui en a pas laissé le loisir, sans doute blessé par des reproches qui pourtant ne lui étaient pas destinés.

Pourquoi est-elle si maladroite avec lui ?

Chapitre 23

Sur la grand-place de Kaisarbagh, entre les palais royaux et le marché aux épices, douze gibets sont dressés. À quelques mètres, sur une tribune surmontée d'un dais cramoisi, de confortables sièges attendent les dignitaires et la Rajmata, dont on chuchote que, bravant la tradition, elle a décidé d'assister personnellement à l'exécution des traîtres. De chaque côté de la tribune un régiment de cipayes se tient au garde-à-vous.

Soudain résonnent les longues trompes de cuivre, la cour fait son apparition. Sont présents tous les ministres, vêtus de chogas [1] de soie et coiffés de topis brodés, et les chefs de l'armée arborant fièrement les médailles gagnées sur les champs de bataille britanniques, enfin la régente, enveloppée de voiles sombres mais le visage à demi découvert, impassible.

À peine se sont-ils assis que retentissent les lugubres roulements de tambour annonçant l'arrivée

1. Robe de cour portée par les hommes au-dessus du chowridar.

des condamnés, douze hommes en dhotis [1], trébuchant sous les coups de lathis [2] des gardes qui les forcent à avancer.

Arrêtés la veille et jugés sur-le-champ, ils ont été condamnés pour haute trahison. Les uns, des commerçants, fournissaient les assiégés en victuailles ; les autres, travaillant à la nouvelle fabrique de munitions, bourraient les balles de paille, de son et de poussière à la place de poudre et de plomb. Interrogés, ils ont très vite avoué : leur intention n'était pas d'aider les Angrez mais seulement… de se faire un peu d'argent.

À présent, tremblant de tous leurs membres, ils implorent à genoux la souveraine, cette jeune femme au regard profond qui tient leur sort entre ses mains.

« Pitié, Houzour ! sanglotent-ils, nous ne sommes pas des traîtres, juste des hommes ordinaires qui nous sommes laissé tenter. Ce n'était pas pour nous, c'était pour nos enfants. Vous êtes une mère, vous pouvez nous comprendre ? Nous vous en supplions, laissez-nous vivre ! Nous serons vos serviteurs les plus dévoués, vous pourrez nous demander n'importe quoi, mais accordez-nous votre grâce ! Ne plongez pas nos familles dans la misère et le désespoir, laissez leurs pères à des innocents ! »

Le spectacle de ces hommes en pleurs est difficilement supportable, même pour un militaire endurci.

---

1. Pièce de cotonnade portée par les paysans, nouée autour de la taille, un pan ramené entre les jambes et fixé à la ceinture. Popularisé plus tard par Gandhi en tant que vêtement du peuple.

2. Bâton long et rigide, utilisé pour le maintien de l'ordre.

Inquiet, Jai Lal jette un coup d'œil à la régente, son visage est livide. Elle lève la main – les condamnés se sont tus, chacun retient son souffle –, puis lentement elle la laisse retomber.

Les acclamations de la foule couvrent les cris des suppliciés : justice est rendue ! Si certains en doutaient encore, désormais le peuple tout entier sait qu'il est gouverné par une véritable souveraine.

Sur le chemin de retour, Hazrat Mahal, rencognée dans son somptueux palanquin, frissonne. Qu'a-t-elle fait ? Est-ce bien elle qui, de sang-froid, a envoyé ces hommes à la mort ? Il fallait pourtant qu'elle rende justice ! Justice ? Elle est trop lucide pour s'étourdir de faux-semblants – quelle justice ?

… Après tout ces pauvres diables n'ont pas fait pire que d'autres, aujourd'hui puissants et respectés. Sur l'insistance de Mammoo j'ai bien gracié Mir Wajid Ali qui, s'il n'a pas trempé dans ce sabotage, n'a en tout cas pas su le détecter… j'aurais pu aussi leur pardonner…

Non, elle se devait de faire un exemple pour ne pas risquer demain d'être débordée – en réalité, c'est moins de justice qu'il s'agit que de politique.

… Il est absolument nécessaire de défendre ce peuple dont je suis responsable et que de tels actes mettent en danger, se rassure-t-elle, mais le malaise persiste. Au fond, lui souffle une petite voix insistante, tu pleures moins ces morts que la belle image que tu te faisais de toi-même, souveraine puissante et généreuse, aimée de tous.

Illusion que tout cela ! Elle sait bien que le pouvoir oblige à trancher, qu'il ne laisse pas le luxe de tergiverser, de céder aux émotions ni aux scrupules, et que la régente d'Awadh ne peut pas se permettre les jolis sentiments de la petite Muhammadi.

À force de se raisonner, Hazrat Mahal a fini par se calmer et, ayant recouvré son assurance, elle arrive au palais. Là, à sa grande surprise, une douzaine d'épouses et de parentes de Wajid Ali Shah l'attendent. Leurs mines catastrophées la déconcertent, elle ne les savait pas si sensibles au sort des gens du peuple.

Il s'agit bien de cela ! Alors qu'elle présidait à l'exécution, un messager est arrivé apportant des nouvelles de Calcutta : Sa Majesté est très malade, prisonnier à Fort William depuis deux mois il a sombré dans la dépression et refuse de s'alimenter.

« Tout cela est de ta faute ! accuse la bégum Shahnaz en lançant à la nouvelle Rajmata un regard haineux.

— De ma faute ! Et pourquoi ? »

Alors, toutes se sont mises à parler en même temps :

« Bien sûr que c'est de ta faute !... Par vanité tu as poussé ton fils à la place de notre Bien-Aimé et tu as pris la tête de ce gouvernement de mutins !... C'est pour cela que les Angrez ont emprisonné le roi, persuadés qu'il était derrière la rébellion : comment auraient-ils pu imaginer qu'une simple épouse prenne une telle décision sans le consulter !... Non seulement tu as trahi sa confiance mais tu seras responsable de sa mort !

« En plus à quoi sert tout cela ? intervient la princesse Sanjeeda, une sœur du roi. Tes grands mots sur la libération du pays, laisse-nous rire ! Tes milliers d'hommes sont incapables de déloger quelques centaines d'Anglais ! Tu nous as raconté des balivernes pour nous faire céder ! Au fond le pays tu t'en moques, comme tu te moques de ton malheureux époux. La seule chose qui t'anime c'est l'ambition ! Mais cela ne te portera pas chance, Allah te punira ! »

Hazrat Mahal tente de répliquer, de faire entendre raison aux femmes déchaînées – sans succès. De guerre lasse, elle finit par se retirer dans ses appartements, poursuivie par un déluge d'imprécations.

Jamais je n'aurais soupçonné qu'elles me haïssent à ce point…

Les critiques fielleuses de ses anciennes compagnes lui ont laissé un goût d'autant plus amer qu'elle n'a pu se défendre – il était de toute façon vain d'essayer, quoi qu'elle dise elle était condamnée.

Assise devant la fenêtre elle regarde sans les voir les splendides massifs fleuris du parc de Chaulakhi qui se prolonge jusqu'au parc de Kaisarbagh. Jamais elle n'a ressenti aussi durement sa solitude. Personne à qui se confier, à qui faire part de ses doutes, personne à qui demander conseil. Elle avait cru un moment pouvoir s'appuyer sur Jai Lal mais il a démontré qu'il n'était pas digne de sa confiance… Quant à Mammoo, elle ne peut lui laisser soupçonner la moindre faiblesse, il essaierait d'en profiter. Bien sûr il l'aime, autant qu'il puisse aimer… mais ses frustrations lui interdisent la générosité, et son insatiable besoin de puissance lui fait appréhender l'humanité en deux catégories : les faibles que l'on écrase et les forts auxquels l'on s'attache en tentant de les manipuler.

Mais après tout, de quoi se plaint-elle ? Elle a choisi d'abandonner la vie douillette de femme de harem pour la dangereuse aventure du pouvoir. Afin que son fils soit roi ? Pas seulement... Elle doit reconnaître qu'elle aussi a le goût du pouvoir – pas pour ses dérisoires avantages matériels mais parce qu'il permet d'améliorer la vie des autres et de recevoir en retour... leur amour.

Cet amour qui a tant manqué à l'orpheline, elle en a une soif inextinguible, c'est pour cela que tous les rejets la blessent. Chaque fois c'est la même chose et chaque fois elle tente de se raisonner : tant de gens ont confiance en elle et attendent de leur nouvelle régente aide et directives, elle ne doit pas se laisser désarçonner par les médisances.

Secouant la tête pour chasser des doutes qu'elle ne peut se permettre, Hazrat Mahal s'est fait apporter son courrier quotidien et sa moisson de suppliques. En dépit de ses multiples occupations, elle tient à les lire personnellement, car plus que les rapports de ses ministres, elle sent que c'est la meilleure façon de savoir ce que pense le peuple.

⁂

« Houzour, une dame demande à vous voir. Elle n'a pas voulu donner son nom mais elle prétend être une très ancienne amie. Je lui ai dit que vous étiez occupée mais elle m'a répondu qu'elle vous attendrait toute la journée si nécessaire. »

Assise à son écritoire, Hazrat Mahal soupire, exaspérée. Ce qui, dans sa nouvelle position, lui est particulièrement pénible, c'est cet interminable défilé de quémandeurs et de flatteurs qui tous estiment avoir droit à son aide. N'est-elle pas toute-puissante ? Ne sont-ils pas ses sujets dévoués ? Un chantage affectif dont elle est consciente mais qu'elle ne sait pas repousser, elle qui dans l'enfance a connu le malheur et a tant rêvé d'une main secourable.

Le rajah Jai Lal, du temps où ils étaient encore amis, le lui avait reproché :

« Souvenez-vous que vous n'êtes plus Muhammadi, ni même Hazrat Mahal, vous êtes la régente et vous devez garder vos distances. Votre rôle est de veiller à la bonne marche du royaume et au bien-être de tous, non de vous préoccuper des problèmes des uns et des autres. C'est un puits sans fond où vous engloutirez votre énergie et, comme vous ne pourrez contenter tout le monde, vous serez calomniée. »

« Que dois-je répondre, Houzour ? insiste l'eunuque.

— Une folle capable d'attendre toute la journée, autant s'en débarrasser tout de suite ! Dis-lui d'entrer, mais reviens la chercher dans dix minutes. »

Contrairement aux habitudes de la cour et de la haute société qui estime naturel de faire attendre les inférieurs, Hazrat Mahal n'a jamais pu accepter ce mépris de l'autre, cette façon d'accaparer son temps, des heures, des jours, pour rien, cette façon de lui faire perdre sa vie, juste par indifférence.

Elle sait bien que pour ceux qui n'ont rien, donner son temps est la seule façon de prouver sa fidélité. Ils sont ainsi des millions aux Indes à entourer les puissants de leur insistante et silencieuse présence, de leur pesante humilité. Elle n'arrive pas à s'y faire, mais elle est consciente de son impuissance à modifier une situation ancrée dans les structures millénaires de la société.

Aucune trace pourtant d'humilité chez la femme qui se tient sur le seuil. Un grand sourire aux lèvres elle fixe la régente, comme attendant un signe de reconnaissance. De fait Hazrat Mahal est sûre de la connaître, ces yeux bruns piquetés d'or, ce front bombé… Et soudain :

« Mumtaz ? »

Elles sont tombées dans les bras l'une de l'autre, s'embrassant, s'exclamant de bonheur ! Elles n'arrivent à y croire, cela fait si longtemps ! Elles s'étreignent tendrement, s'éloignent un peu, se regardent.

« Tu es toujours aussi belle !

— Et toi plus belle encore ! »

Se prenant par la taille elles rient de plaisir, et à nouveau s'embrassent, heureuses, si heureuses de se retrouver ! Comment ont-elles pu se passer l'une de l'autre pendant tant d'années ?

Examinant plus attentivement son amie, Hazrat Mahal remarque les légères flétrissures à la commissure des lèvres et autour des yeux, les petites rides du malheur. Elle se remémore ce que lui ont raconté les matrones, le mariage, la stérilité, la répudiation…

Et pourtant, si Mumtaz ne rayonne plus de l'optimisme inconscient de son adolescence, elle est loin d'être une femme abattue par la vie, dans son regard scintille une flamme.

« Pourquoi n'es-tu jamais venue me voir ? interroge-t-elle.

— Tu sais, Muhammadi. » Elle se mord la lèvre. « Pardonne-moi mais pour moi tu seras toujours Muhammadi, l'amie courageuse qui s'interposait lorsque les autres se moquaient de ma naïveté. Si je ne suis pas venue c'est que je craignais de t'être un poids… Et puis je me disais que si tu avais envie de me voir cela t'était facile de m'envoyer chercher. »

Hazrat Mahal sent les larmes lui monter aux yeux.

« Pourras-tu me pardonner ? J'ai été si égoïste, emportée dans le tourbillon de mon amour pour le roi, par la fierté de lui donner un fils, puis noyée dans les conflits et les intrigues du zénana où il faut constamment rester en alerte si l'on ne veut pas être écrasée. Quand enfin j'ai tenté de te retrouver, voici un an, personne ne savait où tu étais. J'étais terriblement inquiète, j'ai pensé au pire… Dis-moi, que t'est-il arrivé ? Après la répudiation, qui s'est occupé de toi ? Pourquoi alors ne m'as-tu pas fait signe ?

— Je n'ai contacté aucune de mes anciennes connaissances, j'avais trop honte. Et toi, tant de gens accaparaient ton temps…

— Mumtaz ! Toi et les gens ce n'est pas pareil ! Tu étais ma meilleure amie !

— J'ai eu peur que tu n'aies changé, peur d'être rejetée. Cela aurait été pour moi le coup de grâce. J'ai préféré ne pas essayer et garder intacts les merveilleux souvenirs de notre adolescence.

— Mais alors, qu'est-ce qui t'a décidé à venir aujourd'hui ? »

Mumtaz s'est redressée, une lueur malicieuse dans le regard :

« Aujourd'hui je n'ai rien à te demander, j'ai au contraire quelque chose à te donner. »

Et, devant l'air surpris de son amie :

« Laisse-moi te raconter ce qui s'est passé. Mon mariage s'est vite révélé un cauchemar. Ma belle-mère ne cessait de m'humilier, surtout lorsqu'elle s'est rendu compte que je ne pouvais enfanter. Alors elle a commencé à me battre, quatre ans d'injures et de mauvais traitements. Mon mari n'osait rien dire, il avait de l'affection pour moi mais il était faible et, sur l'insistance de sa mère, il a fini par me répudier.

« La répudiation, tant redoutée par les femmes qu'elles acceptent tout pour l'éviter, fut pour moi un extraordinaire soulagement. Enfin j'étais libre ! Mais sans ressources.

« Alors j'ai pris des protecteurs, qui m'ont bien traitée et considérée bien plus que ne l'avaient jamais fait mon mari et sa famille. J'ai expérimenté combien le statut "respectable" de femme mariée est moins enviable que celui de courtisane. Car enfin de quel respect parle-t-on ? L'homme marié n'a pas d'égards envers ce qu'il estime être sa chose, il n'a plus rien à conquérir, il use de toi comme il l'entend. On est même moins qu'une prostituée qui, elle, a la liberté de refuser sa couche. Une femme mariée, si elle n'a pas de fortune personnelle, est totalement dépendante du bon vouloir et des humeurs de son époux. Surtout si elle a des enfants.

« Courtisane, j'ai recommencé à vivre. Mon premier protecteur était un homme âgé, il me traitait un peu comme une fille. Il est mort au bout de deux ans, je l'ai pleuré. Le second a eu une attaque lorsque, après la destitution du roi, ton époux, les Angrez ont confisqué les terres des taluqdars. Il est resté paralysé. J'ai voulu aller le voir pour lui apporter un peu de réconfort, mais sa famille, croyant que je convoitais son argent, a refusé de me recevoir.

« Depuis l'annexion du royaume, tout a changé. Comme tu l'as constaté la moitié du Chowq est fermé, le temps des brillantes soirées où nous étions admirées et fêtées n'est plus. Les aristocrates ruinés ont été remplacés par de nouveaux riches qui, parce qu'ils paient, pensent avoir tous les droits. Les quelques Angrez qui de la garnison de Kanpour nous envoient chercher ne valent guère mieux. Leur religion les a pétris de culpabilité. Tels des enfants devant la chose interdite ils étouffent de désir, mais aussitôt satisfaits ils partent, sans un mot, sans un regard, comme s'ils voulaient au plus vite oublier ce qu'ils considèrent non comme une fête des corps mais comme une honteuse saleté. Toutes les courtisanes les détestent, d'ailleurs la plupart refusaient une relation aussi dégradante jusqu'à ce que l'on nous fasse comprendre son utilité.

— Son utilité ?

— Nous sommes les seules à pouvoir voyager en toute liberté, encore aujourd'hui. On nous demande de venir chanter, danser, à l'occasion de mariages, de circoncisions, personne ne songe à mettre en question nos allées et venues. C'est ainsi que nous avons également nos entrées chez les Angrez. Nous endormons leur méfiance en les charmant et en les étourdissant de nos propos futiles, puis nous tentons de les faire parler, de leur soutirer quelques renseignements, des détails qui souvent nous semblent insignifiants mais qui, mis bout à bout, peuvent fournir de précieuses indications au commandement militaire. Moi-même je fréquente actuellement un officier qui est en désaccord avec son commandant et qui, lorsque la coupe déborde, se confie à moi, sans soupçonner un instant que cette gentille courtisane à la cervelle d'oiseau puisse être une espionne. Je dois dire que j'ai pris goût à ce double jeu et que j'y réussis assez bien, le chef m'a plusieurs fois félicitée.

— Qui est donc ce chef ? s'enquiert Hazrat Mahal, intriguée.

— Allons, devine ! Tu le connais très bien, c'est même l'un de tes conseillers. Quelqu'un qui n'éveille pas les soupçons car il a toujours fréquenté les courtisanes. Bien qu'aujourd'hui ses anciennes relations soient désespérées car il les néglige. Il semble qu'il ait été séduit par une belle qui le tient à distance et depuis il ne regarde plus les autres femmes ! »

Hazrat Mahal a l'impression que son cœur va l'étouffer, est-il possible que…

« Serait-ce… le rajah Jai Lal ? hasarde-t-elle d'une voix étranglée.

— Tout juste ! C'est lui qui nous a persuadées de fréquenter à nouveau les Angrez, et c'est à lui que chaque semaine nous rapportons nos informations. J'ai pensé que, en tant que régente, tu devais toi aussi être mise au courant pour prendre tes décisions en connaissance de cause. »

Lorsque, tard dans la soirée, les deux jeunes femmes se séparent en se promettant de se revoir très bientôt, Hazrat Mahal serre longuement son amie dans ses bras et Mumtaz, étonnée, se demande pourquoi elle la remercie avec tant d'effusion.

Chapitre 24

« Bienvenue, Rajah sahab ! Venez vous asseoir et parlons un peu. »

C'est de son plus éblouissant sourire qu'Hazrat Mahal salue le rajah Jai Lal venu, comme chaque après-midi, lui rendre compte des dernières opérations militaires et de l'état de l'armée.

Étonné par cet accueil dont il n'a plus l'habitude, le rajah s'est figé sur le seuil, sourcils froncés. Depuis des semaines la régente ne lui adresse plus la parole que sur un ton strictement professionnel, alors qu'auparavant elle encourageait des relations détendues, quasi amicales. Il n'a pas compris ce brusque revirement et en a été blessé, mais il a fini par en prendre son parti, se disant qu'il lui avait accordé trop de crédit et qu'il aurait dû savoir que toutes les femmes sont versatiles, et plus encore les reines.

Quelle mouche la pique aujourd'hui ? Elle semble soudain remarquer que j'existe. S'attend-elle à ce que je me précipite à ses pieds, éperdu de reconnaissance ? Pour qui me prend-elle ?

C'est sur un ton froid qu'il lui répond :

« Pardonnez-moi, Houzour, je ne puis rester, j'ai à faire. Vous trouverez consignés sur ces feuilles les opérations de ces derniers jours et les besoins de l'armée pour la semaine à venir. Si vous voulez bien en prendre connaissance nous pourrons en discuter plus tard. »

Et, sans lui laisser le temps de réagir, il la salue et se retire.

Restée seule, Hazrat Mahal, un instant interdite, s'est prise à rire :

Bien répondu ! Pouvais-je imaginer qu'il réagisse autrement ? C'est cette liberté que j'apprécie chez lui… Quel que soit l'enjeu, il est incapable de se montrer docile ou courtisan. Je l'ai blessé, reconquérir sa confiance ne sera pas facile, mais j'y arriverai, son amitié m'est très chère.

Son amitié ?…

D'un geste impatient la Rajmata rejette le mot qui de plus en plus s'impose à elle… N'est-elle pas mariée à Wajid Ali Shah ? Un homme bon qu'elle respecte, et qui mérite d'autant plus sa loyauté qu'il est captif et séparé de ses proches.

… Jai Lal lui aussi est marié et a des fils dont il est fier. Son épouse est, dit-on, surtout la mère de ses enfants. Il y a peu de romantisme dans ces mariages arrangés – en général entre cousins pour que la terre reste dans la famille. Mais justement, à cause de ce manque de romantisme, ils sont solides : la femme se consacre aux enfants et l'homme a tout loisir d'aller rêver ailleurs !…

Toute la nuit Hazrat Mahal a débattu avec elle-même pour en arriver à la conclusion que ce qu'elle peut espérer de mieux c'est de recréer avec le rajah une relation de confiance, mais, qu'en revanche, il serait néfaste et dangereux de s'aventurer plus avant.

Aussi le lendemain, c'est avec une amabilité sereine qu'elle le reçoit au palais. Elle désire mettre au point les derniers détails du plan d'évasion du roi.

« Comme vous le savez, Djan-e-Alam s'affaiblit de jour en jour. Nous ne devons plus attendre. S'il lui arrivait malheur, je ne m'en remettrais pas. »

Le rajah ne peut se défendre d'un petit pincement au cœur :

… *L'aime-t-elle toujours autant ou se sent-elle coupable ? Qu'elle participe ou non à la rébellion, les Britanniques auraient de toute façon emprisonné le roi, selon le principe de tout pouvoir, en vertu duquel mieux vaut être injuste qu'imprudent. Mais pourquoi est-ce que je m'inquiète pour elle ? Ce qu'elle fait et ce qu'elle pense, dans la mesure où cela n'interfère pas avec notre combat, ne me regardent pas…*

« La difficulté, poursuit Hazrat Mahal, était de trouver un homme assez habile pour s'introduire dans la forteresse sans éveiller de soupçons mais également un homme totalement incorruptible, car les Anglais sont prêts à couvrir d'or quiconque leur dévoilerait nos plans. J'ai longtemps cherché cette perle rare et je l'ai repérée à Londres, dans l'entourage de la mère du roi, Sa Majesté Malika Kishwar.

— Pourquoi à Londres ? s'étonne le rajah. N'était-il pas plus simple de choisir quelqu'un ici ?

— Il fallait un homme totalement dévoué. Où pouvais-je être plus sûre de le trouver que parmi ceux qui, sans hésiter, ont quitté famille et biens pour aller plaider la cause du roi dans la glaciale et hostile Angleterre ? Le contact s'est fait à travers la Rajmata. L'homme quittera Londres dans une semaine, il débarquera à Bombay et de là se mettra en route pour Bénarès. Il ne passera pas par Lucknow, de sorte que personne ne pourra établir de lien entre lui et nous. À Bénarès l'Indien anglicisé disparaîtra... et ressurgira sous les traits d'un des innombrables sadous de la ville, ces saints mendiants qui errent sur les routes, d'un ashram à l'autre, et que le peuple respecte pour leurs pouvoirs. Personne n'oserait les rudoyer – les hindous implorent leur bénédiction, les autres craignent leur malédiction. Notre sadou prendra le chemin de Calcutta, où il se fera remarquer par sa piété et par quelques "miracles", accomplis avec l'aide de comparses.

— Et sa réputation le précédant, il sera bien accueilli par les cipayes, en majorité hindous, de Fort William !

— D'autant qu'il aura sur place une demi-douzaine de complices.

— C'est ingénieux ! Le problème reste cependant celui que nous avions déjà soulevé : que fera le roi de sa liberté ? Prendra-t-il la tête des combats ?

— Peut-être tentera-t-il de trouver un compromis, mais ce n'est plus notre affaire, ce sera à lui d'en décider ! »

Le rajah s'est raidi et, d'une voix glaciale :

« Je crains, Houzour, que vous n'ayez pris toute la mesure du changement. Ces derniers mois des dizaines de milliers d'hommes ont donné leur vie pour libérer leur pays, pour retrouver leur liberté de croyances et de coutumes, pour regagner leur dignité. L'armée britannique a mis la région à feu et à sang, les villages et les champs ont été saccagés, des femmes violées, des enfants écartelés. Croyez-vous que cela puisse s'oublier ? Moi-même, je me refuse à demander à mes soldats le sacrifice de leur vie si ce doit être pour en revenir à la situation antérieure. D'ailleurs ne vous faites aucune illusion, les Anglais refuseront tout compromis avec nous, les "indigènes", qui non seulement avons osé nous révolter mais avons aussi commis le sacrilège de porter la main sur des femmes et des enfants blancs. Ils ont juré que leur vengeance serait terrible !

— Si je vous comprends bien, Rajah sahab, vous refuseriez d'obéir au roi s'il vous ordonnait d'arrêter le combat ?

— Ce sont d'abord mes soldats, Houzour, qui refuseraient si je le leur ordonnais ! Tout comme le refuseraient les milliers de paysans qui ont poussé leurs taluqdars à rejoindre la rébellion. Notre peuple est patient, au point qu'on le juge parfois passif mais, lorsqu'il se révolte, il va jusqu'au bout, car à l'inverse des élites il n'a rien à perdre. »

⁂

« Comment ose-t-il vous parler ainsi ? »

Le rajah parti, Mammoo a rejoint sa maîtresse et ne cache pas son indignation devant ce qu'il qualifie de

« duplicité ». Trop content d'avoir l'occasion de rabaisser celui qu'il considère comme son rival, il insiste :

« Il vous a juré fidélité et il a l'audace de vous résister en prétextant que ses soldats ne le suivraient pas ! En réalité il mène un double jeu pour satisfaire ses ambitions personnelles. Ces hindous sont des hypocrites ! »

Encore ces médisances ! Hazrat Mahal s'empourpre de colère :

« Je t'interdis ! Si j'apprends que tu répands de telles sottises, je te chasserai sans hésitation ! Ne vois-tu pas que nos cipayes hindous confondent dans une même adoration mon fils Birjis Qadar et leur dieu Krishna ? Je ne tolérerai pas que la culture hindo-musulmane d'Awadh, notre "culture d'or et d'argent", extraordinaire édifice d'humanisme et de tolérance, soit menacée par de stupides préjugés religieux. »

Sous la violence de la réaction, l'eunuque a baissé la tête. Jamais sa maîtresse ne l'a traité ainsi. Contre l'avis général elle l'a nommé ministre de la cour et maintenant elle menace de le chasser. Se croit-elle assez forte pour se passer de lui ?

« Je ne pense qu'à vous protéger, Houzour, comme je l'ai toujours fait, balbutie-t-il. Votre position vous attire beaucoup de jalousies, on médit de vous…

— Eh bien, que l'on médise ! Mes années passées au zénana m'ont appris à n'y point prêter attention. Si l'on veut être apprécié par tout le monde on ne fait jamais rien !

— Prenez garde, Houzour, vous avez un ennemi puissant qui a l'oreille du peuple et essaie de saper votre autorité. Je l'ai plusieurs fois entendu critiquer vos décisions et dire que vous meniez le pays à sa perte.

— Tu veux parler de ce fou de maulvi ?

— Ahmadullah Shah n'est pas fou, il est au contraire extrêmement intelligent et rusé. Il se proclame prophète inspiré de Dieu et jure d'anéantir tous les Britanniques. Ses disciples viennent des classes pauvres, il sait leur parler et utiliser leur méfiance envers les puissants. Il critique la mollesse des hommes de cour et la poltronnerie de certains généraux. Lui-même se bat toujours à l'avant de ses troupes, prenant des risques inouïs. Il a échappé tant de fois à la mort que nos compatriotes, religieux par nature, le considèrent comme un être surnaturel qui va les conduire à la victoire.

— Et que me reproche-t-il exactement ?

— De ne pas respecter le purdah, de ne porter qu'un léger voile sur vos cheveux lorsque vous êtes avec des hommes, et aussi de protéger les Anglais !

— Protéger les Anglais ?

— Il a appris que vous aviez épargné la vie de femmes et d'enfants réfugiés et les aviez gardés sous votre protection au palais avant de les renvoyer sous escorte à Allahabad.

— Et j'en suis fière ! Ce monstre aurait-il voulu que je laisse tuer des innocents ? Ne sait-il pas que l'islam interdit de s'attaquer aux non-combattants ? Tous ces religieux qui interprètent le saint Coran à leur façon pour lui faire dire ce qui les arrange sont nos pires ennemis ! Plus dangereux que les étrangers qui nous combattent car ils caricaturent à tel point notre religion qu'un jour on finira par considérer les musulmans comme des fanatiques qu'il faut écraser ! »

Hazrat Mahal ne contient plus son indignation :

« Maulvis, mullahs, imams, ces gens n'ont aucun droit de dicter leur conduite aux autres ! Le prophète Mohammed n'a pas voulu de clergé, voyant trop les dégâts occasionnés par les prêtres. Il voulait que le croyant soit seul face au Livre saint, la parole de Dieu, et qu'il l'interprète selon sa conscience. S'il a tant insisté pour que les musulmans, hommes et femmes, s'instruisent – disant que, si nécessaire, il fallait aller chercher le savoir jusqu'en Chine ! – c'est justement pour que les croyants soient capables, avec la seule aide du Coran, de diriger leur vie. »

⁂

En ce 22 août débute Moharram, la période de deuil des musulmans chiites, en souvenir de Hussaïn, petit-fils du prophète, tué avec toute sa famille par le calife omeyyade, Yazid, dont ils refusaient de reconnaître l'autorité. Depuis ce massacre, commis en l'an 680, à Karbala en Irak, chaque année et pendant plusieurs semaines les chiites de par le monde commémorent cette tragédie.

Ce Moharram est le premier depuis le couronnement de Birjis Qadar et, malgré les combats, la régente entend qu'il soit célébré avec autant de pompe qu'au temps de Wajid Ali Shah. Ce sera l'occasion de montrer le jeune roi à la foule et d'affermir le moral et la détermination des soldats. En effet, même si la cérémonie est spécifiquement chiite, les hindous ont l'habitude de s'y associer.

Dès l'apparition du premier croissant de lune, une longue procession quitte le Bara Imambara, le plus somptueux hall de prières de Lucknow, édifié au XVIIIe siècle et dont la voûte, de cinquante mètres de long sur seize de large, d'un seul tenant, suscite l'admiration des architectes du monde entier.

En tête de la procession avancent majestueusement les éléphants caparaçonnés de noir : sur leur dos les porte-fanions tenant haut les insignes accordés par les empereurs moghols, des hampes d'or et d'argent couronnées d'un soleil, d'une lune ou d'un poisson, symboles auspicieux. Derrière eux viennent les cavaliers brandissant les alams, bannières saintes brodées de versets du Coran et surmontées d'une main de bronze symbolisant la pentarchie chiite : le prophète Mohammed, sa fille Fatima, son gendre Ali et leurs deux fils Hassan et Hussaïn. Derrière, tête basse, chemine Zulzinah, le cheval blanc du martyr.

Puis, foulant lentement le sol et se frappant la poitrine, des hommes vêtus de robes sombres progressent, portant sur leurs épaules la réplique du cercueil de l'imam Hussaïn recouvert d'un drap noir brodé de larmes d'argent. En queue de cortège serpente la longue file des tazzias en cire colorée, ornées de métaux précieux, fragiles maquettes du mausolée de l'imam Hussaïn à Karbala. Chaque quartier, chaque corporation offre sa tazzia, dont la richesse témoigne de l'importance et de la générosité des donateurs.

Enfin, au son lugubre des tambours, les pénitents apparaissent. Vêtus de noir, ils avancent en se frappant la poitrine et en gémissant bruyamment « Imam Hussaïn ! Imam Hussaïn ! », tandis que la foule alentour reprend avec ferveur « Ya Hussaïn ! ». Toute la nuit, ils se fustigeront, corps haletants, visages extatiques, pour se remémorer la tragédie de leur imam qui, au prix de sa vie, s'est élevé contre l'usurpateur.

De leur côté, dans tous les imambaras de la ville, les femmes entièrement vêtues de noir, sans bijou ni maquillage, psalmodient en pleurant. Au palais, la régente a fait venir la meilleure récitante de marsias [1] de Lucknow, une femme à la voix rauque qui, avec un luxe infini de détails, conte le martyre de l'imam Hussaïn et des siens, soixante-douze personnes dont des vieillards et des enfants. La longue marche dans le désert, l'encerclement, les trois jours sans rien à manger ni à boire, puis l'attaque par l'armée ennemie, les morts qui se succèdent, celle du bébé de quelques mois, celle d'un enfant de dix ans, celle d'un vieillard. En tragédienne consommée, la femme fait monter la tension : suspendues à ses lèvres les femmes soupirent, gémissent, l'émotion les submerge, n'y tenant plus elles éclatent en sanglots et se lamentent, confondant dans un même chagrin la tragédie de l'imam et leurs drames personnels. Fort, de plus en plus fort,

1. Poèmes élégiaques commémorant le martyre d'Hussaïn et des siens.

elles se frappent la poitrine, pour se mortifier et se rapprocher des martyrs en essayant de ressentir dans leur chair un peu de leurs souffrances.

Mais c'est le dixième jour de Moharram, le jour de l'Achoura, que les cérémonies de deuil atteignent leur paroxysme. Ce jour-là l'imam Hussaïn, après avoir vu sa famille et ses fidèles massacrés les uns après les autres, se retrouve seul avec son cheval blanc, Zulzinah, face aux soldats de Yazid. Transperçant de flèches ce dernier compagnon, ils se ruent sur l'imam blessé et lui tranchent la tête, puis, ultime sacrilège, se mettent à jouer avec elle comme avec une balle.

Autour de la Résidence les canons se sont tus : par respect pour l'imam, en ce jour d'Achoura depuis mille deux cents ans il est interdit de se battre. Il faut se remémorer, pleurer et prier.

Précédés de chameaux harnachés de noir – les chameaux de la caravane martyre – et de Zulzinah, sa robe blanche maculée de sang, la procession des pénitents avance au son des tambours mortuaires. Il y a là des hommes mûrs mais aussi des adolescents. Torse nu, ils tiennent à la main des fouets constitués de chaînes terminées par des lames d'acier fraîchement aiguisées. « Imam Hussaïn ! » s'écrient-ils. « Ya Hussaïn ! » répond la foule. Dans un même élan les chaînes s'abattent sur les dos nus, les couteaux entament les chairs, le sang jaillit.

« Imam Hussaïn ! » Au rythme de l'incantation, ils se flagellent, le sang ruisselle, formant des flaques noires dans la poussière. « Ya Hussaïn ! » Un homme s'écroule, puis un autre. Vite, on les emporte sur des brancards de fortune. Les coups redoublent, les pénitents se flagellent maintenant avec frénésie, dans une tentative folle, désespérée d'abolir le corps, d'atteindre à l'état ultime où, rejoignant leur imam martyr, ils ne feront plus qu'un avec l'Un.

Tout le centre de la ville est bloqué par la foule agglutinée qui suit la cérémonie avec ferveur. Lorsque, au détour d'une rue, surgit un petit groupe de cipayes jouant des coudes : « Écartez-vous, laissez passer les gardes de Son Excellence Mammoo Khan ! » Tant bien que mal ils se fraient un passage parmi les spectateurs qui protestent, jusqu'à ce qu'un barbu de haute taille, se plantant devant eux, jambes écartées, les apostrophe :

« De quel Mammoo parlez-vous ? L'eunuque de la danseuse ? »

Sidérés, les cipayes se sont figés. Il faudra plusieurs secondes avant que l'un d'eux, sortant son sabre, ne s'avance, menaçant :

« Ferais-tu allusion au ministre de la Cour et à la Rajmata ?

— La Rajmata est, que je sache, à Londres pour plaider la cause du roi, qui lui-même est à Fort William, prisonnier des Angrez. Il n'existe pas d'autre roi ni d'autre Rajmata. À moins que tu ne te réfères à l'une des concubines que Sa Majesté a laissées à Lucknow ? Quant à ton ministre de la Cour, un ancien esclave qui prend de grands airs, laisse-moi rire ! »

C'en est trop. Sabre au clair les cipayes se précipitent, cependant qu'une dizaine d'hommes surgissent aux côtés du provocateur. Vêtus de simples longuis [1], ils sont armés de gourdins et de lathis. La bataille s'engage. Contre les sabres, les longs bâtons font merveille, brisant ici un poignet, là une épaule, avant même que les cipayes n'aient pu atteindre leurs assaillants. Très vite les cipayes sont acculés, ce que voyant, le barbu fait signe à ses hommes d'arrêter.

« Rentrez chez vous et dites à Mammoo que les soldats de l'envoyé d'Allah, le maulvi Ahmadullah Shah, le saluent ! »

Et il disparaît dans la foule.

La bagarre s'est déroulée devant des centaines de témoins et l'écho du scandale est parvenu au palais. Immédiatement la régente convoque une réunion des chefs des différentes forces armées, afin de discuter des mesures à prendre.

Personne ne se risquerait à le dire ouvertement mais l'on n'est pas fâché de l'humiliation infligée à Mammoo Khan, que son arrogance fait unanimement détester. Néanmoins on ne peut pas tolérer de division au sein des effectifs militaires.

En quelques mots le rajah Jai Lal expose le dilemme :

« Le maulvi est devenu incontrôlable. Révéré comme un dieu par ses soldats et par une bonne partie de la population, il estime n'avoir d'ordre à recevoir de personne et au cours des batailles fait cavalier seul. Cela dit, c'est un bon tacticien et un remarquable meneur d'hommes. Dans les circonstances

---

1. Étoffe enroulée autour de la taille à la manière d'une jupe et portée par les hommes.

actuelles, il serait très dommage de nous priver de son concours.

— De toute façon il ne se laisserait pas écarter, il a juré de libérer les Indes des Anglais qu'il appelle les kafirs, les infidèles.

— L'étonnant c'est qu'il soit suivi aussi par les hindous, alors qu'il prêche un islam rigoureux, contre l'"islam dégénéré" de la Cour.

— Oh, il est habile ! Il a mis en sourdine ses convictions et il ne parle plus que de la lutte commune contre les oppresseurs étrangers qui veulent imposer leurs coutumes et leur religion aux croyants.

— Et il est bien vu de la classe moyenne car il maintient chez ses soldats une discipline de fer : ils ont le droit de piller les collaborateurs mais il leur est rigoureusement interdit de toucher aux biens de la population. »

La régente a écouté avec attention.

« Ainsi vous estimez que le maulvi ne serait pas seulement l'ennemi des Britanniques, il serait également le nôtre ? Croyez-vous que lorsque l'occupant aura quitté le pays, il pourrait se retourner contre nous ?

— Profitant de sa renommée de chef militaire et religieux, il est tout à fait capable de fomenter une révolution, opine le rajah de Mahmoudabad.

— Qui a dit : "Si tu ne peux vaincre ton ennemi, couvre-le d'honneurs pour t'en faire un ami" ? murmure Hazrat Mahal. Je crois que je vais inviter Ahmadullah Shah et lui proposer quelque chose qu'il ne pourra refuser. »

Vingt paires d'yeux interrogateurs convergent vers elle.

« Puisque, de votre avis à tous, il est un excellent chef militaire, je voudrais l'amadouer en lui confiant le commandement du prochain assaut contre la Résidence, que nous appellerions "opération Moharram". Ainsi nous reformerions l'alliance indispensable au succès de notre cause.

— Ce qui signifie que nous serions sous ses ordres ? s'indigne Mammoo Khan.

— Que je sache tu ne participes pas aux combats, tu n'es donc pas concerné ! rétorque sèchement la régente. C'est aux officiers de me dire ce qu'ils en pensent.

— S'il gagne, ce sera une catastrophe ! prévoit le rajah de Mahmoudabad. Il deviendra incontrôlable.

— Ne nous affolons pas, intervient le rajah Jai Lal. Pour gagner, Ahmadullah a besoin de l'aide de nos régiments. Or nous avons eu déjà trop de morts, je pense que nous devrions dorénavant ménager nos soldats.

— Dorénavant ? Cela signifie combien de temps ? s'enquiert Hazrat Mahal, suspicieuse.

— Le temps de l'opération Moharram. »

Tout le monde approuve en s'esclaffant.

« Ne craignez-vous pas qu'il se venge ? s'inquiète la régente.

— Que peut-il faire de plus ? Il essaie déjà de saper l'autorité du roi et la vôtre. Mais s'il prétend s'emparer du pouvoir, les cipayes ne le suivront pas. Ils peuvent l'apprécier comme chef militaire, en revanche, sur le plan politique ils se méfient. Non parce qu'ils sont en majorité hindous et lui musulman – ici cela ne compte pas, nos soldats combattent coude à coude –, mais parce qu'ils sentent bien que le maulvi est un extrémiste. »

Chapitre 25

Peu à peu la révolte s'étend à tout le nord-est des Indes, et une grande partie du centre, cœur de la région mahratte, menace de se soulever.

À Calcutta, en ce mois d'août 1857, le Gouverneur général n'arrive plus à communiquer avec ses officiers ; les lignes télégraphiques ont été sabotées et la rébellion dans la province du Bihar rend quasi impossible la circulation des courriers. Aussi est-il contraint de prendre ses décisions avec une connaissance fragmentaire de la situation.

Partout les Indiens ont le vent en poupe. Mais les renforts britanniques et les unités loyales des armées de Bombay et de Madras progressent vers le centre du pays. Les insurgés doivent agir vite : la seule façon d'en terminer avec les Angrez serait d'étendre la rébellion vers l'ouest et le sud. Pourtant de nombreux princes hésitent et d'autres, parmi les plus grands, se sont résolument rangés du côté anglais.

La souveraine de Bhopal notamment, que Hazrat Mahal a pourtant essayé de convaincre, refuse de rejoindre l'insurrection, en dépit des manifestations de ses sujets. Douée comme sa mère d'un sens politique qui ne s'encombre guère d'idéaux, la bégum Sikander parie sur le succès des Britanniques.

Quant au plus grand État du Deccan, Hyderabad, agité par les maulvis qui dans les mosquées prêchent la révolte, il aurait dû basculer. Par chance pour l'occupant, le vieux nizam vient de mourir ; ce dernier n'aurait sans doute pas hésité à se venger de ceux qui, quelques années auparavant, avaient confisqué une partie de son territoire pour payer l'armée qu'ils lui imposaient. Mais son fils, qui lui a succédé quelques mois avant le début de l'insurrection, est sous l'influence du Premier ministre, Sir Salar Jung, un anglophile convaincu. Celui-ci a fait arrêter les chefs des insurgés et les a livrés aux autorités britanniques.

Le 14 août, une armée de trois mille hommes, menée par le général Nicholson, est arrivée devant Delhi dont elle a renforcé le siège, dans l'attente de troupes supplémentaires. Le gouverneur des Indes a ordonné de concentrer le maximum de forces pour reprendre l'ancienne capitale. De Delhi dépend en effet le sort de la rébellion dans les provinces du Nord-Est, soulevées depuis que le Grand Moghol règne à nouveau sur la cité impériale. En dépend également le sort du Pendjab et du Centre. Car, même dans les provinces qui leur sont restées loyales, les Britanniques ont de plus en plus de mal à se maintenir. Si le siège de l'ancien pouvoir, symbole de deux siècles de gloire, est durablement rétabli, le pays se battra comme un seul homme pour expulser les étrangers.

En quelques semaines John Nicholson, un géant à l'expression à la fois taciturne et inspirée, est devenu une légende. Depuis qu'en mai il a quitté Peshawar, la rumeur de son courage et de sa brutalité s'est répandue dans tout le pays et il laisse ses troupes se livrer aux pires exactions.

Les soldats sikhs sont réputés les plus cruels : on raconte qu'ils empalent les prisonniers et embrochent les enfants qu'ils font rôtir devant leurs parents. Affabulation ou réalité, le fait est que leur hiérarchie ne réprime aucun excès. Depuis les massacres de femmes et d'enfants européens, les Britanniques se sont persuadés que les Indiens sont des bêtes malfaisantes qu'il faut exterminer.

Pour nombre de soldats la vengeance est un droit inscrit dans la Bible, leur combat une bataille entre le Bien et le Mal, et la suppression de la mutinerie une croisade. Ils sont soutenus par la presse anglaise de Calcutta et de Londres qui, depuis les massacres de Kanpour, se déchaîne.

> « Pour chaque église détruite on devrait détruire cinquante mosquées. Pour chaque chrétien mis à mort on devrait massacrer mille rebelles », déclare *The Times.*

Même Charles Dickens va jusqu'à écrire :

> « J'aimerais être commandant en chef aux Indes. Je frapperais de terreur cette race orientale et je proclamerais que, sur l'ordre de Dieu, je ferais tout mon

possible pour effacer de la surface terrestre leur engeance coupable de tant de cruautés. »

Le Gouverneur général, Lord Canning, a, pour sa part, fini par comprendre le danger d'une répression aveugle qui ne laisse à une population, souvent hésitante, que le choix de rejoindre les rebelles. Il tente de rétablir des règles de droit, ce qui lui vaut les insultes de la communauté britannique qui le surnomme par dérision « Canning la clémence », mais il échouera à arrêter les atrocités d'une armée assoiffée de vengeance.

À Lucknow on a accueilli la nouvelle du siège de Delhi sans aucune inquiétude. La ville est imprenable : entourée de douves de six mètres de profondeur et de quatre mètres de large elle est défendue par des dizaines de milliers de cipayes. Ce qu'on ignore c'est qu'elle souffre d'une grave pénurie de vivres et de munitions et que les soldats affamés sont de plus en plus nombreux à déserter.

En revanche, l'arrivée prochaine du général James Outram, qui a quitté Calcutta le 25 août et se dirige sur Awadh, préoccupe le commandement militaire. Prévenu par ses espions, le rajah Jai Lal a informé la régente qu'à la tête de troupes importantes et bien équipées, Outram projette de faire la jonction avec le général Havelock à Kanpour afin de lancer une attaque conjointe sur Lucknow.

Sir James Outram… Hazrat Mahal se remémore le dernier Résident du royaume d'Awadh, sa morgue et sa dureté envers le malheureux souverain, les mensonges, les vexations constantes… Elle se souvient en particulier de l'entrevue avec la Rajmata qui plaidait la grâce de son fils, et la brutalité narquoise avec laquelle Outram lui avait répondu…

Elle, la quatrième épouse, à l'époque ne pouvait que se taire… *Ah, les choses ont bien changé, je vais lui montrer, à ce maudit Angrez, de quoi moi et les miens sommes capables !*

Dans le camp retranché de la Résidence les assiégés ont repris espoir et se persuadent que cette fois-ci sera la bonne. En effet après avoir attendu plus d'un mois que l'armée de Havelock franchisse les cinquante miles qui séparent Kanpour de Lucknow, ils avaient dû surmonter une énorme désillusion : face aux attaques indiennes, le général avait été contraint de battre en retraite. Depuis, malgré tous ses efforts, le colonel Inglis n'arrivait plus à maintenir le moral de la garnison.

> « Les combattants sont épuisés, écrivait-il en suppliant qu'on vienne les secourir. Les tirs ennemis, la faim et les maladies font près de vingt victimes par jour. Je ne crois pas que nous puissions résister encore longtemps*. »

Dorénavant on suit avec une ferveur anxieuse l'avancée des troupes d'Outram. Progressant à marches forcées l'armée est arrivée à Kanpour.

Le 19 septembre, elle se met en route pour Lucknow. Franchissant le Gange sur un pont flottant constitué de barques plates, elle avance sous une pluie torrentielle. La première rencontre avec les Indiens a lieu à vingt-cinq miles de la capitale, là même où un mois auparavant les troupes de Havelock avaient été défaites. Les Anglais chargent aux cris de : « Souviens-toi de Kanpour » et, à coups de sabre, dispersent les forces ennemies. Les pourchassant, ils continuent d'avancer, s'étonnant de ne pas rencontrer plus de résistance. C'est en arrivant au palais d'Alambagh, au milieu d'un parc entouré de hauts murs, à cinq miles de Lucknow, qu'ils comprennent la tactique de l'adversaire : protégés à gauche par les murs d'Alambagh, au centre et à droite par une chaîne de petites collines, les Indiens accueillent les assaillants par un feu nourri.

Les combats vont durer trois jours.

Au plus fort des combats, une femme apparaît sur le champ de bataille. Montée sur un éléphant, du haut de son howdah elle encourage les combattants qui l'acclament : c'est la régente. Pour stimuler ses soldats dans cet affrontement où pour la première fois Lucknow est menacé, elle a décidé de prendre part directement aux combats. Mais elle y est poussée également par un besoin de revanche contre cet Outram qui a tant humilié la famille royale.

Surpris par les clameurs, le rajah Jai Lal s'est rapproché : reconnaissant la jeune femme, il reste un instant figé, partagé entre admiration et colère. La colère l'emportant, il éperonne son cheval et, arrivé à sa hauteur, il l'apostrophe rudement :

« Que faites-vous là ? Avez-vous perdu l'esprit ? Cette guerre n'est pas un jeu, vous vous devez à l'État et au roi votre fils, vous n'avez pas le droit de vous faire tuer ! »

De fureur les yeux verts sont devenus presque noirs.

« Comment osez-vous me donner des ordres ? Je fais ce que j'estime nécessaire : les soldats ont besoin des encouragements de leur reine. »

Et elle lui tourne le dos.

Pendant plusieurs heures elle va rester auprès d'eux, exhortant les cipayes qui, subjugués par l'intrépidité de cette fragile jeune femme, vont se battre avec une vaillance décuplée.

Lorsque enfin elle rentre au palais, encore exaltée par le feu de la bataille, un messager l'attend, les vêtements poussiéreux et l'air épuisé. Il arrive de Delhi : après une semaine de combats farouches, la ville impériale est tombée.

Hazrat Mahal est abasourdie. Il faudra que l'homme lui révèle la triste condition d'une population affamée, d'une armée manquant de tout, notamment de munitions, et divisée par les querelles entre chefs, pour qu'elle se rende à l'évidence.

« Et qu'est-il advenu de Sa Majesté Bahadour Shah Zafar ?

— Il a été fait prisonnier, et ses fils, à ce qu'on dit, ont été assassinés. Quant à la ville je crains que… »

D'un geste la régente lui intime de se taire.

« Tout cela doit rester entre nous, au moins pendant quelques jours. La nouvelle de la défaite du Grand Moghol serait désastreuse pour le moral de nos troupes, je te prie de n'en parler à personne. Le bruit va s'en répandre vite mais il est important que nous gagnions du temps. Me donnes-tu ta parole ?

— Je suis votre serviteur dévoué, Majesté. »

Et, s'inclinant, jusqu'à terre en un respectueux adab, il s'est retiré.

Restée seule, la régente s'est fait apporter son hookah ; elle aspire profondément, le bruissement de l'eau dans le flacon de cristal et les volutes de fumée odorante la calment peu à peu. Sourcils froncés, elle réfléchit : après la chute de Kanpour et maintenant de Delhi, les Britanniques vont concentrer toutes leurs forces sur Lucknow. Il faut mettre au point un nouveau plan d'action. Elle doit en parler à Jai Lal.

… Jai Lal… Il doit être furieux, elle l'a insulté en public ! Mais aussi quel besoin a-t-il de vouloir contrôler ses faits et gestes ? Elle est la régente, c'est elle qui décide ! Cependant… il semblait bouleversé.

… Avait-il vraiment peur pour moi ? Pour moi, ou pour la reine qui, comme il l'a souligné, se doit à l'État et à son fils ? Ne suis-je que cela pour lui… la reine ?…

Elle se souvient de son émotion lorsque Mumtaz lui avait appris que le rajah était amoureux d'une belle inaccessible…

…J'avais alors cru… sans doute m'étais-je fait des illusions.

En dépit de son amabilité, Jai Lal garde désormais ses distances. Qu'à cela ne tienne, elle aussi les gardera, elle ne va quand même pas mendier son amitié !

Malgré le courage des troupes indiennes, Alambagh est enlevé le 23 septembre.

Pour les Britanniques, c'est une prise stratégique : ils comptent s'en servir comme base avancée lors d'opérations ultérieures contre la ville rebelle.

Le 25 septembre à l'aube, Outram et Havelock lancent l'assaut contre le pont de Charbagh au sud-est de la ville. Dans un acte de folle audace la cavalerie anglaise va charger sabre au clair, l'infanterie la suivant par vagues successives. Après un premier choc, terrible, les Anglais auront le dessus, mais les pertes des deux côtés sont énormes : pour franchir le pont les soldats devront marcher sur des centaines de morts et de blessés.

La Résidence n'est plus qu'à deux miles, le chemin le plus direct passe à travers le quartier populeux d'Aminabad, creusé de tranchées, hérissé de palissades et dont la plupart des maisons ont été équipées de meurtrières. Prévenu par ses espions, le commandement britannique décide de contourner Aminabad et de passer par l'est, à travers l'ancienne garnison européenne et le quartier des palais. Mais alors qu'ils atteignent les abords de Kaisarbagh, ils sont accueillis par la canonnade. Bien retranchés derrière les kiosques et les fontaines de marbre, des centaines de cipayes, commandés par le rajah Jai Lal, les attendent. Au fusil, au sabre, à la baïonnette, les hommes se battent sauvagement. Des civils apportent leur concours aux cipayes et défendent chaque pouce de terrain, tandis que, depuis les terrasses, les femmes lancent des volées de briques et de pierres.

Mais les canons anglais protègent la progression de leurs troupes qui ne sont plus qu'à un demi-mile de la

Résidence. Le jour commence à baisser, les soldats sont épuisés – depuis trois jours ils ne dorment pas et mangent à peine. Outram, blessé au bras, propose qu'ils se reposent un peu avant d'entamer la dernière marche à travers les rues encombrées. Pour Havelock il n'en est pas question, il s'est juré de secourir la Résidence le jour même.

Sur son ordre, le 78e régiment de Highlanders et les Sikhs continuent d'avancer dans les ruelles étroites bordées de maisons à terrasses. À peine les hommes se sont-ils engagés que de tous côtés éclate un feu roulant, ils tombent comme des mouches. Le colonel Neill qui les mène est atteint d'une balle à la tête. Indifférent aux pertes, Havelock exhorte ses soldats à continuer d'avancer. À travers les ruelles étroites, sous les balles et les projectiles, héroïquement ils progressent, enfin, à la nuit tombée ils atteignent la Résidence.

C'est au son des cornemuses que les Highlanders pénètrent dans le camp retranché. La joie et la confusion sont à leur comble. Tous les assiégés se précipitent pour accueillir leurs libérateurs. Avec ferveur on leur serre les mains, en pleurant on les bénit, tandis que les rudes militaires, tremblant d'émotion, pressent dans leur bras les enfants qu'ils ont sauvé d'une mort certaine. Les cipayes de la Résidence se joignent à la fête. Mal leur en prend : à la vue d'indigènes, les soldats britanniques, habitués à tirer sur les « nègres », ouvrent le feu et tuent ceux qui les entouraient pour les remercier, jusqu'à ce que les cris des assiégés leur fasse comprendre leur méprise.

Mais l'incident sera vite oublié ; les réjouissances dureront toute la nuit.

Le lendemain cependant, la joie retombe lorsqu'on se rend compte que l'évacuation du camp est impossible. La petite troupe d'Outram et de Havelock a souffert de grosses pertes – cinq cent trente-cinq tués et blessés – et elle n'a plus la force ni les moyens nécessaires pour transporter vers Kanpour les blessés, les malades, les femmes et les enfants, soit mille cinq cents non-combattants.

L'embarrassante vérité c'est qu'après avoir déployé tant d'efforts pour entrer dans la Résidence, les soldats ne peuvent plus en ressortir et que les libérateurs censés secourir les assiégés sont en fait venus gonfler le nombre des captifs.

« Nous sommes tous déprimés, note la veuve du colonel Case. Nos sauveteurs sont trop peu pour nous délivrer et trop nombreux pour les provisions qui nous restent*. »

En ville, en revanche, la population ne tarit pas de plaisanteries sur « ces Angrez qui s'emprisonnent eux-mêmes ». Se moquer de ceux qu'ils ont l'habitude d'admirer, de craindre ou de haïr, leur est délectable. Peut-être plus encore que de les tuer. Car on ne tue que des individus, souvent de pauvres bougres, tandis que par la dérision on rabaisse l'ennemi, on entache son image, on détruit l'autorité de cette race soi-disant supérieure.

On se réjouit aussi de la mort du colonel Neill, que sa cruauté avait fait surnommer « le boucher de

Bénarès, d'Allahabad et de Kanpour », et l'on se persuade que l'occupation honnie va bientôt prendre fin.

Tandis qu'une partie de Lucknow festoie, l'autre enterre ses morts. On en dénombre plus de mille mais, aux yeux des hindous comme des musulmans, ce ne sont pas des victimes, ce sont des martyrs. Les premiers se réincarneront en une forme supérieure, les seconds gagneront directement le paradis d'Allah.

Au palais de Chaulakhi, la régente a réuni les chefs militaires pour les féliciter de leur bravoure. Et pour les consulter.

« Figurez-vous que j'ai reçu une lettre du général Outram. Il demande que nous les laissions quitter la Résidence et rejoindre Kanpour. En échange il promet que les Britanniques ne prendront aucune sanction contre ceux qui n'ont pas de sang sur les mains ! Qu'en pensez-vous ? » demande-t-elle avec un sourire ironique.

Les rires de l'assemblée lui sont une réponse claire : « Ces sacrés Britanniques ne doutent de rien ! Ils sont prisonniers et promettent, si nous les libérons, de ne pas nous exécuter tous ! A-t-on jamais rien entendu d'aussi extravagant ? »

« Et que comptez-vous lui répondre, Houzour ? s'enquiert le rajah Jai Lal.

— Je crois que je vais le faire attendre un peu… et puis – le ton est d'une nonchalance étudiée mais le regard brille de gourmandise –, et puis je lui ferai savoir que sa proposition est intéressante et que j'y réfléchis, ensuite je lui demanderai d'en affiner certains détails, bref je lui ferai espérer mon accord mais… j'oublierai de lui répondre. Il continuera d'écrire jusqu'à… »

Hazrat Mahal s'est interrompue, son regard est devenu glacial, et c'est d'une voix tranchante qu'elle conclut :

« … jusqu'à ce qu'enfin il comprenne que je me moque de lui comme il s'est moqué du roi ! »

Chapitre 26

De sa terrasse surplombant le parc de Kaisarbagh, Hazrat Mahal contemple le soleil couchant qui se reflète dans l'eau des fontaines et sur les kiosques de marbre blanc. Avec délice, elle respire les premiers moments de fraîcheur et songe à la journée écoulée. Pour la première fois depuis des semaines, elle a décidé de laisser la responsabilité des affaires de l'État à ses ministres afin de passer l'après-midi avec son fils.

Au cours de cette dernière année, Birjis Qadar a beaucoup grandi, et dans son fin visage ses yeux verts, si semblables à ceux de sa mère, pétillent d'intelligence.

Ensemble ils se sont promenés dans les allées du parc, elle en phaéton découvert, lui à cheval, tout fier de lui faire admirer ses progrès :

« On dit que la rani de Jhansi est une excellente cavalière. Pourquoi n'apprenez-vous pas à monter, Amma Houzour ? Nous pourrions faire de longues promenades ensemble ! »

Hazrat Mahal a répondu qu'elle y réfléchirait, en se rappelant avec nostalgie l'époque où Jai Lal lui proposait de lui donner des leçons, suggérant qu'un jour cela pourrait lui être utile. Il faudra qu'elle apprenne !

Mais elle chasse vite le rajah de son esprit, son fils réclame toute son attention. Il lui raconte comment, chaque matin, il dirige l'exercice de sa compagnie de cipayes. Depuis son couronnement en effet, les officiers ont jugé qu'il devait s'initier au commandement militaire – comme autrefois son père qui y excellait – trop, au goût des Anglais qui avaient fini par le lui interdire.

Pourtant Hazrat Mahal sent bien que les récits enthousiastes du jeune garçon cachent une certaine tristesse.

... *Dieu qu'il a changé... C'était un enfant insouciant... Aujourd'hui, il est le roi, et il n'a déjà plus d'amis, seulement des courtisans...*

Comme s'il devinait les pensées de sa mère, Birjis Qadar lui a pris la main et la baise.

« Je fais tout mon possible pour me préparer à ma fonction, Amma Houzour, mais je ne sais pas ce qu'on attend de moi, excepté présider quelques cérémonies et me faire acclamer par les soldats. J'ai l'impression d'être une marionnette. Tout autour le pays bouge et moi je reste au palais. Je n'en peux plus, je veux me battre moi aussi.

— Vous battre ? Mais vous n'avez que onze ans ! En outre nous ne pouvons risquer que vous soyez tué, le pays a besoin de son roi.

— Mais vous-même avez bien participé à la bataille d'Alambagh ! Le pays n'a-t-il pas besoin de la régente ? »

Hazrat Mahal en est restée sans voix : son fils lui parle comme lui avait parlé Jai Lal.

« Je vous promets que lorsque vous atteindrez quatorze ans et que vous serez presque un homme, vous participerez aux combats. Mais, d'ici là, j'espère bien que nous aurons gagné notre indépendance et que la paix régnera ! »

Et elle l'a pris dans ses bras pour le consoler – après tout, ce n'est encore qu'un petit garçon… son petit garçon.

L'arrivée d'un eunuque interrompt ses pensées.

« Houzour, le rajah Jai Lal demande à vous voir. Il est accompagné d'un Angrez. »

… *Le rajah à cette heure, et avec un Anglais ! Sans doute un envoyé du général Outram qui s'impatiente…*

Le compagnon du rajah, un jeune homme affublé d'un turban et le teint noirci, se révèle être, en réalité, un allié. Employé des postes à la Résidence, William Reid était auparavant horticulteur de Sa Majesté et garde une vénération pour ce roi qui avait fait de Lucknow la « cité des jardins » et le traitait comme un artiste.

Avec l'annexion du royaume, il a perdu son travail – qui plus qu'un gagne-pain était une vocation – et s'est retrouvé confiné dans un bureau poussiéreux, lui qui avait vécu parmi les fleurs… L'injustice faite au roi, et par voie de conséquence à lui-même, l'a aigri. Il n'aime guère ses compatriotes qu'il traite d'individus mesquins profitant des Indes pour vivre au-dessus de leur condition. En revanche, il a une grande considération pour les aristocrates indiens qu'il a pu côtoyer dans les parcs royaux.

Ainsi, au fond de lui-même, est-il resté fidèle à son pays d'adoption, et lorsque le télégraphe a crépité l'incroyable nouvelle, il a décidé, au péril de sa vie, de venir avertir la régente.

Une nouvelle aussi importante que désastreuse : le complot pour la libération de Wajid Ali Shah a été éventé. Le Gouverneur général à Calcutta en a été informé par Londres.

« C'est impossible ! »

Hazrat Mahal se refuse à le croire. Il va falloir que le messager lui fournisse les détails de l'opération pour que, consternée, elle finisse par admettre qu'ils ont une nouvelle fois été trahis.

« Mais comment Londres a-t-il pu savoir ?

— Il semble, Madame, que ce soit par… quelqu'un de votre entourage.

— Qu'est-ce qui vous fait dire cela ? s'enquiert la régente incrédule.

— Le télégramme précise que Londres a reçu l'information de Lucknow. »

Alarmée, Hazrat Mahal s'est tournée vers Jai Lal.

« Qui, excepté mon entourage le plus proche, était au courant ?

— Personne, Houzour, répond le rajah, l'air sombre. Je nous savais entourés d'espions mais je n'imaginais pas qu'ils soient arrivés à pénétrer le zénana… »

Et, s'adressant au jeune homme :

« Je rends hommage à votre courage, monsieur, et à votre fidélité à notre malheureux roi. Que pouvons-nous faire pour vous remercier ?

— Rien. J'ai fait ce que me dictaient ma conscience et mon cœur. Ce n'est pas parce que je suis anglais que je dois soutenir mon pays lorsqu'il se comporte aussi mal. Maintenant, si vous le permettez, il faut que je parte car on pourrait remarquer mon absence.

— Mais comment allez-vous rentrer dans la Résidence ? »

William laisse échapper un petit rire :

« Comme j'en suis sorti ! Avec vos bombardements incessants il y a toujours une brèche qu'on ne remarque pas tout de suite ! »

Et, comme il s'incline devant la bégum, celle-ci le retient :

« Attendez, monsieur ! »

Elle a fait glisser de son doigt un anneau d'or serti de rubis :

« Prenez ceci, ce n'est rien, juste un témoignage de ma reconnaissance. »

Comment pourrait-elle imaginer à cet instant que l'anneau, retrouvé dans les affaires du jeune homme, confirmerait les soupçons du colonel Inglis qui, depuis quelque temps, se méfie de l'ancien horticulteur du roi ?

Une semaine après sa visite à Kaisarbagh, William sera convaincu de trahison et fusillé sur-le-champ.

Restée seule avec le rajah, Hazrat Mahal s'est pris la tête dans les mains.

« Qui a pu nous trahir ? Comment vivre lorsque je me sais entourée d'espions jusque parmi mes intimes ?

— Il faudra que vous soyez encore plus vigilante, Houzour. Dans votre position, vous ne pouvez faire confiance à personne. »

Les yeux brillant de larmes, elle balbutie :

« Pas même à vous ? »

Elle semble si perdue que Jai Lal en est ému et que, pour la première fois depuis leur brouille, il s'adoucit et tente de la réconforter.

« Si, bien sûr, à moi vous pouvez faire confiance, car rien ne m'est plus sacré que la libération de notre pays. Je serai toujours là pour vous aider. »

Elle s'est tournée vers lui, elle a envie de lui prendre les mains, de se rassurer à leur chaleur, elle se sent soudain tellement vulnérable…

Par un sursaut de volonté elle se reprend et, d'une voix étouffée :

« Je vous remercie, Rajah sahab. Votre présence à mes côtés m'est infiniment… précieuse. »

Elle s'est retenue pour ne pas dire « essentielle », « indispensable »… Elle n'en a pas le droit. Au moment où l'espoir de délivrer le roi s'est évanoui, comment pourrait-elle le trahir ?

Le rajah semble lire dans ses pensées ; doucement il hoche la tête, il comprend ses scrupules – il les partage – et l'en estime d'autant plus.

Mais il sait aussi qu'il ne peut plus continuer à se mentir. Cette femme dont il admire l'intelligence et la volonté, cette souveraine parfois irascible et hautaine, parfois déconcertante de simplicité et de gentillesse et qu'en cet instant il découvre si fragile, il éprouve pour elle un sentiment qu'il n'a jamais connu. Ce n'est pas seulement le désir, comme celui qu'il a pu ressentir pour les belles courtisanes du Chowq – bien que tout à l'heure il ait dû se faire violence pour ne pas la serrer contre lui. C'est encore moins la quiétude tiède qu'il a vécu auprès de la mère de ses enfants. C'est une douceur intense qui l'envahit et dont il ne peut se défendre, une attraction que toutes les forces de sa raison et de son cynisme n'arrivent pas à combattre et qui lui fait peur. Pour la première fois de sa vie, il se sent submergé par des émotions plus fortes que lui. Au prix d'un effort immense pour dissimuler ses sentiments, le rajah s'est incliné devant la régente et, l'assurant de son dévouement, il a pris congé.

⁂

Depuis la chute de Delhi, Lucknow est devenu le centre de ralliement des insurgés. De la capitale impériale arrivent des milliers de cipayes et, de tous les villages d'Awadh, des groupes de paysans armés de massues, de fourches et de faux convergent vers la ville, phare de la rébellion, là où siègent encore un commandement militaire et une autorité légitime. Dans l'esprit de ces hommes, la Rajmata représente la mère combattante, et le petit roi, Birjis Qadar-Krishna, l'unité entre hindous et musulmans.

L'aristocratie d'Awadh a également rejoint la révolte avec ses armées privées. Parmi les nouveaux arrivants se trouve un personnage prestigieux dont la réputation de bravoure est parvenue jusqu'à Lucknow. C'est le prince Firouz Shah, neveu de l'empereur moghol, qui vient d'arriver avec une petite troupe.

Une délégation de rajahs, précédée de l'orchestre royal, est allée l'accueillir et en majestueuse procession l'a escorté jusqu'au palais de Khurshid Manzil, tout près de Kaisarbagh. Cet après-midi, le prince est attendu à la Cour. La Rajmata est impatiente d'entendre de la bouche d'un témoin direct le récit de la bataille de Delhi.

Lorsqu'il entre, elle ne peut retenir un sentiment de déception. Petit et maigre dans son choga de brocart, Firouz Shah ne ressemble guère au combattant dont on lui a fait l'éloge. Ce n'est que lorsque le jeune homme commence à parler, les yeux brillants dans un visage étonnamment mobile, que, saisie par le charme de sa voix chaude, elle comprend l'ascendant qu'il exerce sur tous ceux qui l'approchent.

Pendant des heures il va raconter comment depuis des semaines la population de Delhi souffrait de faim et de soif : les Britanniques avaient bloqué le canal qui approvisionne la ville en eau et dévasté les récoltes ; et le gouvernement rebelle n'avait plus assez d'argent en caisse pour nourrir l'armée. Si bien que de plus en plus de soldats s'en retournaient chez eux.

Il décrit l'autorité querelleuse et désordonnée des cipayes et l'impuissance du vieil empereur à rien contrôler. On lui manquait de respect jusque dans son palais envahi par la soldatesque. L'un de ses fils, Mirza Moghul, avait pris le commandement de l'armée, mais il était contesté par d'autres généraux, si bien qu'il n'y avait aucune unité d'action entre les régiments. Enfin on manquait cruellement de poudre, les Anglais ayant mis feu au principal dépôt.

Début septembre, les Britanniques, renforcés par un train de siège [1] long de six miles, avaient attaqué.

« Pendant trois jours la canonnade fut ininterrompue. Nous avions l'impression d'un déluge de feu. Finalement le 14 septembre, les Britanniques ont lancé l'assaut. Le danger nous ayant enfin unis, nous avons défendu âprement chaque pouce de terrain. Dans le dédale des rues les Anglais avançaient difficilement et leurs pertes étaient très importantes. C'est d'ailleurs là que le général Nicholson a été mortellement blessé. Le diable ait son âme ! Deux jours durant la bataille est restée indécise. Mais une brigade entière a pris la fuite et nous n'étions plus assez nombreux. Il fallait ranimer la résistance de la population qui se terrait de peur.

« Sur notre insistance, l'empereur a accepté de se porter à la tête de l'armée. Vous auriez dû voir la foule de volontaires enthousiastes qui l'attendait. Alors nous aurions pu encore gagner car les soldats britanniques, démoralisés, rechignaient à s'engager de nouveau dans le piège des rues tortueuses – un tiers, semble-t-il, y avait déjà péri.

---

1. Train de siège : transport chargé de conduire les approvisionnements et les munitions.

« Hélas, conseillé par son hakim, un traître anglophile, Bahadour Shah Zafar a finalement renoncé et la foule, découragée, s'est dispersée.

« Peut-on vraiment le lui reprocher ? C'est un vieillard… Mais son geste a signé l'arrêt de mort de la capitale impériale. Delhi a peu à peu été abandonnée par ses derniers défenseurs. Moi-même, j'ai alors décidé de partir, jugeant inutile de faire massacrer mes hommes pour rien.

« Le 20 septembre, la ville est tombée. On sait combien la vengeance des Britanniques a été terrible. Pendant des jours, les soldats ont massacré aussi bien combattants que civils, n'épargnant ni les blessés ni les malades, des milliers de prisonniers ont été fusillés et les palais pillés et saccagés.

— Et l'empereur ?

— Bahadour Shah Zafar s'était réfugié, avec sa famille, à quelques miles de la ville, dans le mausolée de son ancêtre, l'empereur Humâyun. Informé par un espion, le capitaine William Hodson, un aventurier autrefois condamné pour malversations, est allé le chercher et a obtenu sa reddition en lui assurant qu'il serait traité avec les honneurs dus à son rang. J'ai appris depuis que l'empereur est enfermé dans une petite cellule à barreaux, exposé aux moqueries des visiteurs…

« Quant à ses trois fils, qui l'accompagnaient, Hodson leur avait promis la vie sauve s'ils se rendaient. Mais en chemin il s'est arrangé pour les séparer de leur suite, les a obligés à se mettre nus et les a abattus à bout portant.

— Quelle horreur ! frissonne Hazrat Mahal. Ces gens n'ont-ils aucun respect de la parole donnée ? J'espère au moins que ses supérieurs l'ont châtié !

— Pensez-vous ! Même si sa hiérarchie désapprouve sa conduite, elle ne peut rien dire. Hodson est désormais considéré comme un héros, ici comme en Angleterre. »

Des hochements de tête désabusés accueillent ces propos, chacun se tait, perdu dans ses pensées.

Pour alléger l'atmosphère, Hazrat Mahal a fait signe à de jeunes servantes de distribuer les hookah et de servir des sorbets de mangue et de rose.

Et, se tournant vers le prince :

« Allez-vous rester avec nous, Shahzadeh[1] ?

— Ce serait mon plus cher désir, Houzour », répond-il en fixant Hazrat Mahal d'un regard admiratif.

Elle se sent rougir, le conflit et ses drames l'ont aguerrie mais ne l'ont pas pour autant rendue insensible aux compliments.

« Vous êtes encore plus belle qu'on ne le dit », murmure-t-il.

Elle sait qu'elle devrait prendre l'air offensé et détourner la tête, mais depuis le temps qu'on ne loue plus que son courage et son intelligence elle se sent comme un papillon assoiffé de nectar.

L'impression d'un regard posé sur sa nuque la fait se retourner : le rajah Jai Lal l'observe d'un air froid.

1. Prince impérial.

Aussi gênée qu'irritée, elle le toise : pourquoi devrait-elle se sentir coupable de trouver de l'agrément aux compliments du charmant prince Turquoise [1] ? Des mots qui ne prêtent pas à conséquence et qui sont si agréables à entendre.

« Hélas je dois partir, reprend ce dernier, je me rends dans les provinces centrales apporter mon concours au mouvement de libération. Nous devons encourager des soulèvements sur tous les fronts à la fois, c'est notre seule chance de venir à bout des Britanniques. Le peuple est prêt mais il ne peut s'organiser seul et, malheureusement, la majorité des cipayes a rejoint les grandes villes.

« Mais, si vous le désirez, je vais vous laisser l'un de mes meilleurs lieutenants. Il a beaucoup entendu parler de vous et rêve de vous servir. J'ai pensé qu'il pourrait vous être utile d'avoir à vos côtés quelqu'un qui connaisse parfaitement les façons de penser et les réactions de l'ennemi. Puis-je le faire venir ? »

Sur l'assentiment d'Hazrat Mahal, le lieutenant de Firouz Shah est entré. C'est un grand gaillard blond au teint rougi par le soleil ; respectueusement, il s'incline devant la régente.

Stupéfaite, celle-ci s'est tournée vers le prince.

« Mais c'est un Anglais !

— Non, un Irlandais. Il s'appelle Brendan Murphy.

---

1. Firouz signifie « turquoise », pierre particulièrement appréciée par les musulmans chiites qui la considèrent comme un porte-bonheur.

— Pour moi, c'est la même chose. Je ne veux pas d'Européen dans mon entourage. Nous avons déjà assez d'espions parmi les nôtres. »

L'échange s'est déroulé en urdu, de façon que Murphy ne puisse comprendre. Celui-ci, toujours debout, sourit : il comprend parfaitement l'urdu, mais il comprend aussi la réaction de la régente.

Firouz Shah s'est levé :

« Je ne veux pas vous influencer. Parlez-lui et jugez par vous-même. »

Les ombres ont envahi le grand salon et les servantes ont allumé les flambeaux d'argent, la Rajmata et le lieutenant continuent de s'entretenir.

Brendan Murphy raconte comment en 1846 il s'est engagé dans l'armée britannique parce que, chez lui, on mourait de faim. C'était l'époque de la grande famine lorsque le mildiou avait dévasté les cultures de pommes de terre, seule nourriture des paysans, les céréales et la viande, dont le pays était grand producteur, étant exportées.

« Exportées par qui ? demande Hazrat Mahal qui ne comprend pas bien.

— Par les Anglais qui, dès la fin du Moyen Âge, ont colonisé notre pays comme ils colonisent le vôtre ! Depuis quatre siècles nos terres sont confisquées par des colons venus de Grande-Bretagne, et les anciens propriétaires sont devenus des fermiers révocables à merci.

— Êtes-vous en train de me dire que les Anglais vous ont colonisés, vous, des Européens chrétiens, comme ils nous colonisent, nous, des “indigènes” et de surcroît “païens” ? s'exclame la bégum interdite.

— Absolument ! Et comme vous, nous nous sommes révoltés. Au XVIIe siècle les paysans irlandais massacrèrent des milliers de colons. Ce qui entraîna la terrible répression d'Oliver Cromwell, le nouveau maître de l'Angleterre. Dès lors la population se retrouva entièrement soumise à l'autorité des protestants de souche britannique qui avaient confisqué tous les pouvoirs. D'abord on s'attaqua à la religion et au clergé qui donnaient au peuple le courage de résister. Les prêtres qui refusaient de jurer fidélité au roi protestant furent bannis ou pendus. Et l'on imposa les “lois pénales” : interdiction de parler sa langue, le gaélique, interdiction de pratiquer sa religion, interdiction de toute instruction. La population était non seulement réduite à la misère, mais écrasée. Pourtant elle continua de résister.

« En mai 1798 eut lieu “la grande révolte”. Des deux côtés on incendia et on massacra. Les Anglais eurent le dessus, les rebelles étant pour la plupart de pauvres paysans sans armes ni discipline. La répression fut terrible. Mon grand-père avait pris part au mouvement. Il fut tué avec toute sa famille, sauf son dernier fils, un garçon de cinq ans qui s'était caché dans le foin. C'était mon père. Par la suite, élevé par des parents éloignés, il n'a jamais voulu se mêler de politique. Il travaillait comme paysan mais avait appris à lire et à écrire ce qui, dans le village, lui donnait un statut de lettré. C'était l'époque où les prêtres disaient la messe et faisaient classe, cachés dans les fossés en contrebas des chemins.

« C'est de mon père que j'ai appris tout ce que je sais. En 1845, lorsque la grande famine a frappé mon pays, j'avais dix-sept ans. Elle a duré quatre ans. Sur une population de huit millions d'Irlandais un million sont morts de faim. Un autre million s'est exilé, comme moi. Depuis le début du siècle la Grande-Bretagne a besoin de soldats pour ses colonies. C'est ainsi qu'en 1846, n'ayant d'autre choix, je me suis engagé dans l'armée et suis arrivé aux Indes. »

La bégum n'en revient pas.

« Mais pour quelle raison vous ont-ils traités ainsi ?

— Comme toujours et partout on invoque des raisons morales pour envahir un pays et s'approprier ses richesses. La richesse de l'Irlande est agricole, vous, aux Indes vous avez de l'or, des pierres précieuses, des épices, mais aussi la soie et le coton nécessaires aux filatures qui ne cessent de se multiplier. Au point qu'actuellement les journaux britanniques titrent : “La perte des Indes serait un coup mortel porté à notre commerce et à notre industrie*”. »

Hazrat Mahal hoche la tête, pourtant un détail l'intrigue :

« Il m'a semblé que vous compreniez l'urdu. Où l'avez-vous appris ? »

Éclatant d'un grand rire, l'Irlandais rétorque :

« Tout simplement avec ma femme ! J'ai épousé une Indienne dont j'ai deux magnifiques enfants ! »

La bégum s'est, elle aussi, mise à rire.

« Vous me plaisez, monsieur Murphy, mais il faut que vous rencontriez le rajah Jai Lal Singh. En ce qui concerne l'armée, c'est lui qui décide. »

C'est ainsi que Brendan Murphy, un Irlandais du comté de Cork, fut enrôlé au service du royaume d'Awadh pour combattre l'occupation britannique et qu'il devint le bras droit du rajah Jai Lal qui s'en fit très vite un ami.

Chapitre 27

En ce début du mois de novembre 1857, Lucknow se prépare à un nouvel assaut. Les combattants affluent pour prêter main-forte à la résistance, on compte désormais en ville plus de cinquante mille soldats. Une force imposante mais également un poids car il faut bien nourrir et armer tous ces hommes et, malgré les efforts de l'administration pour faire rentrer les impôts, les caisses sont presque vides. Aussi le rajah Jai Lal a-t-il été obligé d'annoncer que la paie des nouveaux arrivants serait moitié moins élevée que celle des forces régulières d'Awadh. Ce qui a provoqué un mécontentement que le maulvi Ahmadullah Shah s'est empressé de mettre à profit.

L'« envoyé de Dieu » a promis aux cipayes qui le rejoindraient la même paie que ceux de Lucknow et il est parvenu ainsi à doubler ses forces aux dépens de celles de la régente. Son prestige s'en est accru et il ne perd pas une occasion de critiquer ce qu'il appelle dédaigneusement le « parti de la cour ».

« Cela ne peut plus durer, je dois lui parler, décide Hazrat Mahal.

— Croyez-vous que ce soit utile ? objecte Jai Lal. Il n'a certainement pas oublié l'échec de l'"opération Moharram" et la mauvaise volonté de nos troupes à le seconder.

— Je vais essayer… Après tout nous avons le même ennemi, nous devons nous entendre. »

Pour flatter le maulvi, la régente a décidé de le recevoir avec tous les honneurs réservés aux grands dignitaires.

L'entrevue a lieu dans la salle du trône en présence du roi et des ministres. La bégum est tout sourire et prévenances. Mais elle a mal jugé celui qui se considère désormais comme son rival : loin d'être amadoué par le décorum et l'amabilité de la Rajmata, Ahmadullah Shah y voit au contraire la confirmation de son importance et de la crainte qu'il inspire. Il se lance dans une diatribe virulente, accusant les généraux d'incompétence et de couardise et va jusqu'à mettre en doute la loyauté de la cour à la cause de l'indépendance.

« C'est assez ! »

Hazrat Mahal l'a interrompu et le foudroie du regard :

« Est-ce que par hasard vous sous-entendez que moi aussi je trahirais ? »

Le maulvi hésite, puis laisse tomber :

« Peut-être que l'on vous trompe… Les femmes ne sont pas faites pour diriger les affaires de l'État. Elles sont trop faibles et influençables.

— Vraiment ? persifle la bégum. Alors comment se fait-il qu'au cours des siècles les États indiens aient si souvent été gouvernés par des femmes ?

N'avez-vous pas entendu parler de Razia Sultane, que son père, en 1236, désigna pour lui succéder sur le trône de Delhi, parce qu'il la jugeait plus capable que ses frères ? Elle se révéla une habile guerrière et une remarquable administratrice, rétablissant l'ordre dans le pays, encourageant le commerce et soutenant les arts. Et au XVIIe siècle, la grande Nur Jehan, épouse de l'empereur Jahangir, qui dirigea l'Empire moghol pendant que son mari s'adonnait à la poésie et à la boisson ? Et les souveraines de Bhopal, l'une des plus grandes principautés musulmanes des Indes, d'abord Qudsia Bégum et maintenant sa fille, la bégum Sikander ? Et la rani de Jhansi qui actuellement, à la tête de son armée, mène la révolte contre l'occupant ? Et tant d'autres… Sont-elles toutes, à votre avis, des femmes faibles et influençables ? »

Sous les rires de l'assistance, Ahmadullah Shah s'est crispé.

« En tant que bon musulman, je respecte le Livre saint qui proclame : "Un État gouverné par une femme court à sa perte."

— Ce n'est pas dans le saint Coran ! En tant que "bon musulman", vous le savez très bien ! s'écrie la bégum indignée. Le Prophète a, au contraire, donné aux femmes des droits qu'aucune chrétienne, juive ou hindoue n'avait à l'époque et n'obtiendrait avant des siècles : le droit à l'héritage, la libre disposition de ses biens, le droit de faire des affaires, certaines ont même été cadis [1].

1. Juge.

— Au moins avaient-elles la décence de porter le voile, comme il est prescrit, rétorque le maulvi en lançant un regard mauvais sur la chevelure de jais couverte d'une simple gaze translucide.

— Encore une invention ! Nulle part dans le Coran il n'est demandé de cacher son visage, ni même ses cheveux. Il est seulement demandé aux femmes d'être pudiques. »

Et, comme le maulvi lève les yeux au ciel :

« Mammoo Khan, apporte-moi mon Coran », ordonne Hazrat Mahal.

Quelques secondes plus tard elle l'a entre les mains.

« Écoutez les deux seuls passages de tout le Livre qui traitent du voile :

« Dis aux croyantes de baisser le regard, d'être pudiques, de ne montrer que l'extérieur de leurs atours, de rabattre leur voile [1] sur leur poitrine. » [2]

Et : « Dis à tes épouses et à tes filles, et aux femmes des croyants, de se revêtir de leur mante. » [3]

Se retournant vers le maulvi :

« Au cours des siècles, les hommes ont perverti le sens de l'enseignement du Prophète. Comment celui-ci aurait-il pu conseiller de garder les femmes cloîtrées alors que sa première épouse, Khadidja, était une femme d'affaires avisée, et que sa plus jeune épouse, Aïcha, s'asseyait à dîner avec lui et ses amis et discutait de tout, notamment de politique ?

---

1. Khimar : fichu couvrant la tête.
2. Sourate 24, verset 31.
3. Sourate 33, verset 59.

— Les choses sont claires, confirme le rajah de Mahmoudabad, mais comme le peuple ne peut lire l'arabe et que, même chez les Arabes, rares sont ceux qui comprennent la langue littéraire employée dans le Coran, les ulémas interprètent comme ils l'entendent ! »

Furieux de se voir désavoué devant toute l'assistance, le maulvi s'est levé.

« Vous insultez les ulémas, vous insultez le saint Coran ! Allah vous châtiera ! » tonne-t-il.

Et, bousculant les eunuques de garde, il quitte la salle du trône comme s'il fuyait le diable en personne.

⁂

Le nouveau commandant en chef de l'armée des Indes, Sir Colin Campbell, est un Écossais de soixante-cinq ans, issu d'un clan illustre mais d'une branche appauvrie – son père exerçait le métier de charpentier. N'ayant pas les moyens d'acheter ses grades d'officier, comme il était alors de coutume chez les fils de famille, il a dû les gagner sur les champs de bataille. Son courage lors des guerres contre les Sikhs au Pendjab, puis en Crimée, lui a valu une réputation de héros.

Décrit par les milieux anglais de Calcutta comme un « petit bonhomme laid et mal embouché », il a obtenu, en revanche, la confiance de la reine Victoria qui, depuis qu'elle s'est installée à Balmoral, apprécie beaucoup ses sujets écossais. Et il est adoré de ses soldats, surtout de son régiment de Highlanders, ces hommes rudes des hautes terres d'Écosse, les seuls auxquels il fasse entièrement confiance.

Le 28 octobre, Sir Colin a quitté Calcutta pour faire la jonction avec les forces stationnées à Kanpour et aller secourir Lucknow. Sa priorité est de dégager la Résidence qui, résistant depuis maintenant quatre mois, est devenue dans tout le monde anglo-saxon le symbole du courage et de la supériorité de la race blanche.

Le 3 novembre, avec trois mille cinq cents hommes, il rejoint Kanpour. Là, il tente, comme avant lui le général Outram, d'établir des liens avec les notables locaux, leur faisant mille promesses. Sans succès. Personne n'accepte de coopérer ni même de fournir de la nourriture aux Britanniques. Campbell décide alors de rassembler toutes les troupes se trouvant en amont de Bénarès et il se met en route pour Lucknow accompagné de cinq mille hommes et d'une cinquantaine de canons et de mortiers.

Pourtant au dernier moment il hésite, ayant appris que le général Tantia Tope se dirige vers Kanpour avec le redoutable contingent de Gwalior qui s'est révolté contre son maharadjah. Mais, en Angleterre, la presse déchaînée ne lui laisse pas le choix. Le général Windham et deux mille hommes resteront à Kanpour.

Le 9 novembre, Campbell traverse le fleuve et se heurte à une avant-garde de quinze cents cipayes. Mais la partie est trop inégale : après les avoir décimés il rejoint Alambagh, où est toujours stationnée une petite garnison anglaise.

C'est de cette base, située à cinq miles de Lucknow, que le 14 novembre il décide de lancer l'assaut.

Pendant ce temps, dans la capitale, le rajah Jai Lal et Man Singh, l'un des grands rajahs d'Awadh, préparent la défense.

Les premiers affrontements ont lieu autour du palais de Dilkusha, le « Délice du cœur », construit sur le modèle d'un manoir anglais, et autour du collège La Martinière [1] où étudiants et professeurs vont combattre aux côtés des cipayes. Une fois de plus, la puissance de feu britannique a raison de l'artillerie légère et des mousquets, et les troupes indiennes battent en retraite. Une compagnie restera sur place, se sacrifiant pour couvrir ses camarades.

Le lendemain, l'avant-garde de Campbell fond sur Sikanderbagh, un palais édifié par le roi Wajid Ali Shah pour la jolie Sikander, à l'époque où celle-ci était son épouse favorite. Entouré de murs hauts de six mètres flanqués de gracieuses tourelles, le palais se dresse sur le chemin de la Résidence.

Immédiatement le rajah Jai Lal y dépêche ses hommes afin de bloquer l'avance ennemie, mais ils n'ont que des fusils face à l'artillerie lourde et à la dernière arme anglaise, les *rocket cars*, des canons sur roues qui, grâce à une nouvelle technique, crachent le

---

1. Grand palais, mélange de style rajastani, moghol et baroque, édifié par Claude Martin, aventurier français au service du nawab Shuja ud Daulah. Après sa mort, en 1800, son palais fut transformé en collège, frère des collèges La Martinière de Calcutta et de Lyon, financés par sa fondation et toujours en activité.

feu très rapidement et dans toutes les directions, sans avoir besoin, comme les canons classiques, d'être chaque fois rechargés. Utilisés aux Indes pour la première fois, ils sèment la terreur dans les rangs indiens.

La bataille fait rage. Les Britanniques réussissent à pénétrer dans le parc, acculant les insurgés qui se battent avec l'énergie du désespoir. Parmi les combattants indiens il y a même des femmes. Et elles font montre d'une extraordinaire audace. Lors de l'assaut l'une d'elles réussit à se cacher dans un grand arbre feuillu sous lequel sont disposées des jarres d'eau fraîche. La bataille terminée, certains soldats vont s'y reposer à l'ombre et étancher leur soif. Soudain, la vue de nombreux corps gisant sous l'arbre attire l'attention d'un officier. Ayant examiné les blessures il lui apparaît qu'on a tiré d'en haut. Il distingue une silhouette dissimulée dans les feuillages et fait feu. Un corps dégringole, vêtu d'une jaquette cintrée et d'un pantalon de soie rose, dans lequel il reconnaît avec stupéfaction une jeune femme. Armée de deux vieux pistolets, elle avait, de sa cachette, réussi à tuer plus d'une demi-douzaine d'hommes.

Sur les trois mille combattants indiens de Sikanderbagh, pas un n'en réchappera. L'aube se lève sur des monceaux de cadavres, beaucoup vêtus encore de leurs vieux uniformes rouges.

Les Britanniques continuent d'avancer. L'une des dernières positions sur le chemin de la Résidence est Shah Nadjaf, le superbe mausolée du premier roi d'Awadh et de ses épouses favorites. Les combats durent tout l'après-midi, les pertes britanniques sont si importantes qu'ordre est donné au 93e Highlanders de se retirer, lorsque par chance on découvre à l'arrière du mausolée un étroit passage. Un par un les soldats s'y faufilent, les défenseurs se trouvent alors pris entre deux feux : devant, l'intense canonnade, derrière, les « diables en jupe » qui se ruent sur eux.

Le soir tombé, les pelouses et les parterres fleuris de Shah Nadjaf sont jonchés de corps. Pour éviter le choléra on entreprend de tous les brûler, mais certains ne sont que blessés ; dans la nuit on entend les gémissements des agonisants, implorant qu'on les achève d'une balle.

Le lendemain matin, les derniers bâtiments proches de la Résidence sont emportés à la pointe des baïonnettes et, en début d'après-midi, l'armée britannique atteint la porte Bailey où les assiégés l'accueillent avec des transports de joie.

Forts de toutes ces troupes réunies, les généraux Havelock et Outram comptent bien qu'on va, une bonne fois pour toutes, investir Kaisarbagh, soumettre Lucknow et en terminer avec la bégum et ses comparses. À leur grande déception, Sir Colin refuse catégoriquement : il a perdu six cents hommes et estime que les forces restantes sont juste suffisantes pour sécuriser l'évacuation de la Résidence.

Elle aura lieu le 19 novembre.

Ce soir-là, une première colonne de litières et de palanquins chargés de près de cinq cents femmes et enfants quitte la Résidence et la ville de Lucknow sans rencontrer d'obstacle. En trois jours toute la garnison va être évacuée. On fait sortir de nuit, dans le plus grand silence, les centaines de blessés sur des brancards, protégés par les civils armés et les soldats.

Pour détourner l'attention des Indiens, Sir Colin a monté une opération de diversion : les canons bombardent intensément Kaisarbagh afin de faire croire à l'imminence d'un assaut. À l'intérieur du palais, les femmes hurlent de terreur et une partie de la garnison, paniquée, est sur le point de s'enfuir. La régente convoque alors les chefs :

« Vous pouvez partir. Moi je reste, déclare-t-elle. Mais comme je ne veux pas tomber vivante entre les mains de l'ennemi, je vous demanderai, avant de vous en aller, de me couper la tête*. »

Devant la détermination de cette femme, les militaires baissent les yeux, honteux de leur couardise et, dans un sursaut d'orgueil, s'affirment prêts à combattre à ses côtés.

Entre-temps, le long convoi britannique de quatre mille hommes, avec chevaux et carrioles, a atteint la rivière Gomti. L'unique passage est un pont de pierre et, malgré les bombardements et l'obscurité, sa traversée ne peut échapper à l'attention des gardes. Aussitôt ceux-ci donnent l'alerte.

Avertie en pleine nuit, la régente ne semble guère émue :

« Je m'y attendais, répond-elle à l'officier accouru la prévenir.

— Je vais immédiatement sonner le rappel des troupes pour les arrêter !

— Non, laissez faire.

— Pardon ?

— Notre but n'est pas de les tuer, notre but est qu'ils partent. S'ils le font d'eux-mêmes et qu'ainsi notre pays est débarrassé du dernier Angrez, tant mieux ! Que voulez-vous de plus ?

— N'allons-nous pas venger nos morts… ?

— Pour chaque Anglais occis, nous avons perdu au moins dix hommes ! Trouvez-vous que ce ne soit pas assez ? En outre, je me refuse à attaquer une colonne de réfugiés et ses centaines de blessés. Je ne suis pas Nana Sahib, et le chef de l'armée, le rajah Jai Lal, partage entièrement mon point de vue. N'insistez plus, ma décision est irrévocable : je veux qu'on laisse ces gens partir en paix. »

L'évacuation de la Résidence sera fêtée par la population comme une grande victoire : tous les Britanniques ont quitté Awadh, sauf Outram et un détachement de deux mille soldats, restés pour garder la place forte d'Alambagh que l'on se fait fort de réduire très vite.

L'optimisme règne d'autant plus que l'on vient d'apprendre la victoire de Tantia Tope sur le général Windham et la reprise de Kanpour. On évoque déjà la possibilité de libérer les villes de Bénarès et d'Allahabad qui, avant le désastreux traité de 1801, appartenaient à Awadh. La bégum Hazrat Mahal a même convoqué les généraux pour leur demander de préparer un plan. Désormais plus rien ne semble impossible.

Chapitre 28

La reprise de Kanpour sera de courte durée. Dès la mi-décembre, la ville est à nouveau occupée par les Anglais.

Nana Sahib, dont la tête est mise à prix, s'est enfui ; on ignore où il se cache.

Quant à son conseiller, Azimullah Khan, personne ne l'a vu. N'ayant pas retrouvé son corps sur le champ de bataille, on a présumé qu'il avait suivi le Nana dans sa fuite. Mais Hazrat Mahal en doute : cela ne cadre pas avec le personnage. Elle ne l'a rencontré qu'une fois mais reste convaincue que si l'homme est capable de cruauté et de cynisme, il est d'abord un nationaliste prêt à tout pour libérer son pays. Ne pouvant plus influencer son maître terrorisé, Azimullah l'a vraisemblablement quitté pour poursuivre le combat – à sa façon. Le terrain préféré de ce personnage brillant et sans scrupules n'est pas la lutte armée, même si on lui reconnaît un sang-froid peu commun – on prétend qu'il fume le cigare sur les champs de bataille alors que les bombes éclatent autour de lui. Son domaine c'est la conspiration, et il y excelle.

Pendant les mois qui suivront, la rumeur court qu'Azimullah Khan a été vu à Hyderabad avec les officiers révoltés, à Jodhpur, Poona et dans diverses villes du centre des Indes où la population s'agite. Comme par hasard, partout où il passe des soulèvements ne tardent pas à éclater. À Bhopal il aurait même été arrêté, mais très vite relâché, la bégum ne se souciant guère de faire exécuter le favori de Nana Sahib et de se fâcher avec celui qui sera peut-être le prochain Peishwa.

De son côté, le général Tantia Tope, chassé de Kanpour et ne pouvant plus compter sur Nana Sahib, se résout à retourner en Inde centrale, sa région d'origine, accompagné de Rao Sahib, le neveu de son maître. Là il compte bien susciter la rébellion chez les Mahrattes.

Cependant, à Lucknow, la régente et son état-major s'inquiètent :

En ce mois de janvier 1858, on s'attend à une nouvelle attaque, plus sévère encore que les précédentes, car on sait que le général Campbell a reçu de puissants renforts d'Angleterre et qu'ils sont en route vers Awadh.

Hazrat Mahal a entrepris de fortifier Lucknow. Quinze mille hommes s'activent à construire un mur autour de la ville, excepté au nord, où la rivière Gomti constitue une protection naturelle. Dans chaque rue et chaque allée on dresse des barricades, les principaux bâtiments sont renforcés et chaque maison est pourvue de meurtrières.

Autour de Kaisarbagh, les tranchées ont été remplies de l'eau du Gomti et on a édifié trois lignes de défense. Transformés en véritables citadelles, avec bastion à chaque angle, les palais, dont le plus grand abrite désormais le commandement des forces armées, sont défendus par cent vingt-sept canons.

Si, malgré tout, les principales fortifications étaient emportées, la résistance devrait se poursuivre au cœur de la ville et de vieux mousquets ont été distribués aux habitants. Mais, comme toujours, les munitions manquent. Pour y remédier les cipayes font montre d'une grande ingéniosité, ils inventent mille façons de fabriquer des obus : obus d'argile remplis d'éclats de fer, obus faits d'énormes cylindres de bois, obus de pierre, ou encore sacs de jute bourrés d'éclats d'obus et de poudre, tous munis d'un détonateur de fortune. On paie également de vieilles femmes pour s'aventurer au-delà des remparts ramasser les balles perdues.

La Rajmata est sur tous les fronts. Montée sur l'éléphant royal, elle visite chaque chantier pour encourager les hommes et s'assurer que les rations distribuées sont suffisantes. Beaucoup n'ont en effet plus de quoi se nourrir, depuis que les champs ont été brûlés par les armées ennemies, les céréales sont rares et chères. Aussi a-t-elle décidé de nommer dans chaque quartier un responsable chargé de veiller à ce que personne ne meure de faim, au besoin en prenant aux riches pour donner aux pauvres.

Elle a également convoqué les banquiers pour leur demander un prêt de deux millions de roupies, ce qu'ils ont refusé net. Mais en insistant et maniant tour à tour promesses et menaces, elle est parvenue à obtenir un premier versement. Ce n'est pas suffisant car il faut payer les troupes : aussi dévoués que soient les soldats, ils ne peuvent se battre le ventre vide ni laisser leur famille mourir de faim. Alors Hazrat Mahal décide de faire fondre ses bijoux et tous ses ornements d'or et d'argent. Et, malgré les cris indignés des bégums, elle les oblige à faire de même. Sur les sommes obtenues, elle mettra secrètement de côté un petit trésor de guerre afin de financer ses actions diplomatiques.

La première sera de faire venir, incognito, un officier indien stationné à Kanpour, où se trouvent encore quatre régiments indigènes sous commandement britannique. Embarrassé, l'officier tente d'expliquer les circonstances particulières qui ont empêché ses régiments de rejoindre la rébellion, mais la Rajmata l'interrompt d'une voix suave :

« Je comprends, Khan sahab. Mais il n'est pas imaginable que vos soldats et les miens, des Indiens, des frères, s'entretuent !

— Je dois vous avouer, Houzour, que mes hommes et moi nous sentons pris au piège. Nous répugnons à nous battre contre les nôtres mais le moindre signe d'indiscipline nous vaudrait la pendaison immédiate.

— Alors pourquoi ne pas ordonner à vos troupes de tirer à blanc ? Nous ferons bien sûr de même.

— Oui, mais après ? Nous serons exécutés pour mutinerie !

— Il n'y aura pas d'après. Vos cipayes tireront à blanc et aussitôt rejoindront les nôtres pour tirer sur les Anglais, cette fois à balles réelles ! »

La bégum a fini par convaincre son interlocuteur. Ensemble ils mettent au point les derniers détails et une somme de mille roupies à partager avec ses hommes scelle l'accord.

Chaque jour, du matin au soir, Hazrat Mahal s'emploie à organiser et à stimuler les énergies, mais lorsqu'elle rentre, épuisée, elle se heurte à d'autres tracas. Dans leur palais de Kaisarbagh, les bégums ont formé un front contre elle. La confiscation de leurs bijoux a été la goutte de trop. Depuis longtemps la jalousie et l'irritation montaient devant la puissance de la nouvelle Rajmata qui, après tout, n'était que la quatrième épouse, et qui plus est, d'origine très modeste !

Mir Wajid Ali, l'ancien responsable de la fabrique de munitions, soupçonné par certains d'être l'homme des Anglais, a soufflé sur les braises. Effrayant les femmes en leur décrivant les victoires de l'ennemi, la puissance de ses canons et la faiblesse de leur propre camp, il est arrivé à les persuader de l'incompétence de la nouvelle régente et du danger de lui laisser le pouvoir de décision. Sous son influence, un fort mouvement de contestation s'est créé à l'intérieur du palais, qui inlassablement cherche querelle à la Rajmata et tente d'affaiblir son autorité.

Hazrat Mahal a beau tenter de se convaincre que ce sont là jalousies sans importance, qu'elle est au-dessus de ces mesquines intrigues, elle ne peut s'empêcher de ressentir durement ces attaques. Heureusement qu'elle a Mumtaz ! Elle lui a fait aménager une chambre auprès de la sienne et ainsi elles passent de longs moments ensemble.

Mais si Mumtaz peut la réconforter, elle ne peut guère la conseiller sur les affaires politiques. Les longues discussions avec Jai Lal lui manquent, elle aimerait tant l'avoir auprès d'elle comme naguère, lui qui sait toujours ce qu'il faut faire alors qu'elle, souvent, hésite et se pose mille questions. Sa force et son esprit de décision la fascinent ; il la rassure quand elle doute, et sa confiance et son admiration lui redonnent l'énergie d'avancer.

Elle multiplie les occasions de le rencontrer : dans cette cour où on ne peut se fier à personne, la présence de Jai Lal, sa voix chaleureuse, son sourire lui sont devenus indispensables.

Pourtant le rajah reste sur la défensive. Il voit bien que la jeune femme cherche à renouer les liens d'autrefois, mais autrefois, pour tous deux, il n'y avait qu'amitié et admiration réciproques, tandis que maintenant... Il sait qu'il tient à elle comme il n'a jamais tenu à aucune autre femme. Mais elle ? Que ressent-elle pour lui ? Elle est si changeante... fait alterner sans raison apparente des moments de froideur et de charme... Il ne veut plus s'y laisser prendre. Ne l'a-t-il pas vue l'autre jour faire la coquette avec le prince Firouz ?

Comment pourrait-il deviner que Firouz Shah est le dernier souci de la bégum ?

⁂

Avant-garde de l'armée de Sir Campbell, les troupes du général Frank renforcées par les Gurkhas de Jang Bahadour, Premier ministre et homme fort du Népal, progressent vers Awadh. Des villes sont conquises de haute lutte, mais à peine les Népalais les ont-ils quittées que les Indiens réattaquent et les libèrent. Ils harcèlent l'armée britannique partout où elle passe. Ne s'avouant jamais vaincus, ils repartent à l'assaut et chaque fois reconquièrent les positions perdues.

Pour le général Frank, l'objectif n'est pas de pacifier Awadh – cela demanderait des forces bien plus importantes –, c'est de gagner Lucknow. Ses troupes avancent, appuyées par les Gurkhas, de petits guerriers trapus, à la cruauté légendaire. Il faut les arrêter avant que la population d'Awadh, paniquée, ne s'enfuie devant eux : l'état-major de la bégum décide d'envoyer une douzaine de régiments pour contrer leur avance.

Les cipayes n'ont parcouru que quelques miles lorsqu'ils sont rattrapés par un cavalier, galopant à bride abattue, porteur d'un message du maulvi Ahmadullah Shah :

> « Revenez ! Vous avez été trompés ! La bégum et le parti de la cour veulent vous éloigner pour pouvoir négocier la reddition de la ville aux Anglais. Rentrez immédiatement déjouer cette trahison ! C'est un ordre sacré du vice-régent de Dieu, auquel vous devez tous obéissance ! »

Les hommes hésitent, ils ont juré allégeance au jeune roi et à la Rajmata, mais le maulvi les impressionne : c'est un valeureux guerrier et un saint homme, pourquoi les tromperait-il ? Après une longue discussion, ils décident de faire demi-tour et de regagner la capitale [1].

L'incident met le feu aux poudres et déclenche une crise ouverte. Mis en accusation, Ahmadullah Shah réplique en contestant publiquement l'autorité de la bégum et des « enturbannés [2] », et il menace de se proclamer roi.

Ses troupes et celles de la bégum vont s'affronter dans une série d'escarmouches jusqu'à ce que, le 7 janvier, ait lieu une véritable bataille rangée entre les deux parties. Elle dure déjà depuis quelques heures et a fait près de deux cents morts, lorsqu'elle est interrompue par l'arrivée de la régente elle-même. Prévenue, celle-ci s'est fait transporter sur place et de son palanquin, les yeux étincelants de fureur, elle apostrophe les combattants :

« Êtes-vous devenus fous ? L'ennemi est à nos portes et au lieu de protéger la population vous vous entretuez ! Comment ai-je pu vous faire confiance ? »

Les hommes se sont arrêtés. Sous les remontrances de la Rajmata, ils baissent la tête, désemparés. Ce que voyant, celle-ci se radoucit :

« Rentrez chez vous et gardez vos forces pour défendre votre ville et vos familles contre les Angrez. Je compte sur votre loyauté et votre courage ! »

C'est au milieu de ces conflits internes que le commandant en chef de l'armée des Indes, Sir Colin

1. Par la suite, le bruit courut que la lettre était un faux, fabriqué par les Anglais pour diviser leurs adversaires.

2. Les aristocrates.

Campbell, reprend l'offensive sur Awadh. Il aurait préféré attendre l'automne et réduire d'abord les révoltes qui éclatent partout aux alentours mais, politiquement, Lucknow reste une priorité.

> « Tous les regards aux Indes sont fixés sur Awadh, comme ils l'étaient sur Delhi, lui écrit, de Calcutta, Lord Canning. C'est le dernier lieu de ralliement des cipayes, là où ils placent tous leurs espoirs, le seul qui représente une dynastie. Depuis deux ans les chefs indigènes attendent de voir si nous allons être capables de garder ce que nous avons pris, afin d'en tirer toutes les conséquences*. »

Sir Colin s'est donc mis en route. Avec trente mille hommes, dont seize régiments de l'armée royale, et une puissante artillerie, il a sous ses ordres la force la plus considérable jamais rassemblée par les Britanniques aux Indes.

La progression est lente car la voie ferrée ne couvre que cent vingt miles, de Calcutta à Raniganj. Ensuite, sur les neuf cents miles les séparant de Kanpour, les compagnies et tout l'armement – canons, munitions, échelles et matériel de siège – sont transportés à dos d'éléphant ou sur des chariots tirés par des buffles, l'ensemble constituant un train de siège long d'une dizaine de miles.

La chaleur est si écrasante que les hommes sont forcés de s'arrêter entre 10 heures du matin et 4 heures de l'après-midi, et ne peuvent parcourir que vingt-cinq à trente miles par jour. Ils vont mettre plus de trois semaines à effectuer le trajet de Calcutta à

Bénarès. À partir de la ville sainte, ils n'avancent plus que par détachements de trois ou quatre compagnies car la région est infestée de bandes d'insurgés. Après Allahabad, ils devront même couvrir à pied les derniers cent cinquante miles jusqu'à Kanpour.

Mi-février enfin, toute l'armée est rassemblée à Kanpour et, après quelques jours de repos, prête à se lancer sur Lucknow. Mais Lord Canning demande à Campbell d'attendre : le Premier ministre du Népal veut participer au siège. La ville est d'une richesse légendaire et il compte bien obtenir sa part du butin. Personne n'est dupe, mais on ne peut mécontenter un allié de cette importance. En pestant, Campbell attendra quelque temps puis, le 28 février, à bout de patience, il ordonne à son armée de traverser le Gange.

À peine le fleuve franchi, les Britanniques se heurtent à un énorme déploiement de forces. Non seulement les régiments de cipayes et les troupes des taluqdars mais aussi des milliers de paysans se battent pied à pied pour défendre leur territoire. La mobilisation est générale, à la grande surprise des officiers anglais nouvellement débarqués aux Indes :

« On nous avait parlé d'une mutinerie, s'étonne l'un d'eux, or ce que je vois autour de moi est une lutte d'indépendance nationale de tout le pays contre nous, les étrangers [1]. »

Mais la supériorité des forces britanniques devient vite évidente et les défections des taluqdars se multiplient. Le rajah Man Singh est le premier à trahir. Il se

1. Tiré des rapports militaires britanniques.

retire dans son fort avec ses sept mille soldats, entraînant dans son sillage nombre de ses pairs.

Le découragement devant la puissance de l'adversaire n'est pas seul en cause. Ces seigneurs féodaux ont commencé à prendre peur devant la force de la révolte populaire. Ils comprennent que la victoire risque de bouleverser les traditions séculaires de la société indienne et de mettre en danger leurs privilèges… bien plus que les Anglais, imbus de hiérarchie, ne le feraient jamais.

⁂

Ce soir, Hazrat Mahal est rentrée au palais épuisée et soucieuse. Entre les pertes au combat et les défections, les forces combattantes se sont réduites d'un bon tiers. Il ne reste plus que quelque soixante mille hommes et, parmi ceux-ci, trente mille cipayes seulement.

Tandis que son amie Mumtaz s'efforce de la distraire, un officier demande à être reçu. Introduit par un eunuque, il se tient immobile sur le seuil du salon ; son air sombre laisse pressentir une mauvaise nouvelle.

« Allons, parle ! Que se passe-t-il ? questionne la Rajmata.

— En tentant de repousser l'assaut ennemi à Nawabjang… le rajah Jai Lal… »

Hazrat Mahal tressaille, le sang s'est retiré de son visage, la voix lui manque. C'est Mumtaz qui presse l'homme de parler :

« Qu'est-il arrivé au rajah ?

— Un boulet de canon l'a emporté », balbutie l'homme en baissant la tête.

… Boulet de canon… emporté…

Hazrat Mahal ne comprend pas…

Et soudain, comme si elle assistait à un spectacle, elle entend un grand cri :

« Il est mort ? »

Devant les yeux qui la fixent, elle comprend que c'est elle qui vient de crier et que l'homme la regarde, stupéfié.

Mumtaz a juste le temps de le faire sortir avant qu'elle ne s'écroule dans ses bras. Jai Lal mort ? Une douleur lui empoigne le cœur et l'empêche de respirer. Affolée, Mumtaz la fait étendre, lui bassine le front d'eau fraîche, lui caresse les mains et le visage, tout en essayant de la réconforter. En vain. Les sanglots la suffoquent, elle se débat, tente de se relever, puis retombe sur le divan, exsangue.

« Tu l'aimais donc tant ? » murmure Mumtaz bouleversée.

Pourquoi ne le lui a-t-elle jamais fait comprendre ? Toujours cette maudite fierté… Et maintenant il est trop tard.

Toute la soirée Mumtaz va rester auprès d'elle, lui chantant pour la calmer d'anciennes mélopées du temps de leur enfance. Hazrat Mahal a fermé les yeux, peu à peu sa respiration s'est faite plus régulière, elle s'est endormie.

Le lendemain au réveil, lorsqu'elle comprend que ce n'était pas un cauchemar, ses larmes recommencent à couler de plus belle. Malgré ses efforts, elle n'arrive pas à les retenir. Aussi prie-t-elle Mumtaz d'annuler toutes ses audiences et d'interdire sa porte.

Vers midi, un fort vacarme se fait entendre dans le hall. Couvrant les cris aigus des eunuques et des femmes, une voix tonne : « Laissez-moi passer, misérables ! Si la Rajmata est malade, raison de plus pour que je la voie ! »

Et la portière de brocart s'est ouverte sur une haute silhouette.

Les yeux écarquillés Hazrat Mahal le regarde, comme si elle voyait un fantôme.

« Vous… n'êtes pas mort ? parvient-elle à articuler.

— Mort ? »

Le rajah s'est figé, interloqué, puis, comprenant la méprise :

« Mais non, c'est le malheureux officier, à mon côté, qui a été tué. Moi, comme vous pouvez le constater, je suis bien vivant ! »

L'émotion est trop forte, les digues édifiées depuis des mois se rompent, en sanglotant elle se jette dans ses bras, balbutiant des paroles incompréhensibles.

Il enlace son corps tremblant et la berce doucement, comme une enfant qu'on rassure. D'une main légère il caresse sa longue chevelure et, en se penchant, pose un baiser sur son front brûlant.

Discrètement, Mumtaz s'est éclipsée.

Chapitre 29

Dans un modeste logis de la vieille ville une femme plantureuse, aux cheveux encore noirs, attend ses invités. Depuis la veille elle s'évertue à rendre accueillantes ses deux pauvres pièces. Elle a balayé le sol de terre battue, lessivé les murs peints de bleu et fait une chasse acharnée à la poussière. Puis elle a disposé dans la chambre les trésors que sa nièce lui a apportés pour la circonstance : un grand tapis à fleurs, des coussins de soie et, à la place du charpoy [1], l'une de ces inventions angrez qu'ils nomment « matelas », enfin des draps si fins qu'elle n'en a jamais vu de pareils et une moelleuse courtepointe de satin.

Lorsque Mumtaz, la fille de son frère aîné, était venu lui demander de recevoir chez elle, en toute discrétion, un couple de ses amis, Aslam Bibi s'était récriée : elle, une femme respectable, n'allait certainement pas mettre en danger sa réputation, bâtie sur quarante ans de vie vertueuse, en favorisant des amours illicites !

Mais Mumtaz a tellement insisté qu'elle a fini par céder. Veuve, mère de filles déjà mariées, Aslam Bibi

1. Lit de cordes tressées.

a gardé un côté « fleur bleue » et elle s'est émue à l'idée de ce couple qui, par amour, risquait la mort, ou du moins le bannissement perpétuel. Car aux Indes, qu'on soit hindou, musulman ou chrétien, on ne plaisante pas avec la vertu des femmes. Par l'intermédiaire de ces amants mystérieux elle allait vivre l'aventure de sa vie ! Mais c'est surtout la bourse d'or, glissée par sa nièce, qui avait eu raison de ses dernières hésitations. Depuis la mort de son mari, Aslam Bibi survit à grand-peine du tissage de fines mousselines, autrefois très appréciées mais qui, depuis l'exil du roi et la ruine des rajahs et taluqdars, ne se vendent presque plus.

La nuit est tombée depuis longtemps ; assise dans sa cuisine, la femme commence à s'inquiéter : et si ses hôtes ne venaient pas ? Devra-t-elle rendre l'or ?… Impossible ! elle en a déjà donné une partie à l'usurier qui, depuis la mort de son mari, lui prête de quoi subsister – à 14 % par mois, un prix d'ami prétend-il, car il a de la considération pour elle – une considération qu'il ne demanderait d'ailleurs qu'à lui prouver. Mais, depuis son veuvage, Aslam Bibi a beaucoup appris : elle sait qu'il faut éviter de mécontenter ses créanciers, mais qu'il ne faut pas non plus répondre à leurs avances dans l'espoir qu'ils effaceront la dette, car c'est le contraire qui se produit : n'ayant plus rien à espérer, ils n'ont plus aucune pitié.

Un léger grattement à la porte. Arrachée à ses pensées, la femme se précipite pour ouvrir, en prenant soin de ne pas faire grincer les gonds, et se hâte de faire entrer la fine silhouette dissimulée sous une noire burqa.

« Salam aleikum.
— Wa aleikum salam. »

Elles n'ont échangé que la traditionnelle salutation. Mumtaz lui a en effet ordonné la plus grande discrétion, mais ces quelques mots ont suffi à convaincre l'hôtesse que son invitée est une musulmane de la plus haute société. D'ailleurs la finesse de sa main l'atteste, même si l'absence de bijoux tend à prouver le contraire.

Restée seule dans la chambre, Hazrat Mahal contemple les murs écaillés contrastant avec la literie raffinée où elle reconnaît l'intervention de son amie. Elle a enlevé sa burqa, remis un peu d'ordre dans sa toilette, une garara bleu foncé, brodée d'argent qui fait ressortir le satiné de sa peau mate et avec soin elle arrange les torsades de perles ornant sa chevelure. Jai Lal la trouvera-t-il belle ?

Jai Lal… Au souvenir de ses baisers une vague d'émotion l'envahit. L'évocation de cette matinée où, en pleurant, elle lui est tombée dans les bras la submerge de bonheur… et d'appréhension. Qu'a-t-il pensé d'elle ? Cela fait deux jours déjà, depuis ils ont évité de se rencontrer, leur désir est si intense qu'ils craignent de se trahir.

C'est la première fois qu'elle aime. Elle se rend compte que le sentiment qu'elle portait à Wajid Ali Shah était surtout de l'admiration pour un souverain auréolé de gloire, puis, quand elle l'avait mieux connu, de la tendresse pour un être bon et loyal, teintée d'un peu de pitié. Longtemps elle s'était persuadée qu'il faisait ce qu'il pouvait dans une situation impossible… Mais depuis qu'elle est la régente, et surtout depuis qu'elle côtoie quotidiennement Jai Lal, elle a compris que, plus encore que la bonté et l'intelligence, la principale vertu d'un chef est le courage.

Mais le courage exclut-il la prudence ? Ce rendez-vous avec Jai Lal dans cette maison inconnue n'est-il pas insensé ? Car si elle peut choisir de risquer sa vie pour retrouver celui qu'elle aime, a-t-elle le droit de mettre en danger son image de « mère combattante » révérée par les soldats, la position de son fils et l'avenir du mouvement de libération ?

Jamais elle n'aurait accepté le plan de Mumtaz, eût-elle dû s'en arracher le cœur, si son amie n'était arrivée à la persuader qu'il n'y avait aucun danger. Elle sortirait du palais, comme en sortaient parfois les anciennes « fées » de Wajid Ali Shah, ces jolies danseuses abandonnées par leur maître et qui se morfondaient, inutiles, dans un zénana devenu leur tombe. Les plus hardies avaient noué ou renoué des relations à l'extérieur du palais et contre quelques pièces d'argent les eunuques fermaient les yeux : le roi parti, ils n'avaient plus de raison de garder son trésor.

Ce soir, Hazrat Mahal avait prétexté une grande fatigue et demandé à n'être, en aucun cas, dérangée. Discrètement Mumtaz lui avait apporté une burqa et commandé un phaéton dont elle connaissait le cocher. Il attendrait la dame et la ramènerait au palais avant le lever du jour. Pendant ce temps Mumtaz dormirait dans le lit de la Rajmata pour faire croire à sa présence, dans l'éventualité improbable où, enfreignant les ordres, quelqu'un entrerait dans la chambre.

Le bruissement d'une tenture… une main s'est posée sur son épaule. Un frisson la parcourt, elle voudrait se retourner, elle n'en a pas la force, elle reste là, immobile, savourant le contact de cette main qui s'attarde et remonte vers sa nuque, caressante, une main douce et ferme, qui ne demande pas, qui s'impose, comme une évidence.

D'un geste, il l'a prise dans ses bras et la contemple, émerveillé, tout en continuant à parcourir de caresses son dos, sa taille, ses hanches. Et elle, qui depuis des mois s'est imaginé cet instant, se retrouve comme une enfant qui n'a pas de passé et qui ne souhaite qu'une chose, que ce moment se prolonge indéfiniment. Les yeux grands ouverts elle regarde cet homme, elle tremble et la violence de son désir l'effraie, pour la première fois de sa vie elle n'est plus maîtresse d'elle-même.

Alors, pour se retrouver en terrain familier, pour tenter d'apprivoiser l'inconnu, elle ferme les yeux et entrouvre légèrement les lèvres, attendant un baiser.

« Non ! »

Jai Lal s'est éloigné, la laissant vacillante. Et, comme elle le regarde sans comprendre :

« Non, ma chère, je ne suis pas un de vos rêves, un fantôme où accrocher vos désirs et vos manques. Regardez-moi : je suis un homme bien réel, avec ses qualités et ses défauts, un homme qui vous aime et que vous pourrez peut-être apprendre à aimer.

— Mais… je vous aime !

— Vous ne m'aimez pas encore, vous avez peur. La preuve, vous venez de me la donner en fermant les yeux pour rester dans votre monde imaginaire. Vous êtes éprise d'un songe. Et je pense que vous et moi méritons mieux que cela. »

Elle a baissé la tête pour dissimuler ses larmes, elle sait qu'il a raison. Elle, dont tous vantent le courage, est incapable de déposer son armure. Elle, dont la beauté sensuelle semble promettre d'infinis plaisirs, peut sans doute entraîner son partenaire vers les sommets de la jouissance, mais elle reste sur la rive, sans même que l'autre ne s'en aperçoive, que ce soit Wajid Ali Shah, le seul homme qu'elle ait connu, ou la compagne du zénana avec qui elle trompait sa solitude. Ce n'est pas qu'elle joue la comédie, bien au contraire, elle aime l'amour mais elle n'arrive pas à s'y abandonner, paniquée à l'idée d'être vulnérable et de risquer d'être, à son tour, abandonnée.

Abandonnée comme, bébé, elle l'avait été par l'être auquel elle tenait par toutes les fibres de sa chair, sa mère, morte quelques semaines après sa naissance. On lui avait raconté que pendant des jours elle avait refusé le lait de sa nourrice et qu'elle avait failli mourir elle aussi.

Le décès de son père avait ravivé son sentiment d'insécurité. Désormais elle ne pouvait se permettre de tomber, il n'y avait plus personne pour la relever.

Ainsi fut-elle contrainte de se construire en force. Mais elle seule sait combien son apparence assurée cache de faiblesse et d'angoisse.

Aujourd'hui, alors que pour la première fois elle est amoureuse, elle se sent terrorisée, elle voudrait se laisser aller mais elle en est incapable.

Les sanglots qu'elle ne peut plus contenir l'étouffent.

« Allons, ma djani [1], pleurez autant que vous le désirez mais sachez que je vous aime et que je vous aimerai toute ma vie. »

Il la prend dans ses bras et la serre tendrement :

« Si je suis lent à me décider, j'ai aussi la réputation d'être têtu et même si vous vous débattez comme une diablesse pour échapper à mon amour, je ne vous lâcherai jamais ! »

Ses sanglots ont redoublé, il lui semble que toutes les défenses qu'elle a élevées pour se protéger sont en train de céder. Elle ne sait plus si elle pleure d'appréhension ou de bonheur.

Il l'a attirée vers le grand lit et lentement il l'a déshabillée. Et pendant des heures il lui a parlé et l'a caressée, parcourant tout son corps de baisers. Elle aime ses mains un peu rugueuses d'homme plus habitué aux chevauchées dans la campagne qu'à la fréquentation des salons, elle aime surtout cette passion qui sourd de chacun de ses gestes et qu'il retient pour ne pas l'effrayer.

Le temps a passé sans qu'ils s'en aperçoivent et, lorsque de petits coups frappés derrière la cloison leur signale que l'heure est venue de se quitter, ils sursautent, incrédules.

« Elle doit se tromper », maugrée Jai Lal.

Mais par la fenêtre on distingue les premières lueurs de l'aube.

Alors il se retourne vers la jeune femme et l'étreint comme s'il craignait de la perdre :

---

1. Chérie.

« Quand, ma djani ? demande-t-il d'une voix altérée.

— Maintenant, quand tu voudras, toujours », balbutie-t-elle, le visage enfoui contre sa poitrine. Tout ce qui n'est pas eux, en cet instant lui paraît irréel, sans importance. Irréelle cette guerre, irréels cette cour et ce gouvernement. La réalité c'est leur amour. Pour la première fois elle se sent vivre, le reste n'est qu'artifices et justifications pour échapper au vide. Elle voudrait tout abandonner, partir avec lui, loin, très loin.

Mais elle sait que c'est impossible. Elle se doit à son fils, il ne demandait rien, elle l'a voulu roi et aujourd'hui elle paie son ambition de sa liberté.

Comme s'il lisait dans ses pensées, Jai Lal murmure :

« Pour autant que nous le souhaitions, ni toi ni moi ne pourrions abandonner la lutte et tous ceux qui nous font confiance. Nous nous en mépriserions, notre amour n'y survivrait pas. »

Comme toujours, il a raison…

Alors, pour alléger l'atmosphère, elle lance :

« Espérons qu'entre les combats les Anglais voudront bien nous laisser le temps de nous aimer !

— Nous leur ferons la vie si dure qu'ils seront obligés de se reposer ! » promet-il en riant.

À nouveau des coups insistants contre la cloison.

Hazrat Mahal s'est jetée dans les bras de Jai Lal.

« À très vite, mon amour, et souviens-toi : les émeraudes, ce sera notre signe. Chaque fois que nous pourrons nous retrouver, je les porterai. »

Et, enfilant sa burqa, elle a disparu, petite forme noire dans la pâleur rose de l'aube.

⁂

Depuis le 2 mars le général Campbell campe à Alambagh avec ses soldats et se prépare à attaquer Lucknow. Le 4 mars il a été rejoint par le général Frank. Leurs troupes conjuguées s'élèvent à trente et un mille hommes, presque tous européens, renforcées par les neuf mille Gurkhas de Jang Bahadour.

À Lucknow, transformée en ville fortifiée, la population est sur le qui-vive. Le commandement militaire dirige les opérations depuis son palais de Kaisarbagh. Les appartements privés désormais sont vides, les épouses et les femmes de la famille royale ayant quitté ce lieu, trop dangereux, pour se réfugier dans des demeures éloignées de la zone des combats. Ce qui soulage Hazrat Mahal qui ne supportait plus leurs visites et leurs récriminations, et moins encore d'être constamment épiée.

Devant l'importance des forces ennemies certains taluqdars ont choisi la fuite et déserté avec leurs troupes. Il ne reste, outre les trente mille cipayes, que des dizaines de milliers de volontaires, mal entraînés. Malgré ses efforts pour les organiser et les rassurer, le rajah Jai Lal sent monter l'anxiété, surtout depuis que s'est confirmée la nouvelle de la présence des « démons népalais ». Pour réconforter ses hommes et leur redonner l'envie de se battre, il a besoin d'aide.

Hazrat Mahal a aussitôt accepté. Le roi et elle viendront parler aux soldats.

En cet après-midi du 5 mars, dans l'immense parc de Kaisarbagh des dizaines de milliers de soldats rassemblés sous le soleil attendent le jeune souverain auquel, le 5 juillet 1857, il y a tout juste huit mois, ils ont juré allégeance.

Lorsque enfin apparaissent au balcon le roi et sa mère, une vague de ferveur déferle sur la foule, de toutes parts fusent les acclamations et les bénédictions.

Un peu en retrait, Jai Lal attend que l'enthousiasme s'apaise, mais les hommes semblent ne pas se lasser de clamer leur joie, aussi doit-il réclamer d'autorité le silence pour laisser parler le roi. Birjis Qadar s'est avancé, vêtu très simplement du chowridar et du kurtah de coton blanc, chers aux Lucknowi, et coiffé du mandil royal.

D'une voix vibrante mais posée il évoque son père, Wajid Ali Shah : « Votre roi, prisonnier à Fort William, compte sur vous tous pour vaincre les Angrez afin de pouvoir rentrer en Awadh et y rétablir une ère de prospérité et de dignité. »

À aucun moment l'adolescent ne se met en avant, ni ne se présente comme le souverain. Dans une société où le respect des aînés est une valeur suprême, sa modestie lui gagne les cœurs. On l'acclame : tant de jeunesse et tant de sagesse ! Les rudes cipayes en pleurent d'émotion.

D'un geste, Birjis Qadar fait cesser les ovations.

« Maintenant, la personne que j'admire le plus au monde, celle qui par son courage et sa détermination préside à nos destinées, la Rajmata ma mère, va vous parler. »

Aussitôt Hazrat Mahal l'a repris :

« Ce n'est pas moi, mon fils – et, se tournant vers les soldats –, c'est vous tous, combattants ici réunis qui, par votre bravoure et votre loyauté, tenez entre vos mains le destin d'Awadh ! C'est vous que nous devons honorer et remercier. C'est à vous que nous nous confions. »

D'un large geste elle tend ses bras vers la foule, comme si elle voulait l'embrasser tout entière dans sa reconnaissance.

Stupéfaite et fascinée, l'assistance contemple cette femme exceptionnelle, cette reine si belle et si digne, qui leur rend hommage, à eux simples paysans, simples soldats. Au milieu du silence, Hazrat Mahal fait signe à Jai Lal d'avancer.

« Je tiens tout particulièrement à remercier votre chef, le rajah Jai Lal, dont nous apprécions tous la clairvoyance et le courage. Il fait et fera tout pour vous protéger car il vous aime comme ses enfants. Sous sa direction vous avez remporté à Chinhut une victoire mémorable et, depuis des mois, vous tenez l'ennemi en échec. Sous sa direction nous allons vaincre ! »

Des hourras frénétiques accueillent ses paroles. Jamais ces hommes qui depuis toujours se sacrifient pour leurs maîtres ne se sont sentis à ce point reconnus et honorés. L'émotion les étreint, ils rient et pleurent à la fois, galvanisés ils brandissent leurs fusils, leurs faux, leurs lances, ils n'ont plus peur, ils ne doutent plus, ils ont hâte d'aller combattre pour leur roi et leur Rajmata. Sachant combien le peuple a besoin d'approcher ceux qu'il admire, la bégum a fait préparer l'éléphant royal et, contre l'usage voulant qu'il soit réservé aux seuls souverains, elle convie le rajah à prendre place avec eux dans le howdah d'argent. Lentement ils font le tour du parc sous les vivats des soldats, sensibles à l'hommage rendu à leur chef.

Alors qu'aux portes de Lucknow le danger est plus pressant que jamais, Hazrat Mahal resplendit. Entourée des deux hommes qu'elle aime, au milieu du peuple qui les acclame, de sa vie elle n'a été aussi heureuse.

Chapitre 30

Le 6 mars, à l'aube, le général, Sir Colin Campbell, lance sur Lucknow un assaut qu'il espère décisif.

Bien que confronté à un ennemi supérieur en nombre, il décide, contrairement à toutes les règles de l'orthodoxie militaire, de diviser ses forces. Tandis qu'il progresse à partir du sud-est, il envoie Outram – avec sept mille hommes et une puissante artillerie, galvanisés par la fougue d'un jeune lieutenant, Vivian Majendie – dans la direction nord, le long de la rivière Gomti, réputée infranchissable. Pourtant, en une nuit, le génie parviendra à ériger deux ponts de fortune et à l'aube Outram et ses troupes traverseront la rivière.

Leur objectif : capturer le Chakar Khoti, le kiosque à musique du champ de courses, face aux palais de Kaisarbagh, et y installer l'artillerie lourde. Ainsi le commandement indien se retrouvera pris entre deux feux.

Mais réduire le kiosque à musique va se révéler particulièrement ardu. Un petit groupe de cipayes retranchés à l'intérieur le défend farouchement. En moins d'une heure une vingtaine de Britanniques, dont un officier, sont tués, le général Outram donne alors ordre de canonner jusqu'à anéantir toute résistance.

Dans ses Mémoires le lieutenant Majendie raconte la suite :

> « De rage d'avoir perdu le lieutenant Anderson, un officier très populaire, un groupe de nos soldats sikhs se précipite dans le bâtiment en ruine et en ressort avec le seul survivant. Le saisissant par les deux jambes ils tentent en vain de l'écarteler, n'y réussissant pas ils le traînent en le perçant de coups de baïonnette. Mais le pire était à venir : ayant improvisé un brasier ils maintiennent au-dessus le moribond, en dépit de ses soubresauts et de ses cris. À un moment donné celui-ci, fou de douleur, parvient à échapper à ses bourreaux et à se traîner sur quelques mètres, mais ils le rattrapent et le replacent au-dessus du feu jusqu'à ce que, atrocement brûlé, il succombe. »

Et le lieutenant Majendie de conclure :

> « Ainsi en ce XIXe siècle qui se targue de civilisation et d'humanité, on peut faire rôtir à mort un être humain, tandis que des Anglais et des Sikhs, assemblés en petits groupes, regardent calmement le spectacle [1] ! »

Pendant ce temps, au sud, Sir Colin avance méthodiquement. Les palais fortifiés, les mosquées et les mausolées sont pris les uns après les autres. La bataille la plus dure a lieu autour du Bégum Khoti, le

1. *A Year of Service in India*, Vivian Majendie, Londres, 1859.

dernier palais avant Kaisarbagh, dont le rajah Jai Lal assure la défense, à la tête de milliers de cipayes. Pendant des heures ils résistent jusqu'à ce que, les boulets anglais ayant démoli tous les murs, Jai Lal juge inutile de sacrifier plus d'hommes et fasse sonner la retraite. Avec quelques centaines de cipayes il va demeurer sur place pour les couvrir tandis que les Britanniques investissent le khoti.

Les combats sont féroces. Quand les cipayes ont tiré, ils ne perdent pas de temps à recharger mais lancent leurs fusils contre les Britanniques, se servant des baïonnettes comme de javelots. Puis, dégainant leur sabre, ils se précipitent en poussant des cris de guerre pour finalement se jeter sous les baïonnettes ennemies et trancher jambes et pieds avant d'être eux-mêmes transpercés.

Ils ne sont plus que quelques dizaines lorsque Jai Lal donne l'ordre de se retirer par une brèche arrière, près de laquelle des chevaux les attendent. Mais, tandis qu'ils s'apprêtent à sortir, surgit la haute silhouette d'un officier anglais :

« Y a-t-il quelqu'un ici ? crie-t-il à la cantonade.

— Eh oui ! » rétorque Jai Lal en pointant son fusil. À peine a-t-il tiré qu'il reconnaît l'homme qui s'écroule, l'air stupéfait : c'est William Hodson, celui qui a arrêté l'empereur Bahadour Shah Zafar et traîtreusement assassiné ses trois fils. Son portrait avait alors paru dans les grands journaux indiens.

Mais les coups de feu ont alerté l'ennemi, Jai Lal et ses compagnons n'ont que le temps d'enfourcher leurs chevaux et de s'enfuir à toute allure.

La nouvelle de la mort de l'Anglais le plus haï des Indes s'est répandue à travers la ville. Jusque sur les barricades on acclame le nom du héros qui a vengé l'honneur de la famille impériale, déchue mais toujours révérée.

Dès son arrivée au palais de Kaisarbagh, Jai Lal, couvert de poussière et de sang, est reçu par le jeune roi et la Rajmata qui, devant la cour assemblée, lui expriment leur reconnaissance. Tandis qu'à l'extérieur les canons ennemis continuent de tonner, une cérémonie est improvisée au cours de laquelle Birjis Qadar remet en grande pompe au rajah un splendide khilat brodé d'or et de perles [1].

Tard dans la soirée, Jai Lal et Hazrat Mahal se sont retrouvés dans la chambre de Mumtaz qui communique par un étroit couloir avec celle de la bégum.

Il est désormais impossible de rejoindre la petite maison dans la vieille ville investie jour après jour par les forces ennemies. Ils savent qu'ils prennent un grand risque mais, dans le désordre ambiant où les officiers vont et viennent d'un palais à l'autre, qui s'étonnerait de voir un homme masqué entrer chez Mumtaz, l'ancienne courtisane ?

Le seul danger c'est Mammoo Khan dont la jalousie nourrit la méfiance. Il avait l'habitude de se présenter à toute heure chez sa maîtresse, mais il a récemment provoqué son courroux en lui conseillant de traiter avec les Britanniques. Méprisante, la bégum

---

1. Les décorations n'existaient pas. Le souverain donnait des robes de cour ou des étoles d'une richesse inouïe.

lui a interdit de reparaître devant elle. Depuis il traîne sa rancœur et on ne le voit plus guère.

Toute à son bonheur Hazrat Mahal l'a oublié. Chaque soir elle retrouve son amant et, dans le grand lit garni de jasmins odorants, jusqu'à l'aube ils s'aiment.

C'est une lente cérémonie où tremblants ils se découvrent l'un à l'autre. Devant cet homme qui se livre sans réserve, ce guerrier qui la contemple avec l'innocence et l'émerveillement d'un adolescent, ses réticences et ses peurs s'évanouissent ; elle caresse son corps robuste, se love langoureusement contre lui, pressant ses seins et son ventre contre le sien, s'étonnant de son audace. Mais très vite elle cesse de se poser des questions, emportée dans un tourbillon où elle ne contrôle plus rien, tête renversée, lèvres offertes, happée par un vent chaud, une mélopée profonde, une lumière intense qui s'infiltre dans tout son corps qu'elle sent grandir, lui échapper, et s'épanouir en un fulgurant éblouissement.

Chaque nuit ils se donnent l'un à l'autre passionnément, chaque nuit ils savent que c'est peut-être la dernière.

Chapitre 31

Les troupes du général Campbell investissent méthodiquement la ville de Lucknow. Évitant les rues hérissées de pièges et de barricades, elles progressent de maison en maison, dynamitant les murs pour se frayer un passage et massacrant les habitants qui n'ont pu fuir. Les Indiens défendent le terrain pied à pied et, lorsqu'ils se retirent, prennent soin de laisser dans les maisons abandonnées des bouteilles d'alcool sachant que les soldats britanniques ne peuvent y résister et que leur avance en sera d'autant ralentie.

À partir du 9 mars, les bombardements sur Kaisarbagh s'intensifient. À l'artillerie d'Outram, au nord, se joignent désormais les canons de Campbell, au sud. Mais les cipayes ont juré de défendre le siège du pouvoir et de donner leur vie pour le roi et la Rajmata.

Avec l'aide de Mumtaz et des deux hakims du palais, Hazrat Mahal a organisé une infirmerie de fortune. Mais on n'a pas retrouvé le chirurgien de la Cour, qui a dû juger préférable de s'enfuir et, excepté des cataplasmes d'herbes antiseptiques sur les plaies, des ligatures pour empêcher le sang de s'écouler, on ne peut pas faire grand-chose, sinon prodiguer des paroles réconfortantes et donner de l'opium pour calmer la douleur.

Cependant beaucoup pensent que la place de la régente n'est pas à Kaisarbagh, en particulier les quelques ministres encore au palais qui tentent de la convaincre de les accompagner dans une demeure éloignée de la zone des combats. Mais Hazrat Mahal ne veut rien entendre :

« Partez, Saheban, le roi et moi nous restons. Comment pourrions-nous abandonner ces milliers d'hommes qui risquent leur vie pour nous ? »

Quant à Jai Lal, il ne dit rien. Elle lui en est reconnaissante car elle sent bien à son regard soucieux à quel point il s'inquiète pour elle ; mais il la connaît assez pour ne pas intervenir, il comprend qu'elle a besoin d'agir, de se sentir utile. D'autant que, le matin même, elle a reçu une triste nouvelle : la mère du roi Wajid Ali Shah, la Rajmata Malika Kishwar, est morte à Paris deux mois auparavant, l'information vient tout juste de parvenir aux Indes.

Pour Hazrat Mahal le choc a été très dur : la Rajmata était la femme qu'elle admirait le plus au monde. Exigeante et passionnée, elle avait un jugement sûr et ne se laissait jamais influencer par les flatteurs. Elle appréciait la jeune épouse de son fils en qui elle reconnaissait une personnalité aussi forte que la sienne, bien que trop directe, et souvent elle l'avait mise en garde contre les pièges de la Cour.

Pendant des mois à Londres, la Rajmata avait attendu une entrevue avec la reine Victoria. En vain. Désespérée, elle avait décidé de rentrer en passant par Paris. Peut-être pourrait-elle obtenir l'intervention des Français ? Mais à Paris personne ne savait où se trouvait Lucknow, ni le royaume d'Awadh, et l'on n'avait prêté aucune attention à cette étrange vieille dame. À bout de forces, et de ressources, la reine mère était tombée malade et elle s'était éteinte dans un modeste hôtel, entourée de son fils cadet et de deux fidèles serviteurs. On l'avait enterrée dans un cimetière appelé « le Père-Lachaise ».

Hazrat Mahal tente de se consoler en se disant qu'au moins Malika Kishwar est morte avec la conscience tranquille. Si elle n'avait pas tout tenté pour sauver le trône de son fils, elle ne se le serait jamais pardonné. C'était avant tout une femme de devoir.

Elle avait confiance en moi, j'en serai digne. Moi aussi, je me battrai jusqu'au bout.

Pendant deux jours les bombardements ne cesseront pas. Les obus pleuvent de tous côtés. Jai Lal y a échappé de peu, et c'est à grand-peine qu'il a obtenu qu'Hazrat Mahal et le jeune roi restent au sous-sol.

Mais, à présent, les forces ennemies se rapprochent de Kaisarbagh.

« Nous n'allons plus pouvoir tenir longtemps, lui annonce un soir le rajah, le visage défait, vous devez partir sans tarder pour le palais de Moussabagh.

— Je veux rester à vos côtés !

— Et mettre en danger le roi ? »

Elle tressaille.

« Mais vous... ?

— Je vous rejoindrai très vite, je vous le promets. »

Longuement il l'a serrée dans ses bras.

« À bientôt, ma djani ! Allez, je vous en prie, c'est le moment, il commence à faire nuit, on ne doit pas vous voir quitter le palais. Une escorte vous attend, il n'y a pas une minute à perdre. »

Moussabagh est une vaste résidence princière, située à quatre miles au nord de la ville, où autrefois la cour allait respirer l'air pur de la campagne. Pour ne pas attirer l'attention, la Rajmata, son fils et Mumtaz sont montés dans un simple doli [1], précédé et suivi de soldats en tenue de paysans. Au moment de traverser le pont sur le Gomti, la main d'Hazrat Mahal s'est crispée sur le revolver que Jai Lal lui a donné et qu'elle a dissimulé sous son châle. Elle n'aura pas à s'en servir, ils atteindront le palais sans encombre.

Le lendemain, Jai Lal et ses quelque trois mille soldats, attaqués de tous côtés, seront contraints de battre en retraite. Deux heures plus tard, Kaisarbagh est investi par les Britanniques.

Leur prochain objectif est Moussabagh.

⁂

À peine arrivée dans son nouveau refuge, Hazrat Mahal en a méthodiquement fait le tour, appréciant l'épaisseur des murs et les tours massives d'où l'on peut tirer sur les assaillants. Mais les douzaines de hautes portes et de fenêtres en arcades rendent le palais très vulnérable. Toute la nuit la Rajmata va

1. Transport populaire, petite carriole tirée par un cheval.

encourager ses cipayes à élever des murets de terre et à placer des sacs de sable pour bloquer les ouvertures. Le lendemain lorsque le rajah Jai Lal et ses soldats rejoignent Moussabagh, il va prendre lui-même la tête des opérations. Malgré l'épuisement de ses hommes, il ne leur laisse pas un instant de répit, en hâte on complète les défenses et l'on place les canons sur les tours d'angle et derrière les balustres des terrasses. En quelques heures la résidence d'été est transformée en forteresse.

Il était temps. À l'horizon surgissent les troupes du général Campbell.

Pendant cinq jours et cinq nuits, le palais va résister aux violents assauts des Howitzer. C'est en vain que les canons indiens répondent, inéluctablement leurs boulets s'écrasent avant d'atteindre les batteries ennemies. Alors, jouant le tout pour le tout, des volontaires décident de se glisser hors du palais pour s'approcher des lignes anglaises et lancer des grenades sur les artilleurs.

Mais, avant de courir vers une mort certaine, les hommes ont une dernière requête : se faire bénir par le roi et la Rajmata.

Ils sont des dizaines à partir ainsi se sacrifier, et chaque matin a lieu la déchirante cérémonie.

Debout au milieu de ces soldats si jeunes, le roi Birjis Qadar et sa mère leur rendent grâces pour leur héroïsme, au nom de tout le pays. Ce qui les étonne fort, comme les étonne l'émotion que la Rajmata peine à dissimuler. Après tout, ils ne font que leur devoir !

Mais lorsque cette grande dame, qu'ils vénèrent à l'instar de Durgah, la déesse combattante, s'enquiert de leur nom et de leur village d'origine afin d'aider leurs familles après la victoire, à leur tour ils fondent en larmes et la couvrent de bénédictions.

Chaque nuit Jai Lal et Hazrat Mahal parviennent à se retrouver, se refusant à laisser le sommeil leur voler des heures précieuses. Ils ont l'impression de se connaître depuis toujours, comme si ces quelques semaines avaient été des années d'amour et de complicité. Pour la première fois Jai Lal se laisse aller à confier ses doutes car il sait que la femme, qui silencieusement lui caresse le front, peut comprendre et l'éclairer. Et puis, sans le dire, il veut la préparer à un avenir où il ne sera peut-être plus à ses côtés.

Aussi analyse-t-il sans indulgence leurs erreurs tactiques :

« Si la révolte populaire avait gagné l'Ouest et le Centre, nous aurions pu gagner. Le peuple était prêt, il avait commencé à se soulever. Mais il lui fallait des chefs. Les cipayes ont préféré rejoindre les grands centres de la rébellion, Delhi, Lucknow, Kanpour, laissant des civils sans expérience s'opposer au retour des Britanniques.

— Nous avons aussi été trahis par certains taluqdars qui se disaient nos alliés !

— Pas seulement des taluqdars. L'ennemi a acheté bien des loyautés. Des Indiens lui ont fourni de la nourriture, des transports et même des renseignements ! Je pense parfois qu'il y a chez nous un manque d'honnêteté, de dévouement à toute cause qui dépasse notre intérêt personnel. Contrairement aux Anglais, qui sont capables des pires vilenies mais également des plus grands sacrifices pour leur pays.

— Mais notre peuple aussi s'est sacrifié, et sans compter !

— Le peuple oui, peut-être parce que sa vie est si misérable qu'il estime n'avoir rien à perdre. Mais ceux qui possèdent quelque chose, les commerçants, les petits propriétaires, ont-ils jamais été motivés par autre chose que le profit ? Et nos élites, sauf quelques rares exceptions, ont-elles jamais mis leurs actes en accord avec leurs beaux discours sur l'intérêt général ? »

Hazrat Mahal regarde son amant avec admiration et, une fois de plus, elle s'émerveille qu'il soit si différent des autres hommes qui se résignent et s'accommodent. Jai Lal, lui, ne renonce jamais et c'est pour cela aussi qu'elle l'aime, elle l'aime pour ses révoltes et ses indignations que d'autres appellent « sa folie » !

Se blotissant contre son épaule, elle lui a pris la main et, tendrement, l'a baisée.

Ils sont près de quatre mille hommes retranchés dans Moussabagh, mais devant la supériorité des forces britanniques, le rajah sait qu'ils ne pourront tenir longtemps. La défaite n'est qu'une question de jours, d'autant que presque tous les taluqdars ont déserté la capitale, suivis de leurs troupes. Il ne reste que le maulvi Ahmadullah qui, après avoir résisté, barricadé dans le sanctuaire de Hazrat Abbas au centre de la ville, a rejoint Moussabagh.

Le 19 mars, le premier affrontement a lieu.

Après avoir pilonné le palais, le général Outram lance l'assaut, tuant en quelques heures des centaines d'hommes et s'emparant de toute l'artillerie. Mais les Indiens refusent de s'avouer vaincus et, dans des actes fous d'héroïsme, se lancent au-devant des canons, armés de leurs seuls sabres pour tenter de repousser l'ennemi.

Mais comment sans artillerie continuer à se battre ? La situation est désespérée. Il faut avant tout sauver le roi et la Rajmata, mais aussi préserver l'armée pour les combats à venir. Le rajah restera sur place avec une centaine de cipayes et détournera l'attention, le temps de couvrir leur fuite.

Hazrat Mahal et Jai Lal vont passer une dernière nuit ensemble. Alors qu'elle sanglote dans ses bras, bouleversé, il tente de la réconforter :

« Ne crains rien, ma djani, je te rejoindrai. En attendant je te fais confiance, dorénavant c'est toi qui vas diriger la lutte. Ne te laisse pas impressionner, tu es la dépositaire du pouvoir, la régente, les généraux te doivent obéissance. S'ils te contestent, mets en avant ton fils, ils ne peuvent désobéir au roi. Allons, promets-moi de rester forte et de ne jamais perdre espoir. »

Avec un pauvre sourire, elle a promis.

Le départ doit se faire avant le lever du jour. Devant les soldats rassemblés le rajah prononce une courte allocution, les remerciant et leur renouvelant sa confiance. Les hommes ont la gorge serrée : reverront-ils celui qui fut, depuis des mois, autant leur père que leur chef ?

Puis Jai Lal s'est tourné vers son ami, le rajah de Mahmoudabad, qui doit accompagner le jeune roi et la Rajmata.

« Je vous les confie, Rajah sahab, prononce-t-il d'une voix altérée.

— Je réponds d'eux sur ma vie », l'assure le rajah, un homme d'honneur, qui a tout deviné.

Hazrat Mahal a ramené ses voiles sur son visage pour cacher son émoi.

Jai Lal et elle se font face, ils n'arrivent pas à détacher leur regard l'un de l'autre.

« Ayez confiance, ma djani, murmure-t-il, je vous aime plus que tout au monde et je reconquerrai Lucknow pour vous. »

Il est temps de partir.

Fouettant les chevaux, la petite armée s'élance au galop, soulevant des nuages de poussière. Immobile, Jai Lal fixe la route jusqu'à ce qu'ils aient complètement disparu.

Une main se pose sur son épaule, c'est Brendan Murphy, son compagnon irlandais, qui a tenu à rester auprès de lui. Ils se sourient en silence.

La journée sera longue.

Le 21 mars, après une intense bataille, tombe ce dernier bastion de la résistance. Le maulvi s'enfuit avec ses partisans. Poursuivis sur quelques miles par la cavalerie de Campbell, un grand nombre de ses hommes sont tués, mais Ahmadullah Shah en réchappera.

Quant au rajah Jai Lal, quelqu'un rapportera à la bégum l'avoir vu résister comme un lion. Depuis, aucune nouvelle. A-t-il été tué au combat ? capturé ? A-t-il réussi à s'enfuir ?

⁂

Il aura fallu deux semaines de bombardements intenses pour réduire Lucknow.

Les cipayes se sont battus héroïquement et ont défendu jusqu'à la fin l'entrée des palais. Dans les appartements des centaines de corps carbonisés dégagent une odeur insupportable et, dans les rues, les cadavres bloquent la progression des vainqueurs.

Mais, côté anglais, personne n'arrive à comprendre par quel miracle la bégum et ses troupes ont réussi à s'enfuir sans être inquiétées !

L'explication officielle est que le régiment de cavalerie censé les poursuivre s'est trompé de chemin.

Au mess des officiers l'indignation est à son comble : comment le colonel en charge des opérations a-t-il pu commettre pareille erreur ?

« Ce ne fut pas une erreur, je peux en témoigner, j'étais présent », intervient un officier au milieu du brouhaha.

Un silence stupéfait accueille ses paroles :

« Refusant de tenir compte des indications de ses guides, poursuit-il, le colonel a ordonné de prendre la direction opposée. Certains d'entre nous ont essayé de lui faire entendre raison, mais il s'est entêté et nous avons dû obtempérer. C'est ainsi que nous avons galopé dans le sens contraire des fugitifs !

— Quelle honte ! Cet homme doit être dégradé ! »

L'officier hoche la tête :

« C'est vraisemblablement Sir Colin Campbell lui-même le responsable. Il a une grande admiration pour la bégum et ne voulait ni la tuer ni l'emprisonner. Il n'a pas oublié qu'en novembre dernier, elle a laissé nos compatriotes assiégés quitter la Résidence avec femmes, enfants et blessés. Chevaleresque, il a décidé de lui permettre à son tour de s'enfuir. Je soupçonne aussi qu'en tant qu'Écossais, avec une longue histoire de guerres d'indépendance, il a au fond de lui de l'estime envers des hommes qui se battent pour libérer leur pays.

— Il a certainement pour eux de la sympathie ! confirme un autre. Je l'ai entendu dire : "Maintenant que nous avons repris Lucknow, pourquoi intercepter des soldats désespérés qui ne cherchent qu'à s'enfuir ?" »

Mais le général Campbell a sous-estimé la détermination de la bégum à continuer à se battre, quel qu'en soit le prix.

Contrairement à ce qui est advenu après la chute de Delhi où des milliers de civils avaient été passés par les armes, Sir Colin Campbell refuse d'organiser des exécutions sommaires. En revanche, il ne peut contrôler la rage des soldats qui se vengent sur tous ceux qui n'ont pu s'enfuir. Des centaines de vieillards, de malades, de femmes et d'enfants sont massacrés, et leurs corps, s'ajoutant aux milliers de cadavres des combattants, font régner sur la ville une odeur pestilentielle. Des témoins racontent avoir vu un jeune garçon accompagnant un vieillard aveugle implorer un officier de les protéger de la vindicte des soldats :

« L'officier a dégainé son revolver et l'a frappé. Le garçon à terre, il a voulu tirer, mais par deux fois son revolver s'est enrayé. Ce n'est que la troisième fois qu'il a réussi à lui envoyer une balle dans la tête, l'adolescent s'est écroulé à ses pieds, en sang*. »

On rapporte aussi le sort réservé à cinquante cipayes qui s'étaient rendus après qu'on leur avait promis la vie sauve : leur ayant demandé de déposer leurs armes, l'officier responsable les avait fait aligner le long d'un mur et avait ordonné à ses soldats sikhs d'en finir avec eux. À coups de fusil et de baïonnette, ils s'étaient débarrassés d'eux en quelques minutes [1].

⁂

« Comment expliquez-vous ces atrocités ? »

En cette fin du mois de mars 1858, William Russell, le très respecté correspondant du *Times* de Londres, connu pour ses reportages lors de la récente guerre de Crimée, savoure son whisky en compagnie de quelques officiers avec lesquels, deux semaines auparavant, il est entré dans Lucknow.

« Ces actes ressemblent plus à des manifestations de vindicte et de peur qu'à des châtiment justifiés, insiste-t-il. Il semble qu'aux Indes les Anglais oublient très vite tous leurs principes.

— Et vous, Sir, il semble que vous oubliez Kanpour ! rétorque un officier tremblant de fureur.

---

1. Tiré de *My Indian Mutiny Diary*, William Russell, 1858.

Jamais la barbarie n'a atteint de tels sommets, les mutilations, les viols de nos femmes sans défense…

— Pardonnez-moi mais je me suis rendu à Kanpour et j'y ai mené une enquête minutieuse. Personne n'a jamais été témoin qu'une Anglaise ait été mutilée ou violée. Ce sont des rumeurs qui ont justifié, hélas, les plus terribles débordements de la part de nos hommes. Ils avaient été horrifiés par ces récits abominables dont je n'ai pas trouvé la moindre preuve, des récits colportés par des gens de Calcutta qui se trouvaient à des centaines de miles des endroits où eurent lieu les événements. J'ai même établi avec certitude que les inscriptions sur les murs de la maison où s'est produit le massacre avaient été ajoutées après que Havelock eut investi Kanpour, ajoutées donc par des Anglais. Ces appels à "venger les viols et les mutilations" ont rendu fous les soldats et les ont décidés à massacrer tous les "nègres" qu'ils rencontreraient, fussent-ils des femmes ou des enfants. »

Des murmures hostiles accueillent ses propos, mais Russell n'en a cure, il sait bien qu'il ne peut convaincre des soldats lancés en pleine action. Son seul but c'est d'informer l'opinion en métropole, de contrer les descriptions atroces et calomnieuses de la presse anglaise de Calcutta qui exhorte la population à réclamer toujours plus de sang. Unique témoin sur place, il se sent tenu d'alerter les autorités de Londres pour essayer de freiner, si possible, les destructions et le carnage.

Pour Lucknow, hélas c'est trop tard.

Cette ville d'un demi-million d'habitants est maintenant déserte. La population paniquée va, pendant des semaines, se cacher dans les forêts avoisinantes, préférant mourir de faim que risquer le sort des habitants de Delhi dont on rapporte qu'ils ont été torturés avant d'être achevés.

Mais si la majorité de sa population a pu échapper au pire, en revanche, Lucknow la rebelle va être détruite. Il faut la punir de sa longue résistance, en faire un exemple de ce qu'il en coûte de s'opposer au pouvoir britannique. « La ville d'or et d'argent », symbole le plus sophistiqué de la culture hindo-musulmane, la ville aux mille palais, jardins, temples et mosquées, tous plus beaux et plus riches les uns que les autres, va être systématiquement dévastée, sauvagement mise à sac.

Arrivé quelques jours avant l'assaut, William Russell avait péniblement hissé sa massive personne jusqu'à la terrasse du palais de Dilkushah d'où, stupéfait, il avait découvert la ville :

> « Aucune cité au monde ni Rome, ni Athènes, ni Constantinople n'est comparable à sa renversante beauté, avait-il écrit, subjugué. Une vision de palais, de minarets, de dômes azur et or, de coupoles, de colonnades, de longues façades aux belles perspectives, de toits en terrasses, tout cela émergeant d'un calme océan de verdure qui s'étend sur des miles à la ronde. Au milieu de ce vert lumineux s'élèvent çà et là les tours de cette cité féerique. Ses flèches d'or scintillent au soleil, ses tourelles et ses coupoles brillent comme des constellations. Sommes-nous vraiment à

> Awadh ? Est-ce là la capitale d'une race semi-barbare, est-ce là cette cité érigée par une dynastie corrompue, décadente et vile ? »

Deux semaines plus tard il note, horrifié :

> « Lucknow est désormais une ville morte. Ses magnifiques palais ne sont plus que ruines misérables, leurs façades et leurs dômes percés de boulets de canon. Les trésors d'art et les objets précieux qui y étaient accumulés depuis des siècles sont livrés au pillage et à la destruction par des soldats assoiffés d'or et "ivres de rapines". Ils cassent tout ce qui est trop fragile ou trop encombrant pour être emporté. Le sol est couvert des fragments de merveilles que les hommes s'acharnent à briser [1]. »

Les plus horribles scènes de destruction et de pillage ont lieu dans le somptueux palais de Kaisarbagh. Les soldats ont défoncé les portes de bois précieux et sorti dans les cours des malles remplies de brocarts, de tapis de soie brodés de perles, de mousselines arachnéennes qu'ils déchirent avec frénésie. Quant aux châles de cachemire brodés d'or et d'argent, ils les font brûler pour en récupérer le métal. Avec rage, ils mettent en pièces les exquises collections de jades, les miroirs de Venise et les candélabres de cristal et, dans de grands brasiers, jettent les meubles délicats incrustés d'ivoire ou de nacre, les instruments de musique, les nécessaires d'écaille et des milliers d'anciens manuscrits enluminés dont ils

---

1. *Ibid.*

ne comprennent pas l'inestimable valeur. En revanche, ils se disputent tout ce qui est métal et pierres précieuses, vaisselles d'or et d'argent et joyaux abandonnés dans leur fuite par les femmes affolées. Pour en extraire les rubis et les émeraudes ils réduisent en pièces des armes ciselées de toute beauté, boucliers damasquinés, sabres et dagues anciennes, ils lacèrent les selles des chevaux et des éléphants royaux afin d'en extirper les perles et les turquoises, détruisant ces merveilles, témoins d'une des civilisations les plus raffinées au monde.

Ils vont même jusqu'à arracher les plaques d'or fin recouvrant la coupole du palais de Chattar Manzil. Il y en aura pour des centaines de kilos qui se retrouveront sur le marché de Londres où leur vente, en tant que trophées, atteindra des sommes inespérées.

Les mosquées et les temples sont également profanés. À l'intérieur de la splendide mosquée jouxtant le Bara Imambara, les soldats britanniques ivres morts dansent la gigue, et les Sikhs, savourant leur revanche sur les musulmans honnis, allument des feux de joie.

Même les pauvres demeures où il n'y a rien à voler sont saccagées « pour leur apprendre ! ». En effet, comme le note avec perspicacité le correspondant du *Times* : « Pour ces soldats le pire c'est que cette insurrection fut le fait d'une race assujettie, des hommes noirs qui avaient osé verser le sang de leurs maîtres [1]. »

Et le peuple indien, lui, que pense-t-il de la façon dont agissent les Blancs ?…

---

1. *Ibid.*

Un soir que son serviteur est en train de dresser la table, Russell lui pose la question.

Après s'être assuré que son maître ne se fâchera pas, l'homme répond :

« Voyez ces singes, sahib, ils semblent jouer mais le sahib ne sait pas à quoi ils jouent ni ce qu'ils vont faire après. Eh bien, le peuple regarde les Anglais comme il regarde ces singes : comme il sait que vous êtes forts et féroces ils n'osent pas rire. Mais ils vous voient comme des créatures venues leur faire du mal mais dont ils ne peuvent comprendre ni les actions ni les motifs [1]. »

⁂

Le sac de la capitale va durer plus d'un mois. Lorsque, chargée de tonnes de butin, l'armée finit par se retirer, Lucknow est une cité fantôme où dans les jardins saccagés et les palais en ruine les vautours se repaissent de restes des cadavres.

Peu à peu les habitants terrifiés vont rentrer, peu à peu l'on déblaiera les ruines et l'on reconstruira.

Mais la splendeur de « la ville d'or et d'argent », et surtout son esprit de frivolité et d'esthétisme, sa prodigalité, ses manières délicates et subtiles, tout ce qui donnait à Lucknow la qualité de vie la plus exquise dont on puisse rêver, a disparu à jamais.

---

1. *Ibid.*

Chapitre 32

Hazrat Mahal s'est enfuie avec quatre mille soldats, quarante-cinq canons et une partie du trésor soustraite à l'avidité britannique. Deux jours de chevauchée pour échapper à l'armée ennemie, deux jours et deux nuits entrecoupés de brefs arrêts dans des villages pour faire boire les chevaux et sc restaurer un peu.

Sur l'insistance du rajah de Mahmoudabad, qui lui remontre que bêtes et hommes épuisés ne peuvent plus continuer à ce rythme, la bégum finit par accepter l'hospitalité de celui à qui l'a confiée Jai Lal et qui est devenu protecteur. Après tout, le fief de Mahmoudabad est à quatre-vingts miles au nord de Lucknow et les éclaireurs envoyés sur les routes alentour n'ont pas décelé l'ombre d'un soldat anglais.

S'élevant en surplomb d'une calme rivière, au milieu de jardins plantés de milliers de roses, le palais de Mahmoudabad est une oasis de sérénité et l'une des plus belles demeures d'Awadh, avec ses tourelles et ses balcons ajourés, ses parapets aux fragiles colonnes, ses longues balustrades travaillées comme de la dentelle et ses murs ocre recouverts de festons de stuc. Un paradis que le rajah a prudemment fait entourer de puissantes fortifications.

Sa première épouse, une jolie femme au visage délicat, accueille chaleureusement Hazrat Mahal dans ses appartements privés, cependant que le jeune roi est reçu par les dignitaires de la principauté dans la partie du palais réservée aux hommes. Sa mère ne le reverra pas de tout le séjour.

La famille régnante de Mahmoudabad se fait, en effet, un point d'honneur de respecter le purdah le plus strict de tout Awadh. Même en temps de guerre ou de catastrophe naturelle, pas un homme ne peut se targuer d'avoir vu le visage, ou entendu la voix d'une dame du palais. Le moindre signe d'intimité est considéré comme une atteinte à la pudeur. La bégum Shaharbano confie ainsi à Hazrat Mahal qu'elle ne se rend jamais chez sa belle-mère en compagnie de son mari, car ce serait considéré comme une démonstration de familiarité inconvenante, un manquement à l'étiquette et au respect dû à la douairière, la très puissante Rajmata.

Entorse inouïe aux règles, Hazrat Mahal obtient de pouvoir rencontrer quotidiennement le rajah afin de mettre au point la stratégie à adopter dans les jours et les semaines à venir. Celui-ci insiste pour qu'elle fasse de Mahmoudabad sa base : le palais est immense, elle et sa suite pourront disposer de l'aile principale. Pour l'armée il sera facile d'édifier des baraquements sur le terrain attenant.

Toutefois Hazrat Mahal a d'autres projets :

« Je vous suis infiniment reconnaissante, Rajah sahab, mais je ne veux pas attirer le malheur sur votre famille et sur vos villages. Depuis un an nous voyons quotidiennement la rage des Anglais s'abattre sur les civils autant que sur les combattants. Non seulement vos proches mais aussi tous vos paysans risquent d'être massacrés.

— Où donc comptez-vous aller ?

— Vers le nord-est. Le rajah de Gonda me propose sa forteresse de Bithauli, entre les rivières Ghogra et Chokra. Il m'a prévenue que le confort en est rudimentaire, mais qui se soucie de confort à présent ? L'important c'est que la forteresse est difficile d'accès et qu'il y a très peu de villages alentour sur lesquels l'armée britannique pourrait exercer ses représailles. Si nous voulons que la population nous reste fidèle, nous ne devons pas la mettre en danger.

— Parfait. Quand partons-nous pour Bithauli ?

— Vous viendriez ? Mais votre famille ? Et les affaires de la principauté… ? »

Le rajah lui jette un regard de reproche.

« N'ai-je pas donné ma parole à mon meilleur ami qu'en son absence je resterais à vos côtés ? Quant à la principauté, les femmes de la famille, bien qu'en purdah, sont au courant de tout et ont l'habitude de l'administrer lorsque les hommes sont à la guerre. »

La rani confirme en souriant.

« Mon époux vous accompagnera, Majesté, il sait qu'avec la Rajmata sa mère et moi-même il n'a aucun souci à se faire. »

Hazrat Mahal est sur le point de rétorquer que la situation est différente et que les Anglais pourraient bien vouloir se venger sur les proches du rajah, lorsqu'elle en est empêchée par le fils de ce dernier :

« Je vous en prie, Houzour, permettez-moi de venir avec vous ! »

Amir Hassan Khan est un ravissant garçonnet âgé d'à peine huit ans ; depuis le début de la conversation il a du mal à se contenir : il meurt d'envie de rejoindre les combattants !

« Toi, mon fils, tu as une responsabilité bien plus importante, assure le rajah en lui posant la main sur l'épaule. En tant qu'aîné je te confie la garde de ta mère et de tes sœurs. En mon absence c'est toi qui les protégeras.

— Ji Adab, Aba Houzour[1] », murmure le petit garçon rouge de fierté, en s'inclinant devant son père.

⁂

En ce mois d'avril 1858 la totalité de l'État d'Awadh est sur le pied de guerre. La prise de Lucknow, en chassant les rebelles, les a dispersés à travers tout le pays, l'administration britannique s'est effondrée, sa police indigène n'existe plus – régiment après régiment, elle s'est mutinée et a rejoint les insurgés.

Quant aux taluqdars et aux rajahs, ils se sont retirés dans leurs forts où ils rassemblent leurs troupes. Si lors de la chute de la capitale ils avaient pensé renouer avec le pouvoir britannique, la proclamation de Lord Canning fin mars les en a complètement dissuadés. Le Gouverneur général a en effet annoncé la confiscation des biens de toute l'aristocratie du royaume,

1. « Oui, mon père respecté. » Formule de politesse.

excepté ceux d'une demi-douzaine de petits seigneurs restés fidèles.

« Tous les autres, y compris les plus puissants taluqdars, seront dépossédés de leurs terres. Leur vie et celle de leurs gens ne seront épargnées que s'ils se soumettent immédiatement au haut-commissaire, et à condition que leurs mains ne soient pas souillées de sang anglais. »

En laissant la vie sauve aux seigneurs rebelles, Lord Canning croit faire preuve de mansuétude. En réalité, en confisquant leurs biens il les dépossède de leur pouvoir, de leur statut, de leur honneur, et ainsi les contraint à poursuivre la guerre.

⁂

« J'ai tout fait pour persuader Canning de modifier sa déclaration mais il s'est entêté ! »

À Lucknow, le haut-commissaire, Sir James Outram, ne décolère pas :

« Ce n'est pourtant pas difficile de comprendre qu'en annexant leurs terres et leurs villages nous fermons la porte à tous ceux qui, depuis la chute de Lucknow, n'aspiraient qu'à faire la paix ! »

C'est dans le salon d'un des rares palais encore debout que Sir Outram reçoit ses amis. La Résidence et les habitations qui l'entourent sont en ruine et le nouveau gouvernement a réquisitionné les belles demeures restées intactes.

« Il y a environ cinq cents rajahs et taluqdars à Awadh, intervient un vieux fonctionnaire, pensez-vous qu'ils soient désormais tous contre nous ?

— Est-ce qu'on leur laisse le choix ? Croyez-vous qu'ils vont docilement se laisser déposséder ? Ils se sont retirés sur leurs terres pour organiser la résistance et ils se battront jusqu'au bout car ils n'ont plus rien à perdre.

— Mais pourquoi donc Lord Canning dont on moquait le manque de fermeté a-t-il pris une mesure aussi rigoureuse ?

— Peut-être veut-il faire mentir sa réputation et montrer qu'il est capable de sévir ! Mais c'est surtout, je pense, parce que Calcutta est loin et que les décisions sont prises dans des bureaux par de hauts fonctionnaires qui n'ont aucune idée de la réalité sur le terrain. »

⁂

Depuis qu'elle a quitté Lucknow, Hazrat Mahal a complètement abandonné le purdah, ne gardant que le léger voile de gaze censé dissimuler son abondante chevelure. La cour n'est plus, et le lourd décorum, les manières sophistiquées et les délicatesses outrées qui constituaient « la culture du Adab » et faisaient la renommée de la capitale, ici, dans cette forteresse de Bithauli, n'ont plus de raison d'être.

Toujours dévoué, Mammoo a fait son possible pour rendre confortables les appartements de sa maîtresse. Maintenant que ce bellâtre de rajah n'est plus là, il sent qu'ils vont enfin se retrouver comme avant. Avec empressement il a garni les salles froides et dénudées de grands tapis de laine et de lourdes tentures, et il a apporté des coffres de bois précieux pour y ranger ses effets.

Touchée de ses attentions, la bégum s'inquiète cependant de savoir où il s'est procuré tout cela.

« Ce sont des gens qui me les ont donnés pour vous, Houzour.

— Des gens ? Quels gens ? » s'étonne-t-elle. Et, saisie d'un soupçon : « Tu ne les aurais pas réquisitionnés par hasard ? »

Et, comme l'eunuque baisse la tête :

« Nous venons d'arriver dans la région, veux-tu qu'on nous déteste alors que nous avons absolument besoin de la solidarité des habitants ? Tu vas aller voir les personnes que tu as dépouillées et leur offrir de les payer ou de leur rendre leurs biens. Voici de l'or, pars immédiatement ! »

Pas plus que sur les principes d'honnêteté la Rajmata ne transigera sur l'étiquette, envers le roi et elle-même. Cette année d'exercice du pouvoir lui a appris que la moindre familiarité est fatale à l'autorité. Mais ce qui lui importe désormais c'est plus le respect et l'obéissance au chef de guerre qu'elle est devenue, que le cérémonial qui, naguère, accompagnait chaque pas de sa vie au palais.

Elle pensait que le changement lui serait difficile, au contraire elle se sent libérée et constate, étonnée, à quel point l'atmosphère de cette cour, où elle a pourtant passé la moitié de sa vie, lui était pesante. Elle en serait presque soulagée, n'était-ce l'inquiétude qui la taraude quant au sort de Jai Lal. Excepté les navrants récits de destructions et de pillages, ses espions à Lucknow n'ont pu lui rapporter la moindre information au sujet du rajah.

Chaque jour s'amenuise l'espoir de le voir revenir.

C'est surtout à la tombée de la nuit, aux heures où ils se retrouvaient, que l'angoisse s'empare de la jeune femme. Elle a beau se raisonner, se rappeler qu'elle est responsable de milliers de combattants, de tout un peuple qui lui fait confiance, il lui semble que sans l'homme qu'elle aime, qui la conseillait et dont l'admiration nourrissait sa force et sa détermination, elle n'a plus l'énergie de continuer à lutter.

Heureusement, Mumtaz est là, la seule à qui elle puisse faire part de son désarroi et qui, lorsqu'elle n'arrive plus à contenir ses sanglots, la prend dans ses bras et la berce en caressant ses cheveux, comme on console un enfant.

« Pleure autant que tu veux, Muhammadi, murmure-t-elle, en reprenant affectueusement son nom d'antan. Pleure pour demain n'avoir plus de larmes et être à nouveau la courageuse, la radieuse Hazrat Mahal, celle dont nous avons tous besoin. »

Chapitre 33

De sa forteresse de Bithauli, Hazrat Mahal coordonne les attaques contre les Britanniques. Les combattants qui ont dû fuir Lucknow et ses environs sont tous venus se ranger sous la bannière royale, si bien que ses forces, celles de ses alliés et les redoutables troupes du maulvi Ahmadullah Shah atteignent désormais près de cent mille hommes. En groupes dispersés ils tiennent tout le territoire d'Awadh, le Rokhilhand voisin entre Gange et contreforts de l'Himalaya, et une partie de la province du Bihar, à l'est.

La nouvelle stratégie n'est pas d'affronter l'ennemi dans des batailles rangées mais de le harceler de tous côtés afin d'empêcher son autorité de s'établir et son administration de fonctionner.

La Rajmata suit en cela les conseils donnés par Jai Lal avant leur séparation :

« N'essayez jamais de combattre les troupes régulières britanniques, elles nous sont supérieures en armes et en discipline, mais épiez tous leurs mouvements, gardez les ports sur la rivière, interceptez leurs communications, leur ravitaillement et leurs courriers, lancez sans cesse des attaques éclairs sur leurs camps, ne leur laissez pas un instant de répit. »

Chaque soir, lorsqu'elle se retrouve seule dans sa chambre, Hazrat Mahal ouvre le médaillon que lui a donné son amant, le dernier soir. Elle scrute le beau visage aux traits marqués, du doigt elle suit délicatement le contour des sourcils arqués et des lèvres pleines, tout son être se tend vers lui. Elle sent… elle sait qu'il est vivant.

⁂

Pendant six mois, l'insurrection va tenir les Britanniques en haleine.

Dans une lettre du printemps 1858, rendant compte au Gouverneur général de l'état des opérations, le général Campbell reconnaît la difficulté de s'affronter aux insurgés.

> « Awadh est en état de rébellion active ; chaque fois que nos colonnes s'actionnent, elles marchent littéralement sur les corps des rebelles mais à peine sont-elles passées que la résistance se reforme, coupe les communications et le ravitaillement, et reprend les points que nous avons libérés… L'ennemi est aussi formidable après qu'il a été battu qu'avant*. »

De son côté l'un des pasteurs de l'armée, le révérend Alexandre Duff, note dans son journal :

> « Ce n'est pas une simple révolte militaire, c'est une révolution qui couve depuis longtemps et a poussé hindous et musulmans à s'unir. Au-delà des cipayes c'est la révolte de vastes multitudes contre la suprématie britannique. Le passage de nos braves petites armées à travers ces myriades, au lieu de laisser la profonde marque du passage de la charrue, ressemble plus au sillage d'un vaisseau dans une mer déchaînée qui le recouvre aussitôt*. »

Et ce n'est pas seulement en Awadh. Dans toutes les provinces voisines la rébellion bat son plein. Au Bihar, elle est menée par Kunwar Singh, un taluqdar de quatre-vingts ans. Celui que l'on surnomme « le vieux tigre », tant il est fort et rusé, tient pendant des semaines les forces britanniques en échec. Sa victoire décisive à Azamghar galvanise les combattants indiens. Poursuivi par deux régiments ennemis, il traverse le Gange à la tête d'un millier d'hommes pour reconquérir son fief de Jagdishpour, malgré un bras tranché et une cuisse transpercée. Une hémorragie a finalement raison de lui. Mais dans tout le nord des Indes Kunwar Singh est devenu une légende : on raconte que, blessé, il coupa son bras et le jeta dans le Gange, l'offrant en sacrifice pour la victoire finale.

La plupart du temps les chefs rebelles combattent chacun de leur côté. Au nord-est les troupes de la bégum, épaulées par celles du rajah de Mahmoudabad, au sud les vingt-cinq mille hommes du rana [1] Beni Madho, gendre de Kunwar Singh, au nord-ouest

1. Rajah chez les Népalais, et parfois aussi dans le Bihar voisin.

les redoutables combattants du maulvi. Et, partout, les très nombreux taluqdars et rajahs qui entretiennent l'insurrection.

Cette dispersion des forces est la meilleure tactique contre un ennemi lui-même éparpillé sur un immense territoire. En revanche, dès qu'une opération d'envergure se prépare, les insurgés font cause commune.

C'est au quartier général de la bégum, siège du pouvoir royal, que la stratégie est mise au point et communiquée aux différents chefs, par l'intermédiaire de coursiers se relayant tous les six miles.

N'ayant pas accès au télégraphe – contrôlé par les Britanniques, quand les lignes ne sont pas sabotées –, les Indiens ont remis à l'honneur l'ancien système du harkara : un message écrit avec un crayon trempé dans du lait, pour le rendre invisible, est glissé dans un bout de plume d'oie scellé des deux côtés. Caché dans la bouche du premier coursier il est transmis au suivant, si bien qu'en une journée le message peut avoir parcouru près de cent miles.

C'est ainsi que l'on prépare, dans le plus grand secret, un plan pour reprendre Lucknow. Il ne suffit pas de contrôler la campagne, il faut à tout prix reconquérir la capitale, centre et symbole du pouvoir, et y réinstaller le souverain.

Mais, pour réussir, il est indispensable d'être unis et d'abord de châtier les taluqdars ralliés aux Anglais afin de dissuader ceux qui seraient tentés de suivre leur exemple. Le nouveau haut-commissaire de Lucknow, Robert Montgomery, plus habile que le Gouverneur général, Lord Canning, a en effet proclamé que tous ceux qui se rendraient seraient pardonnés et recouvreraient leurs biens.

Sans plus attendre, Hazrat Mahal décide de s'attaquer aux félons.

En mai, elle lance sa première expédition punitive contre le rajah Man Singh qui a longtemps joué double jeu, et qui, comble de traîtrise, a abandonné Lucknow au moment ou le général Campbell donnait l'assaut.

Chevauchant à la tête de dix régiments et suivie par les forces de taluqdars fidèles, Hazrat Mahal est arrivée devant Shahganj, où s'est réfugié le rajah. Aussitôt, elle entreprend le siège de la forteresse, faisant disposer ses troupes de façon à couper tous les accès et interdire à la garnison de recevoir nourriture ou munitions.

Pris au piège, Man Singh fait parvenir un message désespéré à ses alliés :

> « Elle a ordonné à tous les zamindars, taluqdars et mutins de s'assembler pour m'attaquer. Ils sont environ trente mille. Petits ou grands ils s'enorgueillissent d'être les alliés de la Bégum. Même ceux qui auparavant m'étaient proches se sont retournés contre moi*. »

Son appel au secours ne sera pas entendu, les Britanniques sont trop occupés à repousser les insurgés qui partout les harcèlent.

C'est exactement ce que la Rajmata entendait démontrer : les Anglais sont incapables de protéger leurs alliés, ce serait folie que de les rejoindre !

Proclamant la confiscation de l'État de Man Singh, elle annonce qu'il sera partagé entre les taluqdars qui le combattent, puis, après avoir encouragé les troupes, elle rentre à Bithauli pour mettre au point les prochaines opérations.

Barricadé dans son fort avec ses hommes, Man Singh continue de résister.

Lorsque finalement au bout d'un mois et demi les secours anglais arrivent, les rebelles, fidèles à leur tactique, se retirent. Mais ce sera pour porter la guerre contre d'autres traîtres désignés par la bégum qui, n'écoutant ni les promesses ni les protestations, demeure inflexible.

Tout en dirigeant les opérations militaires, Hazrat Mahal continue de gouverner : l'ordre doit être maintenu, la justice rendue et les impôts perçus. Si les anciens collecteurs n'osent plus s'aventurer dans les villages, les fonctionnaires envoyés par la Rajmata sont en revanche bien accueillis par les paysans, révoltés par les exactions de l'occupant.

Le prestige de la dynastie et son ascendant personnel sont tels que, même chassée du centre du pouvoir, Hazrat Mahal impose toujours le respect et l'obéissance.

⁂

Le 10 mai 1858 est un grand jour pour les insurgés : c'est la date anniversaire du début du soulèvement, lorsque les cipayes de la garnison de Meerut se sont révoltés et ont marché sur Dehli pour la libérer.

À Bithauli, la Rajmata tient à célébrer l'événement. À défaut des khilat, robes d'apparat rehaussées de pierres précieuses, le jeune roi distribue aux plus braves des châles de cachemire brodés, dont l'un sera envoyé au prince Firouz Shah pour ses faits d'armes en Inde centrale. À travers ces récompenses, la Rajmata continue d'affirmer, au moins symboliquement, le pouvoir de son fils.

Depuis la fuite de Lucknow, Birjis Qadar s'est renfermé de plus en plus sur lui-même. Il supporte mal sa vie d'exilé, sans amis de son âge, au milieu d'adultes qui ne parlent que de guerre. Lui qui était un enfant si joyeux, Hazrat Mahal ne l'entend plus jamais rire et, quand elle essaie de le faire parler elle n'obtient qu'une réponse convenue : « Je vais très bien merci, Amma Houzour. » Elle a la sensation douloureuse que son fils s'est éloigné d'elle, qu'à l'instar des autres il la considère comme la reine, non comme sa mère, et elle est bien consciente d'en être responsable. Pour regagner sa confiance elle devrait l'écouter davantage, discuter avec lui de ses préoccupations, le conseiller, bref lui donner tout ce qu'un fils attend d'une mère. Mais où trouver le temps ? Elle se doit entièrement à la lutte de libération. Et, après tout, c'est pour lui qu'elle se bat !

Elle l'a donc confié à Mumtaz, assurée que son amie, si aimante et attentionnée, s'occuperait de son fils aussi bien qu'elle-même.

Assoiffé d'affection, l'adolescent s'est rapidement attaché à la jeune femme. Pendant des journées entières elle reste à ses côtés et le réconforte, l'entourant de sa tendresse au point qu'il en est arrivé à l'appeler « Amma Mumtaz[1] ».

La première fois que Hazrat Mahal a entendu ces mots, son cœur s'est serré : « Amma Mumtaz », alors qu'il ne l'appelle que « Amma Houzour[2] », comme le prescrit l'usage de la Cour... Mais elle s'est vite reprise : n'est-ce pas ce qu'elle souhaitait ? Qu'il trouve en Mumtaz cette disponibilité qu'elle-même ne peut lui accorder.

Ne peut lui accorder... ? Vraiment ?

... Mais pour ton amant ne trouvais-tu pas le temps que tu dénies à ton enfant ?... lui susurre une petite voix.

Tandis que devant elle les soldats défilent, Hazrat Mahal se revoit quelques mois auparavant, avec Birjis Qadar, dans la salle du trône du palais de Chaulakhi ; à leur côté, Jai Lal leur présentait les cipayes les plus méritants.

À ce souvenir, tout son corps se contracte, elle s'inquiète tant pour lui qu'elle peut difficilement penser à autre chose. Quelques jours auparavant, en effet, un messager est venu lui annoncer que le rajah avait été fait prisonnier le 22 mars, dernier jour de la bataille de Lucknow, et que son procès avait commencé.

Les Anglais tenaient à faire les choses dans les règles, du moins en apparence, car pour ce qui était

1. Maman Mumtaz.
2. Mère respectée.

des preuves… Ils faisaient témoigner d'autres prisonniers, anciens serviteurs ou compagnons du rajah qui, pour obtenir leur grâce, n'hésitaient pas à charger Jai Lal de tous les crimes. Notamment le meurtre de femmes et d'enfants captifs auquel il s'était résolument opposé et qu'on avait perpétré en profitant de son absence !

Comment le sauver ? Hazrat Mahal avait passé des heures à discuter avec le rajah de Mahmoudabad des diverses possibilités. Ils en étaient arrivés à la conclusion qu'il fallait trouver un complice sur place qui l'aiderait à s'échapper au moment où, avec toutes leurs forces réunies, ils attaqueraient Lucknow.

L'opération était initialement prévue pour la deuxième semaine de juin mais, sur l'insistance de la bégum, qui argue que chaque jour rapproche le rajah de la mort, tout est fait pour l'avancer.

Maintenant qu'elle le sait vivant, Hazrat Mahal s'efforce, dès qu'elle se retrouve seule, de se mettre en communication avec l'homme qu'elle aime. Un ancien savoir, maîtrisé par des sages, assure que le temps et l'espace sont des illusions que la force mentale peut transcender. Rassemblant toute son énergie elle se concentre pour transmettre à son amant espoir et force, évoquant les moments heureux passés ensemble, les longs échanges où ils se racontaient leur jeunesse et leurs projets pour un pays bientôt libéré.

En regardant, jour après jour, agir Jai Lal, Hazrat Mahal avait compris l'importance du rôle d'un individu. S'il est doué d'un esprit clairvoyant et d'une détermination sans faille, un homme, ou une femme, peut changer le cours de l'histoire en donnant une direction aux masses perdues et découragées. Mais elle avait également compris une chose essentielle : il faut que la population reconnaisse en cette personne ce qu'elle-même cherche confusément. Car le véritable chef n'est pas celui qui donne des ordres, c'est celui qui révèle un désir profond, sait le mettre en forme, le concrétiser, et pour cela il doit être au plus près du peuple.

C'est le cas de Jai Lal, c'est aussi le sien. Tous deux viennent de milieux simples, contrairement aux aristocrates de la cour et à toute cette élite si éloignée de la réalité qu'elle est incapable de comprendre les réactions du commun des mortels.

… Jai Lal, mon amour…

Elle fera tout pour le sauver.

⁂

Depuis quelque temps, le général Hugh Rose a engagé la reconquête de l'Inde centrale. Cet ancien consul général à Beyrouth, d'abord accueilli avec scepticisme, s'est révélé un chef charismatique, toujours aux avant-postes, et a vite emporté l'adhésion de ses soldats.

En mars 1858, alors que Lucknow tombait, Sir Hugh Rose entreprenait le siège de Jhansi.

La forteresse imposante, bâtie sur un piton rocheux et entourée de hautes fortifications, était défendue par dix mille hommes commandés par Lakshmi Baï, la rani de Jhansi, dépeinte par tous comme « une merveille de beauté et de courage ».

Après quelques jours Rose avait lancé l'assaut et mis le feu à la forteresse. Acculée, la rani, dissimulée sous des vêtements d'homme, était parvenue à s'échapper avec une partie de ses troupes, tandis que l'armée britannique occupait la cité désormais sans défense.

Bien que les grandes villes, Delhi, Lucknow, Kanpour et enfin Jhansi, aient été reprises, les combats se poursuivent partout ailleurs sous l'impulsion de la bégum Hazrat Mahal décrite par les rapports britanniques comme « l'âme de la révolte ».

Dans le nord et le centre des Indes, les insurgés sont particulièrement actifs. Pourtant de nombreux taluqdars hésitent, attendant de voir de quel côté va pencher la balance, car on dit que Londres va bientôt envoyer de nouveaux renforts.

Devinant leurs calculs, la bégum fait proclamer que les soldats et le peuple n'auront aucune pitié pour ceux qui se rangent du côté de l'occupant.

« Comment pouvez-vous être assez naïfs pour croire encore aux promesses des Anglais ? demande-t-elle, sarcastique. Soyez sûrs qu'ils se vengeront ! »

Elle a bien changé depuis sa fuite de Lucknow. Devenue un chef de guerre prêt à vaincre par tous les moyens, elle s'est endurcie et a appris à manier le chantage. Dorénavant, elle ne se bat plus seulement pour restaurer la dynastie mais pour sa vie et celle de son fils.

⁂

À Lucknow, le haut-commissaire, Sir Robert Montgomery, a rassemblé ses principaux collaborateurs, dont certains, comme Martin Gubbins, le conseiller aux finances, ont une longue expérience de la région.

« Cela ne peut plus durer, nous tenons les grandes villes, même si dans certaines des incendies criminels éclatent encore sporadiquement, mais nous n'arrivons à rien dans le reste du pays. Nos armées sont impuissantes devant ces milliers hommes qui se battent comme si la mort leur était totalement indifférente.

— Ils sont d'autant plus courageux qu'ils attendent d'une vie future tous les bonheurs qui leur sont déniés au cours de leur misérable existence, commente un officier.

— Pourtant avez-vous remarqué que les prisonniers qui bravent si fièrement la potence ou le peloton d'exécution s'effondrent littéralement lorsque nous les attachons à la gueule d'un canon ? interroge un colonel posté aux Indes depuis une dizaine d'années.

— Il faut reconnaître que c'est un spectacle abominable. Voir ces jeunes hommes pulvérisés en mille lambeaux de chair sanguinolente…

— Si nous employons de plus en plus cette méthode, ne croyez pas que ce soit par cruauté ou besoin de nous venger, c'est parce que c'est la plus efficace, précise le colonel.

— En quoi ? Un mort est un mort !

— Pas dans ce pays ! Sans rites d'enterrement ou de crémation, il n'y a pas de vie future possible, ce qui, pour les hindous comme pour les musulmans, est mille fois pire que la mort. Au point que certains prisonniers acceptent de parler si nous leur accordons la faveur de les fusiller ! »

Des rires accueillent cette déclaration, qu'un froncement de sourcils du haut-commissaire suffit à enrayer.

« Un peu de décence, messieurs ! »

Et, se tournant vers Gubbins :

« Vous avez reçu un message du rajah Man Singh, semble-t-il ?

— Oui, Sir. Comme vous le savez, avant la mutinerie le rajah était un ami. Il a certes commis des erreurs mais depuis il fait tout pour se racheter. Il m'a fait dire que nous nous y prenions mal, et que si aucun taluqdar n'avait répondu à nos avances, ce n'était pas faute d'en avoir envie. Mais il leur est simplement impossible, vu l'humeur du peuple et les menaces de la bégum, de nous rencontrer ou de faire acte d'allégeance publiquement. Ils nous demandent de trouver un moyen, soit un intermédiaire discret, soit un signe convenu à l'avance, pour leur confirmer que, en cas de ralliement, nous leur pardonnerons et leur laisserons tous leurs biens. Man Singh m'assure que nous verrons alors la majorité d'entre eux nous rejoindre.

— Des mots ! On les connaît, ces roublards ! Ils jouent double jeu en attendant de voir comment les choses vont tourner, proteste un officier.

— Sans doute, admet Sir Robert, mais les choses risquent assez vite de tourner en notre faveur. J'ai une bonne nouvelle à vous annoncer : nous avons obtenu la coopération du maharadjah Jang Bahadour, Premier ministre du Népal, et souverain de facto depuis qu'il a écarté le roi. Il met à notre disposition ses milliers de Gurkhas qui viendront renforcer les nôtres. En retour, nous lui avons promis les territoires du nord d'Awadh qui jouxtent son pays… et qu'avec son aide nous allons reconquérir.

— Bravo ! Entre ses Gurkhas et nos Sikhs, c'est à qui sera le plus féroce ! Les rebelles les craignent comme la peste, ce ralliement va complètement les démoraliser. »

Rien ne reste jamais longtemps secret aux Indes. Les espions de la Rajmata n'ont pas tardé à avoir vent des tractations entre Jang Bahadour et les Britanniques et à l'en informer.

À l'instigation de sa mère, Birjis Qadar envoie un message au maharadjah. Il ne fait pas appel à une douteuse solidarité, mais expose la situation sur le terrain, pour l'heure nettement en faveur des Indiens.

« Comment, écrit-il, ces Anglais qui n'arrivent à se maintenir nulle part, pourraient-ils vous attribuer des terres ? C'est nous qui dominons le pays, et nous vous offrons, pour prix de votre alliance, des territoires deux fois plus importants que ceux qu'ils vous ont promis et dont ils ne possèdent pas la moindre parcelle ! »

La lettre a été confiée à un messager. A-t-elle été interceptée ? Toujours est-il que Birjis Qadar ne recevra jamais de réponse.

Cependant, en cette fin du mois de mai, alors que la chaleur infernale qui précède la mousson écrase les Européens, la bégum et ses alliés contrôlent tout Awadh jusqu'à une quinzaine de miles de la capitale.

Chapitre 34

Seize mille combattants sont rassemblés à dix-huit miles de la capitale, à Nawabganj, là où, un an auparavant, les cipayes s'étaient regroupés et avaient réussi à mettre en déroute les Britanniques, lors de la fameuse victoire de Chinhut.

Ils projettent de reprendre Lucknow en attaquant de trois côtés à la fois. La bégum a envoyé la plus grande partie de ses troupes mais, cette fois-ci, elle ne participe pas aux opérations. Sur l'insistance du rajah de Mahmoudabad et de tous les généraux, elle s'est résignée à demeurer à Bithauli : la bataille promet d'être féroce, la Rajmata n'a pas le droit de risquer sa vie ni celle de son fils, eux qui représentent la dernière dynastie royale opposée aux occupants, la seule légitimité incontestable. Le maulvi Ahmadullah Shah lui-même, sous la pression de ses hommes, a dû se rapprocher d'elle. S'il lui arrivait malheur, le mouvement, déjà en proie à de multiples rivalités, volerait en éclats.

Hazrat Mahal s'est rendue à leurs raisons mais, maintenant qu'ils sont partis, elle se retrouve à faire les cent pas à l'intérieur de la forteresse, incapable de fixer son esprit, rongée par le doute. Pourquoi a-t-elle cédé ? Elle a l'impression de déserter ses troupes au moment crucial... Et d'abandonner Jai Lal.

Son état-major lui a bien promis que le premier objectif, en pénétrant dans Lucknow, serait d'aller délivrer le rajah, mais elle connaît trop les intérêts et les jalousies des uns et des autres pour en être convaincue. Sans compter que se frayer un chemin jusqu'à la prison, située au centre de la ville, ne sera pas facile.

Aussi décide-t-elle de convoquer en secret le commandant d'un de ses régiments, un homme jeune qui lui voue une admiration inconditionnelle.

« J'ai pour toi une mission de confiance, lui déclare-t-elle. À l'approche de Lucknow tu contourneras les zones de combat et, avec tes meilleurs hommes, tu te dirigeras vers la prison. Là tu demanderas un officier du nom d'Amir Khan – il est des nôtres –, tu lui donneras, en présence de ses collègues, un ordre de transfert du rajah Jai Lal Singh signé par le haut-commissaire, Sir Robert Montgomery lui-même.

« Le faux en écriture est un art très développé dans notre pays, ajoute-t-elle dans un sourire. Surtout ne t'attarde pas, ne te bats que si c'est indispensable pour te frayer un chemir et ramène directement le rajah à Bithauli.

— Mais s'il refuse, s'il veut prendre part aux combats ?

— Alors tu lui diras... que la Rajmata est malade et a demandé à le voir... Oui, je te demande de mentir, c'est pour notre cause. Après des mois de prison le rajah n'est pas en état de se battre. Nous n'allons pas le délivrer pour le perdre, l'armée a besoin de lui, la guerre n'est pas encore gagnée. »

L'attaque sur Lucknow est prévue pour le 2 juin au matin.

Le général Hope Grant se trouve dans la capitale où il prend un repos mérité après avoir, pendant des semaines, poursuivi les rebelles à travers tout l'État d'Awadh. Informé que le rana Beni Madho menace la route Kanpour-Lucknow, qu'il a déjà détruit plusieurs postes militaires et attaqué des convois, le général se voit contraint de sortir de sa retraite. Pendant dix jours il va parcourir la région à la recherche du rana, mais celui-ci semble s'être volatilisé.

C'est lors de cette expédition qu'il apprend que des forces très importantes, rassemblées à Nawabganj, se préparent à attaquer Lucknow.

Beni Madho aurait-t-il essayé d'attirer son attention pour lui faire quitter la capitale ? Si tel est le cas il a sous-estimé la rapidité de réaction des Anglais. En hâte, Grant renforce ses troupes en y adjoignant un millier de Sikhs et une unité d'artillerie lourde, et il appelle à sa rescousse le maharadjah de Kapurtala qui accourt aussitôt avec son armée. Ensemble ils foncent sur Nawabganj, coupant le rana de ses hommes, et ils encerclent la ville. Prise au piège et désarçonnée par l'absence de son chef, l'armée indienne est paralysée.

Le 12 juin, dès l'aube, les troupes britanniques lancent l'assaut. Les Indiens font face avec un courage qui force l'admiration de leurs adversaires. Leurs contre-attaques sont si vigoureuses que les Anglais ont le plus grand mal à les repousser. Regroupés sous l'oriflamme verte de l'islam et la blanche de l'hindouisme, les cipayes tombent par vagues, fauchés comme la moisson.

« J'ai vu de nombreuses batailles et beaucoup de braves décidés à vaincre ou à mourir, mais je n'ai jamais été témoin d'une conduite aussi héroïque que celle de ces hommes* », déclare, impressionné, le général Grant.

Cette bataille sera la dernière tentative de libérer Lucknow. Les rebelles ne pourront plus jamais rassembler assez d'hommes pour conduire une opération de cette envergure.

À Bithauli, Hazrat Mahal est effondrée. C'est le premier grave revers depuis la chute de la capitale et le moral de chacun s'en ressent. Mais elle vit également cette défaite comme un drame personnel : elle n'a pu sauver Jai Lal.

... *Pourquoi donc ai-je écouté les généraux ? Si j'étais allée là-bas moi-même, sous un déguisement quelconque et accompagnée de quelques fidèles, j'aurais sûrement trouvé le moyen d'atteindre la prison. Et là, avec nos complicités sur place et la lettre, je serais bien parvenue à le faire sortir...*

Les remords la submergent, elle s'est laissé influencer alors quelle n'aurait dû écouter que son intuition : aller elle-même libérer son amant. Ne l'a-t-elle pas mis plus en danger encore ? Dans cette opération les Anglais ont eux aussi perdu des hommes, vont-ils se venger sur leurs prisonniers ?

Le doute qu'elle a toujours repoussé s'insinue en elle de plus en plus insistant : reverra-t-elle jamais l'homme qu'elle aime ?

Elle ne peut s'en ouvrir au rajah de Mahmoudabad – ils n'ont jamais évoqué Jai Lal autrement que comme un ami loyal, bien que le rajah ait compris depuis longtemps que pour la bégum il compte bien plus que cela. Elle lui parlera seulement de sa détresse devant toutes ces victimes. A-t-elle le droit d'envoyer ces milliers de jeunes gens à la mort ? Quelle cause peut justifier un tel carnage ?

« C'est la guerre, Houzour ! la morigène doucement le rajah, il y a forcément des échecs et des morts ! Quant à la justification d'une guerre, on pourrait en discuter longtemps. Pour certains esprits forts il n'y en a aucune, car rien ne vaut la vie. Pour d'autres, comme moi et la majorité des nôtres, officiers ou simples paysans, elle est pleinement justifiée par son but : nous débarrasser d'un pouvoir étranger, recouvrer notre liberté et notre dignité.

— Vous parlez, comme moi, de liberté, d'indépendance... En réalité, depuis des temps immémoriaux les Indiens ont été soumis à des pouvoirs étrangers – le dernier étant celui des Moghols qui ont régné sur ce pays plus de trois siècles !

— Certes, mais les envahisseurs aryens, arabes ou moghols se sont toujours assimilés, et même indianisés. Contrairement aux Britanniques, ils se mêlaient à la population, les Indes étaient leur pays et ils n'avaient de cesse d'accroître sa puissance. Portant l'art et l'artisanat indien à une perfection jamais égalée, les empereurs moghols avaient conduit le pays à une prospérité bien supérieure à celle de l'Europe. La domination anglaise, elle, nous a ruinés. En exportant nos ressources pour alimenter leur industrie naissante et en nous imposant, en retour, leurs produits bon marché, ils ont réduit à la misère nos tisserands, nos ébénistes, nos ferronniers, nos peaussiers, nos brodeurs… »

Assis côte à côte dans le salon de la bégum – une familiarité qu'ils n'auraient jamais pu se permettre à la cour de Lucknow –, le rajah de Mahmoudabad et la Rajmata discutent comme de vieux amis. Elle apprécie de plus en plus l'homme auquel Jai Lal l'a confiée. À trente-cinq ans il a la clairvoyance et la maturité d'un sage, il la soutient et la conseille dans chacun de ses choix. De son côté le rajah admire le courage de la jeune femme et son refus, quoi qu'il puisse lui en coûter, d'accepter le mensonge et l'injustice.

D'où son extraordinaire ascendant sur les combattants qui se feraient mettre en pièces pour elle, songe-t-il. *Elle suscite autant de dévotion que le maulvi, et sans jamais utiliser la religion comme lui le fait…*

Depuis quelque temps le maulvi accumule les victoires. Le 3 mai il a conquis Shahjahanpour, siège d'une importante garnison anglaise, à mi-chemin entre Lucknow et Delhi. Chassé une semaine plus tard par les troupes de Campbell, il profite de ce que les Anglais sont partis batailler plus au nord pour reprendre la ville et obliger ses riches habitants à lui payer une taxe pour l'entretien de ses forces.

Furieux d'être ridiculisé par cet homme qui ne cesse de le narguer, Sir Colin revient en toute hâte. Du 14 au 19 mai les combats font rage. Des forces armées accourent de tous côtés pour sauver le maulvi, dont la bégum et le prince Firouz, chacun à la tête de ses régiments. Même Nana Sahib a consenti à envoyer ses hommes, convaincu par son conseiller Azimullah – lequel a décidé de rejoindre son maître et de le surveiller, car il le soupçonne d'être prêt à rallier les Anglais pour obtenir sa grâce.

Ainsi soutenu, le maulvi va parvenir à s'échapper de nuit, suivi d'une grande partie de ses fidèles, pour rentrer triomphalement dans Awadh d'où il avait été chassé peu de temps auparavant.

Comment s'emparer de ce démon ? Là où les armes ont échoué les Anglais vont essayer la trahison.

Ahmadullah Shah a besoin de regarnir ses effectifs. Or on l'a informé que le rajah de Powain [1], petit État situé entre Awadh et le Rohilkhand, envisageait de rejoindre la rébellion. Aussitôt il lui envoie un message, mais le rajah veut s'entretenir avec le maulvi en personne.

Lorsque le 15 juin, accompagné d'une simple escorte, Ahmadullah Shah, monté sur son éléphant, arrive à Powain il trouve, à sa grande surprise, les portes de la ville fermées et gardées par des soldats. En haut des remparts se tiennent le rajah et son frère.

Bien que flairant un danger, Ahmadullah Shah ne renonce pas et commence à parlementer avec le rajah. Il n'a pas remarqué que son frère s'est éclipsé et que,

1. Appelé aussi Powayun.

dissimulé derrière une meurtrière, il le tient en joue. La discussion se prolonge, il devient clair que le rajah n'a aucune intention de le laisser entrer. Furieux d'avoir été joué, le maulvi fait signe au cornac de pousser son éléphant pour enfoncer les grilles. C'est alors que le frère du rajah tire et le tue sur place.

Le guet-apens mis au point a parfaitement fonctionné.

Après avoir tranché la tête du maulvi, les deux frères l'enveloppent d'un tissu et, galopant sur les treize miles qui les séparent de Shajahanpour, se présentent au mess des officiers britanniques au moment du dîner. D'un geste théâtral ils jettent la tête ensanglantée du maulvi à leurs pieds.

Pour prix de leur traîtrise ils repartiront avec la récompense promise de cinquante mille roupies, mais ils se gagneront, par la même occasion, le mépris de leurs amis aussi bien que de leurs ennemis.

Le lendemain matin Mammoo se présente chez sa maîtresse. Il jubile : non seulement son ennemi personnel, le Rajah Jai Lal, est en prison, mais le plus dangereux concurrent de la bégum n'est plus.

« Houzour, j'ai une bonne nouvelle ! annonce-t-il triomphalement. Celui qui n'a cessé de vous causer des ennuis vient de se faire tuer.

— Qui ? Hope Grant ? Colin Campbell ? interroge la bégum, les yeux brillants d'espoir.

— Non, Ahmadullah Shah !

— Le maulvi ? » Hazrat Mahal sursaute. « Mais il était notre allié ! Comment oses-tu te réjouir ? Es-tu devenu fou ?

— Voyons, il vous contestait sans cesse…

— Décidément tu ne comprendras jamais rien ! Allez, laisse-moi ! »

Restée seule, la Rajmata demeure un long moment immobile, le regard dans le vide… Le maulvi, mort ? Lui qui se tirait toujours indemne des situations les plus désespérées, au point que ses partisans l'appelaient « le protégé d'Allah », elle ne peut y croire…

Sans doute était-il dangereux pour elle, mais quel extraordinaire meneur d'hommes !

Il s'attachait particulièrement les pauvres en leur promettant la fin des humiliations dans une société libre, fondée sur l'égalité prônée dans le Coran. Et il rappelait que pour appeler les fidèles à la prière, le Prophète avait choisi un esclave noir, montrant ainsi son refus de toute discrimination, sociale ou raciale. Ses disciples le révéraient comme une sorte de réincarnation du prophète Mohammed.

S'il y en avait eu plus comme lui, j'aurais peut-être perdu le pouvoir mais nous aurions gagné la guerre.

Est-ce à dire qu'elle pense pouvoir la perdre ?… Aussitôt elle se reprend :

Bien sûr la disparition du maulvi est un coup dur, mais nous vaincrons, même sans lui !

Car si Aḥmadullah Shah était un allié précieux, souhaitait-elle vraiment sa victoire ? Une victoire contre les étrangers et pour l'indépendance du pays, certes, mais… en vue de quelle société ? Si le maulvi avait réussi à prendre le pouvoir, ce pouvoir aurait-il été plus acceptable que celui des Britanniques ? Contre ceux-ci au moins on peut se révolter mais peut-on se révolter contre la parole de Dieu qu'il prétendait représenter ? Une fois vainqueur, n'aurait-il pas imposé une conception rigide de la religion du Prophète, à l'opposé de l'islam ouvert et tolérant établi aux Indes depuis des siècles ?

Finalement, Mammoo a peut-être raison…

En revanche, l'annonce, quelques jours plus tard, de la mort de la rani de Jhansi l'atteint profondément. Elles avaient presque le même âge, charismatiques et volontaires, elles étaient sœurs en courage ; l'une hindoue, l'autre musulmane, toutes deux à la tête de leur peuple se battaient pour arracher l'indépendance.

Lakshmi Baï a été tuée trois jours après le maulvi, le 18 juin, au cours de la bataille de Kotah-ki-serai, à quelques miles de Gwalior.

Le messager qui apporte la nouvelle à la Rajmata lui remet en même temps une lettre de la rani, écrite la veille de sa mort, une lettre débordant d'optimisme où elle relate ses dernières victoires :

> « Ma chère Bégum,
> Je suis heureuse de vous annoncer que nous avons pris Gwalior ! Nana Sahib n'était pas présent car il continue à se cacher. Mais son neveu Rao Sahib le représentait et nous avions avec nous les armées de Tantia Tope. Nous sommes arrivés près de la citadelle avec quatre mille cavaliers et sept mille fantassins. À l'aube, le maharadjah de Gwalior a marché sur nous avec huit mille hommes mais, à sa grande humiliation, toute son armée, excepté sa garde personnelle, a tourné casaque et nous a rejoints !
> Le lendemain nous avons conquis Gwalior avec son trésor et son arsenal. Tantia a voulu organiser des

fêtes somptueuses où il a invité tous les seigneurs mahrattes. Il s'efforce de se gagner des principautés de l'ancienne confédération pour y faire reconnaître Nana Sahib comme Peishwa. Mais les grands princes mahrattes, notamment les maharadjahs d'Indore et de Gwalior, restent alliés aux Britanniques et ils influencent nombre de petits rajahs. Toujours est-il qu'au cours de ces fêtes Nana Sahib a été proclamé officiellement Peishwa, son neveu Rao vice-Peiswha, et Tantia Tope Premier ministre.

N'ayant évidemment rien à faire là, je me suis retirée dans un petit palais voisin où je trouve enfin la tranquillité pour vous écrire. Je suis désormais persuadée que nous allons gagner. Vous retrouverez votre Lucknow et moi mon Jhansi. J'ai confiance, car le peuple est avec nous. A-t-on jamais vu un occupant venir à bout de tout un peuple ? Cela prendra du temps mais nous vaincrons.

Quoi qu'il arrive il faut tenir !

Votre amie,
Lakhsmi, rani de Jhansi »

C'est le messager, en larmes, qui raconte les événements qui ont suivi :

« Alors que nous les croyions loin, le 18 juin les Anglais sont survenus et ont frappé comme la foudre. Depuis des jours Tantia Tope et ses troupes festoyaient, ils ne se sont rendu compte de rien. La rani a été la première à comprendre la situation. À la tête de ses troupes, vêtue en cavalier, elle a tenté d'arrêter l'avancée britannique. En vain. Elle a été tuée par un soldat, loin de soupçonner qu'il tirait sur une femme, qui plus est la légendaire héroïne de Jhansi ! On l'a identifiée grâce aux somptueux rangs de perles qu'elle ne quittait jamais et qui contrastaient étrangement avec son uniforme.

« Surpris au milieu de leurs beuveries, Tantia Tope et ses hommes ont été facilement mis en déroute par le général Rose qui, s'emparant de la citadelle de Gwalior, y a réinstallé le maharadjah. »

La lettre de la rani tremble entre les mains d'Hazrat Mahal. Les yeux embués, elle en relit les dernières lignes :

« Quoi qu'il arrive, il faut tenir. »

... *C'est comme un message de l'au-delà... Le peuple est avec nous, il faut continuer à se battre.*

⁂

Dans le centre des Indes, les troupes britanniques progressent. Sir Hugh Rose sait que si la rébellion se propage à travers le territoire mahratte, tout l'ouest du pays va la rejoindre. La reprise de Jhansi et de Gwalior ont été des étapes importantes, mais il faut à présent en finir avec Tantia Tope et le prince Firouz Shah qui continuent à les défier.

Heureusement pour les Britanniques, les deux plus grands États du centre des Indes, Bhopal et Hyderabad, non seulement leur restent fidèles mais encore leur fournissent des troupes d'élite.

Tantia Tope qui s'est enfui de Gwalior avec douze mille hommes est intercepté par l'armée du général Rose. Il réussit à s'échapper et continue à harceler les colonnes ennemies. Il a sur l'adversaire l'avantage de la rapidité car il se déplace sans tentes ni provisions, tout lui étant fourni par une population complètement acquise à sa cause.

Hazrat Mahal, quant à elle, s'est retirée plus au nord, dans le fort de Baundi, au-delà de la rivière Ghogra. De là, elle contrôle toute la région. Elle y est entourée de son ami le rajah de Mahmoudabad et de quelques rajahs et taluqdars fidèles.

De sa nouvelle base, la Rajmata continue à lancer des opérations contre les détachements anglais et les taluqdars félons envers lesquels elle se montre de plus en plus impitoyable, à mesure que les défections se multiplient. Le général Campbell sait en effet leur parler. Lui-même petit-fils d'un chef de clan écossais qui a vu ses terres familiales confisquées au lendemain du soulèvement jacobite de 1745, il comprend le dilemme des taluqdars et, plutôt que les affronter, il tente de se les concilier.

Pendant tout Pété Awadh va tenir tête sans laisser aucun répit à l'ennemi. Jusqu'en octobre Hazrat Mahal et ses alliés, notamment le prince Firouz et le rana Beni Madho, montent des opérations coordonnées. Ensemble ils commandent une force de soixante-dix mille combattants.

Fidèle inconditionnel de la bégum, le rana, comme Tatia Tope, a pour principal atout sa mobilité. Mille fois les Anglais croient le prendre, mille fois il leur échappe, réapparaissant là où on ne l'attend pas. Il est devenu une légende que, des décennies après sa mort, on continuera à chanter dans les veillées villageoises.

Cependant, les promesses de Campbell ont fini par lui rallier la majorité des taluqdars. En ce début d'automne ils ne sont plus qu'une cinquantaine insurgés sur les trois cents qui, au plus fort de la lutte, avaient participé activement à la rébellion. C'est un coup dur pour la Rajmata, d'autant que l'espoir qu'elle caressait de convaincre le maharadjah du Népal a été déçu. Peu après la défaite de Nawabganj, celui-ci lui a écrit qu'il était l'ami des Anglais et refusait catégoriquement son offre d'alliance.

De la chute de Lucknow, en mars, jusqu'à l'automne, pendant huit mois Hazrat Mahal et ses alliés ont tenu en respect les forces britanniques et les ont même souvent défaites. Mais en ce mois d'octobre 1858, début de la saison sèche, le général Campbell, devenu Lord Clyde par la grâce de Sa Majesté la reine Victoria, commence sa campagne d'hiver à la tête d'une armée plus puissante que jamais.

Chapitre 35

Au milieu des opérations militaires et des discussions stratégiques, les seuls moments de douceur sont ceux que Hazrat Mahal passe avec Mumtaz. Mais parfois elle a honte de son égoïsme. Pendant des années elle a oublié son amie et maintenant qu'elle l'a retrouvée elle la prend pour confidente et s'épanche, sans jamais se préoccuper de ses sentiments ni s'intéresser à sa vie personnelle.

Un soir, tandis que sa compagne, comme à son habitude, brosse ses longs cheveux, elle la questionne :

« Et toi, Mumtaz, as-tu jamais été amoureuse ? »

Elle ne s'attendait pas au trouble que sa question suscite. Mumtaz rougit, hésite, puis finalement se décide à parler.

« Amoureuse ? Je l'ai été follement, mais jamais je n'ai été aussi profondément blessée. Je t'ai raconté qu'après avoir été répudiée j'avais repris la profession de courtisane, dans une autre maison que celle d'Amman et Imaman, car j'avais honte vis-à-vis d'elles. Chaque soir je chantais, dansais et m'entretenais avec les visiteurs, mais je n'avais toujours pas de protecteur. Il y avait cependant un taluqdar qui venait chaque jour et me regardait sans m'adresser la parole, comme fasciné. Et moi je me sentais telle une adolescente devant son premier amour, je ne chantais et ne dansais que pour lui. Il avait cette beauté qui m'émeut : grand, très mince, des yeux sombres dans un visage marqué, un nez en bec d'aigle. Je pensais à lui toute la journée mais, le soir, j'osais à peine le regarder tant je craignais que mes sentiments ne soient visibles de tous. Cela dura un mois. Un mois de rêves merveilleux où j'imaginais avec lui une relation intense et lumineuse, de longues confidences, des joies et sans doute aussi des peines, mais partagées. Je sentais qu'il avait souffert et j'étais prête à tout donner, je me savais capable de le rendre heureux.

« Enfin, un soir, il vint me parler et, à ma grande surprise, d'emblée il se confia : son fils unique était mort d'un accident de cheval, sa femme en avait perdu la raison. Cela faisait deux ans déjà mais il n'arrivait pas à s'en remettre. Je l'écoutai se décharger de son chagrin. Soudain, il se rendit compte que l'on nous regardait. "Ces gens m'importunent, me souffla-t-il, quand pourrions-nous nous voir seuls ?"

« Quand ? Je dus faire un effort pour ne pas répondre : "Tout de suite" et suggérai le surlendemain, dans mon appartement qui était au premier étage mais où l'on accédait sans passer par les salons.

« Le surlendemain il me fit parvenir un message : il devait partir régler une affaire urgente mais serait de retour dans trois jours. Serais-je libre ? Je m'empressai de le lui confirmer.

« Je passai les trois jours à me préparer, je m'examinai d'un œil critique : lui plairais-je ? Lui si séduisant, devait être habitué aux plus jolies femmes et, si j'étais consciente de mon charme, je savais aussi n'être pas une beauté.

« Le soir venu je tournais et retournais dans ma chambre, arrangeant ici un coussin, là un vase, les mains moites d'appréhension. Il arriva avec deux heures de retard, je croyais qu'il ne viendrait plus. J'étais nerveuse comme une jeune fille, moi une courtisane !

« J'avais fait préparer un léger souper, mais il n'avait pas faim. Il me prit dans ses bras et tenta de m'entraîner vers le grand lit en me chuchotant combien j'étais désirable. Un peu choquée par cette hâte alors que j'avais imaginé de tendres approches, j'essayai de résister, mais il n'était pas homme à accepter qu'on lui résiste.

« Nous fîmes l'amour et il s'endormit aussitôt. Je restai à côté de lui, les yeux grands ouverts, un goût amer dans la bouche, avec l'impression d'avoir été traitée comme une prostituée. J'essayai de me raisonner, peut-être était-il simplement épuisé par son voyage. Doucement je caressai son front, il se réveilla.

« "Je dois partir, m'annonça-t-il abruptement. – Vous ne passez pas la nuit ici ? demandai-je stupéfaite. – Impossible, j'ai un important rendez-vous demain matin."

« Je me blottis contre lui. "Alors à très bientôt ? – Certainement", me répondit-il d'un ton qui me parut signifier le contraire, mais je chassai vite cette idée de mon esprit.

« Je l'attendis chaque soir pendant des semaines.

« Il ne revint jamais.

« Je lui en ai voulu mais je m'en suis voulu plus encore de ma maladresse. Il s'était épanché et m'avait conquise, il disparaissait. Aurais-je dû dissimuler mes sentiments ? Dis-moi, Mohammadi, pourquoi faut-il tout calculer quand on aime ? Si l'on doit se brider, jouer le détachement pour mieux s'attacher l'autre, où est le bonheur d'aimer ? »

À ces questions Hazrat Mahal est incapable de répondre. Avec Jai Lal, c'était un autre monde... À la pensée de son amant, elle ressent soudain une violente douleur dans la poitrine... tel un arrachement... Elle a peur, comme si quelque chose de terrible était en train de se produire... comme si, loin d'elle, Jai Lal souffrait... et l'appelait.

⁂

Piqué au vif par les critiques qui lui reprochent d'avoir prolongé la guerre en laissant échapper la bégum, le général Campbell est cette fois bien décidé à écraser définitivement les forces rebelles.

Sa stratégie est simple. La puissante armée britannique attaquera Awadh à partir du sud, de l'est et de l'ouest, afin de repousser tous les insurgés vers le nord, la région de Baraich où se tient la Rajmata.

Les régiments avancent méthodiquement, couvrant district après district comme un immense filet, ils ratissent chaque mètre de terrain afin de ne laisser aucune échappatoire possible. Leur but est d'obliger les rebelles à se replier vers le Teraï, région frontalière du Népal, de les y encercler et d'en finir.

Mammoo, sentant le vent tourner, se ronge d'inquiétude mais il n'ose parler à sa maîtresse de peur d'encourir une fois de plus sa colère. Depuis qu'elle l'a tancé à propos de la mort du maulvi il n'a pas reparu devant elle, attendant qu'elle le rappelle. Mais elle ne semble pas même s'apercevoir de son absence... De dépit il a été jusqu'à penser la quitter et se rendre aux Anglais, comme l'ont déjà fait de nombreux taluqdars. D'autant qu'il n'a aucune envie de finir en martyr pour une cause à laquelle il ne croit guère. L'indépendance reste pour lui un vain mot ; il a toujours servi les puissants : qu'ils soient indiens ou anglais, quelle différence ? Certes les Anglais méprisent les « indigènes »... mais existe-t-il pire mépris que celui que lui ont fait subir ses compatriotes en l'émasculant ?

Pendant des jours il a ruminé sa rage et joué avec l'idée de partir mais, au fond de lui, il sait qu'il ne peut abandonner sa maîtresse. Depuis douze ans qu'il vit à ses côtés elle est devenue son univers, il a beau lui en vouloir, il ne peut se passer d'elle. Est-ce de l'amour ? C'est en tout cas un lien puissant qu'il est incapable de rompre. Il la protégera, fût-ce contre son gré !

En secret, il a dépêché à Lucknow un messager pour discuter avec Sir Robert Montgomery des conditions de reddition de la bégum et de lui-même.

Mais comme toujours Hazrat Mahal en a été avisée par ses espions.

Hors d'elle, elle a immédiatement convoqué l'eunuque.

« Toi aussi, tu me trahis !

— Je ne vous trahis pas, Houzour, balbutie Mammoo, rouge de confusion, j'essaie au contraire de vous sauver.

— Me sauver ? En me déshonorant ? » Elle s'en étouffe d'indignation. « Comment ai-je pu te faire confiance ? Cette fois c'en est vraiment fini, je ne veux plus te voir ! »

Désormais Hazrat Mahal se sent encore plus seule, trompée par Mammoo dont elle connaît les faiblesses mais qui depuis si longtemps faisait partie de sa vie, elle n'a plus que sa fidèle Mumtaz à qui se confier. Avec elle au moins elle peut évoquer l'homme qu'elle aime et qu'elle n'a pas renoncé à secourir. Pendant la journée, occupée par mille problèmes, elle réussit à ne pas penser au sort qui lui est réservé, mais la nuit elle tremble pour lui et échafaude les plans les plus audacieux jusqu'au moment où elle sombre dans un lourd sommeil peuplé de cauchemars.

⁂

Tandis qu'au sud du pays les régiments du général Campbell progressent tel un rouleau compresseur, la bégum et ses alliés poursuivent leurs attaques éclair, toujours soutenus par l'immense majorité des paysans. Même lorsque la cause des rebelles semble perdue, ceux-ci continuent de boycotter les Britanniques, refusant de leur livrer de la nourriture et leur donnant de fausses informations.

Leur rôle dans cette révolte est déterminant, ils fournissent le gros des combattants[1].

Mais, malgré leur héroïsme, vers la fin de l'année, la situation commence à se retourner.

L'offre d'amnistie de la renie Victoria va entraîner le revirement de nombreux chefs de guerre. Sa proclamation, lue le 1er novembre 1858 dans toutes les Indes, fait part de la dissolution de la Compagnie des Indes orientales et du transfert de son autorité à la Couronne britannique. Annonçant solennellement une rupture totale avec les erreurs du passé, la reine garantit tous les traités avec les princes et confirme chacun des postes obtenus du temps de la Compagnie. Enfin elle dément toute nouvelle ambition territoriale et promet la liberté religieuse.

> « Nous déclarons notre royale volonté et bon plaisir que personne ne sera favorisé, inquiété ou molesté pour des raisons de foi ou d'observance religieuse, et que tous profiteront de la protection égale et impartiale de la loi. C'est aussi notre volonté que nos sujets, quelle que soit leur race ou leur croyance, soient librement et impartialement admis à exercer, à notre service, les métiers pour lesquels ils sont qualifiés, de par leur éducation, leur talent et leur intégrité*. »

---

1. Les Anglais estimeront que, dans le seul royaume d'Awadh, environ cent cinquante mille combattants ont trouvé la mort, dont trente-cinq mille cipayes, les autres étant des hommes du peuple.

Mais, plus important que tout, la reine offre son pardon aux rebelles prêts à retourner pacifiquement chez eux. À l'exception de ceux qui ont pris part aux meurtres de sujets britanniques ou aidé les meurtriers, et des chefs ou des instigateurs de la révolte. Les autres, s'ils se soumettent avant le 1er janvier 1859, seront amnistiés.

Le 8 novembre, le rajah d'Amethi assiégé dans sa forteresse par les forces combinées du général Campbell et du général Grant finit par se rendre. C'était l'un des plus fidèles alliés de la bégum, sa soumission va entraîner celle d'autres taluqdars qui hésitaient encore.

En revanche, Beni Madho, contraint d'abandonner son fort, décide de partir vers le nord avec quinze mille hommes pour rejoindre les forces du frère de Nana Sahib. Au général Campbell qui lui offre des conditions de reddition très favorables, il répond fièrement :

« Je ne le puis, ma personne ne m'appartient pas, elle appartient au roi Birjis Qadar*. »

Dans le même temps, un message secret du général Campbell fait savoir à la bégum que, si elle abandonne ce combat sans espoir, elle pourra revenir à Lucknow où elle sera accueillie avec les honneurs dus à son rang et recevra une généreuse pension.

Hazrat Mahal ne prend même pas la peine de répondre. Avec un pincement au cœur elle se remémore l'une de ses dernières conversations avec Jai Lal, tandis que dans leur bastion de Moussabagh ils étaient bombardés nuit et jour par les canons ennemis.

« Si l'on nous offrait l'amnistie et que tout redevienne comme avant, comme du temps de Wajid Ali Shah et du Résident britannique, que ferais-tu ? lui avait-il demandé.

— Je refuserais ! » avait-elle répondu sans hésiter.

Il l'avait serrée passionnément dans ses bras.

Aujourd'hui, après tout ce que son peuple et elle ont enduré, elle est plus que jamais décidée à rejeter les compromis. À ses yeux le but de la proclamation d'amnistie est clair : décapiter la révolte, séparer les rebelles les plus engagés de leurs partisans qui tergiversent et ainsi réduire leurs forces.

Pour tenter de prévenir une vague de défections, Hazrat Mahal va publier une contre-proclamation où, sarcastique, elle dénonce l'hypocrisie du discours de la reine Victoria et les menaces qui se cachent derrière ses fausses promesses :

> « Il faut être faible d'esprit pour croire que les Anglais ont pardonné nos fautes ou ce qu'ils appellent nos crimes. Nous savons tous ici qu'ils n'ont jamais pardonné la moindre offense, petite ou grande, fût-elle commise par ignorance ou négligence*. »

Et un à un la bégum passe au crible les divers engagements pris par la reine : comment croire que, parce que la Couronne remplace la Compagnie, tout va changer, alors que le nouveau pouvoir conserve le même règlement, les mêmes fonctionnaires, le même Gouverneur général, le même système judiciaire !

« On nous dit que tous les accords passés par la Compagnie seront honorés par la reine. Mais la Compagnie s'est appropriée toutes les Indes et n'a pas respecté la plupart des traités signés avec les souverains. Est-ce cela que la reine entend respecter ? Et si Sa Majesté ne veut aucune annexion, ainsi qu'elle le prétend, pourquoi ne nous rend-elle pas notre pays comme le demande le peuple ?

On nous annonce aussi que, quelle que soit la religion, les lois seront égales pour tous. Ce devrait être évident ! En effet, qu'est-ce que l'exercice de la justice a à voir avec l'appartenance à une religion ou à une autre ? Quant à la promesse qu'il n'y aura aucune interférence dans nos pratiques religieuses c'est difficile à croire lorsqu'on détruit nos temples et nos mosquées sous prétexte de construire des routes, quand on envoie des missionnaires dans les villages pour enseigner le christianisme, quand on paie les gens pour apprendre les rites de l'Église anglicane !

Il est aussi écrit que, excepté ceux qui ont tué, mené la rébellion ou aidé les rebelles, les autres seront pardonnés. Mais qui sont ces autres lorsque le peuple entier s'est révolté et qu'il est précisé que tous les gens impliqués seront punis ? Cette proclamation dit tout et son contraire ! Enfin, on nous promet, lorsque la paix sera restaurée, de lancer des travaux de construction de routes et de creusement de canaux qui amélioreront les conditions de vie du peuple. Il est intéressant de noter que les Anglais n'offrent pas aux Indiens de meilleur emploi que celui de terrassier ! Si les gens ne peuvent comprendre ce que tout cela signifie, nous ne pouvons rien pour eux.

Surtout ne vous laissez pas abuser* ! »

⁂

Ce matin, des nouvelles inquiétantes sont arrivées de Mahmoudabad. Le palais est assiégé et la rani a fait parvenir un message à son époux, lui disant craindre de ne pouvoir résister longtemps.

Le rajah s'est présenté chez la bégum, désemparé. Écartelé entre deux fidélités, il fait peine à voir : il ne peut quitter la Rajmata au moment où elle a le plus besoin de lui, mais peut-il abandonner les siens ?

« Souvenez-vous de ce que vous avez dit à votre fils lorsqu'il a voulu nous suivre, lui rappelle Hazrat Mahal : “Ton premier devoir est envers les tiens.” Cher Rajah sahab, vous devez partir immédiatement secourir votre famille. Ils n'ont que vous. Moi je me débrouillerai, j'ai encore des alliés. Bien sûr votre amitié, votre bonté à mon égard vont me manquer… »

Elle se raidit contre l'émotion qui l'assaille.

« Je vous en serai toujours reconnaissante, je ne vous oublierai jamais. »

Et, pour alléger ce que ces mots peuvent avoir de solennel, elle conclut sur un ton enjoué :

« Bientôt je viendrai vous voir à Mahmoudabad, et je compte que vous m'organisiez une fête somptueuse ! »

Contre toutes convenances elle lui a tendu sa main qu'avec ferveur il a portée à son front. Ils se sont regardés, contenant difficilement leur émotion, ils savent qu'ils ont peu de chances de se revoir.

Deux semaines plus tard, Hazrat Mahal apprendra l'abominable drame. Alors qu'il approchait de

Mahmoudabad, le rajah avait été intercepté par un messager en deuil qui lui avait appris que le palais avait été incendié et toute sa famille, sa mère, son épouse et son fils, assassinés.

De désespoir il s'était tiré une balle dans la tête.

La nouvelle était fausse. Le palais, investi par l'armée britannique, était presque intact et la famille du rajah y était gardée en résidence surveillée.

Sans se salir les mains, les Anglais s'étaient vengés du premier grand taluqdar d'Awadh qui ait osé se rebeller [1].

Pendant ce temps en Awadh, les troupes britanniques continuent d'avancer et les insurgés sont repoussés inexorablement vers le nord. Fin novembre, tout le pays au sud de la rivière Ghogra est soumis. Certains rebelles arrivent à rejoindre leurs villages et à se fondre parmi les paysans, mais la majorité rallie Baundi, la forteresse de la bégum, dernier bastion du pouvoir. Implacablement, l'armée ennemie se rapproche, les troupes indiennes tentent de les empêcher de franchir la rivière Ghogra mais, malgré une résistance farouche, elles sont écrasées.

Casque colonial sur la tête et sabre en main, le général Grant fait maintenant route vers Baundi où il compte bien surprendre la bégum. Mais celle-ci s'est déjà enfuie plus au nord et, avec son fils, galope à la tête de son état-major, suivie par quinze mille

---

1. Version donnée par son arrière-petit-fils. Une autre version familiale rapporte que le rajah serait mort de blessures reçues au combat.

combattants. Près de Nanpara elle est rejointe par Nana Sahib, Beni Madho et quelques taluqdars encore loyaux. Dans une tentative désespérée ils conjuguent leurs forces pour une ultime résistance, mais face à l'artillerie ennemie, à nouveau ils sont obligés de battre en retraite. Enfin au matin du 7 janvier 1859, l'ennemi à leurs trousses, la bégum et ses alliés traversent la rivière Rapti pour se réfugier dans la région du Teraï, à la frontière du Népal.

Parvenue sur l'autre rive, Hazrat Mahal s'est arrêtée. Le cœur serré elle regarde la plaine qui s'étend à perte de vue, ses champs de blé et de canne à sucre, ses vertes plantations de mangues et de goyaves, et, çà et là, émergeant de toute cette verdure, les toits de chaume des villages d'où montent des fumées bleues.

Reverra-t-elle un jour son pays ?

Afin de retarder la progression anglaise, un régiment de cipayes est resté sur la rive sud du Rapti. Mais lorsque la cavalerie britannique arrive et charge sabre au clair elle taille en pièces tous ceux qui tentent de lui barrer la route.

La rivière est rouge du sang des centaines de résistants qui ont sacrifié leur vie pour offrir quelques heures d'avance à la Rajmata et au roi, quelques heures précieuses qui leur ont permis d'échapper à leurs poursuivants.

C'est la dernière bataille sur le sol d'Awadh. Désormais le territoire est entièrement sous la coupe des Britanniques.

Les rebelles sont maintenant piégés entre la rivière Rapti et les contreforts des Himalayas, dans le Teraï népalais, une région de forêts et de marécages pullulant de moustiques et infestée de crocodiles. Ils n'ont le choix qu'entre se rendre ou périr.

Estimant Awadh pacifié, Campbell laisse le général Hope Grant en charge des opérations. Jugeant que sans munitions ni nourriture les fugitifs ne survivront pas longtemps, Grant se contente de faire stationner ses régiments le long de la frontière pour interdire leur retour.

Le dernier espoir de Hazrat Mahal reste le maharadjah Jang Bahadour. Peut-il leur refuser l'asile alors qu'ils sont vaincus ?

Sous l'impulsion de sa mère, Birjis Qadar envoie au maharadjah une nouvelle lettre. Il y évoque l'ancienne amitié qui a toujours lié les grandes familles d'Awadh et du Népal et, au nom de la religion et de la fraternité entre peuples de même sang, il lui demande refuge pour tous les siens.

La réponse arrive quelques jours plus tard, cinglante :

> « L'État népalais, allié et ami des Anglais, ne vous fournira aucune assistance et vous ordonne de quitter son territoire dans les dix jours. Sinon nous enverrons contre vous notre armée de Gurkhas. Pour sauver leur honneur et leur vie, nous conseillons à tous ceux qui n'ont pas trempé dans le massacre de femmes et d'enfants de se rendre aux autorités britanniques*. »

Il n'en est pas question ! Hazrat Mahal, pas plus que les autres fugitifs, n'a confiance : l'expérience leur a appris ce que valent les promesses de la perfide Albion [1]. Pendant des semaines ils tentent de forcer en différents points le barrage qui les sépare d'Awadh, chaque fois les Britanniques réagissent et les pourchassent à l'intérieur du Teraï. Il y aura bien encore quelques affrontements mais les rebelles épuisés ne sont plus en état de résister. Ils fuient à travers la jungle, les marécages et les cours d'eau glacés. Parmi ces hommes affaiblis, la pluie et le froid, les fièvres des marais et le choléra vont faire des centaines de victimes.

À la suite de la dispersion des forces indiennes Hazrat Mahal se retrouve en compagnie de Nana Sahib et Mammoo – le drame présent a effacé les querelles passées. Pour échapper à l'ennemi ils doivent sans arrêt changer de campement avec une armée réduite à dix mille hommes, suivis de centaines de femmes et d'enfants. La Rajmata s'interdit tout découragement, elle en a fait la promesse à Jai Lal. Mais un problème urgent se pose : comment nourrir ces milliers de gens ? Les stocks de farine sont presque épuisés et elle a ordonné à ses lieutenants de punir sévèrement le moindre vol. Il faut conserver la sympathie de la population, c'est leur seule protection.

---

1. Expression employée depuis la guerre de Cent Ans et importée aux Indes par les Français qui, dès le XVIIIe siècle, s'opposaient aux Britanniques.

Elle sera obéie. Au milieu du désastre Hazrat Mahal tient toujours ses hommes en main [1]. »

Souvent le soir sous sa tente, autour du mangal [2], la Rajmata discute avec ses deux compagnons des possibilités d'échapper au piège, acculés qu'ils sont entre les Gurkhas au nord et les Britanniques au sud. Le Nana a beaucoup perdu de sa superbe, il n'est plus suivi que par un millier de fidèles et son âme damnée, Azimullah, a disparu.

Lorsque Hazrat Mahal s'est étonnée de son absence, Nana Sahib a expliqué, l'air embarrassé :

« Mon frère aîné est malade, Azimullah est à ses côtés. Ensemble ils doivent essayer de rejoindre Calcutta. »

Cela ne ressemble guère au Nana de se priver d'un serviteur précieux, fût-ce pour son frère. Hazrat Mahal en conclut qu'ils ont dû se quereller.

Par la suite elle apprendra que, sous un déguisement de fakir, Azimullah avait effectivement réussi à gagner Calcutta. Là, usant de son charme de « prince oriental », qui autrefois avait fait tant de ravages à Londres et à Paris, il s'était arrangé pour séduire une Anglaise en mal d'amour. Avec elle il avait réussi à

---

1. Comme l'atteste un rapport du général Ramsay, Résident britannique au Népal : « Jusqu'ici les rebelles n'ont commis aucun outrage dans le Teraï, ils paient pour tout ce qu'ils prennent et traitent les autorités des villages avec déférence et respect. » Tiré des *Foreign Political Consultations*, archives de New Delhi.

2. Brasero.

quitter les Indes et s'était installé à Istanbul, où il était devenu le représentant du chérif de La Mecque.

À ce récit Hazrat Mahal avait éclaté de rire, ce qui ne lui était pas arrivé depuis longtemps.

« Ce “cher Azimullah” !, comme disaient toutes ces dames européennes… Moi qui le prenais pour un idéaliste prêt à mourir pour son pays ! Ne serait-il en réalité qu'un opportuniste qui, jugeant le combat perdu, aura préféré quitter le navire ? À moins que – elle est soudain devenue pensive – à moins que d'Istanbul, il ne continue à comploter contre les Britanniques [1]…

Dans ces espaces balayés par le vent glacial des Himalayas, l'hiver fait de plus en plus de victimes parmi ces hommes et ces femmes habitués au climat de la plaine indo-gangétique.

Un matin, au réveil, Hazrat Mahal trouve son fils brûlant de fièvre. Les hakims appelés à son chevet hésitent sur le diagnostic – en tout état de cause ils prescrivent décoctions et saignées. Rien n'y fait. La Rajmata se résout à envoyer un nouvel appel à l'aide à Jang Bahadour. Pour toute réponse celui-ci réitère ses menaces : ou la bégum et ceux qui l'accompagnent quittent son territoire, ou il envoie ses Gurkhas.

Se rendre pour sauver son enfant ? Le général Campbell lui a fait savoir que son offre d'amnistie était toujours valable – Hazrat Mahal est déchirée –, elle ne peut risquer la vie de son fils… mais a-t-elle le

---

1. Azimullah mourra assassiné à Istanbul, sans doute éliminé pour des raisons politiques.

droit d'abandonner ses compagnons de lutte qui, eux, n'ont aucune grâce à attendre ? Après des jours et des nuits d'angoisse, l'état de santé de Birjis Qadar s'étant sensiblement amélioré, elle décide de continuer à résister. Capituler serait se déshonorer, et ce serait aussi renoncer aux droits de ce roi de douze ans qui, un jour elle l'espère, régnera sur Awadh.

Mais l'adolescent est encore faible et doit faire l'objet d'une surveillance permanente. Heureusement Mumtaz est là pour veiller sur lui.

La jeune femme s'est attachée à Birjis comme s'il était son propre fils. Elle qui a tant souffert de ne pouvoir être mère répand sur le jeune garçon tous ses trésors de tendresse jusqu'alors refoulés. Au début elle contenait ses élans, se répétant que ce bel enfant n'était pas le sien et qu'à tout instant il pouvait lui être retiré. Mais très vite elle a oublié ses craintes, la Rajmata était bien trop occupée pour intervenir dans une situation qui semblait convenir à tout le monde.

Parfois Mumtaz ne comprend pas son amie : seraitelle dénuée de sentiments maternels ? Pourtant, lorsque son fils est malade elle est dévorée d'angoisse… Serait-ce plus pour le roi que pour son fils qu'elle s'inquiète, comme le suggère amèrement Birjis Qadar ?

À Katmandou, Jang Bahadour est pressé par le Résident qui l'avertit que ses alliés anglais s'impatientent : quand va-t-il envoyer ses Gurkhas forcer les rebelles à se rendre ?

En fait le maharadjah réalise qu'il s'est trop avancé : ses généraux ne sont pas prêts à combattre les réfugiés juste pour complaire aux Britanniques [1].

Alors Jang Bahadour se décide à employer la ruse. Il fait porter une lettre au roi Birjis Qadar, le priant de se rendre à Butwal, à mi-chemin entre sa base du Teraï et Katmandou. Il ne veut plus de sang versé, écrit-il, et se propose d'agir comme intermédiaire entre les Indiens et les Britanniques, afin de trouver une solution honorable.

La bégum Hazrat Mahal et ses compagnons jugent la lettre encourageante. De toute façon, ont-ils un meilleur choix ?

Sans tarder ils se mettent en route.

Pendant trois mois le long convoi de près de dix mille hommes, femmes et enfants chemine péniblement à travers les montagnes enneigées. N'ayant pas assez de chevaux ni de chariots, la plupart devront parcourir à pied les quelque deux cents miles qui les séparent de Butwal. Beaucoup mourront de froid, de fièvre ou de dysenterie.

Au désespoir de Hazrat Mahal, Mumtaz sera l'une des premières victimes. Depuis leur fuite dans le Teraï elle a beaucoup maigri : « Jamais mes

---

1. Dans une lettre au Gouverneur général à Calcutta, le Résident écrit : « Bien qu'il ne veuille pas l'admettre, il n'est pas sûr d'être obéi s'il devait envoyer son armée combattre les fugitifs. Il craint même que cela n'entraîne une révolte. Les responsables de l'armée considèrent en effet qu'une amnistie sans conditions devrait être accordée à tous les rebelles, des chefs aux simples soldats*. »

admirateurs ne pourraient me reconnaître », plaisante-t-elle. Elle est secouée de fréquentes quintes de toux, mais chaque fois qu'Hazrat Mahal veut appeler le hakim elle refuse catégoriquement, arguant que ce n'est qu'une irritation de la gorge. Pourtant jour après jour elle s'affaiblit.

Un matin, la bégum, s'inquiétant de son absence, est entrée dans sa tente. Mumtaz est étendue, ses longs cheveux déployés, un léger sourire aux lèvres. À cet instant Hazrat Mahal a pensé que jamais elle ne l'a vue aussi belle. Voulant la réveiller en douceur comme elle le faisait lorsqu'elles étaient adolescentes, elle s'est penchée pour baiser son front et a reculé en poussant un grand cri : il est glacé… Morte ! Mumtaz est morte !

Pour la première fois depuis leur fuite de Baundi, Hazrat Mahal s'effondre. Bouleversée, elle se reproche d'avoir entraîné son amie dans cette aventure impossible, alors qu'après la chute de Lucknow elle aurait dû rentrer dans son village en attendant que la situation redevienne normale. Mumtaz n'avait rien à faire dans cette équipée, elle n'avait pas suivi Hazrat Mahal par conviction politique mais par fidélité à leur ancienne amitié. C'est par pur égoïsme qu'elle l'avait emmenée, parce qu'elle avait besoin d'une amie, d'une confidente. Elle n'avait pas envisagé un seul instant les dangers qu'elle lui faisait courir.

Mais le plus meurtri par la disparition de Mumtaz, c'est Birjis Qadar. Agenouillé devant son lit, aveuglé par les larmes, il la supplie : « Ne me laisse pas Amma Mumtaz, je t'en prie, reviens ! » Pendant des heures il va rester à son chevet, secoué de sanglots, refusant obstinément d'abandonner celle qui depuis des mois lui accordait tout son temps et toute sa tendresse. On aura le plus grand mal à les séparer.

En mars, lorsque enfin les colonnes de réfugiés atteignent Butwal, leurs rangs se sont considérablement clairsemés, seul l'espoir de vivre bientôt la fin du cauchemar permet aux survivants de tenir.

Pendant quatre jours, ils vont attendre la visite promise de Jang Bahadour. À sa place, arrive un officier de l'armée népalaise : il est porteur d'un message du maharadjah leur réitérant l'ordre de quitter immédiatement le pays.

Stupéfaits, la Rajmata et ses compagnons comprennent qu'ils ont été dupés. Indignés, les rajahs se récrient :

« Si telle était l'intention de Jang Bahadour, pourquoi nous a-t-il fait venir ? Pour nous détruire plus aisément ? Il sait qu'après ce terrible voyage nous sommes trop peu et trop épuisés pour nous défendre. N'a-t-il pas honte de trahir ainsi ses frères ? En tant qu'hindou au moins, il devrait nous soutenir car nous nous sommes battus pour défendre notre religion !

— Je ne peux discuter de cela, réplique l'officier gêné, je peux juste répéter les ordres de mon maître : "Si vous avancez plus avant, les Gurkhas vous tueront. Vous devez quitter le Népal et vous rendre aux Anglais." »

Et, les saluant, il a pris congé.

Tandis que les rajahs et Nana Sahib décident de s'installer à Butwal, pour faire reposer leurs troupes et discuter de la conduite à tenir, la bégum se retire dans le fort voisin de Naya kot pour s'occuper de son fils. Affaibli par le voyage et désespéré par la mort de Mumtaz, Birjis Qadar est retombé malade et Hazrat Mahal le veille jour et nuit. Maintenant qu'elle risque de le perdre elle comprend que rien n'a plus d'importance que la vie de son enfant. Aussi, quand les envoyés de Jang Bahadour viennent s'enquérir de ses plans, les renvoie-t-elle sans ménagement :

« Comment osez-vous m'importuner ? Mon fils est entre la vie et la mort. Laissez-moi, je vous répondrai plus tard ! »

Jang Bahadour n'insiste pas mais, profitant de ce que les rajahs et la bégum sont séparés, il envoie à l'armée britannique le signal convenu : celle-ci peut entrer au Népal et attaquer Butwal.

Le 28 mars 1859 a lieu l'affrontement entre le général Kelly et les troupes du rana Beni Madho et de Nana Sahib. Bien qu'affaiblis par la maladie et le manque de nourriture, sans canons ni munitions, les hommes se battent dos au mur, ils n'ont aucun moyen d'échapper aux Britanniques, toutes les routes sont contrôlées, et ils savent que s'ils se rendent ils seront exécutés. Héroïquement ils résistent. En vain. Ils sont mis en déroute. Au prix de mille difficultés, se hissant le long de montagnes à pic, traversant des torrents, franchissant des précipices, les survivants parviennent à atteindre le défilé de Serwa. C'est là que le 21 mai ils livreront leur dernière bataille.

« Nous avons poursuivi l'ennemi dans les montagnes, et sommes arrivés à un endroit recouvert de flaques de sang : là, deux rebelles étaient en train de succomber à leurs blessures, mais le plus déchirant c'était de voir les femmes de ces cipayes agoniser à leur côté, de faim et d'épuisement, avec parfois un bébé dans les bras* », rapporte le général Grant.

Lorsque Hazrat Mahal, restée avec son fils au fort de Naya kot, est informée du drame, elle tombe dans un profond abattement : ces années de combats, ces dizaines de milliers d'hommes sacrifiés… tout cela pour rien ?

Mais un ultime espoir va l'aider à se reprendre : dans les Indes centrales le prince Firouz Shah et Tantia Tope, chacun de son côté, poursuivent la guérilla.

Au début du mois d'avril, Tantia Tope a rejoint le rajah de Nardar qui commande une petite armée. Ensemble ils livrent bataille, tour à tour gagnant ou perdant du terrain, jusqu'à ce que, cernés, ils se réfugient dans les jungles du Paron. Grâce à leurs espions, les Britanniques vont entrer en contact avec le rajah et parviennent à négocier sa soumission : il sera gracié, gardera toutes ses propriétés et obtiendra, en outre, une forte récompense, à condition qu'il leur révèle la cache de Tantia Tope.

L'allié, et ami, accepte.

Tantia Tope sera surpris en plein sommeil et capturé.

Ainsi, l'un des meilleurs généraux de l'insurrection, l'ancien aide de camp de Nana Sahib, qui avait combattu les Britanniques sur tous les théâtres de la rébellion et obtenu d'éclatants succès, n'a pas été vaincu par les balles mais par l'argent des Anglais.

Pendant son « procès », Tantia Tope récusera le chef d'accusation, arguant qu'il n'était pas en rébellion contre le gouvernement britannique puisqu'il n'était en aucune façon un sujet britannique, mais un général du Nana.

Dix jours plus tard, il sera pendu.

Avec sa disparition, l'insurrection en Inde centrale, privée de chef, s'éteint.

Au début du mois de mai, une lettre du gouverneur de Butwal informe le Premier ministre népalais de la détérioration de l'état de santé de Birjis Qadar et du refus de la Rajmata de se rendre aux Anglais. Le gouverneur précise que la reine garde sur elle un sachet de poison et que, pour échapper au déshonneur, elle n'hésitera pas à s'en servir.

Il faut à tout prix éviter un tel geste : la bégum Hazrat Mahal est devenue un symbole admiré, voire idolâtré. Son suicide pourrait entraîner des émeutes difficiles à contrôler, en Awadh comme au Népal où le peuple apprécie fort peu le double jeu de Jang Bahadour.

Inquiet, celui-ci s'empresse de prévenir les autorités britanniques, lesquelles ne tiennent pas non plus à être rendues responsables de la mort d'une héroïne nationale. Il est convenu que le Népal offrira l'asile à la bégum et à son fils.

Pendant dix jours Hazrat Mahal va parlementer pour que l'on permette aux femmes et aux enfants de rester avec elle. Ce qui lui sera accordé mais seulement pour les garçons de moins de douze ans. En revanche, malgré son insistance, aucun de ses soldats n'aura le droit de l'accompagner. Pas même Mammoo, qui malgré leurs fréquents désaccords, est depuis treize ans son dévoué serviteur. Elle n'a pas le choix, elle ne peut qu'accepter les conditions dictées.

Au moins en refusant de se soumettre aux Anglais préserve-t-elle son honneur et les droits de son fils.

Pour la dernière fois la Rajmata passe en revue ses troupes, ou plutôt ce qu'il en reste, quelques centaines d'hommes décharnés qui, les yeux brillants de larmes, l'acclament.

La gorge serrée, elle les remercie :

« Vous vous êtes battus en héros, vous resterez dans tous les esprits comme la gloire d'Awadh, les siècles passeront mais l'Histoire se souviendra de vous ! Maintenant il faut vous disperser et tenter de rejoindre vos villages, mais sachez que le combat que nous avons mené ensemble n'est que le début de la lutte de libération.

« Nous avons montré le chemin, nos enfants le suivront, et bientôt nous chasserons à jamais les Anglais hors des Indes ! »

Chapitre 36

Hazrat Mahal est désormais prisonnière. Elle ne se fait aucune illusion sur l'« hospitalité » offerte par le maharadjah.

Jang Bahadour a fait remettre en état pour elle un spacieux bungalow, entouré d'une véranda de bois clair donnant sur un jardin, et il a mis au service de la Rajmata des gardes et des servantes népalaises. Contrastant avec sa rudesse passée, il la reçoit avec mille marques de respect et s'inquiète de la santé du jeune roi. Il lui dépêche même ses meilleurs hakims : il ne faut pas que Birjis Qadar meure, on raconterait qu'il l'a fait tuer pour complaire aux Anglais.

En revanche, malgré les protestations de Hazrat Mahal, toutes ses servantes indiennes sont écartées, elles qui l'ont accompagnée jusque dans le Teraï où la peur, la faim et l'épuisement étaient leur lot quotidien… La Rajmata s'est souvent demandé ce qui lui valait un tel dévouement : est-ce parce qu'à travers elle et la cause qu'elle symbolisait ces femmes se dépassaient, sublimaient leur banal quotidien pour devenir partie d'un projet exaltant ?

Jang Bahadour est resté inflexible, il ne veut prendre aucun risque. La douzaine de gardes à l'entrée ne suffit pas à le rassurer. S'il entoure la bégum de servantes népalaises – question de commodité, argua-t-il, elles connaissent les habitudes du pays – c'est en réalité pour mieux la surveiller. Il entend être tenu au fait de ses moindres gestes, elle semble résignée mais il se méfie, il connaît sa combativité.

Pour la première fois loin de son pays et de la ville qu'elle aime, Hazrat Mahal a une pensée émue pour d'autres exilés, le vieil empereur, Bahadour Shah Zafar, son épouse la reine Zinat Mahal et leur jeune fils, déportés à Pegu, un antique centre bouddhiste de Birmanie, éloignés de tout ce qui peut leur rappeler les Indes. En comparaison son sort est presque enviable. Au moins est-elle proche des siens, elle trouvera bien un moyen de communiquer avec ceux qui continuent à se battre à la frontière des Indes et du Népal.

Plus tard.

Pour l'heure son unique préoccupation est la santé de son fils. Les hakims népalais ont apporté des paniers de fioles de toutes couleurs, des potions faites de dizaines d'herbes macérées pendant des semaines, parfois des mois. Au début elles ont fait tomber la fièvre, mais très vite celle-ci est remontée.

Jour et nuit Hazrat Mahal veille sur le jeune malade, humectant ses lèvres, rafraîchissant son front de linges mouillés. Lorsqu'elles la voient tituber de fatigue, les servantes népalaises s'offrent à la remplacer ; elle les remercie mais toujours refuse. Elle s'en veut d'avoir tant négligé son enfant, elle a l'impression que si dans une semi-conscience il parvient à ressentir combien sa mère l'aime, combien sa vie est pour elle la chose la plus importante au monde, s'il devine qu'elle ne fera plus jamais rien passer avant lui, qu'elle sera toujours auprès de lui, quelles que soient les circonstances, il reprendra goût à la vie et guérira.

... Mon pauvre enfant que j'ai abandonné afin de mieux me battre pour ton avenir et celui de notre terre, comme tu as dû te sentir seul...

Et elle baise ses mains et ses bras maigres, les inondant de larmes.

Impressionnées par sa douleur, les Népalaises observent silencieusement cette femme à propos de laquelle elles ont entendu les bruits les plus divers : une ambitieuse sans foi ni loi, capable de parjure et de meurtre pour arriver au pouvoir... une manipulatrice qui ne pense qu'à elle... une femme courageuse qui se bat pour libérer son pays... Elles ne comprennent pas... Tout ce qu'elles voient c'est une mère comme elles, une mère qui souffre et donnerait sa vie pour sauver son fils.

C'est seulement après plusieurs semaines, assurée que l'adolescent est hors de danger, que Hazrat Mahal commencera à reprendre goût à la vie et à regarder autour d'elle.

Très vite elle s'intéresse aux femmes qui la servent – à leur grande surprise –, qu'on a toujours maintenues dans leur état subalterne.

Elle a remarqué que celles-ci examinaient avec curiosité son livre de devanagari [1] – elle a, en effet,

1. Écriture népalaise identique à l'hindi.

entrepris d'apprendre le népali afin de communiquer avec son nouvel entourage. Mais, lorsque la bégum leur désigne un mot pour leur en demander la prononciation, elles secouent la tête avec un petit rire gêné : elles ne savent pas lire.

Hazrat Mahal décide alors d'organiser des classes pour ces femmes et leurs enfants. Une occupation bienvenue, car après ses deux années de gouvernement, de décisions à prendre et de luttes à mener, elle supporte très mal son inactivité forcée. Cela la distraira de ses idées noires.

Ainsi chaque soir, au milieu de ses nouvelles élèves assises à même le sol, elle enseigne des rudiments de lecture et d'écriture. Elle est loin de réaliser la stupéfaction que son initiative provoque dans cette société encore plus inégalitaire que la société d'Awadh, mais surtout extrêmement arriérée. Non seulement chez ses bénéficiaires, mais dans leurs familles et dans leurs villages d'origine, tout le monde parle de cette reine aussi simple que bonne, qui – la malheureuse ! – est prisonnière du terrible Jang Bahadour.

Car ce dernier n'est guère aimé. Personne n'a oublié le coup d'État sanglant par lequel, douze ans auparavant, le jeune général Jang Bahadour Rana a pris la tête du gouvernement, reléguant le roi à un rôle de potiche, ni comment il a persécuté et fait assassiner ses opposants. Enfin, sa récente alliance avec les Anglais, qui lors d'une précédente guerre ont confisqué au Népal le Sikkim et une partie du Teraï, alliance, qui plus est contre des coreligionnaires hindous, a profondément choqué la population.

Avant d'accepter l'asile à Katmandou, Hazrat Mahal avait pris soin de cacher de l'or et ses plus précieux joyaux dans les ourlets de ses gararas. Durant ses négociations avec les envoyés du maharadjah, si aucune compensation n'avait été évoquée, elle avait bien compris que, pour prix de son « hospitalité », Jang Bahadour, connu pour sa cupidité, projetait de s'octroyer ce qui restait du trésor d'Awadh ! Elle n'avait aucune possibilité de s'y opposer, mais elle entendait garder de quoi continuer à soutenir la lutte. Même surveillée elle trouverait bien un moyen de faire parvenir aux combattants quelques subsides.

Depuis la guérison de Birjis Qadar, maintenant que son attention et ses forces ne sont plus accaparées, elle se préoccupe à nouveau du sort de ses compagnons restés dans le Teraï.

De Nana Sahib elle n'attend rien, aussi n'a-t-elle guère été surprise lorsque Jang Bahadour lui a raconté son énième lâcheté : tandis qu'à Naya kot, malgré l'état de santé de son fils, elle refusait de se soumettre, le Nana avait secrètement envoyé une lettre à la reine Victoria, implorant son pardon. Une humiliation qu'il aurait pu s'épargner : à celui qu'elles estimaient responsable des massacres de Kanpour, les autorités anglaises avaient répondu qu'il devait se rendre et qu'il serait jugé équitablement.

Le Nana ne s'y était pas risqué et continuait à errer avec son neveu, Rao Sahib, et quelques fidèles dans les jungles du Teraï.

En revanche, la bégum s'inquiète du sort de Beni Madho. Une conversation surprise entre ses gardes lui a appris que le rana résiste sur la frontière, du côté de l'État de Tulsipour. Après des mois de combats et de fuites elle imagine l'état de délabrement de son armée… Comment lui envoyer de l'aide ? Jang Bahadour l'a séparée de ses fidèles, elle est totalement isolée. Acheter l'un des Gurkhas qui montent la garde ? Il conservera l'or ou il ira la dénoncer au maharajah, peut-être même les deux à la fois.

N'importe ! Elle trouvera une solution. Elle dont le *Times* de Londres écrivait : « La bégum d'Awadh montre plus de sens stratégique et de courage que tous ses généraux réunis. » Jamais elle ne s'avouera vaincue.

« Rani Saheba ! »

La jeune fille qui se tient sur le seuil est Ambika, la plus intelligente de ses élèves. Pour elle, comme pour tout Népalais, une femme de maison royale est forcément une rani, et Hazrat Mahal s'est habituée à cette nouvelle appellation.

« Rani Saheba, mon frère va se marier, me permettez-vous de rentrer au village pour assister aux cérémonies ?

— Bien sûr. Combien de temps veux-tu partir ?

— Pas longtemps, un mois au plus. Mon village n'est qu'à une semaine de route, pas loin de Tulsipour.

— Tulsipour ? » Le cœur d'Hazrat Mahal s'est mis à battre la chamade. « Mais Tulsipour est aux Indes !

— Oh, pour nous, villageois, tout ça c'est le Teraï, à moitié indien, à moitié népalais. Bien malin qui saurait dire où se trouve la frontière s'il n'y avait parfois des soldats britanniques pour nous refouler. »

Serait-il possible… Non, elle ne peut confier une mission si risquée à cette enfant… Pourtant cette coïncidence lui semble un signe…

Ambika attend, elle voit bien que la rani veut lui dire quelque chose mais qu'elle hésite. Alors, surmontant sa timidité, elle risque :

« Vous faites tant pour nous, Rani Saheba, j'en parlais avec mes compagnes, c'est la première fois qu'une dame s'intéresse à nous, nous donne de la fierté… Je m'exprime mal mais je veux juste vous assurer que je serai toujours là pour vous servir.

— Je t'en sais gré, Ambika. Maintenant sois gentille de m'apporter des braises pour mon hookah et de me laisser seule. Mais surtout, ne pars pas sans revenir me voir. »

Depuis que Hazrat Mahal y a goûté la première fois dans la maison du Chowq, le murmure de l'eau du hookah et les volutes de fumée à l'odeur de miel et de rose ont toujours eu un effet apaisant sur elle, et l'aident à réfléchir. Elle a décidé de jouer franc-jeu avec Ambika, certaine que la jeune fille ne la trahira pas. Mais si elle lui confie de l'or, qu'elle coudra à son tour dans l'ourlet de sa large jupe, comment pourra-t-elle établir le contact avec Beni Madho ?

C'est Ambika elle-même qui lui donne la réponse :

« Moi, je ne pourrai pas sortir de la maison mais j'ai des cousins et des frères. Ils ont tous entendu parler de vous et vous admirent. En plus dans la famille, on n'aime pas beaucoup le maharajah. Ici ils ne le savent pas, mais le frère de ma mère était un fidèle du roi. Lors du coup d'État, il a essayé de résister, il a été capturé et torturé à mort. Alors vous aider, c'est pour nous une revanche inespérée ! »

Hazrat Mahal s'émerveille des façons simples et directes de la jeune fille. Une autre aurait tergiversé, se serait peut-être fait prier pour obtenir un avantage en retour. Ambika a accepté sans hésitation, malgré le danger dont elle a parfaitement conscience.

Un mois durant, Hazrat Mahal va l'attendre avec anxiété.

Entre-temps, le 8 juillet 1859, la paix aux Indes est déclarée officiellement. Ce qui arrache quelques commentaires sarcastiques à la bégum, bien placée pour savoir que les combats continuent dans le Teraï, mais aussi en Inde centrale où, malgré la disparition de Tantia Tope, le prince Firouz et quelques centaines d'hommes tentent de poursuivre la lutte.

Le lendemain, Hazrat Mahal et son fils ont la joie d'apprendre qu'en un geste symbolique de bonne volonté, les Britanniques ont libéré le roi Wajid Ali Shah de sa prison de Fort William.

« Amma Houzour, je voudrais tant revoir mon père, croyez-vous qu'on me le permette ? interroge l'adolescent tremblant d'enthousiasme.

— Je ne le pense pas, djani, vous savez bien que nous sommes en exil, nous n'avons pas le droit de rentrer dans notre pays.

— Mais juste quelques jours ! Pour revoir mon père ! Il me manque tellement, cela fait trois ans qu'il est parti ! Je vous en prie, Amma Houzour, ne pouvez-vous pas demander cette faveur au maharajah ?

— Ce n'est pas lui qui décide, mon fils, ce sont les Anglais, et à eux je ne veux rien demander.

— Pourquoi ?

— Parce qu'ils refuseraient pour le plaisir de m'humilier, ou pire, ils en profiteraient pour faire courir le bruit que nous avons cédé et fait la paix avec eux ! »

L'adolescent baisse la tête pour cacher sa déception, il admire sa mère mais parfois il la trouve trop dure.

Peinée d'avoir dû le décevoir, Hazrat Mahal sait bien qu'elle ne l'a pas convaincu, qu'elle lui parle comme à un adulte, alors qu'il n'est encore qu'un jeune garçon qui ne comprend pas pourquoi les choix politiques de sa mère l'empêchent de voir son père.

... De toute façon il est préférable pour lui de ne pas le rencontrer, de continuer à l'idéaliser, à l'imaginer en héros martyr de ses convictions... S'il le voyait dans son palais de Calcutta, entouré de ses danseuses, occupé de musique et de poésie, à mille lieues de la lutte menée par son peuple, son monde s'écroulerait. Il vaut mieux qu'il continue à admirer son père de loin, même s'il doit m'en vouloir...

Ambika est enfin rentrée, elle apporte une lettre du rana Beni Madho qui bénit la Rajmata pour son aide et lui annonce avoir finalement trouvé le moyen de rentrer en Awadh où il compte soulever la population au nom du roi.

Hazrat Mahal n'a plus assez d'or pour l'aider, aussi décide-t-elle de vendre deux parures, des merveilles de rubis et de diamants. L'une de ses servantes a autrefois travaillé pour une épouse du roi. Peut-elle la contacter ? La famille royale hait le nouveau maître du Népal, sa discrétion est assurée. Mais celle de l'entourage ? La bégum sait qu'elle prend des risques, mais les combattants dans le Téraï n'en prennent-ils pas bien plus ?

La chance la sert, les parures sont immédiatement achetées et l'or remis à Ambika qui, cette fois, est censée partir enterrer sa grand-mère.

Elle va revenir bien vite, car la bégum craint que ses absences répétées ne paraissent suspectes, mais elle a pu confier l'or à un cousin, trop content de jouer un mauvais tour au maharajah. Ils sont convenus d'un signe pour confirmer la réussite de la mission.

Quinze jours plus tard Ambika et sa maîtresse sont toujours sans nouvelles.

« Vous jouez un jeu dangereux, Houzour ! » Jang Bahadour est entré sans même se faire annoncer, le visage contracté de colère. Il tient à la main une lettre du général Grant qu'il agite devant la bégum.

« Le général m'écrit que ses soldats ont arrêté un jeune paysan porteur de deux bourses pleines d'or. Ils l'ont bien “travaillé”, mais il est mort sans parler. Comme l'arrestation a eu lieu non loin du camp de Beni Madho, Sir Grant en a conclu que l'or était destiné à ce terroriste. Qui le lui envoyait ? Auriez-vous une idée ? »

Menaçant, il s'est planté devant Hazrat Mahal qui joue l'étonnement :

« Comment le saurais-je ? Je suis confinée ici depuis des mois, vous ne me permettez même pas de sortir du jardin ! »

Hors de lui, Jang Bahadour ne peut réprimer un juron.

« Savez-vous que je peux vous faire mettre au cachot, vous et votre fils, et vous y oublier… pour toujours ? »

Les yeux verts étincellent, méprisants.

« Eh bien, faites ! Ainsi l'Histoire se souviendra de vous, pour toujours ! »

Elle a cru qu'il allait la frapper, mais il s'est contenté de la fixer d'un regard haineux, et sans répondre il est sorti. Dès le lendemain la surveillance est renforcée et toutes les servantes remplacées. Heureusement Ambika n'est pas soupçonnée.

Dorénavant, Hazrat Mahal ne pourra plus communiquer avec les rebelles.

Convaincue que les Indiens se révolteront à nouveau et finiront par chasser les occupants, elle va se consacrer entièrement à l'éducation de son fils. Un jour Birjis Qadar remontera sur le trône, elle doit le préparer.

L'adolescent est vif et intelligent, les épreuves l'ont mûri, mais il a souvent des accès de tristesse qui inquiètent sa mère car ils lui rappellent les tendances mélancoliques de Wajid Ali Shah. Pourtant est-il besoin d'aller chercher si loin ? Si le jeune garçon a enfin trouvé la sécurité, il paie le prix de longs mois de peurs et de privations, et surtout, à l'âge où tout adolescent apprend la vie et la liberté, il est assigné à résidence et tourne comme un lion en cage.

Avec son exceptionnelle force de persuasion, Hazrat Mahal s'emploie à convaincre son fils qu'il peut transformer sa situation présente en un formidable atout pour l'avenir. Au lieu de perdre son temps en chasses, chevauchées et fêtes vaines, entouré de courtisans hypocrites, il a tout loisir de se former à son métier de roi. Elle est là pour l'y aider. N'a-t-elle pas exercé les responsabilités de chef d'État et, dans une certaine mesure, de chef militaire, pendant près de deux ans ? Et auparavant, proche du pouvoir durant dix années, elle a pu observer les tactiques, apprendre à déjouer les intrigues, en un mot s'initier à la politique.

Elle n'aura pas à insister longtemps : Birjis Qadar a besoin de croire en son destin, c'est son dernier recours pour ne pas sombrer dans le désespoir.

Désormais, les uniques visites au bungalow sont celles de Jang Bahadour. Hazrat Mahal les tolère, malgré son mépris pour l'homme, car c'est l'occasion d'avoir des nouvelles, même s'il prend plaisir à ne lui rapporter que les mauvaises.

Ainsi fin août apprend-elle que le procès de Jai Lal se poursuit… Depuis plus d'un an ! Les témoins à charge défilent, anciens serviteurs ou ex-alliés, comme le rajah Man Singh. Elle ne comprend que trop bien pourquoi les juges prolongent cette mascarade : ils n'ont aucune intention de gracier l'un des principaux chefs de l'insurrection, mais le rajah est admiré dans tout le pays, l'exécuter serait vécu par tous comme l'assassinat d'un héros de l'indépendance. Il faut trouver un moyen de le salir et, jusqu'à présent, les témoignages obtenus sont trop contradictoires pour être convaincants.

... Mon djani... pourvu qu'ils ne t'aient pas torturé...

Elle ne veut imaginer les marques sur ce corps qu'elle a si souvent caressé, sur ce beau visage qu'elle a passionnément aimé... Elle se souvient qu'il avait un jour évoqué la torture :

« Céder, plus que trahir les autres c'est se trahir soi-même, avait-il dit, c'est renoncer à tout ce pour quoi on a vécu. Il n'est pas étonnant que ceux qui trahissent se suicident ou deviennent des morts-vivants, c'est la conséquence du renoncement à soi-même qu'on a accepté en croyant se sauver. »

Jai Lal... Quoi que fassent ses geôliers, elle sait que jamais il ne cédera. Oh ! comme elle voudrait le venger !

Subitement la voix de son fils résonne à ses oreilles.

« Les Anglais nous ont fait tant de mal, je voudrais tous les tuer ! » s'était-il exclamé, un jour. Elle l'avait réprimandé pour cette réaction primaire, indigne d'un être intelligent. Et voilà qu'elle réagit comme lui !

La violence qui engendre la violence, elle connaît bien ce cycle dangereux. Chacun se sent le droit d'être cruel puisqu'on l'a été avec lui, le droit d'écraser car on l'a écrasé.

Le peuple indien est en train de vivre cette spirale de violence. Quand on s'est débarrassé de la peur qui aveugle et paralyse, souvent la haine remplace la docilité, d'autant plus forte qu'elle est aussi haine de soi pour avoir été lâche. Hazrat Mahal ne s'est jamais trouvée dans une telle situation, mais elle a vu dans sa jeunesse tant de gens humiliés qu'elle peut comprendre leurs sentiments.

En tuant l'autre on tue le regard qui vous enferme dans votre insignifiance et vous dénie votre dignité d'être humain.

Pourtant, lorsque la violence éclate le monde s'indigne :

« Pourquoi n'avoir pas parlé avant ? expliqué ? »

Ces hommes écrasés ont longtemps essayé de se faire comprendre, ils ont demandé un peu de justice, ils se sont heurtés à un mur. Et si dans ce mur aucune porte jamais ne s'ouvre, un jour, ils devront l'abattre.

C'est le fondement de toutes les insurrections, de toutes les violences : l'impossibilité, quoi qu'on tente, de se faire entendre autrement.

Hazrat Mahal a la certitude que si le gouvernement britannique ne tire pas les leçons de la fureur populaire qui a failli le balayer, à nouveau les Indes s'embraseront.

Dans les mois qui suivent Jang Bahadour revient régulièrement, avec des nouvelles et un sourire chaque fois plus sardonique.

Début septembre, il annonce avoir reçu une lettre de Nana Sahib et de Mammoo qui, malades, implorent l'asile. Il semble hésiter mais la bégum sait qu'il attend qu'elle plaide leur cause pour avoir le plaisir de refuser. Elle hoche la tête, sans faire aucun commentaire. Il se retire, dépité.

Trois semaines plus tard il lui apprendra que le Nana est mort d'une mauvaise fièvre, dans la jungle.

« J'aurais pu l'accueillir si j'avais pensé que cela vous tienne à cœur, mais vous paraissiez si indifférente à son sort », susurre-t-il, l'air désolé.

Hazrat Mahal l'a toisé avec une telle moue de dégoût qu'il s'est tu, pétrifié.

« Amma Houzour, qui était donc ce Nana Sahib ? » lui a demandé son fils.

Elle n'a su que répondre… Quelqu'un a-t-il jamais su qui était vraiment Nana Sahib ? Difficile de cerner ce personnage ambigu et contradictoire, un pleutre poussé par la vanité à se surpasser, un lâche parfois capable de courage, un être arrogant et pétri de complexes, un homme souvent attentionné mais capable de laisser se perpétrer d'effroyables massacres en priant ses musiciens de jouer plus fort pour couvrir les cris qui le bouleversent…

Un jour arrive la nouvelle que Hazrat Mahal redoute depuis longtemps : le rajah Jai Lal Singh a été exécuté.

Cette fois-ci Jang Bahadour s'est composé une mine catastrophée :

« Quand je pense à la façon dont ils l'ont tué… Ils ne l'ont pas fusillé comme un soldat, ils l'ont pendu comme un vulgaire brigand ! »

Les yeux de serpent la fixent, il a un doute, il voudrait une certitude : faire tomber de son piédestal l'irréprochable bégum pourrait être utile aux Anglais.

Rassemblant toutes ses forces, Hazrat Mahal est parvenue à répondre :

« Le rajah Jai Lal était un héros, lui au moins n'a pas trahi son peuple en s'alliant à l'occupant. »

Et elle lui a tourné le dos.

À peine dans sa chambre, la jeune femme s'est effondrée. Contre toute raison elle avait gardé l'espoir que Jai Lal ne serait condamné qu'à la captivité, qu'il réussirait à s'enfuir ou qu'un mouvement populaire lui ouvrirait les portes de la prison… Elle n'arrive pas à croire qu'elle ne le reverra plus. Jang Bahadour lui a peut-être menti… *Jai Lal, mon djani…* Elle porte la main à sa poitrine, elle suffoque… Quand elle revient à elle ses servantes affolées l'entourent, mais elle les congédie, elle veut être seule… avec lui.

Ouvrant son médaillon d'or, elle contemple le portrait de son amant. Ils l'ont pendu à Kaisarbagh à l'endroit même où ensemble ils avaient livré leurs dernières batailles, là où ils s'étaient aimés, là où ils avaient échafaudé tant de projets d'avenir… peut-être cette pensée l'a-t-elle soutenu lorsqu'ils essayaient de le briser, ne jugeant pas suffisant de le tuer…

En novembre, le rana Beni Madho et le rajah de Gonda sont tués dans le Teraï au cours d'affrontements avec les Gurkhas.

Le mois de décembre 1859 va voir la plupart des autres rebelles capturés, les uns après les autres, dans les jungles du Teraï. Khan Bahadour Khan, le petit-fils du dernier roi du Rokhilhand, et Amar Singh, le frère du « vieux tigre » Kunwar Singh, et… Mammoo !

Faits prisonniers par les hommes de Jang Bahadour, ils vont être emmenés à Lucknow et livrés aux autorités.

Peut-être la bégum veut-elle faire ses adieux à son ancien serviteur, suggère, doucereux, le maharadjah.

Hazrat Mahal hésite, de crainte que Mammoo ne se sente humilié. Elle pense à l'eunuque qui l'a servie si longtemps. Malgré les différends survenus par la suite, elle sent l'émotion la gagner en se rappelant l'époque où il était son seul appui. Oui, elle le verra une dernière fois pour lui dire sa reconnaissance.

L'entrevue est déchirante.

Mammoo sanglote en lui baisant les mains et la supplie d'intervenir auprès du maharajah : ne peut-il rester auprès d'elle ? Hazrat Mahal sait qu'il n'y a aucun espoir de le sauver, mais, pour l'apaiser, elle promet d'essayer, et c'est un peu réconforté qu'il la quitte. Par la suite elle se reprochera sa lâcheté, mais est-ce de la lâcheté que de donner de l'espoir à ceux qui ne veulent pas mourir ?

Quelques jours plus tard, elle apprendra que Mammoo a été pendu [1].

Les hivers népalais sont rudes et la santé de Hazrat Mahal commence à s'en ressentir. Mais c'est surtout l'exil qui la mine. En 1863, le gouvernement britannique lui a de nouveau offert de rentrer aux Indes, à

1. Le seul qui parviendra à en réchapper est Firouz Shah, « le prince de Delhi ». Il pourra s'enfuir par Kandahar, Boukhara et Téhéran, et s'arrêtera finalement à La Mecque où il mourra en 1877, dans la misère.

condition que son fils signe sa renonciation au trône. Une fois de plus, elle ne s'est pas donné la peine de répondre.

Birjis Qadar est devenu un jeune homme réfléchi et déterminé. Il a hérité de la force morale de sa mère. Il se prépare, sachant qu'un jour il rentrera dans son pays.

Les Indes sont en train de changer. Les Britanniques ont rétabli leur autorité.

Mais, quoi qu'ils fassent, l'insurrection a semé des graines qu'avant de mourir Hazrat Mahal aura le bonheur de voir germer.

Au Bengale, au cours des années 1870, l'intelligentsia va se battre pour les paysans opprimés par les planteurs britanniques. C'est la « révolte de l'indigo ». Les élites lanceront également des mouvements contre la censure de la presse vernaculaire et contre la discrimination raciale devant les tribunaux.

Ces élites qui n'avaient pas rejoint l'insurrection de 1857, confiantes en la capacité des Anglais de moderniser le pays, comprennent que, comme l'avait prédit Hazrat Mahal, les promesses de la reine Victoria n'étaient qu'un écran de fumée et que les idéaux britanniques de démocratie et d'égalité ne s'appliquent pas aux Indiens.

De Katmandou, Hazrat Mahal suit avec attention tous ces événements. Bien qu'isolée et appauvrie, elle reste une reine infiniment respectée. Malgré ses faibles ressources, jamais elle ne refuse la charité à qui vient la solliciter.

Le 7 avril 1879, celle que les Anglais appelaient « l'âme de la révolte » s'éteint, à l'âge de quarante-huit ans, après avoir fait promettre à son fils de continuer la lutte.

La petite Muhammadi, la poétesse du Chowq, l'épouse éblouie de Wajid Ali Shah, la jeune régente, l'amante passionnée, la souveraine éclairée, le chef de guerre intrépide enfin, Hazrat Mahal fut comme une apparition fulgurante dans l'Histoire.

Elle a tracé la voie de la libération des Indes.

ÉPILOGUE

En 1887, à l'âge de soixante-cinq ans, le roi Wajid Ali Shah meurt dans son palais de Matiaburj, près de Calcutta. Des rumeurs font état d'un empoisonnement car les ongles du défunt sont bleus.

En 1891, le vice-roi, représentant du gouvernement britannique, permet à Birjis Qadar de rentrer aux Indes, après trente-deux ans d'exil. Celui-ci ne profitera pas longtemps de sa liberté. Un an plus tard, le 14 août 1892, l'héritier du trône d'Awadh meurt, à son tour empoisonné, ainsi que son fils aîné et sa fille, au cours d'un banquet donné par son demi-frère.

On évoqua des disputes à propos d'héritage, mais également des motifs politiques – Birjis Qadar partageait les convictions de sa mère et il ne cachait pas qu'il considérait les Britanniques comme des usurpateurs.

Les historiens contemporains s'accordent à dire que la révolte des cipayes ne fut ni une mutinerie ni une révolution mais les prémices de la marche des Indiens vers l'indépendance.

L'insurrection d'Awadh en particulier, la plus longue et la plus acharnée, fut une lutte véritablement nationale, car rejointe par toute la population sous l'impulsion de la bégum Hazrat Mahal.

Quelques années après son écrasement sanglant, le combat allait reprendre, mené non plus par les princes, ralliés aux Britanniques, mais par une bourgeoisie éduquée qui réclame de participer au gouvernement de son pays.

Ce sera l'objectif du Congrès national indien, qui tient sa première session en décembre 1885 à Bombay. Puis celui de la Ligue musulmane, parti modéré dirigé par l'Aga Khan, qui voit le jour en 1906.

À la même époque ont lieu des actions violentes. À la suite du partage du Bengale par les Anglais, de jeunes hindous de haute caste fondent un mouvement terroriste. Un terrorisme sanctifié comme instrument du pouvoir divin. Ces jeunes s'estiment les héritiers de la tradition hindoue de résistance à une tyrannie étrangère qui viole la « mère patrie ».

En 1916, à Lucknow, ville phare de la révolte et symbole de l'unité des différentes communautés, un pacte de coopération est signé entre le Congrès national indien et la Ligue musulmane afin d'obtenir des Britanniques une autonomie semblable à celle accordée au Canada et à l'Australie. Mais Londres ne veut pas en entendre parler.

En 1919 enfin, Gandhi lance le Satiagraha, mouvement non violent de désobéissance civile auquel participent hindous et musulmans.

Ce sera une lutte longue et difficile.

Quatre-vingt-dix ans après le début du soulèvement contre les Britanniques et la lutte menée par

Hazrat Mahal, en 1947 l'Inde obtient son indépendance.

Aujourd'hui peu de gens se souviennent de la reine combattante, sauf à Lucknow où d'anciennes familles s'enorgueillissent d'avoir participé à cette extraordinaire épopée. Lors du centenaire de l'insurrection, en 1957, Nehru vint en grande pompe débaptiser le « parc de la reine Victoria » pour le renommer : « parc de la bégum Hazrat Mahal ».

En lieu et place du buste de l'ex-impératrice des Indes, Nehru fit ériger un mémorial en l'honneur de l'« âme de la révolte », l'héroïque bégum.

REMERCIEMENTS

Dans les difficiles recherches pour l'élaboration de ce livre, où pour la première fois est relatée la vie de la bégum Hazrat Mahal, je tiens à remercier d'abord mes amis indiens et pakistanais pour les documents et les informations précieuses qu'ils m'ont fournis.

En particulier, à Kanpur, ma belle-sœur, Subashini Ali. À Lucknow, le professeur Roshan Taqui, le Rajkumar Amir Naqui de Mahmoudabad, le rajah Suleyman de Mahmoudabab, le rajah de Jehangirabab, la bégum Habibullah, et l'extraordinaire libraire et homme de culture, M. Ram Advani.

Ainsi que la bibliothèque de Kaisarbagh et sa responsable Nusrat Naheed, qui a mis à ma disposition de nombreux documents.

À Karachi, je remercie l'historien et journaliste Said Hassan Khan, mon cousin Anees Uddin Ahmed et Yasmine son épouse.

À Lahore, la regrettée Qamar F. R. Khan et sa fille Nusrat.

À Londres, mes amies Nasreen Rehman et Mariam Faruqui.

En France, je remercie pour leur amitié fidèle et leurs encouragements Ken Takase, Marie Deslandes, et Rana Kabbani.

Et pour leur hospitalité dans des lieux propices à l'écriture, Janine Euvrard, Jacques Blot, Manuela et Olivier Bertin-Mourot, Brendan et Beatrice Murphy, mon frère Jean-Roch Naville et son épouse Marie-Louise, la princesse Rose de Croy ainsi que l'ambassadrice en Oman, Malika Berak.

Enfin je remercie tout particulièrement pour leur lecture attentive, leur patience et leurs conseils avisés mon amie Ishtar Kettaneh-Mejanes ainsi que mon éditeur chez Robert Laffont, Jean-François Gombert.

À tous les autres, qui m'ont soutenue et aidée et dont faute de place, je ne peux énumérer ici les noms, je veux dire toute ma reconnaissance.

BIBLIOGRAPHIE INDICATIVE

AFAQ QURESHI (Hamid), *The Mughals, the English and the Rulers of Awadh*, New Royal Book Company, Lucknow, 2003.

ANWER ABBAS (Saiyed), *Lost Monuments of Lucknow*, Lucknow, 2009.

ALI AZHAR (Mizra), *King Wajid Ali Shah of Awadh*, 2 tomes, Royal Book Company, Karachi, 1982.

ATHAR ABBAS RIZVI (Saiyid), *Freedom Struggle in Uttar Pradesh* (vol. 1 : 1857-1859), Uttar Pradesh Édition, 1957.

BALL (Charles), *The History of the Indian Mutiny*, Londres, 1860.

CHANDA (S. N.), *1857 : Some Untold Stories*, New Delhi, 1976.

CHANDRA MAJUMDAR (Ramesh), *The Sepoy Mutiny and the Revolt of 1857*, Calcutta, 1958.

DALRYMPLE (William), *The Last Mughal. The Fall of a Dynasty*, Bloomsbury, Londres, 2006.

DAVID (Saul), *The Indian Mutiny*, Penguin Books, Londres, 2002.

FISHER (Michael), *The Politics of the British Annexation of India*, Oxford University Press, New Dehli, 1993.

FORBES MITCHELL (William), *Réminiscences of The Great Mutiny*, Macmillan and Co, Londres, 1910.

GARRETT (H. L. O.), *The Trial of Bahadur Shah Zafar*, 1932.

GRAFF (Violette), *Lucknow : Memories of a City*, Oxford University Press, New Delhi, 1997.

GUBBINS (Martin Richard), *An Account of the Mutinies in Oudh*, Londres, 1858.

HALIM SHARAR (Abdul), *Lucknow : The Last of an Oriental Culture*, 1915. Traduit de l'ourdou par Fakhir Hussain, Paul Elek, Londres, 1975.

HIBBERT (Christopher), *The Great Mutiny. India 1857*, Allen Lanes, Londres, 1978.

HOLMES (T. R.), *History of the Indian Mutiny*, W.H. Allen & Co, 1888.

HOWARD RUSSELL (William), *My Indian Mutiny Diary*, Cassell & Company ltd., Londres, 1957.

HUSSAIN (Sahibuddin), *The 1857 Mutiny*, Lucknow. Thèse non publiée.

JAMES (Lawrence), *Raj : The Making of British India*, Little, Brown & Company, Londres, 1997.

LLEWELLYN-JONES (Rosie), *A fatal friendship – The Nawabs, the British and the City of Lucknow*, Oxford University Press, New Delhi, 1985.

Engaging Scoundrels : True Tales of Old Lucknow, Oxford University Press, New Delhi, 2000.

MALLESSON (colonel), *Indian Mutiny*, 1859.

MISRA (Amaresh), *Lucknow, Fire of Grace*, Rupa paperback, New Delhi, 2002.

MUKHERJEE (Rudrangshu), *Awadh in Revolt. 1857-1858*, Permanent black, New Delhi, 1984. *The Massacres of Kanpur*, Penguin Books India, 1994.

NAHEED (Nusrat), *Jane Alam Aur Mehakpari*, Library Helpage Society, Lucknow, 2005.

NATH SEN (Surenda), *Eighteen fifty-seven*, Ministry of information. Government of India, New Delhi, 1957.

OLDENBURG (Veena), « *Shaam e Awadh* », Penguin Books India, 2007.

PEMBLE (John), *The Raj, the Indian Mutiny and the Kingdom of Oudh. 1801-1859, Oxford University Press, New Dehli, 1977.*

SANTHA (K. S.), Begums of Avadh, Varanasi, Bharati Prakashan, 1980.

SHARMA K. (Suresh), 1857. *A Turning Point in Indian History* in 4 vol., RBSA Publishers, Jaipur, 2005.

SPEAR (Percival), *The Twilight of the Moghols*, Cambridge University Press, 1951.

STORES (Eric), *The Peasant Armed : The Indian Rebellion of 1857*, Clarendon Press, Oxford, 1986.

TAQUI (Roshan), *Lucknow, 1857 – The Two Wars at Lucknow : The Dusk of an Era*, New Royal Book Company, Lucknow, 2001.

TAYLOR (P.J.O.), *What Really Happened During the Mutiny. A day-by-day account of the major events of 1857-1859 in India*, Oxford University Press, New Delhi, 1997. *Chronicles of the Mutiny*, Harper-Collins India, New Delhi, 1992. *A Star Shall Fall*, HarperCollins India, New Delhi, 1993. *A Shahib Remembers*.

Du même auteur :

DE LA PART DE LA PRINCESSE MORTE, Robert Laffont, 1987.

LE JARDIN DE BALDAPOUR, Fayard, 1998.

LE PARFUM DE NOTRE TERRE, VOIX DE PALESTINE ET D'ISRAËL, Robert Laffont, 2003.

Composition réalisée par FACOMPO (Lisieux)

Achevé d'imprimer en avril 2012 en France par
CPI BRODARD ET TAUPIN
La Flèche (Sarthe)
N° d'impression : 68772
Dépôt légal 1re publication : mai 2012
LIBRAIRIE GÉNÉRALE FRANÇAISE
31, rue de Fleurus – 75278 Paris Cedex 06

31/6174/2